Gisa Rausch

Warum Tobias?
Tobias, warum?

Impressum

Bibliografische Information der Deutschen Nationalbibliothek:
Die Deutsche Nationalbibliothek verzeichnet diese Publikation
in der Deutschen Nationalbibliografie; detaillierte bibliografische Daten sind im Internet über http://dnb.dnb.de abrufbar.

© 2020 Gisa Rausch

Illustration: Gisa Rausch (Gisa.Rausch@web.de)

Herstellung und Verlag: BoD – Books on Demand, Norderstedt

ISBN: 978-3-7528-0810-6

Ein wunderschöner Spätsommertag im September und ein Ereignis, von dem niemand gedacht hätte, dass es jemals stattfinden könnte. Jedenfalls niemand von denen, die Tobias schon lange kennen.

Der strahlt übers ganze Gesicht, in das ihm eine blonde Haarsträhne fällt. Es ist sein Hochzeitstag, jawohl sein Hochzeitstag! Die Braut - hat man so etwas schon gesehen - trägt ein schwarzes Kleid. Aber sie sieht wunderschön aus - genau wie der Bräutigam. Es ist schon irgendwie ein Märchen für ihn - und genauso wird es auf der Zeremonie der freien Trauung erzählt:

Es war einmal in einer großen Stadt eine junge Frau - eigentlich war sie gar nicht mehr so jung! Sie ist lange sehr krank gewesen und nun auf dem Wege der Besserung. Sie will nur noch gesund werden. Viele Monate hatte sie nur ihr Krankenzimmer gesehen, sie konnte nicht aufstehen, ihr Leben hing am seidenen Faden. Fast jeden Tag kam ihre Mutter zu Besuch und oft war ihre kleine Tochter dabei.

Und zu dieser Zeit begab es sich, dass sich in den sozialen Netzwerken ein junger Mann tummelte, der zwar nicht in einem Krankenhaus, aber in einem Sanatorium oder einer ähnlichen Einrichtung war. Auch er war schon sehr lange krank, aber auch er war auf dem Wege der Genesung.

Im Internet sah er das Gesicht der jungen Frau, nicht alltäglich, ein etwas anderes Gesicht, das ihm auf Anhieb gefiel. In ihrem Profil erzählte sie ein wenig von ihrer Geschichte, die auch nicht alltäglich war!

Er nahm allen Mut zusammen und schrieb sie an - auch wenn er gar nicht damit rechnete, dass sie antworten würde.

Aber genauso war es, obwohl er in seinem Profil auch einiges aus seinem Leben preisgab, das bestimmt viele abgeschreckt hätte. Nicht so diese junge Frau. Im Gegenteil: Sein offenes, liebes Lächeln auf dem Foto zog sie an - und sie vergaß alle Enttäuschungen, die sie schon erlebt hatte, warf alle Bedenken über Bord - und schrieb zurück.

So fing das Märchen der beiden Hauptpersonen an, deren Hochzeit heute gefeiert wird!

Teil - I

1975 - 1981

Ein neugieriger, aufgeschlossener Junge, rothaarig, das Gesicht voller Sommersprossen, der alles Mögliche ausprobiert: Das ist Tobias Frangenberg. Schon sehr früh machte er die Erfahrung, dass ihm alles, fast alles, verziehen wurde, wenn er nur ein wenig schelmisch grinste und einen für ihn plausiblen Grund nannte, warum er das getan hatte, was die Erwachsenen zumeist gar nicht so toll fanden.

Tobi ist jetzt vier Jahre alt. Gerade war er mit seinen Eltern und der ein Jahr jüngeren Schwester Stefanie umgezogen, in die Nähe seiner Oma. Die hatte sich bereiterklärt, morgens auf die beiden Kinder aufzupassen, damit Maria und Fred arbeiten konnten.

So auch an diesem Morgen: Tobi war von seiner Oma bis zum Kirchplatz gebracht worden. Dort verabschiedeten sich die beiden. Noch ein paar Meter bis zum Kindergarten. Marias Mutter Elfi wartete, bis Tobi um die Ecke verschwunden war und ging dann schnell das kurze Stück bis zu ihrem Haus zurück. So machte sie das meistens. Steffi schlief noch und sie wollte schnell wieder zu Hause sein. Tobi kannte sich inzwischen gut aus - er musste nicht jeden Tag bis zur Türe gebracht und dann den Erzieherinnen übergeben werden. Das machte er schon ganz prima alleine.

Tobias stand unschlüssig an der Tür. Er guckte durch die Scheibe: Ein paar Kinder spielten im Vorraum - von seinen Freunden war aber niemand zu sehen und auch keine der Erzieherinnen konnte er erspähen.

Zögernd trat er von der Türe etwas zurück. Er guckte sich um - kein Mensch weit und breit. "Eigentlich könnte ich ja auch heute mal etwas anderes machen", dachte er sich und ging zurück über den Kirchplatz. Schnell lief Tobi den Berg hinunter. Noch ein paar Schritte, dann war er zu Hause. Aber was sollte er hier? Die Türe war abgeschlossen, Mama und Papa waren arbeiten, Steffi bei der Oma.

Gegenüber wohnte die alte Tante Martha - aber auch dort war die Türe zu. Auch von Frau Büscher und ihrem Mann, die nebenan wohnten, war nichts zu sehen. Das war schon komisch, weil die doch immer an die Türe oder ans Fenster kamen, wenn sie einen von der Familie sahen. Umso besser! "Dann geh' ich jetzt eben zu Tante Walli, die ist bestimmt zu Hause und ich kann mit Uli spielen." So machte Tobi sich auf den Weg.

Maria arbeitete seit ein paar Monaten in dem anderen Kindergarten von Kirchbach. Sie war froh, diesen Job bekommen zu haben: Das Geld konnte die junge Familie gut gebrauchen und die Arbeit mit den Kindern machte ihr großen Spaß. Marias Mutter hatte sich bereit erklärt, die Kinder zu übernehmen, bis sie in den Kindergarten gehen konnten. Da hatte Maria nicht lange überlegt und dankbar die Stelle in der Nähe ihrer alten Wohnung angenommen.

Jetzt staunte sie nicht schlecht, als die Türe aufging und ihre frühere Vermieterin Walli im Raum stand - mit Tobi an der Hand. Auch die Kinder ihrer Gruppe guckten ganz neugierig. Walli sagte augenzwinkernd: "Tobias meinte, er solle heute bei mir bleiben, weil du ja arbeiten musst und die Oma hätte keine Zeit." Ungläubig guckte sie auf Maria und dann auf Tobi. "Da konnte ja etwas nicht stimmen - deshalb bin ich direkt zu dir gekommen." Maria nahm ihren Sohn auf den Arm. "Ich verstehe das nicht. Wieso bist du nicht im Kindergarten? Die Oma hat dich doch bestimmt dorthin gebracht."

Ganz verlegen guckte Tobi von Maria zu Walli. "Ja, das war so: Die Türe im Kindergarten war zu und eigentlich wollte ich heute auch gar nicht dahin. So hab' ich die neuen Ampeln ausprobiert, die es jetzt hier gibt. Es sind vier Stück - ich habe überall gedrückt und bin dann bei grün gegangen - so wie ihr mir das gesagt habt." Ganz stolz guckt Tobi jetzt seine Mutter an.

"Wie, du bist von deinem Kindergarten aus alleine die Strecke bis zu Walli gegangen? Und entlang der Straße, da wo wir immer mit dem Auto fahren?". Maria war total erschrocken. Sie wusste gar nicht was sie noch sagen sollte. Tobi war vier - und das waren gut zwei Kilometer an der befahrenen Bundesstraße entlang. Und dann alle Ampeln ausprobiert....

"Das Kind hat einen Schutzengel gehabt. Er ist ja gut angekommen", meinte Walli. "Ich nehme Tobi jetzt erst mal wieder mit. Du kannst ihn dann später abholen, wenn du hier Feierabend hast."

Maria schüttelte immer noch ungläubig den Kopf. Sie musste ihre Mutter anrufen - damit die nicht auch noch einen Schock bekäme, wenn sie Tobi abholen wollte und der nicht da war.

Und dann musste Tobi immer in seinen Gruppenraum gebracht werden, damit so etwas nicht noch einmal passieren konnte.

Ja, Tobias war schon immer ein neugieriges Kind gewesen.

Inzwischen ging er zur Schule. Er malte sehr gerne - und Tobi konnte richtig gut malen. Eigentlich ging er gerne zur Schule, wenn es nur nicht immer so viele Regeln gäbe, an die er sich halten sollte.

Jetzt war Pause. Es hatte geschneit - aber Tobi wollte keine Schneeballschlacht mit den anderen machen. Ihm war kalt, er fand seine Handschuhe nicht und so steckte er die Hände in die Hosentaschen und entfernte sich von den schreienden Kindern.

"Soll ich wieder rein gehen?", dachte er. "Ne, besser nicht - dann gibt's Ärger mit Frau Müller!" So schlenderte er vom Schulhof und plötzlich entdeckte er Spuren - ja, da waren Spuren im Schnee. Tierspuren! Vielleicht eine Katze? Nein, das musste ein Hase gewesen sein! Dem wollte er folgen und gucken, wohin der gelaufen war - jetzt in dem kalten Schnee!

Maria erledigte morgens meistens ihren Haushalt. Sie arbeitete nicht mehr im Kindergarten. Als ihre Mutter schwer erkrankte, hatte sie diese Stelle aufgegeben. Steffi war im Kindergarten - und der kleine Max, der nun schon ein Jahr alt war, schlief in seinem Zimmer.

Da klingelte es an der Türe: Jörg, ein Klassenkamerad von Tobi, stand dort: "Ich soll fragen, ob Tobias hier ist." "Nein!" Maria guckte auf die Uhr. "Es war doch eben erst große Pause - der sollte noch in der Schule sein." Ihr schwante Böses.

Jörg war schon wieder weg. Max schlief ruhig in seinem Bettchen. Maria bat ihre Freundin und Nachbarin Hanna, doch bitte nach Max zu gucken. Dann lief sie zur Schule. Hier waren der Schulleiter und Tobis Klassenlehrerin in heller Aufregung. Tobias war von der Pause nicht in den Klassenraum zurückgekommen. Mein Gott, wo konnte der Junge sein?

In alle Richtungen rund um die Schule liefen jetzt Maria, ein paar Kinder und die Lehrer. Alle riefen Tobias Namen. Nichts!

Nach ungefähr einer Stunde tauchte Tobi wieder auf. Er sei nur den Spuren im Schnee gefolgt, um zu sehen, wo der Hase hingelaufen war. Ganz unschuldig guckte er alle an - die Pause hatte doch gerade erst angefangen; und eigentlich wollte er ja auch sofort zurückkommen!

Es gab viele mahnende Worte von Seiten der Lehrer und auch von Maria und Fred. Zur Strafe musste Tobi 30mal den Satz schreiben: "Ich darf mich in den Pausen nicht vom Schulhof entfernen." Aber hinter seinem Rücken wurde auch geschmunzelt: Auf was für Ideen der Junge immer kommt....

Wie gesagt, Tobi ging nicht ungern zur Schule - aber man sah ihn ständig mit einem Buch oder einem Comic-Heft in der Hand - ob das nun zum Unterricht passte oder nicht. Und alle Bücher und Hefte waren mit Segelschiffen, Burgen oder irgendwelchen Gesichtern verziert!

Die Hausaufgaben wurden gemacht, aber besondere Sorgfalt legte Tobi dabei nicht an den Tag. Hauptsache sie waren bis zum Abendessen erledigt - darauf legten die Eltern großen Wert!

Eigentlich waren die Hausaufgaben direkt nach dem Essen dran - aber Tobi schaffte es immer wieder, seine Mutter zu überreden, doch zunächst mal nach draußen zu gehen. "Ich muss erst einmal an die frische Luft - dann geht es später viel besser. Versprochen - großes Ehrenwort." "Aber in zwei Stunden bist du wieder hier - also um vier Uhr. Wenn du dann alles erledigt hast, kannst du noch mal nach draußen." So ging es fast jeden Tag zwischen Maria und Tobi.

Es gab aber auch viel Platz rund um's Elternhaus. Tobi konnte hier wunderbar umherstreifen oder sich mit einem Buch verstecken, wenn er nicht gesehen werden wollte. Schnell war er im Wald, und Kinder zum Spielen gab's auch reichlich in der Nachbarschaft.

Aber nun waren auf einmal zwei Bagger auf der großen Wiese direkt hinter dem Haus, riesige Stapel von Rohren lagen herum. Und einige Männer waren auch da. Mit dem Bagger wurden tiefe Gräben gezogen und die Rohre da hinein gelegt. Tobi und zwei seiner Freunde, Peter und Stefan, sahen ganz interessiert zu. Stimmt, Tobi hatte doch gestern Abend gehört, wie sein Vater gesagt hatte: "Die Wiese über unserem Haus und das ganze Feld sind erschlossen worden und sollen jetzt bebaut werden."

Dann war es wohl vorbei mit Herumtoben und Heuschrecken fangen auf der Wiese - überhaupt, es sah ja dann aus wie in einer Stadt. Tobi und seine Freunde fanden das gar nicht gut. "Vielleicht können wir das irgendwie verhindern", meinte Peter. "Auf jeden Fall sollten wir dagegen protestieren", sagte Tobias. "Lasst uns mal überlegen."

Wie der Protest der drei Freunde aussah, erfuhren Maria und Fred ein paar Tage später. Es war schon Abend, als es klingelte. Zwei Polizisten standen vor der Türe. "Haben Sie einen Sohn?" "Ja, wir haben zwei Söhne... und eine Tochter." Maria hatte die Tür geöffnet. "Die sind alle drei zu Hause. Was ist denn?" "Tja, es geht um Tobias. Gegen ihn liegt eine Anzeige vor!" "Eine Anzeige? Was hat er denn gemacht?" Jetzt kam auch Fred dazu: "Kommen Sie doch bitte herein. Was ist passiert?" "Also: man hat gesehen, dass Tobias und zwei weitere Jungs - zu deren Eltern werden wir natürlich auch gehen - in dem Baugebiet über Ihrem Haus die Bagger fahruntüchtig gemacht haben. Auch die Rohre haben sie verstopft. Die drei müssen richtig gewütet haben auf der Baustelle."

"Tobias", der Name schallte laut durchs Haus. Fred stand unten an der Treppe. "Tobias, komm bitte herunter." Das hörte sich nicht sehr freundlich an. Der rote Haarschopf erschien oben am Treppengeländer. "Ja, was ist denn?" "Komm bitte mal her, die Polizei ist hier!" "Oh je, so ein Mist!

Kleinlaut, mit eingezogenem Kopf, kam Tobi die Treppe herunter. "Was habt ihr euch dabei gedacht, Wasser und Sand in die Benzintanks der Bagger zu schütten?" Der größere der beiden Polizisten guckte ziemlich streng. Tobi schluckte, dann sagte er: "Wir wollten gegen die Bebauung der Wiese protestieren. Es muss doch nicht alles zugebaut werden. Wir können nicht mehr dort spielen, die Tiere haben keinen Lebensraum mehr." Das hörte sich jetzt nicht mehr so kleinlaut an.

"Die können doch hier nicht alles voller Häuser stellen. Und wenn die Bagger nicht fahren können... dann überlegen sich diejenigen das vielleicht noch mal, die die Häuser bauen wollen." "Kannst du dir vorstellen, dass das sehr teuer für eure Eltern wird? Ihr habt fremdes Eigentum beschädigt, grob beschädigt - es ist wirklich ein großer Schaden entstanden."

Fred und Maria schickten Tobi erst einmal wieder nach oben. "Wir reden später darüber - das wird einen ordentlichen Stubenarrest nach sich zu ziehen; und von deinem Taschengeld musst du auch jede Woche etwas abzweigen."

Natürlich hatte die Familie eine Haftpflichtversicherung. Und mit den Eltern von Peter und Stefan telefonierte Fred noch am Abend. Sie verabredeten sich für den nächsten Tag, um zu klären, wessen Versicherung für den Schaden aufkommen musste.

Tobis Unrechtbewusstsein war nicht sehr groß. Mehrere Wochen Stubenarrest bekam er - aber so schlimm fand er das gar nicht. Es gab immer zwischendurch mal Gelegenheit, für kurze Zeit zu entwischen, wenn die Mutter einkaufen war oder etwas zu erledigen hatte. Zum Lesen hatte Tobi noch einiges in seinem Zimmer - und mit Playmobil und Lego konnte er sich auch die Zeit vertreiben.

Außerdem wusste er aus Erfahrung, dass seine Mutter die Stubenarreste nicht sehr lange durchhielt, gerade wenn die Streitereien mit Steffi oder Max zu groß wurden. Dann konnte es passieren, dass Maria genervt sagte: "So, jetzt ist Schluss, du kannst nach draußen gehen." Aber diesmal konnte er seine Mutter auf diese Art und Weise nicht erweichen. Sie blieb hart - der Stubenarrest wurde durchgezogen.

Die Baustellen wurden für Tobi und seine Freunde zum Abenteuerspielplatz. Hier gab es viel zu erkunden. Aber nun passten sie auf, dass sie nicht wieder erwischt wurden.

Den ersten Alkohol trank Tobias auch in dieser Zeit - er war vielleicht acht oder neun, als die vier Jungs beim Spielen den Kasten Bier entdeckten. Probieren wollte jeder - aber Tobias trank die ganze Flasche aus und machte auch noch eine zweite auf! So wirklich schmeckte es ja nicht, aber er fand es super, wie die Erwachsenen Bier trinken zu können. Zuhause ging es ihm schlecht: ihm war übel und er musste sich übergeben.

Aber weder Fred noch Maria ahnten irgendetwas. Sie waren nur sehr besorgt. Essen wollte Tobi nichts und einen Tee lehnte er auch ab. So packte Maria ihren Sohn ins Bett und am nächsten Tag war auch alles wieder gut. Sonst hätte vielleicht schon früher die Alarmglocke geläutet!

Das Zeugnis der Klasse 4 war nicht berauschend. Obwohl Tobi sehr interessiert war und er viel wusste - gerade in Geschichte und Erdkunde - obwohl er die tollsten Bilder malte, waren die

Noten so, dass Frau Müller nur die Empfehlung "Hauptschule" gab.

Auf den Elternsprechtagen hörten Fred und Maria immer: "Ihr Sohn ist wirklich begabt, aber er ist selten bei der Sache, nie macht er das was er soll. Tobias ist sehr oft abgelenkt und das Schlimmste, er lenkt auch seine Klassenkameraden ab."

Maria versuchte, Tobi auf einer Waldorf-Schule anzumelden - dort wäre er ihrer Meinung nach richtig aufgehoben gewesen. Aber ein Wechsel war nicht möglich. Dann hätte er vom ersten Schuljahr an dort hingehen müssen, möglichst auch schon in einen Waldorf-Kindergarten. Also dieser Zug war leider abgefahren!

1982 - 1987

Tobi ging nun in die Klasse 5 der Hauptschule von Kirchbach. Es lief gar nicht so schlecht am Anfang - mehrere seiner Klassenkameraden aus der Grundschule waren auch in der neuen Schule. Klassenlehrer Frank Bauer gab sich große Mühe mit Tobi, jedenfalls hatte Maria diesen Eindruck. Schnell traten aber wieder die alten Probleme auf. Oft war Maria zu Gesprächen in der Schule und man versuchte gemeinsam, eine Lösung für Tobis Verhalten zu finden: Hauptsächlich ging es um seine Unkonzentriertheit bei gestellten Aufgaben und darum, dass er sich immer noch sehr schlecht an Regeln halten konnte und oft etwas vergaß.

Zum Beispiel brachte Maria ihrem Sohn regelmäßig die Sportsachen in die Schule, die er mindestens in jeder zweiten Woche zu Hause liegen ließ. Die Hefte und Bücher waren weiterhin mit Tobis Zeichnungen verziert. Zum Ende der fünften Klasse empfahl Herr Bauer, Tobi auf eine Förderschule zu geben. Vorher waren Maria und Fred noch mit ihrem Sohn beim Schulpsychologischen Dienst. Dort hatten sie etliche Sitzungen. Auch hier war man der Meinung, dass der Wechsel auf die Förderschule Tobi nur gut tun könne. Die Eltern waren zuerst gar nicht einverstanden mit diesem Vorschlag, aber Herr Bauer meinte, der kleine Klassenverband würde Tobi sehr entgegen kommen. Hier habe man viel mehr Möglichkeiten, auf Tobias einzugehen und seine Fähigkeiten, die auf jeden Fall vorhanden seien, zu fördern!

Tobias besuchte nach den Sommerferien die 6. Klasse der E-Schule (Förderschule für Erziehungsschwierige Kinder) in der Kreisstadt. Da die Familie in den Sommerferien umgezogen war, hatte Tobi nun einen sehr langen Schulweg mit dem Bus zu bewältigen.

Auch für die Geschwister war der Ortswechsel nicht ganz einfach - aber eben ein Neuanfang, meinten Maria und Fred, die sich die größte Mühe gegeben hatten, ein für alle akzeptables Haus in einem schönen Wohnort und nicht allzu weit weg von der Heimat zu finden.

Die Älteste, Sabine, eigentlich Tante Sabine, da sie Marias jüngste Schwester ist und nach dem Tod der Eltern vor fünf Jahren in die Familie gekommen war - gleichzeitig mit dem "neuen" Bruder Max - fand den Umzug nach Kaltenborn überhaupt nicht gut. Sie ging nach dem Abschluss der Realschule nun auf das Gymnasium im Nachbarort.

Tobias und Steffi hatten so damals nicht nur einen kleinen Bruder, sondern auch eine große Schwester bekommen - nicht immer ganz einfach für die beiden. Diese Zeit war allerdings für niemanden in der Familie einfach gewesen.

In Tobis Klasse in der E-Schule waren nur zehn Kinder - sechs Jungs und vier Mädchen. Er fühlte sich zwar nicht unwohl, aber er gab hier nur ein kurzes Gastspiel. Tobis Lehrerin meinte nämlich schon nach relativ kurzer Zeit, er sei kein Junge für die E-Schule.

So wechselte Tobias im nächsten Jahr wieder, diesmal mit einem recht guten Zeugnis, zur Realschule! Nach wie vor gab es hier und da Probleme, aber im Großen und Ganzen kam Tobi jetzt gut zurecht. Er hatte zwar immer noch Konzentrationsschwierigkeiten, aber mit viel Mühe schaffte er es, im Durchschnitt die Note Drei zu halten. Alles in allem lebten Tobi und seine Familie sich in der neuen Umgebung gut ein.

Maria hätte es gerne gesehen, wenn ihre Kinder - wie ihre Schwester Sabine - in einen Sportverein gegangen wären. Egal, ob Fußball, Handball oder Leichtathletik, aber dafür waren sie nicht zu begeistern - vor allem Tobi hatte darauf keinen Bock, wie er sagte!

Lieber fuhr er mit dem Fahrrad durch die Gegend - zwei hatte er schon "verloren". Wie verliert man ein Fahrrad, wenn es gut abgeschlossen wird? Tobi konnte es sich überhaupt nicht erklären! Jedenfalls war es in beiden Fällen nicht mehr da, wo er es angeblich abgeschlossen hingestellt hatte.

Oft waren Tobi und Steffi auch im Jugendzentrum des Ortes. Hier trafen sie sich mit Freunden, hörten Musik, spielten Billard oder am Kickertisch. Ein anderer Treffpunkt der Heranwachsenden war der Imbiss von Kaltenborn, der "Dorf-Grill". Der wurde von einem jungen Paar geführt. Die beiden hatten einen kleinen Sohn, den die Jugendlichen oft beaufsichtigten. Während die Eltern Bratwurst und Fritten zubereiteten und die Gäste bewirteten, spielten Tobi, Steffi und die Freunde oft mit dem kleinen Jan.

Was da im „Dorf-Grill" genau ablief, davon hatten weder Fred noch Maria eine Ahnung. Häufig stand Fred, wenn seine Sprösslinge nicht zu Hause waren, abends in der Tür des Imbiss': "Alles was Frangenberg heißt, bitte auf den Heimweg begeben." Dann kamen alle drei mit - auch Max war nämlich mitunter mit seinen Geschwistern dort, begleitet von einem Schulfreund.

"Könnt ihr euch keinen anderen Spielplatz aussuchen?", meinte Fred dann auch. "Ich denke, so toll ist es für die Gäste nicht, wenn ihr da immer rumhängt." "Aber wir passen doch nur auf Jan auf - und leckere Fritten bekommen wir auch oft", hieß es dann von Seiten seiner Kinder.

Aber weder Fred noch Maria gefiel es, dass ihre Kinder so oft dort ihre Freizeit verbrachten - auch wenn die Hausaufgaben angeblich vorher längst fertig waren.

Tobias ging nun in die neunte Klasse - im letzten Jahr hatte er einen Malkurs in der Volkshochschule besucht. Er hatte wirklich Talent - Maria, Fred und auch der Kunstlehrer waren begeistert von den Stillleben, Landschaftsbildern und Porträts, die Tobi malte. Aber nach einem Jahr wollte er nicht mehr dort hingehen.

Die Eltern waren enttäuscht - sie hätten es gerne gesehen, dass Tobis künstlerisches Talent weiter gefördert wurde. "Wie wäre es denn mit einem Gitarrenkurs?" Aber Tobi hatte keine Lust - lieber hing er mit den Freunden im Kaltenborner "Dorf-Grill" ab.

Ein berufsorientiertes Praktikum machte Tobias bei einem mit den Eltern befreundeten Designer. Das machte ihm Spaß und auch hier wurden sein großes Talent bestätigt und seine Arbeit gelobt. Allerdings stand dann im Zeugnis, dass er es mit der Pünktlichkeit nicht so genau genommen habe. Das war wieder typisch für Tobi: Zweimal hatte er den Bus verpasst, weil er getrödelt hatte und einmal war er nicht an der Haltestelle ausgestiegen, weil er so in sein Buch vertieft war!

Beim Elternsprechtag meinte der Lehrer zu Fred und Maria, die Leistungen ihres Sohnes drohten zu kippen. Er könne die Drei im Durchschnitt nicht mehr halten, wenn er sich nicht am Riemen reißen würde. "Appellieren Sie noch einmal an Tobias' Vernunft. Ich habe heute Morgen auch ein ernstes Wort mit ihm gesprochen. So kann er es nicht schaffen."

Wie begossene Pudel standen Fred und Maria vor dem Lehrer. Was sollten sie sagen? So oft waren sie zu Gesprächen in der

Schule gewesen. Mit Tobi war es halt nicht so einfach: Immer noch hörte er oft nicht richtig zu und war so verträumt. "Aber es ist doch hier in der Schule eigentlich ganz gut gelaufen", versuchte Maria einzuwerfen. "Ja, aber Tobias' Noten sind im letzten Jahr nicht gleich geblieben. In seinen Leistungen gab es starke Schwankungen."

Der Lehrer machte eine Pause. Er guckte auf die zusammengesunkene Gestalt Marias. Sie tat ihm jetzt richtig leid. "Es ist ja nicht alles schlecht. Tobi ist sehr hilfsbereit, er ist ein netter Kerl mit unglaublichen Talenten. Ich möchte doch auch, dass er die Kunstschule in Cöln besuchen kann. Dann hat er große Chancen, was seine Zukunft betrifft." Der Lehrer seufzte. "Die Bewerbungsmappe ist aber noch nicht fertig und die Zeugnisnoten sind für die Aufnahme doch auch wichtig. Aber er kann das schaffen - das müssen wir ihm nur klar machen."

Zu Hause ging es dann ziemlich laut her. Abwechselnd brüllten Maria und Fred auf Tobias ein. "Wie kannst du nur die Kunstschule auf's Spiel setzen?" "Warum hast du den Malkurs nicht weiter besucht?" "Die Hausaufgaben hast du auch oft nicht vollständig gemacht!" "Und beim Rauchen bist du erwischt worden!"

Das waren alles keine Ich-Botschaften! Im Elternkurs hatte die Therapeutin angeregt, nicht immer nur zu sagen "Du musst, du sollst, du kannst." Vielmehr solle man in Ich-Botschaften mit den Kindern reden. Die Familienstelle des Psychologischen Dienstes hatte diesen Elternkurs angeboten. Maria nahm dieses Angebot dankend an - Fred hatte abgewunken - für ihn war das nichts!

Steffi, Sabine und Max waren in ihren Zimmern verschwunden. Dann wurde es ruhiger! Maria kämpfte mit den Tränen. "Wir haben gedacht, es klappt bei dir in der Schule." "Es klappt ja auch - so schlecht bin ich nicht. Die Aufnahme in die Kunstschule werde ich schaffen, bestimmt!" "Das hörte sich aber in der Schule eben nicht so an." Fred hatte sich jetzt auch wieder etwas beruhigt: "Du hast noch alles im Griff. Gib' eine ordentliche Mappe ab, pass auf und konzentriere dich in der Schule, dann wird es schon klappen. Wir glauben an dich, du schaffst das - ganz bestimmt."

Tobi fragte, ob er die Abendrunde mit dem Hund gehen könne, er müsse noch mal an die frische Luft. Maria hatte das eigentlich auch vorgehabt. "Ja, geh' mal. Ich denke, du willst alleine gehen - oder soll ich mitkommen? Ich möchte auch noch 'ne Runde laufen." "Ne, ich will einfach mal raus - alleine, muss meinen Kopf frei kriegen - ich nehme Trixi mit." "O.k., sei aber bitte in spätestens zwei Stunden wieder hier." "Alles klar, bis später."

Maria ging zu Fred, nahm ihn in den Arm und küsste ihn zärtlich. "Das wird schon mit dem Jungen." "Na ja, ich weiß nicht. Da könnte schon einiges mehr von ihm kommen." "Der macht das schon." Jetzt guckte sie ihren Mann eindringlich an. "Gehst du denn noch eine Runde mit mir durchs Dorf?" "Eigentlich hab' ich keine Lust mehr, aber wie ich dich kenne, lässt du mir doch keine Ruhe." Jetzt lachte Fred, obwohl er wirklich keine Lust hatte. Aber er kannte ja seine Frau - wenn sie etwas wollte, gab sie so schnell nicht auf und versuchte, ihn zu überzeugen, selbst wenn es sich wie jetzt nur um einen Abendspaziergang handelte. Aber vielleicht tat es wirklich gut, noch ein paar Schritte zu laufen und über die Gespräche mit Tobi und seinem Klassenlehrer noch mal etwas ruhiger zu reden.

Als Fred und Maria am "Dorf-Grill" vorbeikamen, stellten sie mit einem Seitenblick in das Gasthaus beide gleichzeitig fest:

"Ne, er ist nicht hier." Jetzt lachten sie und gingen Hand-in-Hand weiter. Kaltenborn war wirklich ein schöner Ort. Man konnte hier wunderbare Spaziergänge machen. Gemeinsam mit Tobi und Trixi kamen sie wieder zu Hause an.

"Ich reiß' mich zusammen", meinte Tobi, als er hoch in sein Zimmer ging. "Ich schaff' das, bestimmt." "Gute Nacht!" "Gute Nacht, schlaf gut." "Gute Nacht!"

Fred setzte sich noch ins Wohnzimmer und schaltete den Fernseher ein. Von den anderen Kindern war niemand zu sehen. Es war schon spät - die schliefen wahrscheinlich schon. Maria ging noch mal durch alle Zimmer: Max schlief tief und fest. Steffi genauso und Sabine hatte noch ein Buch in der Hand.

"Was war denn los? Ihr habt vielleicht rumgebrüllt!" "Tja, manchmal ist das halt so - dann muss es mal raus. Der Tobi muss sich einfach nur zusammenreißen und aufpassen, dann kann er das schaffen. Noch kann er das Ruder rumreißen und sich nicht schon durch die zu schlechten Noten die Aufnahme in die Kunstschule vermasseln. Die Mappe wird er schon mit den entsprechenden Arbeiten und Bildern bestücken, da ist mir nicht bange. Ich weiß wirklich manchmal nicht, wie wir ihn noch animieren sollen, in der Schule aufzupassen und bessere Noten zu schreiben." "Wenn er zu Hause etwas mehr machen und öfter mal in die Schulbücher gucken würde, fiele es ihm auch leichter, bei den Arbeiten in der Schule bessere Noten zu schreiben."

Für die ehrgeizige Sabine war die Lösung ziemlich einfach. Sie zog es überhaupt nicht hinaus nach Kaltenborn. Wenn, dann verabredete sie sich mit ihren Schulfreunden zum Lernen. Sie gingen auch mal zusammen auf eine Party - aber ansonsten war Sabine zu Hause und hing über ihren Schulbüchern -

schließlich machte sie Abitur, und das wollte sie mit einer guten Note abschließen. Maria gab Sabine noch einen Kuss auf die Stirn. "Gute Nacht, schlaf gut!"

Dann drehte Maria sich seufzend um und ging nach unten. "Mensch, der Junge hat so viele Talente und nutzt sie überhaupt nicht. Was sollen wir nur machen?" Fred schaute auf. "Da können wir nicht viel machen. Das ist das Alter, der ist voll in der Pubertät. Jetzt lass mich mal den Film weitergucken. Mach dich nicht verrückt - das wird schon." Maria nahm ihr Buch, gab Fred einen Kuss und verabschiedete sich. "Ich geh' schon mal ins Bett, ich lese noch bis du kommst." Dass Fred ins Schlafzimmer kam, merkte sie gar nicht mehr. Der nahm ihr lächelnd das Buch weg und löschte das Licht.

Rumms, was war das? Ein Riesenkrach! Maria sprang aus dem Bett, lief in Max' Zimmer. Aber der schlief tief und fest - er war nicht aus seinem Hochbett gefallen. Ein Stöhnen kam von nebenan aus Tobis Zimmer.

Fred hatte schon die Türe aufgerissen und das Licht angemacht! Ein schreckliches Szenario bot sich den Eltern: Maria schrie auf! Tobias lag stöhnend auf dem Boden - eine große klaffende Wunde im Oberschenkel. Fische sprangen aus der Wunde hoch, machten Sprünge auf Tobis Bein, auf dem Teppich - alles war nass und voller Sand. "Mein Gott", Fred hatte den Gürtel seines Bademantels in der Hand - Maria rannte nach unten und wählte die 112. Inzwischen waren alle Kinder wach geworden.

"Bitte kommen Sie schnell - mein Sohn verblutet. Das Aquarium ist umgekippt und auf das Bein meines Sohnes gefallen." Marias Stimme überschlug sich: "Ja in Kaltenborn, die Bergstraße sieben, bitte beeilen Sie sich. Ich habe schreckliche Angst. Mein Sohn verblutet."

Sie rannte wieder nach oben. Steffi und Sabine saßen ängstlich auf der Treppe. Max saß vor ihnen auf der untersten Stufe. Die drei zitterten um die Wette! Maria nahm Tobis Hand. Fred hatte das Bein mit dem Gürtel seines Bademantels abgebunden. Tobias stöhnte: "Ich wollte nur das Brummen am Filter abstellen, dann ist mir schlecht geworden. Ich weiß nicht, was passiert ist."

Maria konnte kaum hinsehen. Sie hielt Tobis Hand und betete im Stillen, dass ihr Sohn doch endlich ohnmächtig werde, damit er die Schmerzen nicht so spüre. Steffi lief zum Fenster. "Immer noch kein Krankenwagen." "Ruf noch mal an, Sabine, die müssten längst hier sein." Aber so schnell konnte der Rettungswagen aus der Kreisstadt nicht in Kaltenborn sein.

Tobi stöhnte wieder ganz laut. "Mein Gott, das dauert aber auch." "Die kommen schon, er blutet nicht mehr so stark", Fred blieb relativ ruhig. Maria hielt es nicht aus. Sie ging schon wieder zum Telefon. "Wo bleiben denn der Arzt und der Rettungswagen?" "Die sind unterwegs - sie müssten jeden Augenblick bei Ihnen sein", kam die beruhigende Stimme aus dem Hörer. Nach weiteren zehn Minuten hörten sie endlich das "Ta-tü, Ta-ta" und sahen das blaue Licht in der Nacht.

Sabine war schon an der Türe. Zwei Sanitäter mit einer Bahre kamen herein. "Wo ist der Verletzte?" Sie gingen die Treppe hoch in Tobis Zimmer: "Das Bein sieht schlimm aus - aber die Hauptschlagader ist nicht getroffen - Gott sei Dank!" Die beiden Männer bugsierten Tobi auf die Trage und schnallten ihn fest. Sie kamen kaum um die Rundung der Treppe.

25

Endlich hatten sie es geschafft: Tobias lag im Krankenwagen - er bekam eine Infusion gegen die Schmerzen. Die Türen wurden zugeschlagen. Einer der beiden Männer blieb hinten bei ihm. "Wir haben mit dem Arzt telefoniert - der wartet schon im Krankenhaus auf Ihren Sohn." Der Mann guckte Maria an. "Dann kommt er sofort in den OP und die Wunde wird versorgt." Der andere Mann setzte sich ans Steuer. Das Martinshorn wurde wieder eingeschaltet und los ging die rasante Fahrt den Berg hinunter auf die Landstraße Richtung Kreisstadt.

Fred und Maria fuhren mit ihrem PKW hinterher. "Legt euch wieder ins Bett, betet für Tobi und versucht zu schlafen, wenn ihr könnt", hatte Maria den dreien noch zugerufen.

Drei Stunden später waren sie wieder zu Hause. "Was ist mit Tobi?" Die Geschwister standen im Flur. Fred sagte gar nichts. Er setzte sich an den Küchentisch und weinte hemmungslos. So hatte Maria ihren Mann noch nie gesehen. Sie nahm ihn in den Arm und küsste ihn zärtlich. "Alles ist gut." Max kletterte auf Fred's Schoß und legte die Arme um seinen Hals. "Ist Tobis Bein noch dran?" Maria konnte schon wieder lächeln. "Es ist nicht so schlimm wie es aussah. Der Arzt hat die Wunde gesäubert - da war ja noch ganz viel Sand drin und Pflanzen aus dem Aquarium. Er hat den Riss zugenäht und jetzt hoffen alle, dass es keine Entzündung gibt. Aber gegen Tetanus ist Tobias ja geimpft."

Maria seufzte. Wie oft waren sie mit dem Jungen schon im Krankenhaus gewesen! Alleine während seiner Schulzeit in Kirchbach hatte sich Tobi mindestens drei Gehirnerschütterungen und zwei Schlüsselbeinbrüche bei Stürzen zugezogen.

Und dann der Mäuse-Biss im Tollwut-Sperrbezirk auf der Klassenfahrt in der Fünf. Sie musste trotz allem lächeln, wenn sie an den aufgeregten Anruf von Herrn Bauer dachte: "Es tut mir leid, aber Sie müssen Ihren Sohn abholen - er ist von einer Maus gebissen worden." Tobi hatte diese Maus im Wald in die Hand genommen, sie war zunächst ganz zahm gewesen und doch hatte sie zugebissen. Er hatte die Maus dann natürlich laufen gelassen und so konnte man nicht mehr feststellen, ob das Tier tatsächlich an Tollwut erkrankt war oder nicht.

So wurde Tobi am selben Abend noch von seinen Eltern abgeholt und zum Arzt gebracht. Der verabreichte ihm eine Spritze gegen Tollwut. Diese Prozedur musste in gewissen Abständen noch zweimal wiederholt werden. Denn wenn Tollwutverdacht bestand, musste schnell gehandelt und das Mittel innerhalb von 36 Stunden gespritzt werden. - Und jetzt dieser Unfall mit dem Aquarium am frühen Samstagmorgen.

Fred konnte weder etwas essen noch trinken - er rauchte noch eine Zigarette. "Ich hab' wirklich gedacht, der Junge verblutet mir unter den Händen. Und dann hörte Tobi überhaupt nicht mehr auf zu stöhnen, und diese Fische - mein Gott, es war so schrecklich." Fred musste schon wieder schlucken. "Ich leg' mich noch mal hin - das solltest du auch tun", wandte er sich an seine Frau. "Du kennst mich doch, ich könnte jetzt nie und nimmer schlafen. Ne, leg du dich nur hin. Ich weiß gar nicht, wie du es geschafft hast, bei Tobi heute Morgen so ruhig zu bleiben."

Fred war wirklich fix und fertig. Er legte sich hin und war in fünf Minuten eingeschlafen. Maria konnte noch immer nicht fassen, welch ein Glück ihr Sohn gehabt hatte! Es hätte viel schlimmer kommen können!

Sie ging in Tobis Zimmer. Hier hatte Fred, bevor sie hinter dem Rettungswagen ins Krankenhaus gefahren waren, alte Bett- und Handtücher auf dem Fußboden verteilt, um so das Wasser notdürftig aufzusaugen. Diese Tücher steckte Maria jetzt in große Müllsäcke. Sie versuchte erst gar nicht, sie zu trocknen, denn es gab ganz viele kleine Scherben, obwohl das Aquarium in mehrere große Teile zersprungen war. Dann musste sie versuchen, den Boden irgendwie zu säubern. Es war eine riesige Sauerei mit den toten Fischen, den Pflanzen und dem vielen Sand.

Die ganze Familie Frangenberg erholte sich relativ schnell wieder von dem Schrecken. Tobis Bein heilte gut und er konnte schon nach einer Woche aus dem Krankenhaus entlassen werden. Es war eine riesige Fleischwunde, die genäht worden war! Der stabile Oberschenkelknochen war heil geblieben. Und sein Zimmer sah aus wie neu, als Tobi nach Hause kam. Fred hatte alles frisch gestrichen und einen neuen Teppichboden verlegt.

Leider lief es in der Schule nicht so toll. Tobi schaffte so gerade den Abschluss der Klasse Neun. Aber wegen seiner großen künstlerischen Begabung und der tollen Mappe, die er noch ir- gendwie fertiggestellt hatte, wurde er in der Cölner Kunst- schule aufgenommen mit dem Ziel Fachabitur.

1988

Tobias war fast 17 Jahre alt. Sabine wohnte nicht mehr in der Familie. Nach ihrem Abitur war sie zurück nach Kirchbach gezogen. Steffi besuchte die letzte Klasse der Realschule. Sie strebte nach der Schule eine Ausbildung als Altenpflegerin an und hatte auch schon einen Platz in Aussicht. Aber vorher wollte sie noch ein Jahres-Praktikum hier im Seniorenheim in Kaltenborn machen, denn bei Beginn der Ausbildung musste sie 18 Jahre alt sein.

Es war ungefähr in dieser Zeit, als Maria ihre beiden älteren Kinder beim Rauchen erwischte. Zufällig begegneten sie sich im Dorf. Maria machte ihre Abendrunde mit Trixi, als sie die Jugendlichen vor dem Jugendzentrum sah - alle hatten eine Zigarette im Mund oder in der Hand.

Bisher hatte Steffi immer verneint zu rauchen, wenn es zu Hause um das Thema ging. Tobi meinte sofort: "Ja, ich rauche hin und wieder, aber nur ganz selten". Max war erst zehn und hatte damit hoffentlich noch nichts zu tun. Er meckerte immer mit Fred, wenn der sich eine Zigarette anzündete. Auf langen Autofahrten wurden die Kinder von ihrem Vater förmlich eingeräuchert. Keiner dachte sich etwas dabei - von Passiv-Rauchen war noch keine Rede in den Achtzigern.

"Na gut, so ist das mit dem Rauchen - das probierten viele Jugendliche. Wenn nur keiner mit Drogen anfängt." Das waren Marias Gedanken, die sie auch oft genug aussprach. "Und wenn die Eltern rauchen, können sie dann von ihren Kindern verlangen, es nicht zu tun?", meinte Maria, die sich selbst ab und zu mal eine ansteckte!

So oft sprachen Fred und Maria mit ihren Kindern darüber. Auch in der Schule waren Alkohol und Drogen häufig Thema.

Ihre Kinder, besonders Tobi, waren hier sehr aufgeklärt. Es ging um Gras, Marihuana, Haschisch, Kokain und Heroin, aber auch um Ecstasy, LSD und die Folgen bei der Einnahme dieser Drogen. Und trotzdem... irgendwie hatte Maria immer ein ganz komisches Gefühl und große Angst wenn es um das Thema ging.

Tobi fuhr nun jeden Morgen mit Bus und Bahn nach Cöln. Er musste schon ziemlich früh raus, um pünktlich in der Schule zu sein. Maria und Fred horchten immer nach oben: "Ist er nun aufgestanden?" Maria guckte auf die Uhr und seufzte: "Nun wird es aber Zeit. Hast du schon etwas von Tobi gehört?" Sie guckte von der Zeitung auf.

"Das machen wir auch falsch - mit 17 muss man doch alleine aufstehen, frühstücken und pünktlich den Bus erreichen können." "Ja, ja, das sagst du immer. Und wenn er nicht in die Hufe kommt, gehst du doch nach oben, um ihn anzutreiben oder ihn gegebenenfalls noch zu fahren. - Aber du hast recht, das haben wir immer falsch gemacht, vor allem natürlich du!" Fred zwinkerte seiner Frau zu. Ja klar, meistens war sie diejenige, die ihre Kinder an alles erinnerte und ihnen dann die Sachen hinterher trug oder sie zur Schule fuhr, wenn sie den Bus verpassten.

Doch heute Morgen schien ja alles ganz gut zu laufen. Tobias kam schon die Treppe herunter. "Guten Morgen!" "Guten Morgen, komm setz' dich, ein bisschen Zeit zum frühstücken hast du noch." Tobi guckte auf die Uhr an der Wand. "Ne, ich muss los, hab sowieso keinen Hunger." Er steckte sich die Butterbrotdose ein - den Apfel ließ er liegen - und weg war er. Fred stand auf: "Ich packe auch mal meine Sachen zusammen." "Wecke doch bitte Max noch. Steffi scheint auf zu sein - oder?" "Ja, ich höre sie auch."

Wenn Maria keinen Dienst hatte, saß sie eigentlich immer am Frühstückstisch bis alle fertig waren - bediente ihre Kinder mehr oder weniger mit Kakao oder Tee und machte die Schulbrote. Zwischendurch las sie in der Zeitung und trank ihren Kaffee. Viel erzählt wurde nicht am Frühstückstisch im Hause Frangenberg, obwohl keiner ein wirklicher Morgenmuffel war. Aber viel Zeit hatte auch niemand - außer Maria. Schnell eine Tasse Kakao und noch ein Brötchen - und dann mussten sie ja auch schon los.

Wenn dann alle weg waren, erledigte Maria den Haushalt mit allem was so dazu gehörte. Sie arbeitete an drei oder vier Tagen in der Woche, auch in Cöln, in der Redaktion eines Öffentlich Rechtlichen Senders. Sie genoss diese Arbeit wie eine Auszeit vom Alltag!

Jetzt horchte sie auf, stellte den Stabsauger aus - ja, hatte sie doch richtig gehört: Das Telefon! "Ja, bitte!" "Heilig-Geist-Krankenhaus in Cöln, spreche ich mit Frau Frangenberg?" "Ja - was ist los?" "Ihr Sohn Tobias liegt hier mit starken Leibschmerzen." Die Frauenstimme redete sofort weiter: "Wahrscheinlich muss er operiert werden. Da er noch keine 18 Jahre alt ist, brauchen wir die Unterschrift eines Erziehungsberechtigten. Könnten Sie bitte so schnell wie möglich herkommen und die Einwilligung zur OP unterschreiben." "Aber..." Maria wusste gar nicht was sie denken und sagen sollte. "Was ist denn passiert?" "Das wissen wir auch noch nicht genau. Der diensthabende Oberarzt untersucht Ihren Sohn gleich - dann wissen wir Genaueres. Sie können dann natürlich mit dem Arzt sprechen." Maria ließ sich die genaue Adresse geben. "Ich kann in einer guten halben Stunde da sein." Sie wusste ungefähr, wo das Heilig-Geist-Krankenhaus war und hoffte, dass sie gut durch kam.

Es klappte auch alles gut - 40 Minuten waren vergangen, als Maria die Eingangshalle des Krankenhauses betrat. Ach ja, dort war die Information. "Ich bin angerufen worden - mein Sohn Tobias Frangenberg ist hier eingeliefert worden." "Dort hinten ist die Notfall-Ambulanz."

Blass und etwas zittrig ging Maria durch die Schwingtüre. Darüber stand in großen Lettern "Notfall-Ambulanz". Es war ziemlich voll hier. Viele Menschen warteten scheinbar auf den Arzt - dabei war es gleich Mittag, ein ganz normaler Wochentag.

Eine Bahre stand in der Ecke. "Mama, hier", etwas kläglich klang die Stimme ihres Sohnes. "Was ist denn los?" "Die müssen operieren - wahrscheinlich der Magen." Jetzt kam eine junge Frau auf Maria zu: "Frau Frangenberg? Ihr Sohn hat wahrscheinlich zu viel Karneval gefeiert. Das ist im Moment große Mode hier bei den jungen Leuten im Viertel. Alkohol und Drogen - da macht der Magen manchmal nicht mit, nicht wahr, junger Mann?" "Was soll das? Tobias?" Ganz ängstlich guckte Maria.

"Nein, ich habe nichts getrunken, wirklich." Jetzt schaltete sich Maria ein. "Heute Morgen war noch alles gut. Ja, du hast nichts gefrühstückt. Das ist es. Du hättest wenigstens eine Tasse Kakao trinken sollen." "Ich habe unterwegs eine Flasche Apfelschorle getrunken - au, ich hab' so starke Schmerzen."

Jetzt kam ein Mann um die Ecke, der sich als der verantwortliche Arzt vorstellte. "Die Blutwerte sind eindeutig - eine schwere Entzündung, und so wie die Ultraschallbilder aussehen, müssen wir sofort operieren - der Magen scheint schon an einer Stelle perforiert zu sein und kann jeden Moment durchbrechen. Bitte geben Sie die Einwilligung auf den Formularen. Ihr Sohn hat soweit schon alles angekreuzt, was wichtig ist. Obwohl wir ihm nicht so wirklich glauben, dass er keinen Alkohol getrunken hat. Und irgendetwas hat er auch geraucht!" "Oh, Nein!", Maria wusste gar nicht was sie sagen sollte. "Ich unterschreibe und dann helfen Sie meinem Sohne bitte sofort, egal was Sie vermuten. Sie sehen ja, dass er Hilfe braucht."

Nun ging auch alles ganz schnell. Tobi sollte mit der Bahre in den Nebenraum gefahren werden. "Kann ich mit?" "Nein, nein, wir bringen ihn sofort in den OP. Seine Sachen packen wir in einen Beutel. Kommen Sie in zwei Stunden wieder her. Dann wird er die Operation überstanden haben und der Arzt kann Ihnen alles Weitere sagen."

Maria küsste ihren Sohn. "Es wird alles gut werden - ich warte oder ich bin gleich wieder hier." Dann war Tobias weg. "Wo kommt mein Sohn denn nach der Operation hin?" "Er wird wohl erst in den Aufwachraum hier unten kommen und später dann auf Station Drei." Maria stand immer noch etwas unschlüssig da. "Sie können hier warten oder in der Wartehalle vor OP und Aufwachraum."

Maria verließ die Notfall-Ambulanz. Sie trat vor das Krankenhaus. Es war ein herrlicher Wintertag - die Sonne blendete sie. Was hatte Tobias gemacht? Alkohol? Drogen? Die Schule war gleich um die Ecke. Vielleicht konnte sie noch den Klassenlehrer erreichen. Ja klar, es war ja erst zwölf Uhr.

Oh Gott! Max würde in einer Stunde zu Hause sein. Dann musste sie telefonieren. Maria hatte ihm zwar noch schnell den Schlüssel hinter den Stein gelegt, so wie sie das oft machte, wenn sie unverhofft weg musste, so wie jetzt. Ja, eigentlich lag dort immer ein Schlüssel, wenn keiner zu Hause war.

Manchmal musste sie auch in der Redaktion kurzfristig einspringen - oder sie war nur auf einen Kaffee bei einer Freundin. Aber heute hatte Maria keinen Zettel geschrieben, als sie fast fluchtartig ins Auto gestiegen und nach Cöln gefahren war. Ja, sie würde gleich zu Hause anrufen.

Nun war sie an der Schule. Wo ist denn das Sekretariat? An den Wänden hingen tolle Bilder: Bleistift- und Kreide-Zeichnungen, Porträts, Ölbilder, Stillleben - die Schüler konnten etwas! In den Glasvitrinen waren Skulpturen aus Holz, Marmor und Speckstein zu sehen.

Ein junger Mann kam den Flur entlang. "Können Sie mir bitte sagen, wo das Schulsekretariat ist?" "Ja, wenn Sie durch die Glastüre gehen, direkt die erste Türe rechts." "Vielen Dank!" Maria ging rasch weiter. Jetzt klopfte sie. "Herein."

Maria betrat das Büro und stellte sich vor. "Mein Sohn Tobias ist hier Schüler. Er wurde heute Morgen nebenan ins Krankenhaus gebracht. "Ja, ich weiß Bescheid." Die junge Frau war sehr freundlich. "Ihr Sohn war ganz bleich, er klagte über starke Schmerzen. Er meinte aber, er könne selbst gehen. Ein Schüler aus seiner Klasse hat ihn begleitet. Wissen Sie schon etwas Genaues?" "Tobias wird gerade operiert. Der Notarzt sprach von einem drohenden Magen-Durchbruch. Wir hoffen, dass alles gut geht. Kann ich mal mit dem Klassenlehrer, Herrn Winter, sprechen?" Die junge Frau guckte auf die Uhr. "In zehn Minuten ist Pause, dann können Sie mit Herrn Winter sprechen. Am besten warten Sie vor der Klasse auf ihn." "Ja, danke, werde ich machen."

Es dauerte gar nicht lange, da ging schon die Klassentüre auf, die Schüler und Schülerinnen stürmten heraus. Maria ging in den Klassenraum. Der Mann am Pult schaute auf: "Guten Tag."

"Guten Tag - Sie sind Herr Winter?" "Ja..." "Also... ich... mein Name ist Maria Frangenberg, ich bin die Mutter von Tobias. Er wird gerade nebenan im Krankenhaus operiert. Der Magen, sagen die Ärzte. Heute Morgen war noch alles in Ordnung."

"Tja, Frau Frangenberg, ich muss Ihnen leider sagen, dass viele der Jungs hier in der Klasse die Schule nicht so ernst nehmen - Tobias ist einer der jüngsten und er lässt sich gerne von den anderen ablenken, schwänzt mal mit ihnen die eine oder andere Stunde oder erscheint gar nicht hier. Und nebenan im Büdchen besorgen sich die Schüler immer mal wieder das eine oder andere Bierchen." "Wie - und da unternehmen Sie nichts gegen?" Maria räusperte sich.

"Doch, natürlich! Jegliche Art von Alkohol oder Drogen sind hier an der Schule verboten. Beweisen können wir immer nur etwas, wenn ich oder einer meiner Kollegen oder Kolleginnen sehen, dass die Jungs das Zeug trinken. Erwischen lassen sie sich natürlich nicht. Aber wenn wir den Verdacht haben.... Sie hätten auch in den nächsten Tagen von uns Post bekommen mit der Bitte, sich hier zu melden." Es entstand eine Pause!

"Das hat sich ja jetzt erübrigt. Es tut mir leid! Ich hoffe, dass es nicht so schlimm ist mit Tobias und dass er die OP gut übersteht. Wie alt ist ihr Sohn genau?" "Tobi wird im April 17 - Magenprobleme hatte er noch nie." "Nun, wenn schon früh am Morgen Alkohol getrunken wird, können die sich ja schnell einstellen."

"Nein, das glaube ich nicht - Tobias hat das auch abgestritten, als der Arzt von Alkohol sprach." "Ich muss Ihnen leider sagen, dass die meisten Schüler hier schon 18 sind, einige von ihnen haben Erfahrungen mit Drogen oder Alkohol - auch wenn ich das hier in der Klasse oft thematisiere und alle wissen, dass jegliche Arten von Drogen und Alkohol in der Schule verboten sind - was meinen Sie, wie die das kümmert; und Tobias - so habe ich jedenfalls den Eindruck - findet es ziemlich cool, was die anderen so erzählen."

Maria war entsetzt. Da hatten sie doch gedacht, jetzt wäre Tobias auf der richtigen Schule - jetzt würde er den Abschluss bekommen, das Fachabitur machen und vielleicht sogar auf die Kunst-Akademie gehen können, Design oder Architektur studieren. "Mein Mann und ich..., wir werden mit Tobias sprechen - das ist bestimmt ein Irrtum. Ich kann mir das wirklich nicht vorstellen."

Herr Winter gab Maria die Hand: "Vielleicht ist es ja wirklich nicht so und Tobias hat aus einem anderen Grund diese Magenbeschwerden. Wir werden, wenn er wieder gesund ist und zur Schule kommt, noch einmal ein ernstes Wort miteinander reden. Vielleicht war es ja auch eine rechtzeitige Warnung und Ihr Sohn sieht das auch so und kommt zur Vernunft. Geben Sie mir bitte Bescheid, wie es aussieht. Einen lieben Gruß und gute Besserung an Ihren Sohn." Damit verabschiedete sich Herr Winter und begleitete Maria aus dem Klassenraum.

"Ich gehe jetzt wieder 'rüber ins Krankenhaus. Die zwei Stunden sind zwar noch nicht rum...." Maria guckte auf die Uhr: "Ich muss ja auch Max noch anrufen, der ist bestimmt schon zu Hause und weiß gar nicht was los ist." Mit diesen Gedanken verließ sie die Schule. Auf dem Weg zum Krankenhaus fand sie eine Telefonzelle und erreichte auch Max sofort.

Von der OP erholte Tobi sich erstaunlich schnell - Alkohol getrunken zu haben, stritt er ab. Maria glaubte ihm - beim besten Willen konnte sie sich das nicht vorstellen - so früh am Morgen! Nach einer Woche war Tobi schon wieder zu Hause und ging natürlich auch wieder zur Schule.

Es gab dann auch eine Besprechung bei Herrn Winter, an der Tobias zusammen mit Fred und Maria teilnahm. Es wurde noch einmal eindringlich darauf hingewiesen, dass jegliche Einnahme von Drogen oder Alkohol verboten sei. "Ja klar", Tobias nickte.

Er fühlte sich wohl in der Schule. Hier konnte er sich in seinen Lieblängsfächern austoben: Malen, Zeichnen, Arbeiten mit Holz, Gips und Speckstein - das war schon das Richtige für ihn. Alles ging ihm schnell von der Hand - seine Arbeiten konnten sich sehen lassen.

Für seine Klassenkameraden übernahm er die eine oder andere Fertigstellung einer Aufgabe - und bekam dafür sein erstes Gras oder Piece zum Rauchen. Das fand Tobias gar nicht so übel!

Zunächst nahm er sich aber zusammen, es gefiel ihm hier - nur langsam schlichen sich die Fehlstunden wieder ein.

- - - -

Morgens in der Bahn saß oft ein Mädchen, das Tobias ziemlich gut gefiel. Sie war ihm zunächst gar nicht aufgefallen, da sein Blick immer nach unten auf den jeweiligen Lesestoff gerichtet war, meistens ein Buch oder eben der "Spiegel", der zu seiner wöchentlichen Lektüre gehörte. Und einfach so mal ansprechen..., so cool war er nicht.

Mit Mädchen hatte er noch nicht sooo viel Erfahrung. Ein bisschen Knutschen mit Mary auf der Kirmes und später dann hinter dem Imbiss. Einmal war er auch mit ihr an der Agger spazieren gegangen. Sie hatten auf der Bank gesessen. Vorsichtig hatte Tobias über Marys Arm gestreichelt, ihren Hals, ein wenig über ihren Nacken... er hatte sie auf den Mund geküsst, der leicht geöffnet war. Aber mehr war da noch nicht gewesen - er war halt meistens mit Erkan und Markus unterwegs.

Nun lächelte er Kirsten an. Sie lächelte zurück und so kamen sie ins Gespräch. Es stellte sich heraus, dass sie auf die gleiche Schule ging, in die Parallelklasse. Allerdings hatte Tobi sie in den Pausen noch nie gesehen. "Ich hab' dich aber schon oft gesehen, in der Bahn und auch auf dem Schulhof, aber du bist ja immer anderweitig beschäftigt", meinte Kirsten. Von nun an guckte Tobias jeden Morgen nach ihr. Er wusste jetzt, an welchem Bahnhof sie zustieg und auch Kirsten hielt morgens Ausschau nach Tobias, so dass sie nun fast immer gemeinsam zur Schule gingen.

Cöln war toll: Hier pulsierte das Leben auf der Straße! Musiker, Gaukler und Straßenmaler - super! Bewundernd stand Tobias da und schaute ihnen zu, manchmal mit einer Dose Bier in der Hand. Auch Kirsten begleitete ihn oft - hin und wieder verabredeten sie sich und schwänzten die letzten beiden Stunden, um dann mit den Punks durch die Stadt zu ziehen.

Und wenn Tobi am späten Nachmittag wieder in Kaltenborn ankam, schaute er nur kurz zu Hause vorbei. Oft waren seine Eltern noch arbeiten - dann ging er schnell weiter in den "Agger-Grill".

Hier wartete Erkan schon und es wurde immer öfter mal ein Bierchen getrunken und gekifft! Tobi konnte dort anschreiben lassen und später seine Schulden mit dem Dienst hinter der Theke wieder abarbeiten.

Mar a und Fred bekamen nichts mit. Gut, dass Tobi rauchte, war kein Geheimnis mehr und mit 17 könnte man ja auch mal ein Bier trinken, meinte Fred. "Das war doch bei uns genauso", beruhigte er seine Frau, wenn die meinte, Tobi habe eine Fahne - man müsse mit ihm reden!

Abends kam Tobias oft sehr spät nach Hause, so wie heute. Mar a war noch auf. Fred schlief schon. "Warum bringst du deine Freunde nicht mal mit?", versuchte Maria Tobias davon zu überzeugen, dass er es doch so schlecht zu Hause nicht habe. "Du hast ein großes Zimmer mit Fernseher, und früher warst du doch auch oft mit Erkan und den anderen hier. Am Wochenende habt ihr ewig lange Risiko gespielt."

"Ach Mami, wir sind halt lieber unten im Grill. Anja und Ingo freuen sich, wenn wir sie ein bisschen bei der Arbeit unterstützen. So kann Anja dann auch etwas früher Feierabend machen und oben bei Jan sein." Maria seufzte.

"Aber ich bin ja nicht nur dort unten - oft komme ich so spät nach Hause, weil ich noch bei Kirsten bin." Jetzt nahm ihr Ältester Maria in den Arm und drückte ihr einen Kuss auf die Wange.

"Ach, ja - Kirsten hat ihre Eltern gefragt: Ich kann am Freitag bei ihr zu Hause übernachten. Das ist doch in Ordnung - oder? Dann brauchst du dir keine Sorgen zu machen, wenn ich nicht nach Hause komme." "Wenn wir Bescheid wissen, ist das ja auch kein Problem. Aber wie oft rufst du nicht an, wenn du erst so spät kommst - oder gar nicht. Das ist unmöglich! Wir machen uns die größten Sorgen und ich kann nicht schlafen." "Kommt nicht mehr vor, versprochen!" Tobi gab seiner Mutter einen Kuss auf die Stirn, lief dann die Treppe hinauf und verschwand im obersten Stockwerk.

"Wie spät ist es denn?" Fred schlief doch noch nicht. "Es ist gleich Mitternacht. Das ist ja auch nicht das Problem. Tobias kann schon die Verantwortung für sich selbst übernehmen. Er soll uns nur Bescheid sagen, wenn er so spät kommt. Wenn ich weiß, dass er hier im Dorf ist, ist es ja auch in Ordnung. Aber wie oft wissen wir nicht, wo er ist. Wenn er nach der Schule nach Hause kommt, kann er bis spätestens sechs Uhr hier sein - und wenn er noch zu Schulfreunden geht oder sonst etwas unternimmt, sollte er uns das sagen."

„Ich habe Angst! Cöln ist nicht ohne - Herr Winter hat auch gesagt, dass einige Schüler aus der Klasse trinken und kiffen - vielleicht sogar härtere Drogen nehmen. Tobi riecht wirklich oft nach Alkohol und wenn er kifft? Er streitet das zwar immer ab, aber du weißt doch, dass das den Einstieg bedeutet - auch für härtere Drogen!"

"Jetzt mach' dich mal nicht verrückt. Das glaube ich nicht. Und was ist mit dem Mädchen, mit dem er sich oft trifft? Ist das nun seine Freundin?" "Ja, ich glaube schon. Jedenfalls will Tobi am Freitag bei Kirsten zu Hause übernachten, hat er mir gerade erzählt." "Na siehste, dann brauchen wir uns doch keine Sorgen zu machen. Du sagst doch selbst immer, dass Mädels so vernünftig sind - da wird er schon gut aufgehoben sein."

"Tobi könnte Kirsten ruhig mal mit hierher bringen", sagte Maria jetzt. "Muss ja nicht gleich zum Übernachten sein. Ich würde das Mädchen gerne kennenlernen." "Ja klar, finde ich auch. So, jetzt komm aber ins Bett - ist eh' schon spät genug."

Lange konnte Maria nicht einschlafen. So viele Gedanken gingen ihr durch den Kopf. Hoffentlich stimmte das auch mit dem Übernachten bei Kirsten. So lange kannten sich die beiden ja noch gar nicht. Würde sie es Steffi erlauben, wenn die einen

Freund hätte, dass der hier übernachtet? Tja, so genau konnte sie sich das gar nicht beantworten. Und wenn Tobi nun doch Drogen nähme, also Haschisch oder so etwas? Aber das würde sie doch merken - oder? Was war denn mit Erkan und Markus? Sie mochte die beiden Jungs - aber es wurde immer öfter mal erzählt, dass die so viel rumhängen würden. Beide waren mit der Schule fertig, angeblich hatten sie den Abschluss mit Ach und Krach geschafft. Eine Lehrstelle hatte jedoch noch keiner von beiden. "Aber Tobi geht doch zur Schule, sogar gerne", wie er gestern noch betonte. "Wird schon alles in Ordnung sein!"

Am nächsten Morgen schien die Sonne. Der neue Tag begann und Maria vergaß die dunklen Gedanken der Nacht. Sie deckte den Tisch: Nacheinander kamen Fred und die Kinder herunter zum Frühstück. Heute gab es weder Zankereien noch Diskussionen. Sogar Tobi erschien pünktlich, trank eine Tasse Kakao und weg war er.

"Ihr wisst, dass ich heute Spätdienst habe?" Die Frage ging an Steffi und Max, die sich gerade verabschiedeten. "Ja, ich weiß Bescheid", sagte Steffi. "Ich komme erst nach der sechsten Stunde, dann bist du sowieso schon weg." Ein Kuss für die Mama und dann war sie aus der Tür. "Du kannst ruhig auf mich warten, ich komme mit zur Haltestelle", rief Max und lief hinter seiner Schwester her. "Ich hab' früh aus, wir sehen uns noch, Mama". Er kam noch mal zurück und gab seiner Mutter einen Kuss. Dann war er endgültig weg.

Maria räumte den Tisch ab. Trixi war nur kurz im Garten gewesen und jetzt stand erst einmal eine Runde mit dem Hund an. Das Wetter war herrlich. Das Laufen an dem kleinen Fluss entlang tat gut, Maria genoss die frische Luft. Einkaufen war auch noch angesagt. Der Supermarkt im Ort war gut sortiert. Man bekam hier eigentlich alles.

"Hallo", das war Erika, ihre Nachbarin. "Hallo, wie geht's?" "Alles in Ordnung. Wir müssen unbedingt mal wieder 'nen Kaffee trinken." "Ja, stimmt, aber jetzt hab' ich leider keine Zeit. Muss noch kochen, damit meine Lieben etwas zu essen bekommen - heute Nachmittag hab' ich Dienst." "Ja, klar - aber vielleicht in den nächsten Tagen. Klingel doch einfach mal". "Mach ich, Montag oder Dienstag - wie sieht's da bei dir aus?" "Passt", sagte Erika. "Ich freu' mich, wenn wir mal wieder in Ruhe quatschen können. Also mach's gut, Gruß an Fred." "Ja, grüß auch - bis nächste Woche dann."

Erika hatte zwei Söhne: der Ältere war nur etwas jünger als Sabine und Sven, der Jüngere, war so alt wie Steffi. "Ist 'ne gute Idee, sich mal wieder zu treffen," dachte Maria. Jetzt musste sie sich aber etwas beeilen.

"Huuuuu, Huuuu!" Erschrocken drehte Maria sich um. "Mein Gott, jetzt hätt' ich doch die Trixi fast vergessen." "Sorry, du Arme", entschuldigte sie sich bei ihrem Hund.

Was ist eigentlich für ein Tag heute? Donnerstag! Morgen will Tobias bei seiner Freundin übernachten. Wo wohnte die noch gleich? Sie musste sich unbedingt Andresse und Telefonnummer aufschreiben... und den vollständigen Namen. Das konnte ja nie schaden. Tobi war noch keine 18 - sie hatten als Eltern die Verantwortung für den Jungen - und der Zuverlässigste war er ja nun mal nicht. Maria fand es immer gut, wenn sie eine Telefonnummer hatte, wo sie eventuell ihren Sohn erreichen konnte.

Aber jetzt erst mal nach Hause und kochen. Max würde gleich kommen und sich bestimmt freuen: Spaghetti Bolognese aßen alle aus der Familie gerne, und Max besonders. Es klingelt! "Hallo, mein Schatz, wie war's in der Schule?" "Ganz gut. Ich hab' Hunger - es riecht so lecker. Was gibt's denn?" "Wonach riecht's denn?" "Spaaaghetti Bolognese?" "Richtig geraten - komm, setz' dich, ich hab' auch Hunger." "Na dann - Guten Appetit" "Guten Appetit" "Was hast du denn heute Nachmittag vor? Ich muss ja gleich zur Arbeit fahren." "Hmm - weiß noch nicht. Erst mal mache ich meine Hausaufgaben." Jetzt grinste Max ganz schön frech. "Das will ich meinen." Maria grinste zurück. "Ich denke, ich werde mit Dirk 'runter zur Agger gehen... und später ins Juze." "Alles klar, dann viel Spaß. Kannst Trixi ja mitnehmen, dann braucht heute Abend keiner mehr mit ihr zu gehen. - Räum' bitte den Tisch ab, ich muss los." Ein Kuss noch auf Max' Stirn, dann verließ Maria den Raum und kurze Zeit später das Haus.

Es war wirklich ein herrlicher Tag - na ja, es war ja auch schon Ende Mai und so viele Sonnentage hatte es in diesem Jahr noch nicht gegeben.

Maria war gut gelaunt. Sie freute sich jedes Mal, wenn sie von weitem die Silhouetten der Stadt mit Dom und "ihrem" Sender sah. Ja, sie ging gerne zur Arbeit. Sie freute sich, Hausarbeit und Familie "loslassen" und ihren Platz am Schreibtisch einnehmen zu können. Die Kolleginnen waren total nett und das ganze Redaktionsteam hatte einen festen Platz in ihrem Leben eingenommen. Für ein paar Stunden eine Auszeit - bis es irgendwann hieß: "Frau Frangenberg - Telefon". Dann waren das meistens Max oder Steffi. Tobi rief eigentlich nie an und ganz selten Fred, außer er suchte irgendetwas und war der Meinung, Maria habe das weggeräumt.

Aber heute geschah nichts dergleichen. Es war ein relativ unspektakulärer Dienst - die Nachrichtenlage war ruhig und von zu Hause kamen keine Anrufe für Maria. Das war nicht schlecht. Maria schaute auf die Uhr: gleich sieben Uhr. Da war Fred bestimmt schon zu Hause. Sie war nahe dran, selbst zu Hause anzurufen und nachzufragen, ob alles in Ordnung sei. War schon komisch, so gar nichts zu hören. Tobias müsste eigentlich auch schon wieder in Kaltenborn eingetroffen sein.

Marias Ablösung kam um 22 Uhr. Sie begrüßte noch herzlich ihre Kollegin für den Nachtdienst und verabschiedete sich - am nächsten Tag hatte sie wieder Spätdienst. Nun war sie doch ein bisschen müde. Aber es war wenig Verkehr, so dass Maria eine gute halbe Stunde später zu Hause war.

Fred war noch auf. Trixi kam schwanzwedelnd zur Türe. "Hallo", begrüßte Maria den Hund und ihren Mann. "Sind die Kinder alle zu Hause?" "Ja, bis auf Tobi. Aber Steffi und Max haben ihren Bruder heute Abend schon gesehen. Er war wohl kurz hier und ist dann wieder verschwunden." "Es ist gleich elf Uhr - da sollte er doch zu Hause sein, zumal er ja morgen wieder früh raus muss." "Tobi ist zwar noch keine 18, aber doch alt genug, um zu wissen, wie viel Schlaf er braucht und wann er ins Bett geht. Wir können ihm doch nicht immer alles vorschreiben." "Na, ich weiß nicht. Wir hatten doch ausgemacht, dass er anruft, wenn er so spät kommt." "Wir hatten ausgemacht, dass er anrufen soll, wenn er später aus Cöln zurück kommt oder irgendwo übernachtet. Nun ist er ja hier im Dorf und es ist noch keine 23 Uhr." "Das ist mir egal, Tobi hat morgen Schule."

Maria war jetzt doch ziemlich aufgeregt. "Und wenn er um zwölf Uhr - also Mitternacht - immer noch nicht hier ist, nehme ich mir Trixi und gehe runter zum Imbiss. Bestimmt hängt er da wieder 'rum.'" Fred seufzte. "Also ich geh' gleich ins Bett und das solltest du auch tun." "Nein, ich warte noch bis Mitternacht und dann gehe ich los. Wir sollten übrigens an einem Strang ziehen, wenn es darum geht, Tobias einen Zeitpunkt für's Nachhausekommen in der Woche zu nennen. Er geht noch zur Schule, muss immer früh aufstehen: Da braucht er seinen Schlaf - so tolle Schulnoten hat er ja nicht. Ich bitte dich wirklich, mich in der Richtung zu unterstützen, damit er doch noch einen guten Abschluss bekommt und mit dem Fachabitur vielleicht Design oder Architektur studieren kann."

"Das hört sich alles so einfach an - aber unser Sohn muss den Abschluss in der Schule machen und ob er wirklich studieren möchte? Ja, er könnte wenn er wollte. Das alte Lied, das wir hören, seit in er zur Schule geht. Komm mal her." Fred nahm seine Frau in die Arme: "Ich weiß ja, dass du es gut meinst. Immer meinst du es gut, aber Tobias muss lernen, für sich selbst Verantwortung zu übernehmen. Du kannst ihm nicht immer alles abnehmen - und wir zusammen auch nicht." Fred ging zur Tür und drehte sich dann noch einmal um: "Wir können aber gerne noch einmal mit Tobias sprechen und ihm nahelegen, in der Woche um 22 Uhr, spätestens 23 Uhr zu Hause zu sein. - Einverstanden?" "Ja, das machen wir. Ich hoffe, dass er gleich kommt."

Tobias hatte an diesem Donnerstag mit Kirsten zusammen die Schule verlassen. Gemeinsam fuhren sie noch ein Stück mit der Bahn und pünktlich war Tobi zu Hause angekommen. Steffi und Max saßen im Wohnzimmer vor dem Fernseher. "Ich geh' noch mal 'runter in die Frittenbude", teilte Tobi seinen Geschwistern mit, als er das Haus kurze Zeit später wieder verließ.

Im Imbiss waren ein paar Jugendliche, darunter auch Tobis Freunde Erkan und Markus. Sie saßen an einem Tisch und spielten Risiko. Das Spiel war im Moment wieder der Renner bei den Jungs. Es kam vor, dass sie den ganzen Abend vor dem Brettspiel saßen oder sie pokerten. Hier ging es dann um einen Einsatz von ein paar Pfennigen. Viel Geld hatten sie ja alle nicht. Das Taschengeld war nicht besonders üppig. Da war es für sie toll, wenn sie das hier im Imbiss ein bisschen aufbessern konnten - mit spülen, Tische abwischen oder auf den kleinen Jan aufpassen.

Und ein Bier anschreiben lassen, ging so auch immer. Tobi guckte auf die Uhr: Es war schon nach elf - das Spiel war gerade zu Ende, die Flasche Bier war auch leer. Seine Mutter war bestimmt schon zu Hause. Morgen wollte er ja bei Kirsten übernachten, da wäre es nicht so verkehrt, sich auf den Heimweg zu begeben, dachte Tobi bei sich und ging zur Tür. "Tschüss, bis morgen! Ach nee, morgen komm' ich ja gar nicht. Am Samstag oder Sonntag - vielleicht bleib' ich auch das ganze Wochenende bei meiner Freundin." "Echt, du kannst bei der übernachten?" Erkan guckte ganz neidisch. "Und da sagt keiner was?" "Warum, ich weiß doch wie ich mich zu benehmen habe", grinste Tobi. "Aber es ist besser, wenn ich jetzt nach Hause gehe, ehe mein Vater oder meine Mutter hier aufkreuzen." Damit war er nun aber auch weg.

Im Wohnzimmer brannte noch Licht. Maria hatte sich gerade noch eine halbe Stunde gegeben, als sie den Schlüssel in der Tür hörte. "Na, endlich - da bist du ja", empfing sie ihren Sohn. "In einer halben Stunde wäre ich mit Trixi losgegangen, um dich zu holen. Papa und ich werden am Wochenende noch einmal mit dir die Zeiten durchsprechen. Wenn du Schule hast, solltest du spätestens um 23 Uhr zuhause sein, auch wenn du hier im Dorf bist. Und wenn irgendetwas dazwischen kommt und du später aus Cöln zurück kommst, ruf bitte an, damit wir

Bescheid wissen. Du weißt, wie schlimm es für mich ist, wenn ich euch immer suchen muss." "Ach Muttchen, du weißt doch, dass mir nichts passiert - ich tauche immer wieder auf! Gute Nacht, schlaf gut." "Gute Nacht - du auch." Damit löschte sie das Licht im Wohnzimmer und ging ins Bad.

"Na, was hab' ich dir gesagt?" wurde Maria von Fred empfangen. "Alles halb so wild - jetzt komm ins Bett. Wir müssen ja auch früh aufstehen." Es fühlte sich gut an, sich an Fred zu kuscheln. "Gute Nacht!"

- - - -

Am Freitag nach der Schule kamen Tobias und Kirsten Hand-in-Hand in Waldhausen an. Kirstens Eltern waren sehr nett, auch zu Tobias. Er war noch nie bei Kirsten zu Hause gewesen, jedenfalls nicht, wenn die Eltern da waren. Ein Teller wurde für ihn mit auf den Tisch gestellt und es fand eine angeregte Unterhaltung statt – wenn auch nur belangloses Zeug übers Wetter, über die Schule etc. Tobi bedankte sich herzlich für das leckere Essen. Ob sie wirklich gewusst hatten, dass Kirsten ihren Freund heute mitbringt?

Allerdings konnte von übernachten keine Rede sein. Punkt 23 Uhr klopfte es an Kirstens Zimmertür. Das war das Zeichen für Tobi: Nun musste er das Haus verlassen. Aber es war nicht weit bis zum Sportplatz. In Tobis Rucksack gab es immer eine Decke oder einen Schlafsack - man konnte ja nie wissen! Und es war ja Sommer.

Tobi rollte seinen Schlafsack im Eingang der Umkleidekabinen am Sportplatz aus und schon bald schlief er tief und fest. Als es hell wurde, packte er den Schlafsack wieder in den Rucksack, wusch sich in dem kleinen Bach Gesicht und Oberkörper und ging wieder zu Kirstens Elternhaus.

Ein paar kleine Steine warf er an ihr Fenster... und wirklich, die Haustüre wurde geöffnet und beide schlichen sich nach oben in Kirstens Zimmer. Offiziell klingelte Tobias erst am Nachmittag wieder an der Haustür. Und am Abend fuhr er dann auch mit der letzten Bahn nach Hause. Er hatte zwar kurz überlegt, im Imbiss vorbeizuschauen, ob Erkan oder Markus noch dort waren. Aber es war schon nach Mitternacht - und vielleicht war es ja auch gar nicht so schlecht, mal nach Hause zu gehen. Auch wenn seine Eltern sich heute keine Sorgen machen würden - weil sie ja dachten, er wäre noch bei Kirsten.

So kam es, dass tatsächlich alle Kinder in den Betten lagen, als Fred und Maria nach Hause kamen. Sie waren auf der Geburtstagsfeier eines Freundes gewesen und selbst erst weit nach Mitternacht wieder zu Hause.

Bei Kirsten war Tobi jetzt des Öfteren am Wochenende - und wenn er bei ihr war, trank er auch nichts. Aber wenn die beiden nach der Schule noch in Cöln blieben, wurde gekifft und nicht wenig getrunken. Kirsten sagte dann ihren Eltern, sie sei bei einer Freundin und Tobi übernachtete ja bei Kirsten, dachten jedenfalls Fred und Maria.

Für Tobi und Kirsten war es ein wunderschöner Sommer: die geheimen Treffen, wenn Tobi sich morgens wieder ins Haus schlich, die sexuellen Erfahrungen, die sie dann in den frühen Morgenstunden machten oder bei den Spaziergängen am Bach entlang bis zum Sportplatz. Er fühlte sich zu ihr hingezogen.

Genauso aber zogen Tobi die Punks in den Abrisshäusern nahe der Schule an. Immer öfter ging er nach dem Unterricht dort hin. Kirsten fühlte sich da aber nicht wohl und als der Winter kam, gingen die beiden immer seltener gemeinsam nach der Schule in die Stadt oder fuhren mit der Bahn nach Hause. An den Wochenenden war Tobias nicht mehr in Waldhausen, sondern wieder mehr zu Hause in Kaltenborn.

Im neuen Jahr gab es den nächsten Elternsprechtag: Tobis Noten waren gar nicht so schlecht und sein Klassenlehrer meinte, bei dem Stand würde er im Sommer das Fachabitur bestehen können - und dann stünde einem Studium auf der entsprechenden Fachhochschule nichts mehr im Wege.

Fred sah sich darin bestätigt, dass es richtig gewesen war, Tobi auch mal die Verantwortung zu überlassen und nicht so sehr auf Marias Ängste einzugehen.

1989 / 1990

Bisher hatte niemand mitbekommen, dass man in Kaltenborn doch ziemlich leicht an alle möglichen Drogen kommen konnte. Tobias war nach der Schule mal wieder im Grillstübchen, als sein älterer Kumpel Klaus auftauchte. Der wohnte nicht mehr in Kaltenborn, kam aber öfter mal hier vorbei. Jetzt brauchte er augenscheinlich Geld. Jeden fragte Klaus nach 40 Mark.

Tobi hatte gerade Taschengeld bekommen. "Ich könnte dir das Geld leihen - aber nur wenn ich die Hälfte von dem Zeug abbekomme." Klaus guckte zunächst ganz verunsichert. Leiser sagte Tobi dann: "Ich weiß, wofür du das Geld haben willst - kannst nicht mit der Schore aufhören." Noch leiser sagte er: "Ich will es einfach mal probieren - gib mir die Hälfte ab, dann bekommst du das Geld." "O.k., gib her." Damit verschwand Klaus mit dem Geld nach draußen. Zehn Minuten später zog Tobi auf der Toilette seine erste "Nase" von der Hülle einer Eric Burdon-Kassette. Die anderen bekamen gar nichts mit.

Tobi fand den Rausch zwar gut - aber eigentlich hatte er sich mehr davon versprochen; und ziemlich teuer war das Zeug ja auch. "Ne, ist wohl doch nichts für mich", sagte er dann ein paar Tage später zu Klaus. "Ich bleib' beim Kiffen - kostet nicht so viel und ich komm' ganz gut klar damit - auch in der Schule. Und zu Hause merkt keiner was. Aber den Zwanni kannst du mir bitte zurückgeben."

In der Schule lief es dann doch nicht mehr so gut. Die Fehlstunden machten sich bemerkbar; und dass Tobias immer öfter bei den Punks 'rumhing, tat seinen Noten auch nicht gut. Aber er fand es toll, mit den Jungs im Hinterhof des Abrisshauses zu sitzen, Gitarre zu spielen, Bier zu trinken und zu kiffen. Und gemalt wurde hier auch. An den Wänden des leerstehenden

Gebäudes entstanden tolle Gemälde, da konnte Tobi sich künstlerisch austoben. Schade, dass er seinen Lehrern diese Malereien und Graffitis nicht zur Benotung zeigen konnte. Sehr schade! Denn damit hätte er in Kunst seine Zensuren bestimmt verbessern können.

Tobi kam des Öfteren wieder sehr spät nach Hause - er vergaß meistens anzurufen und oft verpasste er sogar die letzte Bahn und kam gar nicht nach Hause. Dann übernachtete er bei den Punks und ging morgens von dort aus zur Schule - jedenfalls meistens.

Maria war fix und fertig. Sie hatte große Angst um ihren Sohn, wenn der nicht nach Hause kam und sich nicht meldete. Abends fuhr sie bis zum Bahnhof in der Hoffnung, dass Tobias mit der letzten Bahn käme. Manchmal hatte sie Glück, dann kam ihr Sohn aus dem Zug - freudestrahlend stieg er ins Auto und gab seiner Mutter einen Kuss. "Entschuldigung, hab vergessen anzurufen."

Er freute sich, seine Mutter zu sehen. Er vergaß das mit dem Anrufen wirklich - das war keine böse Absicht. Immer noch war Tobias mit den Gedanken nicht bei der Sache, vergaß oft Zeit und Raum. Maria versuchte an sein Gewissen zu appellieren: "Bitte, Tobias, ich mach' mir doch immer solche Sorgen, wenn du dich nicht meldest. Solange du zu Hause wohnst, verlangen wir, dass du Bescheid sagst, wo du bist und wann du nach Hause kommst." "Ja, Mama, kommt nicht mehr vor." Dass er die Strecke nach Hause jetzt nicht zu laufen brauchte - es waren mindestens fünf Kilometer - freute ihn natürlich.

Auch Fred war richtig sauer auf seinen Sohn nach solchen Nachtfahrten seiner Frau zum Bahnhof. Er selbst weigerte sich, Tobi zu suchen oder abzuholen - jedenfalls dann, wenn nichts verabredet war und wenn Tobias nicht angerufen hatte. "Er soll laufen - wir können ihn doch nicht immer suchen. Ihm passiert nichts - du musst dir nicht ständig solche Sorgen machen."

Es war kurz nach Tobias' 18. Geburtstag - ein Mittwochabend: Tobi war ausnahmsweise pünktlich von der Schule nach Hause gekommen und nicht wieder weggegangen. Fred war auch schon da. "Wann kommt denn die Mama heute?", fragte er seinen Vater. "Sie müsste jeden Moment hier sein. Warum?" "Ich muss noch mal mit euch über die Schule sprechen. Es läuft grad nicht so besonders - und irgendwie hab ich gar keinen Bock mehr auf Schule - und schon gar nicht auf die Fachhochschule und das Design-Studium. "

In dem Moment ging die Haustüre auf. "Hallo", ertönte Marias Stimme. "Ich bin wieder da." - "Na, das ist ja mal 'ne nette Überraschung. Unser Sohn ist schon zu Hause." Sie küsste Tobi auf die Stirn. Dann ging sie zu Fred, legte die Arme um seinen Hals und gab ihm einen Kuss auf den Mund. "Sind die anderen beiden auch hier?" Beide zuckten mit den Schultern. "Ich bin auch noch nicht lange hier", sagte Fred. "Hab' noch keinen gesehen - außer Tobias und der kam kurz nach mir."

"Hallo Steffi, Maaax, seid ihr hier?", schallte jetzt Marias Stimme durchs Treppenhaus. "Ich bin hier oben." Steffi kam an die Treppe. "Max ist noch im Juze. Dort ist um sieben Uhr Schluss - dann will er nach Hause kommen. Ich gucke Fernsehen. Noch zehn Minuten, dann ist die Serie zu Ende."

Fred guckte jetzt ganz ernst - erst zu Tobias, dann zu seiner Frau: "Komm, setz dich mal zu uns. Dein Sohn möchte mit uns reden."

"Ja, also, ich habe es gerade Papa schon gesagt: Ich möchte gerne die Schule beenden." "Ja, klar - wenn du jetzt fertig wirst, hast du das Fachabitur und die Kunstschule ist für dich zu Ende. Und erst mal sind ja Ferien, bevor du auf die Designer-Schule gehen willst. Dachte ich jedenfalls, dass das dein Ziel ist." "Ja, eigentlich wollte ich das, aber ich hab' im Moment so gar keine Lust, noch weiter zur Schule zu gehen oder zu studieren." "Was stellst du dir denn vor?", fragte jetzt Fred.

"Eigentlich würde ich gerne ein bisschen durch die Gegend ziehen, andere Länder kennenlernen, nette Leute, vielleicht mit denen zusammen Musik machen oder auf der Straße malen. Das fänd' ich echt gut." "Also ehrlich gesagt", das war jetzt Tobis Mutter, "finde ich das überhaupt nicht gut."

"Hab' ich mir schon gedacht, dass ihr das nicht so toll findet. Was haltet ihr denn davon, wenn ich eine Malerlehre mache? Darauf kann ich dann auch aufbauen und studieren - ist zwar keine Designer-Schule, aber ich hab' erst mal eine Ausbildung und einen Abschluss." Maria guckte ihren Mann an, dann Tobi. "Gut finde ich das nicht - du hast doch so viel Talent, kannst künstlerisch so viel machen oder auch gestalten."

"Das könnte ich auch in einer Malerlehre anwenden. Ehrlich gesagt, mach' ich das nur euch zuliebe - am liebsten würde ich echt sofort hier abhauen. Aber mit dem Fachabi auf der Kunst-schule dauert die Ausbildung nur zwei statt drei Jahre und dann bin ich fertig." "Hast du denn schon einen Ausbildungs-betrieb?", fragte Fred. "Hm, da hatte ich eigentlich gedacht, dass du mir vielleicht helfen könntest. Durch deinen Außen-dienst-Job kennst du doch fast alle Malerbetriebe hier in der Gegend. Vielleicht hast du ja schon von einem gehört, der nach den Sommerferien einen Lehrling einstellen will."

"Ja, das könnte ich natürlich machen. Aber ich hör' mich nur um. Ich frage nicht für dich. Bewerben musst du dich schon selbst."

Tobi atmete tief durch - das lief ja gar nicht so schlecht. Und bei der Bewerbung würde ihn sein Vater bestimmt unterstützen und ein paar gute Worte für ihn einlegen.

"Nein", ließ sich Maria jetzt vernehmen. "Ich finde das überhaupt nicht gut. Mit deinen vielen Talenten, die du hast. Eine Malerlehre! Das kann doch jeder!" Jetzt atmete sie tief durch. "Überlege es dir noch mal." "Ne, Mama, da gibt es nix zu überlegen. Die zwei Jahre ziehe ich noch durch und dann guck' ich mal. Ich will ein anderes Leben führen als ihr. Ich will was von der Welt sehen, will interessante Menschen kennenlernen und ich will erst mal keine Verantwortung für irgendwen übernehmen."

"Vielleicht für dich", meinte Maria. "Es wäre nicht schlecht, wenn du wenigstens für dich die Verantwortung übernehmen würdest. Ich finde deine Pläne mit Reisen und was von der Welt sehen, Menschen kennenlernen und so weiter doch gut. Und dass du erst die Ausbildung machen willst - wenn auch nur uns zuliebe - ist bestimmt ein guter und richtiger Schritt." Jetzt nahm sie ihren Sohn in die Arme. "Pass nur auf dich auf. Und bitte denk daran, solange du hier bei uns wohnst, hast du auch die Verpflichtung, uns zu sagen, wo du bist und wann du nach Hause kommst - das machen wir auch. Ich will mir nicht immer Sorgen um dich machen müssen."

"Also, es ist bestimmt kein schlechter Weg, den du da einschlagen willst", meinte Fred. "Musst du letztlich selber wissen. Wir unterstützen dich. Aber ich erwarte auch, dass du dich darum kümmerst und guckst, wo du dich bewerben kannst." "Mach ich, aber wenn du etwas hörst, und das ist auch noch ein guter Ausbildungsbetrieb, wär' es ja ganz toll, wenn du mir Bescheid sagen würdest." Jetzt grinste Tobi übers ganze Gesicht. Fred lachte auch - er hatte sogar schon eine Firma im Kopf. Aber er sagte nichts. "Ne, der muss sich auch selber ein bisschen bemühen", dachte er bei sich.

Es war nicht schwierig für Tobias, eine passende Lehrstelle zu finden. Sein Halbjahreszeugnis war ganz gut gewesen. Und den Abschluss "Fachabitur" musste er hinkriegen, denn sonst war es nichts mit der verkürzten Ausbildungszeit. Ob Fred auch noch ein gutes Wort für seinen Sohn eingelegt hatte? Die kleine Malerfirma gehörte tatsächlich zu seinem Kundenstamm. Und das Beste für Tobias: Er brauchte nur zwei Stationen mit der Bahn zu fahren.

In den letzten Wochen seiner Schulzeit in Cöln riss Tobias sich zusammen: Er schwänzte kaum noch die Schule und sah zu, dass er abends immer nach Hause kam - ganz selten war er bei den Punks in den Abrisshäusern. Eine wundersame Wandlung!? Nur das Kiffen hatte er sich so angewöhnt, dass er fast jeden Tag sein Gras rauchte.

Zum Führerschein hatte Tobi sich auch angemeldet. Fred meinte, das sei wichtig für ihn. In einer Malerfirma sei es immer gut, wenn man Auto fahren könne. "Und da du ab September dein Lehrlingsgehalt bekommst, kannst du auch einiges zum Führerschein beisteuern."

Die Anmeldung hatte Fred bezahlt. Die theoretische Ausbildung in der Fahrschule fand zweimal in der Woche statt. Aber Tobias nahm das zunächst nicht sehr ernst. Er guckte ab und zu mal in der Fahrschule vorbei, aber er entschuldigte sich und sagte, dass er erst ab Ende Juli regelmäßig kommen werde, wenn er die Schule in Cöln beendet habe.

"Das ist mir alles zu viel", sagte er seinen Freunden im Imbiss.

"Ich will ja 'nen ordentlichen Abschluss hinkriegen - da ist es Quatsch, wenn ich jetzt auch noch für die Theorie in der Fahrschule büffele." "Hier, all diese Bögen muss ich ausfüllen und ich darf höchstens zehn Fehlerpunkte haben, sonst bin ich durchgefallen. Ne, ich werde meinen Alten zu Hause klar machen, dass ich erst wieder hin gehe, wenn ich mit der Schule fertig bin. Das sind noch gut vier Wochen, dann hab' ich das alles hinter mir. Gott sei Dank! Keine Schule mehr." "Anja, gib mir mal bitte ein Bier."

"Na, wie war's in der Fahrschule?", fragte Fred dann auch gleich, als Tobi nach Hause kam. "Ich hab' die Mappe mit den Fragebögen bekommen, aber ich geh' erst mal nicht mehr hin. Das wird mir zu viel, Papa. Ich muss doch jetzt noch die letzten Arbeiten schreiben und für die Schule etwas tun, damit es auch mit dem Abschluss klappt."

"Ich freue mich auf die Ausbildung. Ich bin so froh, dass das in Tiefental bei dem Maler Müller geklappt hat. Aber ich möchte in zwei Jahren fertig sein." "Ja, ist schon o.k. Wir sind doch auch froh, dass du die Lehrstelle bekommen hast. Aber der Führerschein wär' für dich auch wichtig." "Eins nach dem andern, Papa! Sagst du doch auch immer, wenn Mama was von dir will." Jetzt lachten beide und Fred klopfte seinem Sohn auf die Schulter.

So bekam Tobias noch einen ganz guten Abschluss auf der Kunstschule. Er hätte damit die Fachhochschule für Kunst und Gestaltung besuchen und ein Studium beginnen können. Aber stattdessen sollte am 1. September seine zweijährige Ausbildung zum Malergesellen beginnen. Die theoretische Prüfung für den Führerschein schaffte er tatsächlich auch noch vorher, obwohl er beim ersten Mal durchgefallen war.

Tobias wunderte sich selbst darüber! "Läuft doch gar nicht so schlecht", dachte er bei sich. "So kann's weitergehen." Dass er kiffte (und das fast jeden Tag), fiel erst zum Ende der Ferien auf: Maria hatte Großputztag und saugte das Haus von oben bis unten.

"Also, dass die Zimmer der Jungs immer so schlimm aussehen müssen." Bei Steffi ging es ja noch so einigermaßen. Wenigstens lag da nicht alles auf dem Boden 'rum, so dass Maria schnell den Teppich im Zimmer gesaugt hatte. Die Kinder sollten ja ihre Zimmer selbst aufräumen. Bei Max musste aber immer ein Ultimatum gesetzt werden. Um die Zimmer von Steffi und Tobias kümmerte sich Maria eigentlich gar nicht mehr oder nur in Ausnahmefällen, so wie heute! Da noch Ferien waren, hatten die Kinder lange geschlafen, aber nun waren sie alle unterwegs.

Maria öffnete die Tür' von Tobias Zimmer und schnupperte: "Was ist das denn für ein komischer Geruch?", wunderte sie sich und machte erst einmal beide Fenster weit auf. Tobis Freunde waren am Abend vorher noch lange hier gewesen.

Sie hatte gar nicht gehört, wann sie gegangen waren. Wenn die Kinder im Haus waren, konnte Maria gut schlafen, auch wenn es etwas lauter war wegen der Musik oder wenn die Jungs laut erzählend durch das Treppenhaus gingen.

Und überhaupt: Wie das hier aussah! Schmutzige Gläser und leere Flaschen standen auf dem Tisch und dem Fußboden herum. Tobi hatte seine Wäsche überall im Zimmer verstreut.

"Na, dem werd' ich gleich was erzählen, wenn er nach Hause

kommt." Maria nahm mit spitzen Fingern T-Shirts, Jeans, Socken und Unterwäsche und warf alles in eine Ecke. Das Geschirr ließ sie auf dem Tisch stehen. "Das kann Tobi gleich alles 'runter in die Spülmaschine bringen und die Wäsche in den Keller oder gleich in die Waschmaschine", dachte Maria, während sie den Staubsauger wieder anstellte. Hinter der Couch lag auch noch allerlei an Wäschestücken, Papier und Stiften. "Also, so ein Saustall!"

Sie musste wirklich von Zeit zu Zeit die Zimmer ihrer Kinder mal genauer unter die Lupe nehmen. Auch wenn sie fand, dass Steffi und Tobias alt genug waren und solche Sachen ohne elterliche Hilfe erledigen sollten.

"Was ist das denn?" Jetzt führte Maria auch schon Selbstgespräche. Mit dem Staubsauger hatte sie etwas umgestoßen. Nun guckte sie genauer hinter die Couch und rückte sie ein Stück nach vorne. Da lag eine Glasflasche auf dem Boden. Ne, eine Öllampe war das - oder? Maria nahm die Flaschenlampe in die Hand und begutachtete das Stück.

"Das ist doch eine Wasserpfeife, wie sie im Orient geraucht werden. Was will denn Tobias damit? Daher kommt auch der komische Geruch hier im Zimmer." Das würde wohl später ein längeres Gespräch mit Tobi werden. Sie nahm das Glasgefäß erst einmal mit nach unten und stellte es in eine Ecke im Esszimmer, die nicht direkt einsehbar war.

Was sollte das bloß? Wasserpfeife rauchen? Marias Gedanken rasten. Also doch irgendwelche Drogen, die sogar unter ihrem Dach konsumiert wurden? Ihr wurde angst und bange. "Jetzt komm erst mal runter", versuchte sie sich selbst zu beruhigen. "Noch weißt du ja gar nichts - vielleicht sind es ja auch irgendwelche Tabaksorten die geraucht werden." Aber es nützte nichts. Maria wurde immer unruhiger. Sie machte sich eine Tasse Kaffee und setzte sich auf die Terrasse. Jetzt war es vier Uhr. "Hoffentlich kommt Fred bald... oder Tobias - ich muss einfach mit jemandem darüber reden." Maria kam von dem Thema nicht los. Sie nahm die Hundeleine: "Komm Trixi, wir drehen jetzt eine Runde, dann geht's mir vielleicht etwas besser - ich kann hier einfach nicht mehr ruhig sitzen. Und es ist ja auch so ein tolles Wetter."

Als sie anderthalb Stunden später wieder nach Hause kam, stand Freds Auto vor dem Haus. "Hallo, Schatz", rief sie schon von der Türe her. Fred saß am Schreibtisch. "Hallo", er stand auf und gab Maria einen Kuss. "Wie geht's? Wie war dein Tag?" "Mir geht's im Moment überhaupt nicht gut."

Sie ging rüber ins Esszimmer. "Guck mal hier: Die hab ich beim Aufräumen oben in Tobis Zimmer gefunden." Maria nahm die Wasserpfeife in die Hand. "Was hälst du davon? Seit wann rauchen Tobias und seine Freunde mit diesem Gefäß?" "Keine Ahnung - aber die rauchen bestimmt keine Wasserpfeife. Wir müssen mit Tobias reden. Wo ist er denn?"

"Die Kinder haben alle drei lange geschlafen und sind erst am Nachmittag nach draußen gegangen. Danach habe ich aber keinen mehr gesehen. Ich hab' oben sauber gemacht - auch die Kinderzimmer. Gerade bei Tobi sah es aus wie Sau - ganz ehrlich: Das Geschirr stapelte sich auf dem Tisch, seine schmutzige Wäsche lag auf dem Boden. Ich hab' alles auf einen Haufen geschmissen, damit er die Sachen in den Keller bringen kann und ich wenigstens saugen konnte. Tja und dann hab' ich hinter dem Sofa dieses Ding da gefunden. Es roch auch ganz komisch da oben. Zunächst hab' ich alle Fenster aufgerissen, damit dieser süßliche Geruch verschwindet."

Jetzt guckte Maria ihren Mann ganz ängstlich an. "Was meinst du? Doch Drogen, nicht wahr?" "Das sieht schon danach aus, als ob sie gekifft hätten. Und wenn du sagst, dass es so süßlich roch, das deutet auf Haschisch oder Marihuana hin - ist eh dasselbe." Jetzt nahm Fred seine Frau in den Arm. "Komm mal her, das muss ja nicht heißen, dass unser Sohn jetzt abhängig ist. Wenn er mal gekifft hat." "Also wenn er schon solche Utensilien hat und hier im Haus konsumiert, wo wir alle zu Hause waren, das ist schon ein starkes Stück!" Maria holte tief Luft. "Jedenfalls müssen wir mit Tobias reden - und dieses Ding schmeiße ich jetzt in den Müll." Damit nahm sie die Wasserpfeife und ging nach draußen. Sie holte einen Hammer aus der Garage und schlug die Wasserpfeife im Mülleimer kaputt.

Dann ging sie zurück ins Haus. Jetzt ging es ihr besser. "Na, ob das jetzt so eine gute Idee war?", meinte Fred. "Das ist mir egal, dann weiß unser Sohn jedenfalls, dass wir so etwas bei uns im Haus nicht dulden." Damit war das Thema vorläufig erledigt.

Tobias kam an diesem Abend erst nach Hause, als schon alle in den Betten lagen. Er war ziemlich aufgekratzt. Im Imbiss hatte er mit Erkan, Markus und ein paar Jungs mehrere Gläser Bier getrunken und ein paar Joints waren auch 'rumgegangen. Eigentlich wollten Erkan und Markus noch mit ihm nach Hause kommen, nachdem bei Anja und Ingo mit einem "Schluss für heute, Jungs" der Imbiss abgeschlossen worden war. Aber dann hatten sie noch das letzte Bier vor der Türe getrunken, die Gläser in das Holzregal hinter dem Haus gestellt und sich verabschiedet.

"Na, das sieht ja aus, als ob die Mutter hier gesaugt und aufgeräumt hätte", dachte Tobi noch, streifte die Schuhe aus und schmiss sich in Klamotten aufs Bett. Er stellte noch nicht mal den Fernseher an; und schon war er eingeschlafen. Am nächsten Morgen wurde Tobi durch ein Klopfen an seiner Zimmertür geweckt. "Es ist doch noch so früh", antwortete er. "Oh Mann, was für ein Brummschädel", dachte er noch. Da stand auch schon sein Vater im Zimmer. "Guten Morgen, mein Sohn." "Morgen - was ist? Warum weckst du mich denn? Nächste Woche fängt meine Ausbildung an. Ich bin doch froh, dass ich noch ausschlafen kann." "Kannst du auch. Ich wollte dir nur sagen, dass wir heute Abend reden müssen. Deine Mutter hat gestern dein Zimmer gesaugt. Es sah aus wie in einem Saustall. Also räum' bitte das Geschirr in die Spülmaschine und bring' die Wäsche nach unten." "Ja, alles klar, so schlimm war das doch gar nicht. Hab' halt nur vergessen, die Sachen runterzubringen. Die Jungs waren ja vorgestern hier. Mama hat uns sogar noch die Quiche hochgebracht. War auch richtig lecker."

"Mama ist jetzt arbeiten. Sie hat beim Staubsaugen die Wasserpfeife hinter dem Sofa gefunden. Darüber müssen wir sprechen. Was soll der Mist?" "Ach so, ja die hat Erkans Vater aus der Türkei mitgebracht. Keine Panik! Erkan hat sie uns nur mal vorgeführt." "Also wenn ich heute Abend nach Hause komme, bist du bitte auch hier. Dann kannst du uns das ja erklären. Auch diesen komischen Geruch in deinem Zimmer. Mach keinen Scheiß!" Jetzt hörte sich Freds Stimme richtig drohend an. "Ist doch gar nix passiert." "Also, räum' hier auf - wir seh'n uns dann. Bis später."

"Tschüss", damit drehte Tobias sich im Bett rum. So ein Mist aber auch. Seine Mutter hatte ja in seinem Zimmer überhaupt nichts zu suchen. Echte Scheiße! Aber die Kopfschmerzen machten ihm doch zu schaffen und schlecht war ihm auch. "Noch 'ne halbe Stunde, dann werde ich aufstehen und unter die Dusche gehen. Dann eben das Zimmer aufräumen...", dachte Tobi und schlief ein.

Am Abend ging es dann hoch her bei dem Gespräch zwischen Maria, Fred und ihrem Sohn. Tobias war total sauer, weil seine Mutter die Wasserpfeife im Mülleimer zertrümmert hatte. "Das war Erkans, die gehörte mir überhaupt nicht - jetzt muss ich ihm eine neue kaufen. Da kannst du mir aber das Geld für geben." Wutschnaubend sah Tobi seine Mutter an.

"Das glaubst du ja wohl selbst nicht. Keinen Pfennig bekommst du von mir. Wie oft haben wir darüber gesprochen, wie schädlich jede Art von Drogen sind." "Wir haben ein bisschen Gras in der Pfeife geraucht. Das sind keine Drogen." "So - keine Drogen. Was ist das dann? Wenn du schon meinst, so etwas rauchen zu müssen, dann mach' das - aber nicht in unserem Haus. Du hast noch jüngere Geschwister - da solltest du Vorbild sein."

"Mama, jetzt komm mal runter - das war wirklich nichts. Weißt du eigentlich, wie viele Leute kiffen? Nicht nur junge Leute. Auch anerkannte Ärzte, Ingenieure, Menschen, die im Beruf Erfolg haben. Die kiffen mal, so wie ihr euer Bierchen oder ein Glas Wein trinkt.

"Es reicht, Tobias", jetzt schaltete sich auch Fred ein. "Darum geht es nicht - es geht um dich: Du hast uns immer gesagt, du nimmst keinerlei Drogen - und jetzt konsumierst du mit deinen Freunden hier zu Hause. Da hat deine Mutter recht: Das geht auf keinen Fall. Das möchten wir nicht - und damit basta!"

"Da war wirklich nichts - kommt nicht noch mal vor." "Ach Mama", jetzt guckte Tobias ganz lieb - wie früher, als er noch ein kleiner Junge war. Er nahm Maria in den Arm: "Glaub mir, da ist nix, gar nix. Kommt bestimmt nicht wieder vor. Und außerdem: ein bisschen kiffen ist nicht Drogen nehmen. Wirklich!" So versuchte Tobias, seine Eltern wieder zu beruhigen. Und das gelang ihm auch ganz gut.

"Gott sei Dank war es nur ein bisschen kiffen", meinte Maria später zu Fred. "Wahrscheinlich haben die Jungs das wirklich nur mal ausprobiert. Und wir haben es sofort gemerkt. Das ist gut. Wenigstens weiß er jetzt, dass wir das hier im Haus nicht dulden. Ich werde ihm jedesmal die Pfeife wieder wegschmeißen." "Das wird ihm wohl nicht noch einmal passieren", lachte auch Fred jetzt erleichtert.

So kam der September und damit Tobias' erster Arbeitstag. Es lief alles ganz gut an. Mit dem Meister und den Kollegen kam er am Anfang gut zurecht. Tobias machte nach zwei Monaten seinen Führerschein und durfte dann sogar hin und wieder den Firmenwagen fahren - obwohl man doch eher skeptisch war gegenüber dem jungen Fahranfänger.

In der Berufsschule lief es richtig gut. Der Stoff war ziemlich einfach für Tobias - Deutsch, Englisch, Mathe - diese Fächer waren eine Art Wiederholung für ihn und die praktischen Fächer wie Kunst, Gestaltung, Technisches Zeichnen machten ihm Spaß. Hier konnte er glänzen... und mit den Mitschülern lief es prima.

Zu denen gehörte auch Anne. Mit ihr verstand Tobi sich von Anfang an gut. Die beiden schwammen auf einer Wellenlänge. Anne war schon 23... und wurde Tobis erste richtige Liebe.

Durch Anne lernte er, wie schön es ist, gemeinsam zu lesen, einfach nur Tee zu trinken und gute Musik zu hören. Dabei entstand so viel Nähe und Zärtlichkeit, das war alles neu. Tobi lernte Musiker kennen, von denen er noch nie etwas gehört hatte.

In Annes Zimmer hörten sie Tom Waits, Lou Reed, Ton - Steine - Scherben, Neil Young. Gekifft wurde auch - aber alles war irgendwie anders, neu und intensiver mit Anne. So nahm sie eines Morgens Tobias bei der Hand und sagte zu dem erstaunten Lehrer: "Das Wetter ist heute so schön, da haben wir etwas Besseres zu tun." Dabei setzte sie ihr charmantes Lächeln auf, so dass Herr Neufeind den beiden nur noch verdutzt hinterher sah.

Durch Anne lernte Tobias auch LSD und Psilocybin kennen. Noch intensiver liebten sie sich dann draußen auf der Wiese. Tobias war begeistert - er sah bei diesen Trips alles in den tollsten Farben.

"Du darfst davon nie zu viel nehmen", mahnte Anne. "Dann kann das Ganze nach hinten losgehen. Aber wenn du vorsichtig bist, nur geringe Dosen nimmst, kann nichts passieren. Dann ist es einfach nur schön." Zärtlich küssten und streichelten sie sich, ließen sich mit ausgebreiteten Armen rücklings ins Gras fallen. Die Sonne strahlte über ihnen in einem gold-gelb, wie Tobi das noch nie gesehen hatte.

Von all dem bekamen Fred und Maria nichts mit. Tobias gab sich aber auch die größte Mühe, damit er zu Hause nicht unangenehm auffiel. Er wollte nicht, dass seine Eltern wieder Angst um ihn hatten. Er liebte sie und wollte sie nicht unnötig beunruhigen. "Ich muss ja nur die zwei Jahre noch ́rumkriegen", dachte er. "Dann können sie nichts mehr sagen, denn dann hab́ ich meinen Gesellenbrief."

Das erste Gesellenjahr verlief einigermaßen ruhig. Tobi arbeitete gut, meistens war er pünktlich - Alkohol und Drogenkonsum hielten sich in Grenzen. Aber irgendwann kippte das. Es war am Anfang des zweiten Lehrjahres, als Malermeister

Müller bei Frangenbergs zu Hause anrief und Fred, der ans Telefon ging, mitteilte, dass sein Sohn sich einen anderen Ausbildungsbetrieb suchen wolle.

"Heute Morgen hat es eine hässliche Auseinandersetzung mit Ihrem Sohn gegeben. Er war mal wieder zu spät, hatte diese roten Augen - für mich ein sicheres Zeichen dafür, dass er gekifft hat. Aber ich brauchte ihm gar nicht kündigen. Das hat Tobias selbst erledigt. Tut mit sehr leid - aber so hatte das keinen Zweck. Es hat alles prima angefangen, aber jetzt ist meine Geduld vorbei." Fred konnte nur noch sein Bedauern ausdrücken, dann war das Gespräch auch schon beendet. Er guckte auf die Uhr. Es war jetzt 18 Uhr. Maria hatte Spätdienst.

Fred überlegte: "Wo blieb Tobi? Er konnte doch nicht einfach seine Lehrstelle hinschmeißen und dann nicht mit seinen Eltern darüber sprechen. Wenn Herr Müller nun recht hatte und Tobi weiter kiffte?" Ihm war nichts aufgefallen. Auch Maria war sicher, dass nach dem Vorfall im letzten Jahr nichts dergleichen mehr passiert war. Erst kürzlich hatten sie noch darüber gesprochen. "Ja, Tobi hat schon mal eine leichte Bierfahne. Aber ansonsten war nichts gewesen".

Maria war noch nicht da, als Tobi an diesem Abend gegen neun Uhr nach Hause kam. "Hallo, Paps", war die freundliche Begrüßung. "Ist ein bisschen blöde gelaufen mit dem Müller heute Morgen. - Ich hab' bei dem hingeschmissen." Fred kam gar nicht dazu, etwas zu sagen. Sofort redete Tobi weiter: "Aber brauchst dich nicht aufzuregen, hab' alles geregelt - ich kann morgen schon bei meinem neuen Lehrherrn in Hausen anfangen. Das ist gar kein Problem. Mit unserem Lehrlingswart hab' ich schon geredet. Du glaubst gar nicht, wie oft es vorkommt, dass Lehrlinge den Ausbilder wechseln. Wegen ganz unterschiedlicher Dinge. Ist also gar nicht so schlimm."

"Schlimm genug", knurrte Fred. "Vor allem wenn es wegen deiner Kifferei ist, wie mir Herr Müller eben am Telefon sagte. Wir hatten wirklich geglaubt, dass das Thema erledigt sei."

"Meine Güte, wenn man mal kifft. Der stellt sich wirklich an - das macht fast jeder! Ne, der kann mich einfach nicht leiden - und ich ihn auch nicht. Das war der Hauptgrund. In der letzten Zeit hat der immer etwas gesucht, um mich zu kritisieren und mir zu sagen, was ich falsch gemacht hätte. Da hatt' ich eh keinen Bock mehr drauf. Ist schon gut so. - Der Meister in Hausen findet es gut, dass ich bereits im zweiten Lehrjahr bin und dass ich schon so viel kann."

"Ist das der Willi Schumacher?" "Ja, ihr kennt euch, hat er gesagt." "Jetzt mach' bitte nicht wieder so'n Mist, hast du gehört? Der Müller ist auch mein Kunde. Ist nicht so toll, wenn mein Sohn da so negativ auffällt." "Paps, glaub' mir, mit dem ging es nicht - hab' mich wirklich bemüht, der hat immer nach einem Haar in der Suppe gesucht."

Fred seufzte. "Mal gucken, wie deine Mutter die Nachricht aufnimmt." "Du kannst es ihr bestimmt schonend beibringen. Und eigentlich könnt ihr nix sagen: Es geht ohne Unterbrechung weiter. Morgen fang' ich schon bei dem Schumacher an. Also überhaupt kein Problem." Damit ging Tobi nach oben. "Gute Nacht!" "Gute Nacht - und hör mit der Kifferei auf." "Ja, mach dir keinen Kopf, das war nicht Grund, glaub' mir."

Ganz so leicht ließ Maria sich natürlich nicht beruhigen, als sie von Tobis Lehrstellenwechsel hörte. "Ich rede morgen noch mal mit Tobi. Wenn er so viel kifft und damit nicht aufhören kann, sollte er zur Drogenberatung gehen, notfalls müssen wir ihn begleiten. Die wissen am ehesten, was zu tun ist."

"Er muss nur damit aufhören - und das will er auch. Das hat der Junge mir heute Abend bestätigt. Und dass er sich um alles gekümmert hat, ist doch ein gutes Zeichen. Der Schumacher hat einen guten Betrieb." "Das hast du von dem Müller auch gesagt."

Aber in dem neuen Ausbildungsbetrieb lief es dann ohne größere Zwischenfälle, jedenfalls hörten Fred und Maria nichts. Im Gegenteil: Bei einem Kunden-Besuch wurde Tobias von seinem Chef ausdrücklich gelobt. "Ihr Sohn ist wirklich sehr begabt, Herr Frangenberg. Er arbeitet gut und hat tolle Ideen. Bisher hat er auch nicht verschlafen", fügte er mit einem Augenzwinkern hinzu. "Hoffen wir, dass es so bleibt, damit er seine Ausbildung mit Erfolg abschließen kann." Ganz stolz erzählte Fred das am Abend seiner Frau. "Ach wäre das schön, wenn es so bliebe", sagte Maria.

Aber sie war ganz zuversichtlich, zumal sie die Anne, Tobis Freundin, sehr mochte und ganz stolz im Freundeskreis erzählte, wie gut diese sympathische junge Malerin ihrem Sohn tue. Und wenn Tobi zu Hause war, achtete sie mit darauf, dass er nicht verschlief.

Jetzt hatte er auch ein Auto - mit Fred zusammen hatte Tobi sich einen alten Kadett hergerichtet und ganz in orange gespritzt. Nun war er nicht mehr auf Bus und Bahn angewiesen - da sollte es dann auch mit der Pünktlichkeit besser klappen.

September 1991

So schaffte Tobias seine Gesellenprüfung. Aber danach hielt ihn nichts mehr zu Hause. Eigentlich wollte er sofort losziehen - so wie er sich das vorgenommen hatte. Aber da es im Moment ganz gut lief und er von Malermeister Schumacher übernommen wurde, zog er nur von zu Hause aus und wohnte erst mal über dem Imbiss. Anja und Ingo gehörte dort eine kleine Wohnung, die sie ihm angeboten hatten. Maria und Fred mussten das natürlich akzeptieren, schließlich war ihr Sohn alt genug.

Tobias pendelte jetzt zwischen Annes Wohnung in Reifenrath und seiner neuen Bleibe hin und her. Anne war auch des Öfteren bei ihm und am Wochenende konnte man beide meistens auf einem Gelände an dem kleinen Sulzbach in Reifenrath finden.

Dort lebte ein zusammengewürfelter Haufen von Punks, Straßenkünstlern und Obdachlosen in bunt bemalten Bauwagen. Die Menschen waren so bunt wie ihre Wohnwagen. Es wurde zusammen gekocht und Musik gemacht. Aber hier wurde auch jede Art von Drogen konsumiert. Tobi fand das alles total spannend und er meinte, mit Anne könne ihm gar nichts passieren. Solange er nur das nahm, was Anne probierte, fühlte er sich sicher.

Eines Abends klopfte es bei Tobi an die Tür. Fred wollte seinem Sohn Bescheid sagen, dass er und Maria sich nun doch entschieden hatten, das Haus seiner Eltern zu übernehmen. Beide Elternteile waren innerhalb von nur fünf Monaten gestorben. Fred und Maria würden das Haus übernehmen und somit nach Hülsbach ziehen - zusammen mit Freds Schwester Tina. Man konnte das Haus so umbauen, dass Tina eine abgeschlossene Wohnung bekommen konnte.

"Hallo, mein Sohn wie geht es dir?" "Gut Paps, alles in Ordnung. Zuhause auch?" "Ja, soweit ist alles klar. Sag mal, was hast du denn da auf dem Ofen?" Neugierig ging Fred auf den alten Kohleofen zu, der in der Ecke stand. "Ich trockne nur ein paar Pilze auf der Ofenplatte." "Hast du schon Feuer angemacht in dem Ofen? So kalt ist es doch noch gar nicht." "Na ja, ich wollte - wie ich dir schon gesagt habe - die Pilze trocknen. Kann man leckere Soßen von machen." "Seit wann hast du denn eine Vorratshaltung fürs Kochen?"

Jetzt wurde Fred doch etwas misstrauisch. Zumal er vor ein paar Tagen einen Artikel im heimischen Blättchen gelesen hatte, dass neuerdings bestimmte Pilze gesammelt würden, Zauberpilze wurden sie genannt. Diese enthielten den Wirkstoff Psilocybin, wenn sie zerkaut und geschluckt oder als Tee getrunken würden.

"Spinnst du?" Weißt du eigentlich, wie gefährlich diese Pilze sind? Da ist dasselbe Mittel drin wie in LSD! Oder nimmst du das etwa auch?" Jetzt schrie Fred. Er nahm den Teller, auf dem die Pilze lagen. "Au", der war heiß. Trotzdem öffnete er die Ofentür und schüttete die Pilze ins Feuer. "Du weißt wohl gar nicht, was du da machst."

Tobi sagte zunächst gar nichts. Er guckte seinen Vater nur an: "Wir wollten das nur mal ausprobieren. Die Pilze haben wir zufällig hier im Wald gefunden. Kann doch gar nicht so schlimm sein." "Ich finde das schlimm genug. - Hast du das schon öfter gemacht?" "Ne, wie gesagt, Anne und ich haben die gestern zufällig bei einem Spaziergang gefunden." "Und da hast du nichts Besseres zu tun, als diese Giftpilze zu trocknen und zu konsumieren. Ich fass' es nicht. Kein Wunder, dass du nicht mehr zu Hause wohnen willst - da würde so etwas ja auffallen." Fred war fix und fertig. "Was nimmst du denn noch für'n Zeug?" "Ich nehm' doch gar nichts. Jetzt mach dich nicht verrückt. Wir kiffen nur hin und wieder. Sonst nichts. Und das mit den Pilzen hab' ich auch gelesen und wollte es eben mal ausprobieren." Fred setzte sich. "Wenn deine Mutter das hört, schickt sie dich direkt zur Drogenberatung. Das wird auch das Beste sein." "Ich brauche keine Drogenberatung - wirklich - ich kiff' ein bisschen, und das hab' ich im Griff. Ich geh' doch jeden Tag arbeiten. Ist schon alles in Ordnung Paps. Ist vielleicht gut, dass du gekommen bist und die Pilze verbrannt hast. Aber ich wollte sie wirklich nur mal probieren. Sie sollen ja ganz scheußlich schmecken. Dann hätt' ich sie wahrscheinlich auch weggeschmissen."

"Du weißt, dass du mit allen Problemen zu uns kommen kannst. Wir helfen dir, so gut es geht." Nun machte Fred eine Pause.

"Aber jetzt habe ich eine Bitte an dich: Wir werden das Haus von Opa und Oma übernehmen. Da gibt es einiges umzubauen und zu renovieren. Kannst du mir dabei helfen?" Tobi war froh, dass es ein anderes Thema gab und willigte ganz schnell ein. "Ja mach' ich, wann geht's los?" "Das weiß ich noch nicht genau. Aber bald. Ich wollte dir nur Bescheid sagen und wissen, ob ich auf dich zählen kann." "Na klar - ich bin dabei." "Im Übrigen kannst du dich ruhig auch mal ab und zu zu Hause blicken lassen." Damit ging Fred zur Tür. "Mach ich - und bestell Mama liebe Grüße... und den anderen natürlich auch." "O.k., tschüss - und mach keinen Scheiß."

Tobias atmete tief durch, als sein Vater das Zimmer verlassen hatte. "Ich muss sehen, dass ich hier mal raus komme, ganz weg, etwas anderes sehen - so wie ich mir das vorgenommen hatte", dachte Tobi jetzt.

Aber nun hatte er seinem Vater zugesagt, ihm zu helfen. Und dann war da ja auch noch Anne. Sie arbeitete im Betrieb ihres Vaters mit und konnte im Moment auch nicht weg. Das sagte sie jedenfalls. Und ohne Anne wollte Tobi sich nicht auf den Weg machen. Dafür liebte er sie zu sehr.

Die nächsten Wochen waren mit Arbeit ausgefüllt. Von Freitagabend bis Sonntag half Tobi mit. Und wieder mal merkten Fred und Maria nicht, dass ihr Sohn alles Mögliche an Drogen zu sich nahm, natürlich nicht im Beisein seiner Eltern.

Meistens fuhr er mit Fred zusammen nach Hülsbach. Aber manchmal verschlief er auch und dann kam er mit seinem kleinen Kadett und hatte großes Glück, dass er heil ankam. Mit dem Arbeiten klappte es komischerweise ganz gut. Fred war jedenfalls zufrieden.

Natürlich war er auch traurig, schließlich war das sein Elternhaus, das er umbaute und renovierte. Viel zu früh waren die beiden gestorben - alte Erinnerungen kamen hoch: Fred war gerade 14 gewesen, als seine Eltern das Haus gebaut hatten. Und wie Tobias heute, hatte auch er seinem Vater damals geholfen. Er hatte gerade seine Malerlehre begonnen und konnte deshalb noch nicht eine so große Hilfe sein wie Tobi jetzt.

Marias Weg zur Arbeit in die Redaktion war nach dem Umzug einige Kilometer länger geworden. Trotzdem fuhr sie des Öfteren über Kaltenborn oder Hausen - nur um zu sehen, ob Tobis Auto bei Maler Schumacher oder zu Hause stand - je nach Uhrzeit. Sah sie den Wagen dort stehen, war sie beruhigt.

Es war Anfang des neuen Jahres - ein paar Wochen nach dem Umzug: Maria hatte Frühdienst. Um fünf Uhr fuhr sie los. Um diese Zeit war Tobias ja noch zu Hause, aber der Kadett stand nicht vor dem Kaltenborner Imbiss. "Vielleicht hat er ja bei Anne übernachtet", dachte Maria. Das lag ja auch noch auf ihrer Strecke. Erzählen durfte man das wirklich keinem, was sie da morgens schon vor dem Dienst veranstaltete. Aber bei Anne vorbei war wirklich nur ein kleiner Umweg - und sie lag gut in der Zeit. Wenn der Wagen da stand, brauchte sie sich keine Gedanken machen.

Der Kadett stand auch da - aber er war total zerbeult. Es sah aus, als ob Tobias sich mit dem Auto überschlagen hätte oder so. Sie bekam einen Schrecken, dachte aber sofort, dass Tobi wahrscheinlich nichts Schlimmes passiert sein könne - sonst hätten sie schon etwas gehört und das Auto stünde auch nicht vor Annes Türe.

Sie musste jetzt zur Arbeit. Am Nachmittag musste Maria sich sehr zusammenreißen, um nicht bei Anne vorbeizufahren und zu hören, wie es Tobi gehe. Aber offiziell wusste sie ja von nichts.

- - - -

Tatsächlich war es so, wie Maria vermutet hatte: Tobias hatte sich in einer Kurve verschätzt. Er war wohl viel zu schnell gefahren, aus der Kurve geflogen und hatte sich auf der Wiese überschlagen. Tobi konnte aber ohne größere Blessuren aus dem Auto kriechen. Es war nach der Arbeit passiert - nicht weit weg von Reifenrath. Und zufällig kam ein Bauer aus der Nachbarschaft mit seinem Trecker vorbei. Nachdem er sich überzeugt hatte, dass Tobi nichts passiert war, zog er den Wagen von der Wiese auf die Straße - und - oh Wunder - der Kadett fuhr noch!

Tobias kam noch bis zu Annes Wohnung. Eigentlich hätte er nicht mehr fahren dürfen: Das Glas der Scheinwerfer war zerbrochen - nur eine Glühbirne leuchtete noch. Jedenfalls war das Auto nicht nur total verbeult, sondern auch nicht mehr fahrtauglich. Tobias rief allerdings erst zwei Tage später seine Eltern an, um ihnen von seinem Unfall und dem Totalschaden seines Autos zu erzählen.

Auf der Arbeit wurde er jetzt wieder unzuverlässig. Den Arbeitsplatz mit Bus und Bahn zu erreichen, erforderte doch ein bisschen mehr Einsatz und Pünktlichkeit. Als er von Meister Schumacher darauf angesprochen wurde, meinte er nur, ohne Auto sei es sehr schwierig, aber er werde sich bemühen, pünktlich zu sein. Trotzdem bekam Tobi eine Abmahnung und bald darauf wurde ihm gekündigt, weil er einfach zu unzuverlässig war.

"Naja", dachte sich Tobias. "Eine kleine Auszeit ist ja nicht schlecht - ich werde schon wieder etwas finden." Aber so wirklich bemühte er sich nicht.

Wenn Tobias nicht auf dem Bauwagenplatz am Sulzbach war, konnte man ihn irgendwo in Cöln auf der Straße finden - fast immer mit einem Buch oder dem "Spiegel" in der Hand und mit einem Becher vor sich, in den die vorbeilaufenden Passanten ihr Kleingeld warfen - manchmal lag auch eine silberne Münze darin.

Die Wohnung über dem Imbiss hatte er inzwischen aufgegeben... und bei Anne war Tobi auch nur noch ganz selten. Zu dieser Zeit - es war im Winter 1992 - nahmen die Drogen mehr und mehr Besitz von ihm - ein schleichender Prozess, der noch einmal unterbrochen wurde, als sein Vater für ein halbes Jahr den Führerschein verloren hatte.

- - - -

Maria war ziemlich fertig, als sie Fred von der Autobahnpolizei abholen musste. Fred war blass und sehr kleinlaut: Wegen der tiefstehenden Sonne hatte er das Stauende nicht erkennen können und war auf einen Kleinlaster aufgefahren. Er hatte Glück - ihm war nichts passiert und den Insassen des anderen Autos auch nicht. Aber wegen eines Alkoholwerts von 0,8 Promille wurde der Führerschein sichergestellt und es kam zu einer Anklage.

Irgendwie musste es aber weitergehen: Fred war im Außendienst. "Es tut mir so leid! Ich weiß, das hätte nie passieren dürfen - der Führerschein ist meine Existenz." "Und was jetzt?" Maria konnte ihren Mann beim besten Willen nicht verstehen. "Lass uns erst mal nach Hause fahren. Was ist denn mit dem Wagen?" "Der ist hinüber - ich bin auf einen Laster gefahren. Ich muss mit meinem Chef telefonieren."

Freds Chef war zunächst erschrocken und dann froh, dass Fred unverletzt war. "Sie sind im Außendienst und jeden Tag auf der Straße - ein Unfall kann da mal passieren. Mit dem Alkohol ist natürlich übel. Auch nach einem Essen mit Kunden - das darf nicht sein."

Fred behielt seinen Job. Er bekam einen anderen Firmenwagen mit der Auflage, den Fahrer selbst bezahlen zu müssen. "Meine Frau wird mich unterstützen und mich an ihren freien Tagen fahren", hatte Fred seinem Chef gesagt. "Für die andere Zeit muss ich mir halt jemanden suchen. Das dürfte aber kein Problem sein."

"Du sag mal", wandte sich Fred an seine Frau: "Hat der Tobi eigentlich wieder eine neue Stelle oder ist er immer noch in Auszeit, wie er das nennt?" "Ich weiß es nicht, hab' seit letzter Woche nichts von deinem Sohn gesehen und gehört." "Wohnt er denn bei Anne oder noch über dem Imbiss?" "So viel ich weiß, ist er mal in Kaltenborn und mal in Reifenrath bei Anne. Ich kann morgen nach dem Dienst bei ihr vorbeifahren. Wird auch Zeit, dass Tobi wieder etwas tut - zumal er ja nicht auf großer Tour ist, wie er das eigentlich vor hatte und was ich sehr schade finde."

Nachdem Maria aber bei Anne erfolglos nach Tobi gefragt hatte - sie wusste auch nicht, wo er war, machten sich Fred und Maria am Abend zusammen auf die Suche nach ihrem Sohn. Anne hatte Maria gesagt, dass sie nicht mehr zusammen seien und dass Tobi meistens am Sulzbach in der Bauwagen-Siedlung sei oder in Cöln.

So fanden sie ihren Sohn am Lagerfeuer inmitten singender junger Leute. Ein großer rothaariger Mann spielte Gitarre. Alle hatten Bierflaschen in der Hand. Tobi stand sofort auf, als er seine Eltern kommen sah.

"Was ist los? Ist etwas passiert?" "Ne, wir wollten nur mal gucken, was du so machst", antwortete Fred. "Sieht ja alles ganz friedlich aus hier bei euch", sagte Maria. "So etwas hab' ich früher auch gerne gemacht. Nur hat bei uns der Pastor die Gitarre gespielt." Sie guckte ganz versonnen. "Und ich war noch so jung damals. "

"Aber das ist nicht der alleinige Grund, warum wir nach dir suchen." Jetzt redete Fred wieder. "Du hast doch noch keinen neuen Job - oder?" "Ne, stimmt - eigentlich wollte ich schon längst unterwegs sein - aber ich bin noch hier hängen geblieben", sagte Tobi. "Warum fragst du?" "Dein Vater - bzw. wir - brauchen deine Hilfe", sagte Maria.

Tobias guckte seine Eltern etwas verständnislos an. "Ja, stell dir vor - ich hab' Mist gebaut. Hab' vor zwei Tagen mit einem Kunden beim Essen ein paar Bier getrunken und hatte danach einen Auffahrunfall. Mein Führerschein ist weg. Kannst du dir vorstellen, was das für mich bedeutet?" "Oh, Scheiße!" "Ich hab' gedacht, du könntest mir vielleicht als Fahrer aushelfen, da du ja noch nicht wieder arbeitest. Deine Mutter will das zwar an ihren freien Tagen machen; aber wenn du uns hilfst, wären wir doch ziemlich entlastet."

"Hmm, eigentlich wollte ich ja wirklich los!" Tobias überlegte kurz. "Aber... o.k., das kann ich ja auch in ein paar Monaten machen. Ja, ich bin dabei!" Tobias strahlte seine Eltern an. "Wird ja wohl nicht so ewig dauern!"

"Du solltest dann aber bei uns wohnen - Platz haben wir genug in dem Haus von Oma und Opa." "Ja, das ist gut. Ich bin sowieso nicht mehr regelmäßig in der Wohnung bei Anja und Ingo und hatte sie deswegen zum Ende des Monats gekündigt."

Dass er dort schon länger nicht mehr wohnte, brauchten seine Eltern ja nicht unbedingt zu wissen. Aber dann konnte er seine Klamotten nach Hülsbach in das Haus seiner Eltern bringen.

Drei Tage später war Tobias offiziell dort gemeldet und hatte nun wieder die gleiche Adresse wie Maria, Fred und Max. Und damit er krankenversichert war und es keine Schwierigkeiten mit dem Arbeitsamt gab, meldete er sich für das nächste Semester als Student an der Fachhochschule an. Bis dahin arbeitete er als "Aushilfsfahrer".

Anfangs lief auch alles ganz gut: Von montags bis freitags war Tobias in Hülsbach und fuhr seinen Vater zu den Kunden-Terminen. Und am Wochenende war er meistens bis Sonntagabend auf dem Bauwagenplatz in Reifenrath.

Maria fuhr ihren Mann nur ab und zu - meistens montags, wenn Tobias es nicht schaffte, am Sonntagabend rechtzeitig mit dem Zug aus Cöln bzw. aus Reifenrath zu kommen. Und dass er dort oft zu viel trank, kiffte oder auch härtere Sachen zu sich nahm, konnte er gegenüber seinen Eltern sehr gut verbergen.

Erst als Post von einer Polizeidienststelle aus Cöln kam, wurden sie misstrauisch. "Post für dich", sagte Maria nur und gab Tobias den Brief, als er abends mit Fred nach Hause kam. Tobias öffnete den Brief und wurde knallrot.

"Tja, eine blöde Geschichte... das ist aber schon länger her." "Was ist schon länger her?" "Also - das war, bevor ich dich gefahren habe, Paps: Ich war bei Edeka einkaufen, steh' an der Kasse und hatte vergessen, dass ich Zigaretten in die Tasche gesteckt hatte." "Du hast geklaut?" Maria konnte es nicht fassen. "Ja, spinnst du denn?"

Es war eine Ladung zu einer Aussage wegen dieses Diebstahls. Dass es nicht die erste und einzige Anzeige dieser Art war, verschwieg Tobias allerdings. "Ja, das war blöd! Ich weiß - aber ich hatte es vergessen; und als ich dann draußen war und der Detektiv kam, durfte ich denen das Geld nicht mehr geben. So kam es zu dieser Anzeige." "Tut mir leid", fügte er noch kleinlaut hinzu.

Der nächste Brief dieser Art ließ nicht lange auf sich warten - diesmal war es ein Schreiben vom Amtsgericht, das Maria ihrem Sohn am Abend übergab, als er mit seinem Vater nach

Hause kam. "Hoffentlich nicht wieder so etwas Unangenehmes", meinte sie nur.

Tobias nahm den Brief und ging in sein Zimmer. Es war wirklich nicht so toll, dass seine Eltern jetzt so viel mit bekamen. Zögernd machte er den Brief auf: Es war eine Ladung zu einer Gerichtsverhandlung. In Cöln war er mit mehreren Punks in eine Polizeikontrolle gekommen. Tobias hatte keine Papiere dabei gehabt, konnte sich also nicht ausweisen und war mit auf die Wache genommen worden.

Hier konnte er den Polizisten zwar klar machen, dass er bei seinen Eltern in Hülsbach wohnte, aber leider hatte er einige Gramm Gras in der Tasche, die sie dann bei der Durchsuchung fanden. Und prompt gab es eine Anzeige wegen "Mitführen und Einnahme von Betäubungsmitteln". Und jetzt also die Ladung zur Verhandlung. So ein Mist - es half nichts - er musste das seinen Eltern sagen und irgendwie erklären.

"Mein Gott, Tobi, was machst du nur?" "Das war nur ein bisschen Gras - wirklich, Mama - es war nicht viel, was ich dabei hatte. Wir hatten das zusammen gekauft und noch nicht verteilt, als wir in die Kontrolle kamen. Ich konnte mich nicht ausweisen, deshalb haben sie mich mit auf die Wache genommen und dabei eben das Zeug gefunden. Für mich allein war die Menge zu groß - also wurde ich als Dealer abgestempelt und bekam die Anzeige. Dabei waren wir zu fünft. Das kann ich auch bei der Verhandlung beweisen - die anderen Jungs sind als Zeugen geladen und werden das auch so aussagen: Es war nämlich so!"

Jetzt holte Tobi tief Luft. "Macht euch bitte keine Sorgen. Ihr werdet sehen, dass da nix passiert - gar nix - das bisschen auf fünf aufgeteilt ist Eigenbedarf." "Was heißt Eigenbedarf? Lass den Scheiß." Maria war jetzt wütend und besorgt. "Du darfst auch kein Auto fahren, wenn du kiffst, das weißt du ja?" "Ich fahre dann auch kein Auto. Das war am Wochenende - dann fahre ich mit der Bahn!" Fred hielt sich zurück. Er konnte ja seinem Sohn wirklich keine Vorhaltungen machen: Führerscheinentzug wegen Alkohol war auch nicht viel besser.

Maria hatte große Angst. Was würde da noch alles kommen? "Tobi, was nimmst du denn? Was ist das für ein Zeug?" "Du brauchst keine Angst um mich zu haben - ich kiffe nur ab und zu, sonst nichts. Ich könnte doch sonst auch den Paps nicht fahren. Und das klappt doch gut - oder? Papa sag' auch mal was?" "Ja, du fährst gut. Und natürlich trinken wir unterwegs nichts. Ich hab' einmal diesen Fehler gemacht. Aber ich kann ja nicht kontrollieren, was du am Wochenende machst. Es wär' schon toll, wenn wir uns auf dich verlassen könnten. Das heißt: kein Alkohol, keine Drogen - auch nicht kiffen, wenn du am nächsten Tag Auto fährst." "Du solltest das ganz lassen - nicht nur weil du Auto fährst - es ist und bleibt Mist!"

Damit war das Thema vorerst erledigt und Tobias hoffte, dass nicht noch weitere unangenehme Briefe kommen würden und dass sein Vater bald wieder selbst fahren könne. Er hatte auch keine Lust mehr - eigentlich wollte er ja schon lange weg sein.

Nun hatte er sich aber für das Sommersemester "Grafik und Design" eingeschrieben. War doch gar keine schlechte Sache - aber weiter zu Hause wohnen - das wollte Tobi auf keinen Fall. Jeden Tag von Hülsbach nach Cöln fahren war einfach zu umständlich. Er musste sich eine neue Wohnung suchen. Die fand er auch - durch einen Straßenmaler, der in Cöln-Sülz wohnte, ganz in der Nähe der Hochschule, und ihm dort eine kleine Zwei-Zimmer-Wohnung vermittelte.

Sommer 1992

Fred hatte seinen Führerschein wieder und Tobias wohnte nun in Cöln. Aber es lief nicht gut - immer wieder kam Tobi mit Leuten in Kontakt, die wie er kifften, Koks oder LSD nahmen und alles Mögliche an Drogen einwarfen. Er ging zwar ab und zu zur Hochschule, aber oft ging es ihm nicht gut.

Außerdem hatte er jetzt ständig Geldmangel. Der Konsum war nicht ganz billig. Beim Klauen war er schon ein paarmal erwischt worden - es war zwar immer nur etwas zum Essen gewesen oder Zigaretten - auch mal eine Flasche Schnaps - aber es läpperte sich.

Maria und Fred konnten die Augen nicht mehr verschließen: Ihr Sohn schaffte es immer seltener zur Uni zu gehen, und er kiffte nicht nur - er nahm auch andere Drogen. Davon waren beide inzwischen überzeugt, auch wenn Tobias es immer noch abstritt.

Maria fuhr nach Cöln, besuchte Tobias in seiner Wohnung. Tobi sah schrecklich aus, ganz blass und dünn war er geworden und in der Wohnung war es schmutzig und unaufgeräumt. Das Geschirr türmte sich in der Spüle. "Tobias, du musst etwas machen. So geht es nicht! Geh' zur Drogenberatung - die helfen dir." "Ich brauche keine Drogenberatung - wirklich nicht! Ich bin eben nicht wie ihr. Ich will einfach mal etwas ausprobieren - ich kann jederzeit damit wieder aufhören. Und das mach' ich auch. Ich schaff' das. Wir haben hier halt ein bisschen gefeiert gestern - deshalb sieht es so aus." "Dann lass uns das jetzt aufräumen. Ich helfe dir." Maria ließ nicht locker und so spülte sie das Geschirr, Tobi trocknete ab.

"So Mami, den Rest mach' ich alleine. - Wirklich, lass das jetzt. Fahr' nach Hause oder musst du noch zum Dienst?" "Ne, ich bin einfach so gekommen - ich wollte dich sehen. Verstehst du nicht, dass wir uns Sorgen machen? Du gehst kaum noch zur Schule, hier sieht es aus wie Sau... und mit den Drogen wird es auch immer mehr. Du brauchst Hilfe - alleine kommst du da nicht mehr raus."

Tobias lachte nur. "Natürlich komm' ich da raus - ich hör' einfach auf. Wird mir sowieso zu teuer. Das BAFÖG ist schnell verbraucht." "Hast du denn noch Geld? Dein Kühlschrank könnte mal aufgefüllt werden", meinte Maria. "Na ja, ein Zwanni wäre nicht schlecht. Brot und ein bisschen Belag bräuchte ich - und Tabak hab' ich auch nicht mehr."

Aber Maria hatte sich fest vorgenommen, ihrem Sohn kein Bargeld mehr zu geben. Da war sie sich mit Fred einig. Die Miete überwiesen sie direkt auf das Konto des Vermieters und mit dem BAFÖG sollte Tobi eigentlich auskommen. "Lass uns in den Supermarkt gehen - ich bezahl' dir, was du brauchst." Tobias guckte ganz ungläubig. "Ich kann doch da alleine hingehen. Gib mir das Geld und gut iss." Maria schüttelte den Kopf. "Nein - wir gehen zusammen und du kannst dir nehmen, was du brauchst. Geld möchte ich dir nicht geben." "Na gut, wenn du meinst. Dann gehen wir eben zum Supermarkt."

Maria fühlte sich so besser. Sie informierte sich in Zeitschriften und war auch schon bei der Drogenberatung gewesen. Dort war man auch sehr nett zu ihr. Die Leiterin der Beratungsstelle hatte ihr aber nur ein paar Flyer mitgegeben: "Was tun, wenn...." "Hilfe, mein Kind nimmt Drogen" und noch einige mehr. "Ihr Sohn sollte schnellstmöglich selbst kommen. - Sie brauchen die Beratung nicht. Aber für Sie habe ich auch einen Tipp: Es gibt Selbsthilfegruppen für Angehörige von Alkoholikern und auch für Eltern oder Angehörige, wenn Kinder und Jugendliche Drogen nehmen oder der Verdacht besteht. Hier

Ist eine Telefon-Nummer. Das ist eine Art Kontakt-Telefon eines Elternkreises hier im Oberbergischen. Dort sind Sie bestimmt besser aufgehoben. Aber Sie können auch gerne mit Ihrem Sohn kommen. - Nur Sie alleine, das bringt überhaupt nichts."

Maria hatte dort zwar noch nicht angerufen, aber sie hatte gelesen, wie wichtig es sei, den Kindern kein Geld zu geben - Suchtverlängerung sei das. Verhungern lassen konnte sie ihren Sohn natürlich nicht, deshalb fand sie die Idee, zusammen einzukaufen, richtig gut. Und Tobias war auch nicht abgeneigt, auch wenn er das eigentlich blöd fand und lieber das Bargeld von seiner Mutter bekommen hätte.

Vorher gingen sie noch in das nette Café nebenan und Tobias versprach, wieder regelmäßig zu seinem Kurs zu gehen und vor allem, mit den Drogen aufzuhören. "Aber ein bisschen kiffen muss ja wohl erlaubt sein - das machen alle." "Ich kann das nicht beurteilen - aber für mich sind Cannabis oder Marihuana auch Drogen." "Dann sind Papas Bierchen und dein Wein auch Drogen. So kann man das nicht sagen, Mama. Wichtig ist, dass man das im Griff hat. Ihr trinkt auch mal und seid deswegen keine Alkoholiker."

Darauf sagte Maria nichts. Es war immer dasselbe. Und Max fing jetzt auch noch mit dieser Leier an. "Was ist denn eigentlich mit Anne? Warum habt ihr euch getrennt? Das war so eine Nette." "Fand ich auch, hab' ich irgendwie verbockt, weiß auch nicht." Jetzt guckte Tobi ganz traurig und dann trotzig. "Gekifft hat die auch! Aber ich vermisse sie, es war toll mit ihr." "Na ja, lass den Kopf nicht hängen. Jetzt wollen wir erst einmal deinen Kühlschrank auffüllen."

Maria zahlte den Kaffee und dann gingen sie hinüber zum Supermarkt. "Und überleg' dir das mit der Drogenberatung", meinte Maria, bevor sie sich verabschiedete. "Die helfen dir da. Ich hab' mal nachgeguckt. Im Telefonbuch von Cöln stehen mindestens zehn Beratungsstellen. Sieh mal: Die hier ist ganz in der Nähe und am Bahnhof ist auch eine. Du hast Möglichkeiten genug. Ich kann auch mit dir gehen, wenn du nicht alleine möchtest."

"Mama jetzt ist gut - ich nehme keine harten Drogen und die paar Amphetamine, ja - o.k., damit hör ich auf. Aber dafür brauch' ich keine Drogenberatung. Wenn ich merke, dass es nicht klappt, geh' ich dahin - versprochen. Kannst mir die Liste ja mal da lassen. Danke!" Jetzt küsste er seine Mutter und nahm sie den Arm. "Grüß' mir alle - und mach' dir nicht immer solche Sorgen. Das klappt schon."

Abends erzählte Maria ihrem Mann von dem Besuch in Cöln und dass Tobias doch ganz vernünftig reagiert habe. "Er meint, er schafft es alleine, von den Drogen wegzukommen. Er nehme nur ein paar Amphetamine und davon käme man ganz leicht wieder weg, sagt Tobi. Wenn er es nicht schafft, hat er mir versprochen, zur Drogenberatung zu gehen. Hauptsache, er geht wieder zur Uni und vor allem ist wichtig, dass er nicht noch härtere Sachen nimmt, Heroin oder so."

"Also du glaubst wirklich daran, ja? Ich drück' uns die Daumen. Ich bin da nicht so zuversichtlich", meinte Fred nur. "Ich bin auch gegen die Kifferei - für mich sind das auch Drogen." "Für mich auch - aber das wird sogar bei der Drogenberatung nicht so ernst genommen. Und es stimmt ja: Wir trinken auch unser Weinchen - natürlich in Maßen. Vielleicht ist das ja mit dem Kiffen auch nicht so schlimm." "Quatsch, das kann man überhaupt nicht vergleichen", knurrte Fred nur und schaltete den Fernseher ein.

- - - -

Tobi versuchte wirklich, die Uni ernst zu nehmen, weniger zu kiffen und Speed oder Koks ganz wegzulassen. Er versuchte es - aber das dauerte nur ein paar Wochen, dann wurde es wieder heftiger mit dem Konsum. In Hülsbach war Tobias nur selten - aber er rief seine Eltern regelmäßig an. Nicht, dass seine Mutter wieder zu einem Besuch hier auftauchte. Das letzte Mal reichte ihm - auch wenn es natürlich total lieb von ihr war, mit ihm einkaufen zu gehen.

Dafür kam Erkan jetzt öfter mal bei ihm vorbei. Der hatte immer Geld und wollte nur ein bisschen Gras oder Speed dafür kaufen. "Du kennst doch die Plätze hier und die Typen, die das Zeug verticken." "Ja, ist schon komisch, aber ich seh' auf zehn Meter Entfernung, wer dir 'was anbieten kann", grinste Tobi. "Dann komm, ich will noch zu Fussi an den Sulzbach - da werd' ich dann bestimmt was los und wir können uns 'nen schönen Abend machen."

So fing Erkan mit der Dealerei an. "Du, ich muss aber wieder nach Cöln - ich kann heut' nicht hierbleiben. Morgen früh muss ich in der Schule sein. Wir schreiben eine Klausur - hab' schon die letzte verpasst." "Hm", knurrte Erkan, "kannst meinen Wagen haben - er hat noch die rote Nummer - ich will ihn diese Woche anmelden. Aber heute passt es schon. Ich bleib' bis morgen Abend hier - musst ihn mir zurückbringen bis dahin."

"Alles klar." So fuhr Tobias in den frühen Morgenstunden etwas angekifft und wohl auch mit Restalkohol, hervorgerufen durch den Genuss von ein paar Flaschen Bier am Abend, mit Erkans Auto von Reifenrath nach Hause. Weit war er nicht gekommen, als er ein komisches knirschendes Geräusch vernahm.

"Scheiße, was war das?" Hab' ich da etwa den Mercedes gestreift?" Tobias hielt an und stieg aus. An Erkans Wagen sah man vorne ein paar Lackspuren an der Stoßstange. "So in Mist! Wie konnte das denn passieren?" Tobias sah sich den Mercedes an, der an den ersten Wohnhäusern unweit des Bauwagenplatzes abgestellt war.: Kotflügel und die Stoßstange waren leicht beschädigt. "Verdammt! Wem gehört das Auto?"

Hier parkten mehrere Fahrzeuge - wahrscheinlich wohnten die Besitzer in der Nachbarschaft. Es war fünf Uhr in der Frühe. Tobias überlegte: "Ich kann ja jetzt schlecht von Haus zu Haus gehen und klingeln. Und die Polizei ruf' ich besser auch nicht. - Das könnte nach hinten losgehen. Wir haben gekifft bis heute Morgen und Bier hab ich bis Mitternacht getrunken." Kurz entschlossen kramte er im Handschuhfach des Autos und fand auch einen Zettel und einen Stift. Auf den Zettel schrieb er seinen Namen, seine Adresse und seine Telefon-Nummer und klemmte ihn unter den Scheibenwischer. "Der Besitzer wird sich melden und dann kann Erkan den Schaden seiner Versicherung melden. Jetzt muss ich los und mich noch zwei Stunden aufs Ohr hauen", dachte er.

Die Sache ging für Tobias aber gar nicht gut aus. Der Besitzer des Mercedes meldete sich ziemlich schnell, aber da war Tobi nicht zu Hause. Die Stimme auf dem AB hörte sich sehr ärgerlich an. Als Tobi den Herrn W. aus Reifenrath zurückrief, sprach der von Fahrerflucht und Anzeige.

"Sie hätten auf jeden Fall die Polizei holen müssen. Das ist Fahrerflucht was Sie gemacht haben - so ein Zettel nützt da gar nichts." "Bei Fahrerflucht hätten Sie gar nicht gewusst, wer den

Schaden verursacht hat - das ist ein großer Unterschied", entgegnete Tobias. "Das war aber nicht mein Auto - von daher wäre es vielleicht wirklich besser gewesen, ich hätte die Polizei geholt. Dann hätten Sie als Halter ermittelt werden können. Tut mir leid, es war sehr früh heute Morgen, so weit hab ich gar nicht gedacht."

"Tja, blöd gelaufen! Mein Wagen steht jedenfalls schon in der Werkstatt und die Polizei hat die Anzeige aufgenommen, nachdem ich Sie heute Morgen nicht erreichen konnte. Das wird jetzt seinen Lauf nehmen." "Hm, Sie können natürlich die Anzeige nicht zurücknehmen?" "Das könnte ich vielleicht, aber die Polizei selbst wird dann Anklage gegen Sie erheben, nehme ich an. Ich weiß es nicht. Aber zunächst möchte ich wissen, wie Sie gedenken, den Schaden zu begleichen. Wenn es nicht Ihr Fahrzeug war, müssten Sie der Versicherung des Halters den Schaden melden und die werden dann wohl bezahlen. Kümmern Sie sich bitte schnellstens darum. Wenn das geklärt ist, werde ich meinerseits die Anzeige gegen Sie zurückziehen."

"O.k., dann muss Erkan das seiner Versicherung melden. Wenn er mit der roten Nummer rumfährt, ist die ja wohl versichert." Das dachte Tobias jedenfalls - aber wie sich später herausstellte, war das nicht der Fall. "Mein Gott, wie konnte dir das denn passieren? Ich dachte, du kannst Auto fahren", sagte Erkan, als Tobi ihm am Abend die Hiobs-Botschaft überbrachte.

"Und jetzt?" "Soviel ich weiß, ist jede rote Nummer für eine bestimmte Zeit versichert - halt bis der Wagen angemeldet ist. Das hast du mir doch gestern auch so gesagt." "Ja, ja, das wird sich schon klären. Ich rede morgen früh direkt mit meinem Versicherungsmenschen."

Es regelte sich, aber nicht zu Gunsten von Tobias. Der musste jetzt irgendwie zweitausend Mark aufbringen. Denn so teuer war die Reparatur des Mercedes. Herr W. hatte zwar ein Einsehen gehabt und die Anzeige zurückgezogen, nachdem Tobias persönlich bei ihm war. Aber damit war noch nichts erledigt.

Die Reparatur des Schadens musste bezahlt werden und Erkan konnte froh sein, dass er nicht auch noch eine Anzeige bekam, weil sein Fahrzeug keinen Versicherungsschutz hatte. Wahrscheinlich wäre das auch noch auf Tobias zurückgefallen, denn der hätte sich selbst überzeugen müssen, dass das Auto versichert war.

Tobias fuhr ziemlich kleinlaut nach Hülsbach, um seine Eltern anzupumpen. Mit Erkan hatte er sich geeinigt. Jeder von ihnen sollte die Hälfte zahlen. Das hieß tausend D-Mark kamen von Tobias und tausend von Erkan. Maria und Fred waren natürlich nicht erfreut darüber, aber sie halfen ihrem Sohn aus der Klemme.

"Du zahlst uns das bitte zurück, sobald du mit deinem Studium fertig bist", sagte Maria. "Und solltest du hinschmeißen, fängst du sofort mit der Rückzahlung an." "Ja, klar!" So war diese Sache zunächst einmal erledigt. Tobias hatte auch fest vor, seine Eltern nicht zu enttäuschen, das Studium ernsthaft durchzuziehen und dann das Geld zurückzuzahlen.

Das erste Semester verlief ziemlich schleppend, aber auch im nächsten Semester sah man Tobias noch in Cöln. Er wohnte weiter in Sülz und besuchte die Hochschule, wenn auch sehr unregelmäßig.

Regelmäßig fuhr er mit seinem Freund Erkan in die Niederlande und dann anschließend nach Reifenrath an den Sulzbach, wo sich ausreichend Abnehmer für die gekaufte Ware fanden. Tobi selbst besorgte sich zwar nur kleine Mengen an Gras und Speed - eben nur für den "Eigenbedarf". Aber Erkan verkaufte in großem Stil.

Tobi fühlte sich eigentlich richtig gut: Er hatte die kleine Wohnung, die die Eltern bezahlten. Mit dem BAFÖG kam er klar, wenigstens solange er mit Erkan nach Holland fuhr und für seine Begleitung dann immer etwas abfiel, entweder in D-Mark oder in Naturalien und das waren in dem Fall dann eben Gras, Cannabis oder irgendwelche Amphetamine. In den Bauwagen am Sulzbach war es auch im Winter gemütlich, deswegen wurden die Aufenthalte in Tobis Wohnung immer seltener. Und wenn er in Cöln war, kamen auch schnell ein paar Kumpels, die er von der Straße kannte. Er lernte immer weniger, vielmehr wurde gekifft und gesoffen, sehr oft ging die Wodka-Flasche 'rum.

Und Post war Anfang des neuen Jahres auch gekommen: von der Staatsanwaltschaft Cöln. Tobias wurde wegen der Fahrerflucht in Reifenrath angeklagt. Der Tatbestand war klar - er hatte ja selbst den Zettel geschrieben und den Schaden bezahlt. Tobias hatte schon gar nicht mehr damit gerechnet - aber die Staatsanwaltschaft beantragte das Hauptverfahren vor dem Amtsgericht.

Schon wieder eine Strafsache. Zweimal war er schon wegen kleinerer Diebstähle zu Geldstrafen verurteilt worden. Die musste er unbedingt bezahlen. Beim besten Willen: seine Eltern konnte er nicht wieder fragen. Die wären total entsetzt, wenn sie das alles wüssten.

Eins kam zum anderen: Eines Abends wollte Tobi noch vom Bauwagenplatz in Reifenrath mit der Bahn nach Hause fahren.

Leider fuhr ihm der letzte Zug vor der Nase weg. So musste er wohl zurück zu seinen Kumpels an den Sulzbach.

Tobias war müde, er hatte mal wieder zu viel getrunken und so ging er nicht bis zum Sulzbach zurück, sondern nahm direkt den ersten Weg neben dem Bahnhof, der zu einem kleinen Campingplatz führte.

Hier war alles ruhig und verlassen. Er probierte an ein paar Wohnwagen, ob einer vielleicht offen sei. Nichts! Beim vierten war das Schloss ziemlich locker - er brauchte nur ein bisschen an der Türe zu wackeln, ein kleiner Ruck - und sie war offen. War nichts kaputt gegangen....

Und so konnte er sich hinlegen, ausschlafen und am nächsten Morgen wäre er dann ganz schnell am Bahnhof. Soweit sollte es aber gar nicht kommen. Sehr unsanft wurde er von einem Mann geweckt.

"Was machen Sie hier mitten in der Nacht? Das sind Grundstück und Wohnwagen von meinem Nachbarn. Der lässt nie die Türe aufstehen." "Entschuldigung - ich hab den Zug verpasst und mir nur einen Schlafplatz für die Nacht gesucht." Was Tobias gar nicht schlimm fand, machte den Nachbarn seiner Schlafstelle wütend und fassungslos: "Sie können doch nicht einfach hier herein gehen und sich zum Schlafen hinlegen. Das ist Einbruch! Ich werde die Polizei rufen."

"Ich hab' doch gar nichts gemacht - die Türe ist noch nicht einmal beschädigt worden - die ging sofort auf. Meine Güte, mir war kalt. Ich war müde und hab' den Zug verpasst. Aber entschuldigen Sie bitte - ich wollte Sie doch nicht so aufregen."

Damit stand Tobias auf und wollte den Wohnwagen verlassen. Aber der zeternde alte Mann hielt Tobias fest. "Sie kommen jetzt mit zu mir. Ich werde die Polizei rufen und Sie wegen Einbruch anzeigen." Tobi hätte eigentlich abhauen können. Aber er dachte, dass die Geschichte so schlimm wohl nicht werden würde. Es war doch gar nichts passiert.

Kurze Zeit später kamen tatsächlich zwei Polizisten - um vier Uhr morgens waren sie auf dem Campingplatz und nahmen die Anzeige des schimpfenden Alten auf. "Dann kommen Sie mal mit, junger Mann", wurde Tobi von den Polizisten aufgefordert. "Hier können Sie nicht bleiben. Und dass man nicht einfach in einen Wohnwagen einbrechen kann, wenn der Zug verpasst wird, das wissen Sie auch selbst, nicht wahr?" "Ja klar, ich fahre jetzt nach Hause - der erste Zug nach Cöln kommt ja jetzt gleich." Damit entfernte sich Tobias schnell von dem Campingplatz in Richtung Bahnhof.

Bald kam die Anzeige auch per Post: Tobias sollte sich noch einmal schriftlich zu dem Einbruch in den Wohnwagen äußern, was er aber zunächst vergaß.

Stattdessen nahm das Ungemach für Tobias seinen Lauf: Er war mal wieder mit Erkan in Venlo gewesen. Es ging auf Mitternacht zu, als sie auf dem Rückweg schon von weitem die Blaulichter mehrerer Polizeiwagen auf dem Autobahn-Rastplatz sahen. Vor ihnen die Autos wurden durchgewunken. Aber jetzt ging die Kelle raus.

"Scheiße", sagte Erkan nur. Er saß auf dem Beifahrersitz. Tobias fuhr den Wagen. Warum konnte nachher keiner mehr von den beiden sagen. Jedenfalls hieß es: "Allgemeine Verkehrskontrolle! Ihren Führerschein und die Fahrzeugpapiere bitte!" Tobias zog umständlich den Führerschein aus seiner Hosentasche. Der Fahrzeugschein lag im Handschuhfach. "Hier riecht es aber komisch in dem Wagen. Haben Sie Alkohol getrunken oder irgendwelche Drogen zu sich genommen?" "Nein!" Sehr schnell kam die Antwort von Tobi. "Wo kommen Sie denn her?" "Wir waren an der See - ein kleiner Tagesausflug." "So, so, an der See." Jetzt leuchtete der eine Polizist mit der Taschenlampe in den Wagen. "Und Sie haben nicht zufällig eingekauft an der See?" "Ne, einen Ausflug haben wir gemacht." "Kommen Sie bitte beide mal mit." So nahm das Unglück seinen Lauf.

Tobi hatte nichts gekauft. Aber er hatte gerade noch einen Joint geraucht, bevor sie angehalten worden waren. Und getrunken hatte er auch etwas. Nicht viel, aber wahrscheinlich zu viel! Warum war Erkan nicht selbst gefahren? Jedenfalls musste Tobi in ein Alkohol-Test-Röhrchen pusten. 1,2 Promille zeigte das Gerät an.

"Tja, ich kann Sie leider nicht weiterfahren lassen. Den Führerschein werde ich sicherstellen. Das Auto auch - oder ist der junge Herr Beifahrer noch in der Lage, bis nach Cöln zu fahren?" "Nein, nein - wir werden uns von Freunden hier abholen lassen", sagte Erkan. "Bitte Ihre Personalien noch. - Und dann werden wir den Wagen noch untersuchen. Sie können gerne dabei bleiben."

Die Polizisten fanden nur eine kleine Menge Gras. Wegen Drogenbesitz wurde nicht ermittelt - aber Tobi musste noch mit ins Krankenhaus: Blutprobe und Drogentest wurden gemacht. Erkan rief seinen Freund an und bat ihn, ins Krankenhaus zu kommen. Gemeinsam fuhren zu ihm nach Hause.

"Alles großer Mist", konnte Tobi nur noch denken. Jetzt hatte er es mal wieder vermasselt. Wie sollte er das seinen Eltern erklären? Zur Uni war er auch schon länger nicht mehr gegangen. Er nahm allen Mut zusammen und fuhr am Wochenende mit der Bahn nach Hülsbach. Maria und Fred waren sehr erfreut, ihren Sohn zu sehen.

Die Freude währte allerdings nicht allzu lange. "Es tut mir furchtbar leid, aber ich hab' mit der Schule aufgehört, vor ein paar Tagen." So fing Tobi sofort nach der Begrüßung an. "Es ging nicht mehr, ich konnte mich nicht konzentrieren. Außerdem ist es mir wie Papa gegangen: Ich bin mit Alkohol Auto gefahren - und nun ist mein Führerschein weg."

So prasselten seine Worte ohne Pause auf die Eltern ein. "Oh nein", Maria konnte es zunächst nicht fassen. "Aber wieso? Und was willst du jetzt machen?" "Erst einmal könnt ihr die Wohnung kündigen. Ich such' mir eine Arbeit - Paps kriegt ja noch die tausend Mark - und eine Strafe wegen der Alk-Fahrt steht auch noch aus." Er schluckte. "Ja, ich weiß, es ist großer Mist, und eigentlich wäre ich auch gerne weiter zur Schule gegangen - aber es hat nicht geklappt."

Nun schaltete Fred sich ein: "Jetzt machst du es dir aber ziemlich einfach - es hat nicht geklappt. Warum hat es nicht geklappt? Warum kannst du dich nicht mehr konzentrieren? Das liegt doch nur an der blöden Kifferei - und wahrscheinlich nimmst du auch noch anderen Drogenscheiß."

Etwas schuldbewusst ließ Tobi die Schultern hängen. "Es tut mir wirklich leid - ja, ihr habt recht - hab' schon mal über die Strenge geschlagen. Aber ich hör' jetzt auf damit. Ich such' mir eine Arbeit, so für zwei, drei Monate - im Sommer bin ich dann weg. Bis dahin hab' ich euch das Geld zurückgezahlt und dann hau ich ab. Ich bleib' auch nicht in Cöln. Ich zieh' nach Reifenrath - ich kann da in einem alten Hanomag wohnen, direkt am Sulzbach. "

"Ja, klar - da hast du gerade noch gefehlt", sagte Fred. "Nein, ich wohne alleine auf einem anderen Grundstück am Sulzbach. Die Wohnung kann sofort weiter vermietet werden. Ich räum' heute Abend noch auf - ist ja alles möbliert. Dann können cie zum nächsten Monat schon wieder vermieten und ihr seid diese Kosten für mich schon mal los."

"Ich finde deine Einstellung unmöglich." Maria war total sauer und enttäuscht. "Du hast so viel künstlerisches Talent - dieses Grafik- und Design-Studium wäre das Beste für dich - du hättest dann alle Möglichkeiten " "Mama, es tut mir leid - im Moment geht es nicht. Aber künstlerisch kann ich auch so einiges machen. Guck doch, wie viel ich schon mit den Straßenbildern verdient habe. Vielleicht sollte ich das erst mal weitermachen, anstatt eine Stelle zu suchen." "Du spinnst", sagte Fred. "Du suchst dir bitte eine ordentliche Stelle in einem Malerbetrieb - immer auf der Straße ist für dich überhaupt nichts. Da gehst du unter."

"Blödsinn, ich hab' das im Griff. Ich nehm' jetzt nichts mehr." "Wir werden sehen - und bitte..." Maria sah ihren Sohn eindringlich an: "Nimm niemals Heroin - niemals, hörst du? - Das ist das schlimmste Zeug überhaupt. Fass das nicht an - das ist der Untergang." Maria ging zum Bücherregal. "Hier, guck mal: Kennst du dieses Buch? 'Die Kinder vom Bahnhof Zoo', einfach schrecklich was darin steht. Nimm das Buch mit und lies es: Dann hast du hoffentlich ein für allemal die Schnauze voll von dem Mist."

Frühjahr 1993

Tobias wohnte jetzt also in einem Hanomag auf einem kleinen Grundstück am Sulzbach. Er fühlte sich wohl - richtig gemütlich hatte er es sich in dem Wagen gemacht. Aber die Suche nach einer neuen Stelle nahm er nicht so ernst. Er fragte zwar bei zwei Malerbetrieben in Reifenrath nach, aber die waren komplett. Beide Betriebe brauchten keinen Gesellen.

So fuhr er mit der Bahn nach Cöln und versuchte sich wieder als Pflastermaler. Er hatte da sein Konzept für eine Art Comic, das er so ähnlich schon oft gemalt hatte - es ging ihm leicht von der Hand. Neben Musikern und Jongleuren gab es rund um den Dom mehrere Maler, die dort saßen und ihr Bild immer wieder ausmalten. - Da sah man die "Mona Lisa" oder "Das Abendmahl" von Leonardo da Vinci oder "Die Sonnenblumen" von van Gogh.

Man kannte sich und Tobias wurde als Kumpel anerkannt - unter den Straßenkünstlern sah man sich nicht als Konkurrenten - jedenfalls nicht, solange für alle Platz da war. Und wenn Tobi dann das Kleingeld zählte, das sich in dem Becher neben seinem Gemälde befand, war der Verdienst gar nicht so schlecht. Tobias versuchte, keine härteren Drogen zu nehmen und zu sparen. Er wollte seinen Eltern das geliehene Geld zurückgeben - aber ohne Kiffen ging bei ihm gar nichts.

Jeden Tag konnte Tobi sich allerdings nicht aufraffen, um nach Cöln zu fahren und zu malen. Manchmal schlief er lange, war lustlos und irgendwann ging er dann zu seinen Freunden auf den Bauwagenplatz, machte mit ihnen Musik, man unterhielt sich und diskutierte. Getrunken wurde auch meistens etwas. Oft ging ein Joint rum und was da drin war, hinterfragte Tobi nicht.

- - - -

Fred und Maria hatten sich in Hülsbach gut eingelebt. - Max tat sich etwas schwerer, aber inzwischen hatte er ein paar Freunde in der Schule und auch im Ort gefunden.

"Ich bin ja gespannt, ob Tobi bald einen Job hat", meinte Fred beim Abendessen. "Versteh' ich gar nicht, dass es so lange dauert. Das Wetter in diesem Frühjahr ist gut - die Aufträge im Baugewerbe boomen, da dürfte es für einen Malergesellen nicht so schwer werden, eine Stelle zu finden." "Ja, das find' ich auch - es ist zwar offiziell noch Winter, aber du hast natürlich recht: Mit ein bisschen Anstrengung und gutem Willen müsste da eigentlich etwas drin sein."

Maria seufzte. "Ich denke, er will nicht wirklich. Schließlich wollte Tobi schon vor einem Jahr ins Ausland und etwas anderes sehen. Aber dass er uns letzte Woche 200 Mark zurückgegeben hat, ist doch eigentlich ein gutes Zeichen - oder?" "Ja, das könnte man so sehen - aber bei Tobias bin ich mir nie sicher. 200 Mark als Pflastermaler in den paar Wochen übrig zu haben: gar nicht so schlecht."

"Das ist ja auch eher sein Ding", meinte Maria jetzt. "Ich hoffe ja nicht, dass du ihn unterstützt, wenn er das als seinen Job ansehen will." "Nein, so mein' ich das nicht - aber dem Jungen liegt das einfach. Es macht ihm Spaß."

"Na klar macht ihm das Spaß", schaltete sich Max ein, der gerade herein gekommen war und sich an den Tisch setzte. "Er muss sich an keine Regeln halten, wohnt im Hanomag - wie hoch ist die Miete für diesen Platz? Außerdem kann er kiffen so viel er will, das stört keinen Menschen. Und wann er mit dem Malen auf dem Domplatz anfängt, ist auch egal. Find ich super!"

"Jetzt komm mir bitte nicht so - du weißt, was wir davon halten", sagte seine Mutter. "Aber Tobias wird bald 22 - er muss wissen was er tut. Ich kann verstehen, dass er ungezwungen leben will. Er ist jung. Wenn nicht jetzt - wann dann? Aber er verbaut sich dadurch so viel. Ich hätte es besser gefunden, er hätte wenigstens sein Studium zu Ende gemacht." So war Tobi oft Teil der Gespräche oder sogar Mittelpunkt im Hause Frangenberg, auch wenn er selbst nicht dabei war.

Wie auch früher schon öfter, fuhr Maria auf dem Heimweg vom Dienst bei Tobi vorbei. Es war jetzt schon das dritte Mal, dass sie ihn nicht antraf. Komisch! Der Hanomag sah unverändert aus - die Türen waren abgeschlossen. Maria konnte nicht viel erkennen, wenn sie durch das Seitenfenster in den Wagen blickte. Und das Gras sah auch nicht zertreten aus - nur da, wo sie 'rumgelaufen war, gab es Fußabdrücke.

Nach einer Woche das gleiche Bild: Nur war das Gras um den Hanomag gewachsen. Maria versuchte die Tür zu öffnen: Sie war verschlossen, es schien niemand hier gewesen zu sein. Auch ein Blick in den Wagen bestätigte: es hatte sich nichts verändert, soweit sie das sehen konnte. Tobias war wohl nicht hier gewesen. Wo konnte er sein?

Es war ja nicht so weit bis zu dem Bauwagenplatz. Also fuhr sie dort hin. Viele Leute waren heute nicht zu sehen. Aber da hinten sah Maria einen jungen Mann - er schien Flaschen in einen Kasten zu stellen. "Hallo", rief Maria. "Ja, bitte?" "Guten Tag, Sie kennen doch sicher den Tobi Frangenberg?" "Ja, klar, den kenn' ich. Aber ich habe ihn schon länger nicht gesehen." "Ich bin seine Mutter. Er wohnt im Moment in dem alten Hanomag - nicht weit hier." "Ja, ich weiß, das hat er erzählt." "Wann haben Sie ihn denn zuletzt gesehen?" "Hm, da muss ich überlegen - ich weiß nicht genau, aber das ist bestimmt schon drei

Wochen her. Allerdings bin ich auch nicht immer hier. Ich geh' mal grad' 'rüber zum Fussi und frag' ihn. Der hat meistens den Überblick."

Nach kurzer Zeit kam der junge Mann zu der wartenden Maria zurück. "Ne, tut mir leid - aber Fussi hat den Tobi auch nicht gesehen - er scheint seit mehr als drei Wochen nicht mehr hier gewesen zu sein. Vielleicht ist er in Cöln - manchmal ist er nach dem Malen noch bei Lara geblieben." "Lara? Ich kenne keine Lara - wissen Sie denn, wo die wohnt?", meinte Maria. "Ne, keine Ahnung! Ich weiß auch nicht, ob er mit der leiert ist - jedenfalls waren die beiden schon mal zusammen hier."

"Ich habe eine Bitte: Falls Tobias hier auftaucht, sagen Sie ihm doch bitte, er möchte sich zu Hause melden." "Ja, das mach' ich gerne." "Also, Tschüss dann!" "Auf Wiedersehen - viel Glück noch bei der Suche!"

Wie sie das hasste: Warum konnte Tobias sich nicht ab und zu mal melden? Dann könnte sie sich das alles ersparen. Ab und zu ein Lebenszeichen - damit sie sich nicht solche Sorgen zu machen brauchte... und vielleicht erzählen, was er vor hat. - So schwer konnte das doch nicht sein.

"Hallo, da bist du ja endlich", wurde Maria von Fred empfangen. "Wo warst du denn so lange?" "Ich war noch in Reifenrath - Tobi ist immer noch nicht aufgetaucht." "Der hatte keine Lust mehr auf Cöln und Reifenrath und ist abgehauen." "Warum sagt er denn nicht Bescheid? Er weiß doch, dass wir uns Sorgen machen." "Ja, klar - aber wir kennen unseren Sohn doch inzwischen. Er will sich nicht mit uns auseinandersetzen. Wir haben von ihm erwartet, dass er sich einen Job sucht, damit er uns zuerst das geliehene Geld zurückzahlt - und dazu hat er wohl im Moment keine Lust."

Fred nahm Maria in den Arm und gab ihr einen Kuss. "Mach dir nicht zu große Sorgen - der taucht schon wieder auf. Du weißt doch: Wenn etwas passiert, bekommen wir Bescheid. Solange wir nichts hören, ist das wahrscheinlich ein gutes Zeichen." Überzeugen ließ Maria sich nicht davon.

"Na, ich weiß nicht. Ich war noch bei den Bauwagen. Die Leute dort haben ihn auch schon seit drei Wochen nicht gesehen, aber sie sprachen von einer Freundin - Lara aus Cöln. Wo sie wohnt, konnte mir aber keiner sagen. - Ich hab' ja morgen wieder Dienst - dann frag' ich mal auf der Domplatte nach. Vielleicht malt er ja dort noch und die wissen, wo er sein könnte oder sie kennen diese Lara." "Tu was du nicht lassen kannst", seufzte Fred. "Vielleicht erfährst du ja irgendetwas."

Also konnte man Maria am nächsten Tag auf der Domplatte sehen. Es waren mehrere Pflastermaler dort. Aber Tobis Platz war leer - Maria konnte noch Fragmente seines letzten Objektes erkennen. Sie guckte sich um und ging dann zu dem Maler, der am nächsten zu Tobis verblasstem Bild auf dem Boden kniete.

"Entschuldigung, ich hab' eine Frage." "Ja?" Der sympathische blonde Mann sah von seinem da Vinci zu Maria hoch: "Kennen Sie Tobi? Das ist der, der das Comic da vorne gezeichnet hat." Sie zeigte auf das Bild. "Ja, ich kenne ihn. Er war schon länger nicht mehr hier. Sind Sie seine Mutter?" Maria lächelte. "Ja, er hat sich bei uns zu Hause seit ein paar Wochen nicht gemeldet, und dort, wo er wohnt hat man ihn auch nicht gesehen." "Tobi war nicht jeden Tag hier - aber er kam doch immer mal wieder her." "Wenn er hier auftaucht, sagen Sie ihm doch bitte, dass er sich zu Hause melden soll, ja?"

Damit warf Maria ein Zwei-Mark-Stück in den Becher neben der "Mona Lisa". "Danke - ja, das mache ich." "Ach ja, noch was - kennen Sie Lara?"

"Wenn Sie die kleine Schwarzhaarige meinen, die öfter mal hier ist und dann meistens bei Tobi steht? Ja, die kenne ich. Aber ob sie Lara heißt, weiß ich nicht." "Dann wissen Sie auch nicht, wo sie wohnt oder wo ich sie finden kann." "Ne, keine Ahnung - die taucht hier nur ab und zu auf und guckt uns beim Malen zu und zuletzt war sie eben meistens bei Tobi, wenn sie hier war." "Na, dann vielen Dank und sagen Sie Tobias bitte Bescheid, wenn er sich hier wieder sehen lässt." "Ja, ja, Tschüss!"

Maria guckte sich noch einmal um und ging dann in Richtung Bahnhof. Ihr Sohn schien sich wirklich nicht mehr in Cöln aufzuhalten. Wo sollte sie noch suchen? Hier in der Stadt und Umgebung hatte das keinen Zweck. Sie hatte ja überhaupt keinen Anhaltspunkt. Und Fred hatte natürlich recht: Sie mussten warten, bis er sich meldete - wenn etwas passiert wäre, wüssten sie das längst.

- - - -

Nein, passiert war Tobias in dem Sinne nichts - aber er sah keinen anderen Ausweg, nachdem ihn drei "blaue" Briefe vom Gericht erreicht hatten. Sein Nachmieter aus Cöln hatte ihm die Post an seinem "Arbeitsplatz" am Dom übergeben. Am liebsten wäre er da schon davon gelaufen, ohne überhaupt nachzusehen, was darin stand.

Zu Hause in seinem Hanomag machte er die Briefe aber doch auf: Der erste war eine Vorladung wegen der Fahrerflucht. Herr W. hatte zwar die Anzeige zurückgezogen, aber die Staatsanwaltschaft bestand auf einen Prozess. Tobi hatte eine Vorladung in drei Wochen - also Ende März. Dann sollte er wegen des Einbruchs in den Wohnwagen noch einmal bei der Polizei aussagen - diese Anzeige lag also auch vor.

Der dritte Brief war eine Mahnung: Weil er zum wiederholten Mal beim Ladendiebstahl erwischt worden war, sollte er 400 D-Mark bezahlen oder 40 Stunden Arbeit bei einem gemeinnützigen Träger nachweisen. Das hatte er total vergessen. Und jetzt gaben sie ihm noch eine Woche Zeit, die Geldzahlung nachzuweisen oder dass er mit der Arbeit in einem Kindergarten, Tierheim oder so begonnen hatte.

Und dann war da ja noch die Führerscheinsache. Wer weiß, wie teuer das noch würde. Ne, das war ihm alles viel zu viel. Eigentlich hatte er seinem Vater ja die tausend Mark zurückzahlen wollen - und das waren erst 200 - den Rest würde er eben irgendwann bezahlen. Jetzt hatte Tobi einfach keinen Bock mehr. Das hatte doch alles keinen Zweck!

Obwohl er seinen schönen Hanomag liebte, packte er seinen Rucksack, schnürte den Schlafsack und machte sich auf den Weg nach Cöln. Diesmal blieb er im Bahnhof.

Tobi spielte Roulette: "Ich setz mich einfach in den nächsten Zug, der in eine Großstadt fährt - egal welche Richtung - und dann guck ich weiter." Der Zug nach Amsterdam fuhr in zwei Minuten von Gleis 4. Ein Ticket hatte er nicht - egal, wenn er erwischt würde, käme eben noch ein Anzeige dazu! Im Moment war Tobi wirklich alles egal.

"Hauptsache weg von hier", dachte Tobias als er im Zug saß - und er hatte ein gutes Gefühl, wenn auch mit einem Hauch von schlechtem Gewissen!

Von weitem sah Tobias den Schaffner ins Abteil kommen. "Das muss ja nicht sein", dachte er sich, stand auf und ging auf die Toilette. Er hatte sich noch den "Spiegel" am Bahnhof gekauft und saß nun damit auf dem Klo. So entging er der Fahrkartenkontrolle und konnte sich unbehelligt wieder auf seinen Platz setzen.

In Amsterdam angekommen, atmete er erst einmal tief durch. Er hatte ein Gefühl von Freiheit und Abenteuer - Tobi lächelte, als ihm diese Werbung in den Sinn kam. Nun stand er auf dem Platz vor dem Bahnhof und schaute sich um: Da waren jede Menge Reisende mit Koffern und Rucksäcken, die wie er mit dem Zug angekommen waren oder zu den Gleisen eilten.

Er sah Taxis, Schulkinder, eilige Männer mit Aktentaschen, Frauen mit Einkaufskörben und er sah dort drüben langhaarige junge Männer, Mädchen in Hippie-Kleidern - sie saßen auf einer Mauer. Dorthin bewegte Tobias sich zuerst. Ein herzliches "Hallo" kam ihm über die Lippen, als er auf die kleine Gruppe stieß. "Hallo", "Hey", "Daach", antworteten sie. "Sprecht ihr deutsch?" "Jo, auch - Woher kommst du?" "Bin gerade mit dem Zug aus Cöln gekommen. Möchte eine Weile hierbleiben. Wo krieg ich hier eine Unterkunft?"

Die Mädels sahen sich an. "Das ist Rosa, ich bin die Mike. - Ich könnte dir ein Bett bei mir auf dem Boot anbieten." "Tobias", stellte er sich vor. "Was muss ich dafür bezahlen? Hab' nämlich nicht allzu viel Geld." "Kannst du hier verdienen." Mike zwinkerte Tobi zu. "Guck dich mal um - was siehst du? Gaaaanz viele suchen einen kleinen Trip oder Gras. Dafür kommen sie aus Deutschland und verschwinden dann wieder. Und damit kannst du das Bett bezahlen... und noch viel mehr." Mike zwinkerte Tobi zu. "Hier in Amsterdam ist das alles gar nicht so schwer. Wirst sehen."

Amsterdam fand Tobi richtig gut - er wohnte bei Mike, Anders, Klas und Marie auf dem Hausboot. Oft dachte er an Anne - wäre sie jetzt bei ihm, ginge es ihm noch besser. Aber auch so ließ es sich hier gut leben.

Um seinen Beitrag für Miete und Essen bezahlen zu können, verkaufte Tobi Gras und LSD-Trips an Touristen aus aller Herren Länder. Dass das so leicht war, hätte er nie gedacht. Aber man war hier in der Stadt total locker - alle waren gut drauf - ganz selten war mal einer aggressiv. Ob das an den Drogen lag?

Ungefähr drei Monate blieb Tobias in Amsterdam, dann zog er weiter. Ein paar Tage blieb er noch Antwerpen. Dort fand er eine Mitfahrgelegenheit nach Cöln und zwei Stunden später stand Tobias vor dem Dom.

Ein komisches Gefühl beschlich ihn, als er vor dem Portal der Kathedrale stand - alles war unverändert, als wäre er nie weg gewesen: Auf der Domplatte wurde Musik gemacht, es wurde gemalt und die Jongleure waren auch da. Er ging zu einem Malerkumpel und setzte sich neben ihn. "Hallo!" "Hi, Tobi, lange nicht gesehen. Erst vor ein paar Tagen war deine Ma wieder hier. Sie sucht dich."

"Oh Mann", entfuhr es Tobi. Sein Gewissen meldete sich: Er hatte noch immer nicht zu Hause angerufen. "Die sind eh sauer auf mich und bestimmt total enttäuscht". Aber er konnte sich jetzt nicht melden - sie würden wieder mit Drogenberatung anfangen - wahrscheinlich mit Entzug oder so und darauf hatte er gar keinen Bock.

Ihm ging es doch gut - so wie es einem eben mit Gras, LSD und Koks ging. Er nahm ja nicht viel - damit konnte er leben - aber eben kein "normales" Leben führen. Und das würden seine

Eltern von ihm verlangen - er wusste es! Und bestimmt lagen die Strafbefehle auch schon da. "Ne, ich muss sehen, dass ich wieder hier wegkomme".

Und schon am nächsten Tag machte er sich auf den Weg zum Cöln-Borner Verteiler. Er streckte den Daumen raus. Minuten später hielt ein VW-Käfer an. Ein junges Paar saß darin. "Wir fahren Richtung Aachen, wollen nach Luxemburg. Wenn das deine Richtung ist, steig ein." "Jo, Richtung stimmt".

- - - -

Als Maria nach ein paar Wochen wieder ihre Runde über den Domplatz machte und hörte, dass ihr Sohn in Cöln gewesen sei, wurde sie ganz traurig. "Warum hat er sich nur nicht bei uns gemeldet?" Aber John, das war der junge Maler, mit dem sie gesprochen hatte, meinte: "Er sah gut aus - ich glaube es geht ihm nicht schlecht - aber er hatte Angst vor einer Begegnung mit Ihnen. Das war jedenfalls mein Eindruck - und er hat sich geschämt, weil er sich nicht bei Ihnen gemeldet hat."

Am Abend zu Hause war Tobias dann wieder Hauptthema am Abendbrottisch. "Hör auf, weiter nach ihm zu suchen", meinte Fred dann auch abschließend. "Irgendwann wird er sich besinnen und sich melden. Wir können nichts machen - nur abwarten und hoffen, dass es ihm gut geht."

Ein paar Wochen später - es war Anfang Juli 1993 - lag eine Ansichtskarte aus Avignon im Briefkasten der Familie Frangenberg - nur die erste der Postleitzahl stand unter dem Namen und der Straße: 5... *Hülsbach* - aber die Karte war angekommen. Mit Tränen in den Augen las Maria den Text:

"Ich liebe euch. Es tut mir leid, dass ich alle im Stich gelassen habe. Mir geht es gut, ich habe einen Hund, eine Gitarre und

eine nette Freundin. Ich konnte euch einfach nicht früher schreiben. Bitte, bitte, macht euch keine Sorgen. Tobias"

Endlich ein Lebenszeichen nach nunmehr viereinhalb Monaten, auch wenn sie ja wussten, dass Tobi wohl kurz in Cöln gewesen war. "Na ja, wenigstens erfüllt er sich ein bisschen von seinem Traum und reist herum." Maria war sehr froh, endlich eine persönliche Nachricht von ihrem Sohn erhalten zu haben. "Ich hoffe nur, dass er es genießen kann und dass nicht Drogen die erste Rolle in seinem neuen Leben spielen."

Drei Monate später kam eine zweite Ansichtskarte - diesmal aus Nizza:

"Hallo Ihr Lieben, mir geht es ziemlich gut. Das mal zuerst. Entschuldigt bitte, dass ich mich so lange nicht gemeldet habe. Ich würde eigentlich gerne mit euch telefonieren, aber ich habe Angst vor den vielen Vorwürfen, die ich zu hören bekommen werde. Ach, eigentlich glaube ich das nicht - ich würde doch so schrecklich gerne mit euch reden und wissen, wie es euch geht. Ich werde bestimmt bald mal anrufen. Ich hoffe, ich bekomme die Nummer noch zusammen. Ich werde wohl so bald nicht zurückkommen. Ich ziehe seit drei Wochen mit einem Jongleur umher und lerne selber. Ich war bisher in Amsterdam, Antwerpen, Avignon, Perpignan und jetzt bin ich seit drei Tagen in Nizza. Es ist wunderbar hier. (Das ist schon in kleinster Schrift rund um die Adresse geschrieben...) *Ich ärgere mich, dass ich kein Briefpapier gekauft habe. Ich liebe euch alle: Steffi, Max, Sabine und den Rest der Familie. An Steffi herzlichen Glückwunsch nachträglich In Liebe - Tobias."*

Die Familie Frangenberg freute sich sehr über diese Karte - es schien ihrem ältesten Sohn und Bruder ja richtig gut zu gehen. Wahrscheinlich nur, weil er verdrängte, was in der Heimat alles aufgelaufen war. Etliche der unangenehmen Briefe waren inzwischen bei den Eltern in Hülsbach angekommen - weil das ja einmal eine Meldeadresse von Tobias war, wie aus den Akten hervor ging.

Darüber hatten Fred und Maria sich schon genug aufgeregt. Sie hätten auch alles mit "unbekannt verzogen" zurückschicken können. Aber so erfuhren sie doch so einiges über ihren Sohn. - Ein paar Dinge regelten sie, so gut es ging. Aber das meiste konnten sie ihrem Sohn nicht abnehmen. Das würde wohl unweigerlich auf ihn zukommen, wenn er zurück käme.

Wegen der Alkoholfahrt mit Erkans Auto lag ein Beschluss des Amtsgerichts vor: Der Führerschein wurde für sechs Monate einbehalten und Tobias sollte 800 DM an einen Kindergarten zahlen - die Kontonummer wurde mitgeteilt. Dieser Beschluss war auf Anfang April datiert. Sollte der Betrag nicht innerhalb von drei Monaten gezahlt werden, würde das Verfahren ohne weitere Mahnung fortgesetzt.

Nachdem Tobis Ansichtskarte aus Avignon angekommen war, meinte Maria: "Sollen wir nicht die 800 DM zahlen, damit die Sache dann erledigt ist?" "Ich weiß nicht, meinst du das ist richtig?", sagte Fred. "Haben wir nicht sowieso einiges falsch gemacht bei der Erziehung unserer Kinder? Tobi weiß doch gar nichts von diesen 800 Mark." Das war Maria.

"Das stimmt, aber dass er mit Alkohol gefahren ist und dass ihm deshalb der Führerschein abgenommen wurde, weiß er sehr wohl. Der einzige Grund, das Geld zu zahlen ist, dass wir ihn nicht erreichen können. Allerdings bestätigt ihn das wahrscheinlich darin, dass es richtig war, einfach so abzuhauen - die Eltern regeln ja alles."

Maria umarmte ihren Mann. "Ach, komm - du weißt doch genau, dass wir ihm nicht alles abnehmen können. Da kommt schon noch genug auf ihn zu, wenn er sich entschließt, wieder nach Hause zu kommen." Also zahlten sie diese 800 Mark.

Von der Gemeinde Reifenrath nahmen sie eine Rechnung für Tobi entgegen: Der Hanomag war verschrottet worden, nachdem man den Halter nicht erreichen konnte und eine Frist zum Abholen verstrichen war. Maria schrieb an die Gemeinde und an alle, die Geld von Tobi haben wollten, dass ihr Sohn seit Mitte April im Ausland und nicht zu erreichen sei.

Das alles konnten sie ihrem Sohn ja nicht mitteilen, denn zum Telefonhörer griff er nicht - er wusste wahrscheinlich warum.

- - - -

Tobias konnte jedenfalls die unangenehmen Sachen ausblenden, auch wenn er sehr oft an seine Eltern, seine Geschwister und an seine Kumpels auf der Domplatte und in Reifenrath dachte - und an Anne. Wenn seine Schuldgefühle zu groß wurden, kiffte er oder nahm irgendetwas anderes, um sich halbwegs zu betäuben. Dann ging es ihm wieder besser.

Das Geld für diese "kleinen Freunde" schnorrte er sich zusammen - er hatte eine Gitarre, auf der er leidlich irgendeinen Song spielte. Manchmal begleitete ihn ein Hund. Wilde Hunde gab es genug in Frankreich. Man brauchte ihnen nur ein bisschen vom Baguette abzugeben, dann wurden sie zu treuen Begleitern. So war es jedenfalls mit dem struppigen Rüden, der Tobi seit ein paar Tagen nicht mehr von der Seite wich.

Tobias lernte viele nette Menschen kennen. In Avignon traf er Charlene, eine Engländerin, sie war wesentlich älter als Tobi. Meistens waren die beiden zusammen mit anderen jungen

Leuten verschiedener Nationalitäten an der Rhone. Sie übernachteten in Zelten oder nur in ihren Schlafsäcken, wenn es warm genug war. Es war einfach nur schön.

Tobi liebte es, so in den Tag hinein zu leben. Charlene wollte nach ein paar Tagen weiter. "Komm doch mit", sagte sie. "Wir werden bestimmt noch viel Spaß zusammen haben." Tobi gefiel es in Avignon. "Ich bleibe noch - bin ja noch nicht so lange hier." "Heute ist der 3. Juni - sehen wir uns in drei Monaten in Nizza?", schlug Charlene vor. So verabredeten sie sich: "O.k., wo finde ich dich?" "Wir treffen uns an der Promenade des Anglais - dort bin ich nicht zu übersehen." Ein Kuss rechts und ein Kuss links auf die Wange, dann ging Charlene.

Einmal winkte sie noch zurück - und schon war sie verschwunden. Schade - trotzdem genoss Tobi die Stadt. Er fand es toll dort. Besonders die Atmosphäre während des Festivals, das jeden Sommer stattfand, gefiel ihm. Die Stadt war voller unterschiedlicher Menschen. Das Leben pulsierte während dieser drei Wochen im Juli. In allen Straßen und auf vielen Plätzen wurde Theater gespielt - egal ob zeitgenössisches Theater, ob Pantomime, Musicals oder Puppenspiele - auch getanzt wurde überall. Das Jonglieren, das Pepe ihm beibrachte, machte ihm viel Spaß.

Irgendwann zog Tobias weiter: Mal zu Fuß, dann wieder ein Stück per Anhalter, an der Rhone entlang durch kleine Bergdörfer bis nach Perpignan. Struppi, so nannte er den kleinen Hund, war sein ständiger Begleiter.

Und jetzt war Tobi in Nizza - es war immer noch sehr warm. Der August war fast rum. Tobi dachte an Charlene. Ob sie wirklich am 3. September da sein würde, an der Promenade des Anglais? In Nizza war einiges los. Man sah die Punks in der

Stadt nicht so gerne, oder die obdachlosen Musiker und Maler. Aber hier an der Promenade des Anglais, an den weiß oder blau lackierten Bänken schien es egal zu sein, zu welchem Milieu man gehörte. Hier waren alle vertreten: die Reichen und Schönen genauso wie die weniger Betuchten.

Und hier traf Tobias auch am 3. September Charlene wieder! Sie saß mit mehreren Leuten - Männer, Frauen und Kinder - in einer Runde auf den Steinen am Strand. Die Gitarren klangen herauf zu der Promenade und sie sangen dazu. Tobi ging hinunter und setzte sich zu der Gruppe. Charlene guckte zwar etwas ungläubig Aber wie Tobi freute sie sich sehr, dass es mit dem Wiedersehen geklappt hatte.

Charlene hatte drei ihrer vier Kinder dabei. Sie war auf der Durchreise und nach ein paar Tagen quetschten sich alle in ihren kleinen Datsun und in einem Rutsch fuhren sie durch bis nach Portugal.

In einem Dorf in der Nähe der alten Stadt Coimbra hatte Charlene einen kleinen Hof - ohne Strom und Telefon - wo sie im Sommer viel Zeit verbringt, wie sie Tobi erzählte. Hier in den Bergen leben viele Hippies, an die Charlene Trips verkaufte. Tobias fühlte sich jedoch bald überfordert: Es regnete durchs Dach, das Auto war kaputt und die Kinder wollten seine Aufmerksamkeit. Nach einem tränenreichen Abschied zog Tobi weiter.

Er fand sogar Arbeit: Für umgerechnet acht Mark am Tag -mit Kost und Logie- hütete er ein paar Wochen lang Ziegen in den Bergen. Tobi fühlte sich unbeschreiblich glücklich, wenn er am Abend in seinem Bett lag - er brauchte weder Drogen noch Alkohol. Aber er hatte manchmal Heimweh. Es war Herbst geworden. Tobi wollte weiter. Er bekam sein selbst verdientes Geld ausgezahlt und machte sich wieder auf den Weg.

Ein junges Paar nahm ihn mit bis nach Spanien. Sie boten ihm an, im Gästezimmer zu schlafen. Die beiden arbeiteten tagsüber und überließen ihm den Wohnungsschlüssel. Tobi war überwältigt von dem Vertrauen, dass sie ihm entgegenbrachten. Aber er hatte auch - seit er aus Amsterdam weg war - nichts mehr geklaut. Eigentlich ein tolles Gefühl - und das sollte auch so bleiben.

Zu dieser Zeit schrieb er einen zweiseitigen Brief nach Hause, in dem er seinen Eltern mitteilte, dass er irgendwo in Spanien sei, dass er gar nicht wisse, wovon er zuerst berichten solle - so viele Eindrücke gebe es zu beschreiben. Er fühle sich unbeschreiblich gut, er sei bei einem Pedro zu Gast und er teilte seiner Familie mit, dass diese Reise einen anderen Menschen aus ihm machen werde.

Er beschrieb, wie toll es sei, dass alle Menschen, die er treffe, so viel Vertrauen zu ihm hätten, er schrieb von dem Bauern, bei dem er gearbeitet und Ziegen gehütet hatte und von dem jungen Paar, dass ihn mit nach Spanien genommen hatte. Er schrieb vom Heimweh und dass er seine Familie vermisse, dass er gerne wissen möchte, wie es ihnen gehe, ob Trixi noch lebe und dass er hoffe, Maria und Fred würden so oft an ihn denken wie er an sie. Zum Schluss meinte er noch, dass er mittlerweile perfekt Englisch spreche und ein wenig Französisch....

- - - -

Maria und Fred waren von diesem Brief ein wenig überwältigt! "Wenn das so ist, wenn es Tobias so gut geht, wenn er arbeitet und er so viele tolle Erlebnisse hat, dann hat sich diese Reise trotz allem gelohnt", meinten sie gegenüber Freunden. Aber wie ging es weiter? Wann würde er nach Hause kommen und sich dem stellen, was ihn hier erwartete?

Die Zeit verging - es wurde Dezember - aber von Tobias hörten sie nichts weiter. Am Heiligabend hatte Maria morgens noch Dienst. Sie war gerade nach Hause gekommen, als es an der Haustüre klingelte. Wer konnte das sein?

Maria drückte auf den Türöffner. "Hallo", unten stand Tobias in der Tür. "Oh mein Gott", Maria lief die Treppe herunter und umarmte ihren Sohn. Er roch ein wenig streng und sah total verändert aus - aber er war nach Hause gekommen - an Heiligabend! Auch Fred, Steffi und Max hatten gehört, dass etwas passiert sein musste - so wie Marias "Oh mein Gott" durchs Haus geschallt war.

Fred sah das etwas pragmatisch. "Ich lass mal Badewasser ein - das tut dir bestimmt gut. Was meinst du?" waren seine Worte, nachdem er Tobias umarmt hatte. Das Angebot nahm Tobi gerne an.

Die Freude überwog zunächst - die unangenehmen Themen wurden erst einmal nicht angesprochen. Es gab ja auch einiges zu erzählen. Tobi hatte so viel erlebt in Amsterdam, in Frankreich und Portugal. Die ganze Familie hörte gebannt zu. Sabine und ihr Freund Peter waren inzwischen auch gekommen, genauso wie Tina und ihre Söhne.

Aber natürlich kam dann auch bald die Frage auf: Wie soll es denn jetzt weitergehen? Von Tobi kam nur ein Schulterzucken. "Das müssen wir ja nicht heute Abend besprechen", meinte Maria dann auch. Sie war überglücklich: Ihr Sohn war wieder zu Hause - nach dieser langen Zeit.

Fred hatte ja auch noch eine Neuigkeit zu berichten: "Ich bin nicht mehr im Außendienst - ich habe mich selbständig gemacht. Hab' ganz gut zu tun - du könntest also sofort bei mir anfangen." Aber von Tobi kam wieder nur ein Schulterzucken. "Ich weiß nicht, was ich jetzt machen werde. Ich muss mir das alles noch überlegen." Damit war das Thema zunächst erledigt.

Tobias hatte nämlich überhaupt nicht vor, länger in Hülsbach zu bleiben. Ja, eigentlich müsste er sich jetzt um seine Schulden kümmern. Aber bei seinem Vater arbeiten? Dann vielleicht doch eher in Cöln oder Reifenrath als hier am Ende der Welt in Hülsbach!

Eigentlich wollte er wieder zurück nach Portugal... jedenfalls bald. Aber Tobi war auch sehr glücklich, Eltern und Geschwister wiederzusehen und das Weihnachtsfest im Kreise seiner Familie verbringen zu können.

Am zweiten Weihnachtstag traf sich die ganze Familie mit Kind und Kegel bei Maria und Fred in Hülsbach. Marias Schwestern wollten Kuchen mitbringen und später sollte es Abendessen geben. Auf dieses traditionelle Treffen freuten sich immer alle. Maria fand es toll, dass Tobi auch dabei war.

Aber der sagte nach dem Aufstehen: "Du, Mama, ich glaub', das ist nichts für mich. Die Fragen der Familie muss ich jetzt nicht haben. Ich fahr' mal wieder. Guck mal, wen ich von den Kumpels treffe - vielleicht ist ja auch die Anne in Reifenrath."

"Aber du kannst doch hierbleiben - so schlimm wird es wohl nicht werden", versuchte Maria ihren Sohn aufzuhalten. Aber da war nichts zu machen. "Und bitte pass auf dich auf und überleg' dir, wie es weitergehen kann. - Du weißt ja, was hier noch alles liegt", erinnerte sie Tobi an die Briefe, die sie ihm gegeben hatte. "Ja, ich weiß - ich guck mal - ich melde mich auf jeden Fall und sag' euch Bescheid. Vielen Dank für alles - es war total schön mit euch."

Er küsste Maria, umarmte seinen Vater, nahm seinen Rucksack und ging die Treppe herunter. "Ich mach' keine Dummheiten - versprochen - und ich melde mich." Dann war die Türe zu und ihr Sohn war wieder weg.

"Das ist ja schade, dass Tobi schon wieder weg ist. Bleibt er denn jetzt hier in der Gegend? Was hat er vor?" Viele Kommentare kamen von der Verwandtschaft und Fragen, die Maria und Fred nicht beantworten konnten.

Zwei Tage später - es war früher Nachmittag - kam ein Anruf aus Cöln-Ossendorf: "Justiz-Vollzugsanstalt - Guten Tag Herr Frangenberg. Haben Sie einen Sohn mit dem Namen Tobias?" "Ja", antwortete Fred ziemlich erschrocken. Jetzt war es also passiert! "Ihr Sohn ist hier bei uns - Sie können ihn auslösen, wenn Sie möchten. Jedenfalls meinte Ihr Sohn, wir sollten Sie anrufen und Ihnen Bescheid sagen. Gegen eine Summe von 2.100 DM könnte er entlassen werden. Ansonsten muss er 70 Tage hierbleiben. So hoch ist die offene Geldstrafe: 70 Tagessätze á 30 DM. Jeden Tag verringert sich die Summe also um 30 DM." "Ja, ja, ich muss mit meiner Frau sprechen. Wann könnten wir denn kommen, falls wir das machen?" Noch zwei Tage - dann ist Silvester und Neujahr... und die Kasse ist zu. Dann wieder ab 2. Januar."

"Also, sagen Sie meinem Sohn mal gar nichts - ich weiß noch nicht, wann wir kommen können." "O.k., das werde ich ihm ausrichten. Einen schönen Tag noch." "Ach ja, noch etwas: Können wir meinen Sohn denn vorher besuchen?" "Ja, aber Sie müssen sich an die Besuchsregeln halten. Das heißt, Sie können in der vorgesehenen Besuchszeit kommen. Morgen und übermorgen von 10 bis 16 Uhr ist das möglich. Allerdings müssen Sie mit Wartezeiten rechnen, wenn Sie vorher keinen Termin ausmachen. Sie können mich morgens anrufen und mir sagen, wann Sie kommen möchten - dann wird es wahrscheinlich klappen." Der Mann nannte Fred noch die Telefon-Nummer, dann war das Gespräch beendet.

Damit war ja zu rechnen gewesen, trotzdem war Fred relativ geschockt: Sein Sohn im Gefängnis - und zweitausend Mark mal so zahlen, so einfach schüttelte er das Geld nicht aus dem Ärmel. Mal gucken, was Maria sagte, wenn er ihr das gleich erzählen würde. Nein, leicht würde ihm das nicht fallen.

Aber Maria fragte sofort als sie vom Dienst nach Hause kam: "Was ist los? Irgendwie bist du schlecht gelaunt - oder?" "Ich bin nicht schlecht gelaunt, obwohl einem die gute Laune vergehen kann, wenn ein Anruf aus der JVA kommt und dir gesagt wird, dass dein Sohn festgenommen wurde, aber nach der Zahlung von 2.100 Mark aus dem Gefängnis entlassen wird." "Was? Tobias im Gefängnis? Und wieso 2.100 Mark?" "Tobi hat eine Geldstrafe offen - alternativ Gefängnis - 70 Tagessätze á 30 Mark."

"Oh je - kriegen wir das denn zusammen?" "Ist zwar blöd so kurz nach Weihnachten. Aber das wird schon gehen." "Dann muss Tobi aber auf jeden Fall bei dir arbeiten, damit er uns das Geld sofort zurückzahlen kann. Von daher ist es gar nicht so schlimm. So kann er nicht sofort wieder los und wir haben ihn ein bisschen unter Kontrolle." "Ich weiß nicht, ob es richtig ist - eigentlich müssten wir ihn ein wenig schmoren lassen, wo er sich so wenig um seine Schulden und seine Strafsachen kümmert."

Für Maria und Fred war die JVA eine sehr unschöne Erfahrung: Sie mussten Taschen, Jacken und Schlüssel einschließen lassen, wurden abgetastet und dann von einem Gefängnisbeamten bis zum Besucherraum begleitet. Sie wurden durch lange Gänge geführt, passierten dabei mehrere Türen - jede wurde aufgeschlossen, sie gingen hindurch und dann wurde hinter ihnen wieder abgeschlossen.

"Gott sei Dank! Da seid ihr!" Tobias war total erleichtert, als er seine Eltern sah. „Könnt ihr das Geld für mich bezahlen? Oh Mann, das wäre so toll von euch. Ich arbeite bei Paps, bis ich alles zurückgezahlt habe, ganz bestimmt. Ihr braucht mir nur ein kleines Taschengeld zu geben - ich war fast ein Jahr unterwegs und hab' da auch nur ganz wenig Geld gebraucht."

Fred und Maria gingen zur Justizkasse, zahlten 1.980 DM ein und warteten, bis ihr Sohn sein Hab und Gut ausgehändigt bekam und er dann mit ihnen nach Hause fuhr. "Eins sag ich dir", meinte Fred, als Tobi zu ihnen ins Auto stieg: "Das ist das erste und das letzte Mal, dass wir dich aus dem Gefängnis auslösen. Sollte das noch einmal passieren - egal aus welchem Grund, musst du selbst da durch und für das gerade stehen, was du gemacht hast." "Ja, danke, danke - das passiert mir bestimmt nicht noch einmal." "Und abhauen gilt nicht - du bleibst bitte hier, bis alles erledigt ist - klar?"

Teil - II -

1994

So blieb Tobi zunächst in Hülsbach. Er war fleißig und arbeitete gut - Fred war zufrieden mit Tobias und die Kunden waren es auch. Maria war erleichtert und glücklich. Jetzt ging es wieder aufwärts mit ihrem Sohn. Anfang März beantragte Tobias beim Straßenverkehrsamt die Neuerteilung der Fahrerlaubnis. Er musste sich um Sehtest und Führungszeugnis kümmern und im Juni wurde ihm der Führerschein wieder ausgehändigt.

Zu dieser Zeit war Tobi wieder viel in Reifenrath - meistens am Wochenende. Da der Hanomag verschrottet war, schlief er in einem der Bauwagen am Sulzbach. Fred erlaubte ihm hin und wieder, mit dem Firmenwagen zu fahren, einem älteren Mercedes-Diesel.

Auf dem Platz wurde immer noch viel diskutiert, Musik gemacht und Bier getrunken. Trotzdem hatte sich viel verändert, fand Tobias. Inzwischen wohnten vier oder fünf Junkies in den Bauwagen. Udo, der erste der Junkies, den Tobi gekannt hatte, fehlte allerdings.

"Der ist gestorben", hieß es, als Tobi sich nach ihm erkundigte. "Ist schon gefährlich das Zeug. Solange du es rauchst, geht's ja noch, aber Udo hat dann mit der Spritzerei angefangen. Er brauchte immer mehr. Und dann hat Fussi ihn Ende letzten Jahres in seinem Bauwagen gefunden: Tot - mit der Spritze im Arm. Keiner konnte sagen, wer ihm das Zeug verkauft hatte, das wohl ganz rein und nicht gestreckt war."

War echt krass, wenn die Jungs entzügig waren und unbedingt ihre Schore brauchten, fand Tobi. Gut, dass er damit nichts zu tun hatte.

Irgendwann im Spätsommer lernte Tobias am Sulzbach Ina kennen - sie mochten sich und es dauerte nicht lange, bis sie die Nächte miteinander verbrachten. Durch Ina kam Tobi wieder mit Schore in Verbindung. Sie rauchten zusammen, küssten und streichelten sich. Die Liebe war dann viel intensiver, noch schöner und geiler, fand Tobias.

Maria fiel es zuerst auf, dass Tobi so nervös und fahrig war. Er aß nicht mehr regelmäßig zu Hause und wurde wieder unzuverlässiger. Er kam kaum aus dem Bett, wenn er in Hülsbach übernachtete und oft erschien er gar nicht zur Arbeit, weil er es nicht geschafft hatte, am Abend nach Hause zu kommen.

"Hoffentlich hat Tobi nicht wieder mit dem Zeug angefangen", meinte Maria eines Abends zu Fred, als sie im Bett lagen. "Er hat sich so verändert. Ein paarmal hatte er auch wieder eine Bierfahne. Hast du das nicht bemerkt?" "Er ist teilweise sehr unkonzentriert bei der Arbeit", meinte Fred, "das stimmt. Aber wir sollten nicht direkt wieder das Schlimmste annehmen. Ich werde bei Gelegenheit mit ihm reden."

Keinen Zweifel am Drogenkonsum ließ Tobias seinen Eltern aber, als er mitsamt Firmenwagen von zwei Freunden nach Hause gebracht wurde. Tobias konnte nicht mehr gehen, er verdrehte die Augen und hatte sich im Auto übergeben. "Tut mir leid, aber es steht schlimm um ihn", sagte einer der jungen Männer, die Tobias stützten. Der konnte offensichtlich nicht alleine stehen. "Ich weiß nicht, was er genommen hat, aber Tobi geht's verdammt schlecht. Er wollte nach Hause - auf keinen Fall ins Krankenhaus, wo wir ihn eigentlich hinbringen wollten." "Um Gottes Willen", sagte Maria.

"Kommt rein. Tobi, was ist passiert?" Irgendwie bugsierten sie Tobias nach oben. Er schlief, seit er wieder zu Hause wohnte, in dem kleinen Gästezimmer. Dort legten sie ihn auf's Bett. Maria holte eine Schüssel mit warmem Wasser und wusch ihm Gesicht und Hände.

"Mir ist so schlecht", stöhnte Tobias, dann kam es ihm auch schon wieder hoch. Er hatte sich halb aufgerichtet und Maria konnte gerade noch die Schüssel mit dem Wasser vor sein Gesicht halten. Er brach sich die Seele aus dem Leib. Es war schrecklich. Maria versuchte, ihren Sohn irgendwie zu halten, bis die Kotz-Attacke vorüber war. Anschließend zog sie ihn aus bis er da lag wie Gott ihn geschaffen hatte - wie ein Häufchen Elend krümmte er sich nackt auf der Matratze. "Ich hole dir was zum Anziehen und frisches Bettzeug."

Maria raffte die Wäsche zusammen und brachte alles in die Waschküche. Tränen liefen ihr über die Wangen. Sie wusste nicht, ob sie aus Trauer oder aus Wut heulte. Irgendwie schaffte sie es, Tobias zu waschen, ihm etwas anzuziehen und das Bett zu beziehen.

"Geht es dir besser? Was hast du gemacht?" Fassungslos stand sie vor ihrem Sohn, der schlaff auf dem Bett lag. "Es geht schon wieder", meinte der, aber gleichzeitig schoss schon wieder ein Schwall Flüssigkeit aus seinem Mund. Maria hatte einen Eimer mitgebracht und Gott sei Dank spuckte Tobi das Erbrochene dort hinein. "Soll ich dich nicht doch ins Krankenhaus bringen?" "Nein", brachte Tobi hervor. "Geht gleich besser." Dann sackte der Kopf zur Seite und er war eingeschlafen. Aber auch im Schlaf stöhnte er noch fürchterlich.

Die beiden Jungs hatten sich schnell verabschiedet, bevor Maria weiter mit ihnen reden konnte. Tobias ging es richtig schlecht. Löffelweise nahm er den von Maria angereichten Kamillentee zu sich und aß ein wenig Zwieback - immer wieder musste er sich übergeben. Drei Tage ging das so. Fred und Maria waren entsetzt.

Das Schlimmste war jedoch für Maria der Satz, den Tobi sagte, als sie mit ihm darüber sprechen wollte. "Was war das für ein schreckliches Zeug, das du da genommen hast? Das wird dir wohl hoffentlich eine Lehre gewesen sein!" "Der Kick war es das wert", war wortwörtlich seine Aussage, die Maria ihr Leben lang nicht vergessen sollte. Sie holte aus, gab Tobias eine schallende Ohrfeige und mit einem lauten Knall fiel die Türe ins Schloss, als sie das Zimmer verließ.

Nach diesen drei schrecklichen Tagen war Tobias nicht mehr bereit, weiter bei Fred zu arbeiten. "Meine Schulden hab' ich doch zurückbezahlt, oder? Ich hab' keinen Nerv mehr - ich hau' wieder ab." Maria und Fred versuchten noch, ihn zum Bleiben zu überreden. "Du kannst dir Hilfe holen. Wir gehen zusammen zur Drogenberatung. Du hast doch gesehen, was das Zeug mit dir macht." Aber Tobias wollte nur weg, auf keinen Fall wollte er zu Hause bleiben.

"Wenn du es dir anders überlegst: Unsere Türe steht dir immer offen - aber du musst etwas für dich tun", sagte Maria. "Wir werden nicht zusehen, wie du vor die Hunde gehst." Sie nahm Tobi schniefend in den Arm. Fred drückte ihn wortlos. Tobias nahm seine Utensilien: "Seid mir nicht böse, aber ich kann nicht mehr hierbleiben. Wahrscheinlich kommt Ina mit mir. Ich melde mich aber - bestimmt." Damit ging er die Treppe hinunter und die Tür fiel hinter ihm ins Schloss.

Tobias wohnte nun wieder am Sulzbach - gemeldet war er aber noch bei seinen Eltern. Oft war er auch in Cöln. Obwohl er es nie gewollt hatte und er es auch nie für möglich gehalten hätte: Nach dieser Heroin-Spritze, die für Tobi drei Tage Übergeben und Übelkeit der schlimmsten Sorte ausgelöst hatte, lief er diesem ersten "Kick" hinterher - und erreichte ihn nie wieder, wie er später einmal in einer Therapie erzählte.

In diesem Herbst und Winter traf Tobi überall auf Junkies - so viele seiner alten Kumpel von der Straße waren inzwischen "drauf". Sogar Anne, seine große Liebe, war durch ihren neuen Freund "auf Heroin" gekommen - dabei hatte sie doch immer gewusst, wie weit sie gehen konnte.

- - - -

Maria erinnerte sich an die Telefon-Nummer, die sie damals von der Drogenberatung bekommen hatte. Die musste sie noch irgendwo haben. Sie wollte ihrem Sohn helfen und hoffte, einen Tipp zu bekommen, wie sie das anstellen könnte. So kam sie zum "Elternkreis für drogenabhängige Söhne und Töchter". Der erste Abend in der Runde der Eltern war irgendwie beklemmend.

Nie würde sie so da stehen wollen und ihre Geschichte erzählen müssen, wie diese schon relativ alte Frau: Ihr ging es gar nicht gut - der Sohn war schon über 40, wohnte noch zu Hause, konnte nicht arbeiten und schaffte es nicht, vom Alkohol loszukommen. "Die letzte Woche war wieder sehr schlimm, weil er ständig betrunken war", sagte sie zum Schluss. "Du musst ihm endlich sagen, dass er nicht mehr bei dir wohnen kann", sagte ein Mann aus der Runde jetzt.

Der Abend fing mit der "Befindlichkeitsrunde" an: Jede/r der Anwesenden stellte sich vor und erzählte dann kurz, wie es ihr bzw. ihm momentan ging.

Eines lernte Maria hier sehr schnell: In diesem Elternkreis ging es weniger um die Kinder, sondern hauptsächlich um die Eltern. Die sollten lernen, für sich etwas zu tun. Aber Maria wollte doch für ihren Sohn etwas tun. So schlecht ging es ihr nicht. Sie wollte wissen, was sie als Mutter, was sie und Fred als Eltern für Tobi tun konnten, damit er von den Drogen weg käme. Aber so einen Tipp bekam sie nicht. "Wir kennen auch kein Patentrezept. Wäre schön, wenn es das geben würde", meinte die Vorsitzende des Kreises.

Ziemlich enttäuscht kam Maria nach diesem ersten Elternkreis-Abend nach Hause. "Ich soll etwas für mich tun", erzählte Maria ihrem Mann. "Wenn wir gestärkt sind, können wir auch etwas für unsere Kinder tun", heißt es in dem Elternkreis. "Mir geht's doch gut, dann muss ich dort nicht mehr hin." "Hab' ich doch gesagt", meinte Fred. "Das schaffen wir schon. Ich halte sowieso nichts von diesen Selbsthilfegruppen." "Na, ja, schlecht sind sie bestimmt nicht. Aber ich will ja für Tobias etwas erreichen. Und da sind manche Eltern schon zehn Jahre und noch länger in dem Kreis. Ist das nicht furchtbar? Die gehen da alle 14 Tage hin und können gar nichts für ihre Kinder tun."

Zunächst wollte Maria also nicht mehr in den Elternkreis gehen. Stattdessen fuhr sie nach dem Dienst wieder am Sulzbach vorbei. Aber Tobias war nicht da. Am nächsten Tag nach dem Frühdienst parkte Maria ihr Auto am Heumarkt. Dort stand Tobias des Öfteren vor der Bank und versuchte, das Geld, das er zum Leben brauchte, zusammen zu schnorren. Heute war er aber nicht dort. Vielleicht malte er ja wieder auf der Dom-platte. Aber auch dort Fehlanzeige.

Sie hatten sich jetzt schon länger nicht gesehen, auch ange-rufen hatte Tobi nicht. Natürlich machten Fred und Maria sich große Sorgen - hatten sie doch Anfang des Jahres noch die Hoffnung gehabt, dass Tobi sich gefangen hätte - und nun schon seit Wochen kein Lebenszeichen - und das mit dem Wis-sen, dass Tobias voll auf Drogen - auf Heroin - war.

Dezember - Vorweihnachtszeit: Die Weihnachtsmärkte in Cöln erstrahlten in vollem Glanz. Es ist der dritte Advent - ein klarer sonniger Wintertag. "Hast du nicht Lust, mal über einen der Weihnachtsmärkte zu gehen?", fragte Maria ihren Mann. "Auf den Neumarkt - oder der auf dem Alter Markt soll ja auch so schön sein in diesem Jahr." "Möchtest du auf den Weihnachts-markt oder willst du nach Tobias suchen?" Fred war eigentlich klar, was Maria wollte. "Wir können das eine ja mit dem ande-ren verbinden. Vielleicht sehen wir ihn ja wirklich und können noch mal mit ihm reden."

Diese Hoffnung hatte Maria immer, wenn sie durch Cöln ging und dort guckte, wo die Obdachlosen nach einer Mark schnorr-ten oder die Musiker und Maler auf der Straße ihre Künste zeigten. Aber sie hatte Tobi nicht mehr gesehen. Er war wie vom Erdboden verschwunden. Vielleicht war er ja schon nicht mehr in Cöln und er trampte wieder durch den Süden Europas.

Jedenfalls machten sich Fred und Maria mit der Bahn auf den Weg nach Cöln. "Komm, lass uns erst mal in den Dom gehen", sagte Maria, als sie vor dem Bahnhof standen. Immer wieder war sie überwältigt von diesem großen Gotteshaus. Hand-in-Hand betraten sie den Dom. Im Vorraum war die Krippe aufge-baut, die die Landschaft rund um Bethlehem darstellen sollte mit den Hirten, dem Stall und den Menschen vor und in ihren beleuchteten Häusern. Nach ein paar Minuten gingen sie weiter und wie immer zündete Maria ein paar Kerzen an. Sie kniete nieder und betete für ihren Sohn - dass er den Weg aus der Drogenszene finden möge.

Auch auf dem großen Platz direkt neben dem Dom gab es in diesem Jahr einen Weihnachtsmarkt. Maria und Fred schoben sich zwischen den Buden durch. Die Idee, den Weihnachtsmarkt zu besuchen, hatten heute viele Menschen. Sie drehten eine Runde, tranken einen Glühwein und gingen dann weiter in Richtung Alter Markt.

Und dann stockte Maria ein wenig der Atem. "Du, guck mal, da vorne - das ist doch der Tobi." Und tatsächlich - Tobias kam den beiden entgegen. Er erkannte seine Eltern erst im letzten Moment. Verlegen blieb er stehen. "Hallo - sucht ihr mich?" "Nein, wir waren auf dem Weihnachtsmarkt am Dom und wollen jetzt noch auf den am Alter Markt." Maria drückte Tobias an sich. Er hatte wieder diesen komischen Geruch an sich und wirkte ziemlich ungepflegt.

"Wie geht es dir?" "Na ja, es geht so - aber ich schlag' mich ganz gut durch. Jetzt um die Weihnachtszeit sind die Leute sehr großzügig - ich komm' gut klar." "Tobi, bitte hör auf. Ich kann es nicht hören, wenn du so etwas sagst." Fred fand es unmöglich, dass es für seinen Sohn selbstverständlich war, hier in der Stadt die Leute anzubetteln.

"Komm mit nach Hause, Tobias", sagte Maria. "Dann kannst du duschen und dich mal ausschlafen." "Mach dir keine Sorgen, Mama, das kann ich auch hier. Direkt neben dem Bahnhof in dem Haus können wir uns waschen und auch morgens frühstücken. Die Stadt Cöln tut schon etwas für ihre Obdachlosen."

"Dann komm mit uns, du hast doch bestimmt Hunger. Was möchtest du essen?" "O.k., ich ess' ne Bratwurst mit euch. Danke!"

So gingen die drei zum Alter Markt. Die Bratwurst schmeckte herrlich. Maria konnte es gar nicht fassen, dass sie Tobias tatsächlich gefunden hatten. "Möchtest du nicht doch mit uns nach Hause fahren?" "Nein, wirklich nicht - vielleicht schaff' ich es, Weihnachten wieder zu euch zu kommen." "Das wäre toll - und vielleicht überlegst du es dir und gehst dann in eine Entgiftung. Du willst mir doch nicht sagen, dass dir das Leben hier auf der Straße gefällt."

"Ich muss jetzt los - Tschüss Mama, Tschüss Paps - es war schön, euch zu treffen. Aber bitte sucht nicht mehr nach mir." "Dann melde dich ab und zu, damit wir mal miteinander sprechen können. Außerdem weißt du, dass du jederzeit nach Hause kommen kannst - es gibt immer einen Weg." "Ja, Mama, ich weiß - Danke!" "Ach, ja, kann ich Weihnachten eine Freundin mitbringen?" "Ja, klar - bring sie mit - Hauptsache du kommst. Wir würden uns freuen." Noch ein Kuss auf die Stirn, ein Winken von Tobi - dann sahen sie nur noch seine langen lockigen Haare, den Rucksack und dann war er im Getümmel verschwunden.

"Also, dass du das immer so kannst", sagte Fred auf dem Heimweg zu seiner Frau. "Ich kann kaum hinsehen - so schlimm finde ich es, Tobi in diesem Zustand zu sehen, und du? Du strahlst ihn an." "Nein, ganz so ist es nicht - auch ich finde es schlimm. Mir wäre es auch lieber, er hätte einen Job, eine Wohnung und er hätte mit Drogen nichts zu tun. Leider ist es nicht so. Aber er ist mein Sohn. Und deshalb freue ich mich einfach, wenn ich ihn sehe - auch wenn es mir bestimmt genauso weh tut wie dir, das kannst du mir glauben."

Sie seufzte tief. "Ich denke aber, solange wir Kontakt zu Tobi haben, können wir vielleicht etwas bewirken. Ich werde im Januar noch einmal in den Elternkreis gehen. Komm doch auch mit - es tut trotz allem gut, mit Eltern zu sprechen, die in der gleichen Situation sind und sich auszutauschen."

Heiligabend kam und tatsächlich standen Tobi und seine Freundin am Nachmittag vor der Tür. Maria hatte ein wenig daran gezweifelt und freute sich nun sehr, dass ihr Sohn wirklich gekommen war. Nach einem Bad und anschließender Rasur sah Tobias aus wie neu. Auch Ina nahm das Angebot zu einer Dusche dankend an.

Maria versuchte währenddessen, mit Tobias über eine Entgiftung oder Therapie zu sprechen. Aber Tobias meinte, das brauche er nicht. "Ich schaff' das auch so - ganz bestimmt. Aber ich muss erst mal über eine Alternative nachdenken. Ich möchte nicht unbedingt wieder bei euch wohnen und bei Paps arbeiten. Versteh' das bitte, Mama." "Das verstehe ich ja auch - aber ich glaube, ohne eine Entgiftung wirst du nicht aus Cöln und von den Drogen wegkommen."

Das Fondue am Abend war trotz vieler Fragen der Geschwister sehr harmonisch. Auch Sabine und Peter waren da - von den beiden kamen auch keine kritischen Bemerkungen. Dafür waren Maria und Fred sehr dankbar - es war Weihnachten und sie hatten keine Lust auf Diskussionen. Außerdem befürchtete Maria, dass Tobias dann gar nicht mehr nach Hause kommen würde. Tobis Freundin Ina war sehr ruhig - sie beteiligte sich kaum an den Gesprächen, aber es schien ihr gut zu schmecken.

Am nächsten Mittag verabschiedeten sich die beiden. "Vielen Dank für alles", sagte Ina. Tobias umarmte seinen Vater und gab seiner Mutter einen Kuss auf die Wange. "Bitte, melde dich doch wenigstens mal ab und zu. Am besten regelmäßig, damit wir wissen, wie es dir geht", gab Maria ihrem Sohn noch mit auf den Weg. "Du wohnst offiziell noch bei uns und wirst wieder Post bekommen, um die du dich kümmern musst." "Ja, Mama, ich weiß. Ich versuche, einmal in der Woche anzurufen - bestimmt."

1995

Das hatte Tobi auch fest vor - aber es war wie schon so oft: Die Umsetzung klappte leider nicht. Dafür kamen wieder Briefe für Tobi nach Hülsbach. Schon am Umschlag erkannte Maria, dass sie nichts Gutes beinhalteten.

"Was sollen wir machen?" Vor Fred und Maria auf dem Küchentisch lag ein Brief vom Amtsgericht. "Bestimmt ist das wieder eine Terminsache, eine Vorladung oder so etwas", sagte Fred. "Meinst du, wir sollen den Brief öffnen?", fragte Maria. "Morgen hab' ich um 14 Uhr Dienst. Dann fahre ich vorher noch mal am Sulzbach vorbei und gucke, ob Tobi vielleicht da ist. Wenn ja, kann ich ihm den Brief geben. Wenn aber niemand weiß, wo er ist, öffnen wir ihn. Dann müssen wir uns mit dem Amtsgericht in Verbindung setzen und Bescheid sagen, dass unser Sohn mal wieder mit unbekanntem Ziel unterwegs ist." "Wird wohl das Beste sein", antwortete Fred. "Dabei wollte ich wirklich nicht mehr, dass du nach ihm suchst." "Ja, ich weiß, aber wir haben jetzt schon wieder sechs Wochen nichts von Tobi gehört. Und der Brief sieht ziemlich wichtig aus."

Am Sulzbach war Tobias nicht. "Er kommt ab und zu mal hier vorbei", sagte einer der Kumpels, den Maria ansprach. "Er ist dann meistens bei Ina - die wohnt jetzt dort drüben in dem blauen Bauwagen." "Ist Ina da?" "Ne, im Moment ist sie auch nicht hier - tut mir leid - ich kann Ihnen wirklich nicht weiterhelfen. Aber ich sage Tobi Bescheid, wenn ich ihn sehe, dass er sich bei Ihnen melden soll."

Maria bedankte sich und ging wieder zu ihrem Auto. "Soll ich noch mal eine Runde durch Cöln drehen?", überlegte sie. Mit einem Blick zur Uhr verwarf sie diesen Gedanken aber sofort wieder und fuhr in die Redaktion.

Nach Feierabend fuhr Maria auf direktem Weg nach Hause. Es war viel zu tun gewesen und sie war ziemlich müde. Maria küsste Fred auf die Wange, als sie ins Wohnzimmer kam. "Also ich weiß nicht, was wir tun sollen, Schatz", begrüßte sie ihren Mann. "Heute Abend war ich einfach zu kaputt, deshalb hab' ich nicht weiter nach Tobi gesucht. Ich war heute Mittag am Sulzbach. Dort haben sie ihn schon lange nicht mehr gesehen. Was sollen wir nur machen?"

"Du weißt, dass wir gar nichts machen können. Den Brief können wir zurückschicken oder wir können ihn öffnen und nachschauen, was das Amtsgericht von Tobi will. Aber sonst können wir nichts tun. - Weißt du was: Ich guck jetzt nach, was in dem Schreiben steht." Fred öffnete den Brief: Es handelte sich um eine Anklageschrift gegen Tobias wegen Trunkenheit am Steuer. Es wurde beantragt, das Hauptverfahren zu eröffnen.

Zunächst herrschte Stille! Dann meinte Maria: "Vielleicht ist es gar nicht so schlecht, wenn Tobias der Führerschein entzogen wird, dann darf er sich nicht mehr ans Steuer setzen und so sind er und andere Verkehrsteilnehmer zumindest vor Unfällen durch Tobi geschützt."

Fred seufzte. "Ich hab' gar nichts an dem Wagen bemerkt", sagte er nur. "Jedenfalls können wir erst einmal abwarten und brauchen nicht zu reagieren, bis der Termin feststeht."

Maria glaubte daran, dass sie ihrem Sohn irgendwie helfen könnte, von den Drogen loszukommen. Auch wenn sie wusste, dass sie diese Hilfe nicht direkt durch den Elternkreis erwarten konnte, ging sie von diesem Zeitpunkt an regelmäßig in die

Selbsthilfegruppe. Es tat einfach gut, mit Eltern oder Großeltern zu reden, die die gleichen oder ähnliche Probleme mit
ihren Kindern hatten.

Gott gebe mir die Gelassenheit,
Dinge hinzunehmen, die ich nicht ändern kann,
den Mut und die Kraft,
Dinge zu ändern, die ich ändern kann –
und die Weisheit,
das eine vom andern zu unterscheiden!

Der Gelassenheitsspruch wurde immer zum Ende eines Grup-
penabends gesprochen. Alle standen im Kreis und fassten sich
bei den Händen und zum Schluss gab es noch ein „für gute 24
Stunden!"

Fred wollte aber nach wie vor nichts davon wissen. Er profi-
tierte zwar durch Maria von diesem Kreis, aber hingehen wollte er auf keinen Fall. "Für mich ist das nichts - ich komme auch
so klar", meinte er, als Maria wieder einmal fragte, ob er nicht
mitfahren wolle.

Tobias meldete sich nicht und im Elternkreis hörte sie nur, man
müsse die Süchtigen lassen, bis sie von selbst kämen. Erst dann
könne man ihnen helfen, eine Klinik für den Entzug zu finden.
Bei den anderen Eltern war es in den meisten Fällen so, dass
die "Kinder" nach Hause wollten, dass sie Geld verlangten oder
nicht ausziehen wollten. Bei Tobias war es geradezu umgekehrt: Er entzog sich seinen Eltern, wollte auf keinen Fall nach
Hause.

- - - -

Tobi ging es nicht besonders gut - am Sulzbach war er nur noch sehr selten. Dort war ihm bei seinem letzten Besuch erzählt worden, dass seine Mutter da gewesen sei. "Melde dich mal zu Hause - sonst taucht sie bestimmt bald wieder hier auf", meinte einer der Kumpel. Brauchst doch nur dort anzurufen und zu sagen, dass es dir gut geht."

Natürlich hatte er recht. Aber Tobias schämte sich. Er hatte doch an Weihnachten gesagt, dass er sich melden werde. Und dass er seinen Führerschein abgeben musste, hatte er seinen Eltern auch nicht gesagt. Bestimmt wussten sie das inzwischen. Er hatte die Hoffnung gehabt, den Fall noch irgendwie bereinigen zu können. Schließlich war er "nur" mit 0,81 Promille erwischt worden - bei der Höchstgrenze von 0,8.

Mit dem Firmenwagen seines Vaters war er im Herbst letzten Jahres zu schnell gewesen und über einen Bordstein gefahren. Dabei hatte er den rechten Vorderreifen platt gefahren. Beim Reifenwechsel waren zwei Polizisten gekommen. Eigentlich wollten sie helfen, aber da der Mercedes offensichtlich ziemlich hart auf dem Gehweg zum Stehen gekommen war, kontrollierten sie zunächst Tobis Führerschein und die Fahrzeugpapiere und ließen ihn in das besagte Röhrchen zum Testen des Alkoholgehalts pusten. Die beiden ließen nicht mit sich reden, nahmen ihn mit zur Blutentnahme ins nahe gelegene Krankenhaus und der Fall kam zur Anzeige.

Und jetzt fühlte er sich nur hundeelend. "Ich muss von dem ganzen Zeug weg - das bringt überhaupt nichts", dachte Tobias.

Am späten Nachmittag saß er, den "Spiegel" lesend - der Becher stand vor ihm - wieder vor der Bank. Als er genug Geld zusammen hatte, setzte er sich in die nächste Bahn in Richtung Neumarkt. Hier kannte er die Dealer, die ihm die Schore für seine Spritze verkaufen würden. Dann könnte er sich hinlegen und es würde ihm wieder besser gehen.

Tobias stieg aus der Bahn und sah sich suchend um. "Oh, so ein Mist", entfuhr es ihm und er wollte direkt wieder in die Bahn steigen. Aber es war zu spät. Seine Mutter hatte ihn entdeckt und war mit ein paar Schritten bei ihm.

"Hallo, Tobi." Sie nahm ihn in den Arm und küsste ihn auf die Wange. "Wie geht es dir?" "Gut - hab' aber gar keine Zeit. Ich bin mit einem Kumpel verabredet." "Du siehst gar nicht gut aus - du hast total abgenommen und überall dieser Ausschlag. Was ist das denn?" "Ich weiß auch nicht - ist nix Schlimmes. Muss mir nur 'ne Salbe besorgen, dann ist das wieder weg." "Tobias - erzähl mir doch nicht so etwas."

Maria kämpfte gegen ihre Tränen an und versuchte zu lächeln. "Komm, lass uns 'nen Kaffee trinken." Tobi zuckte mit den Schultern. Er brauchte keinen Kaffee. Er brauchte etwas ganz anderes. "Also eigentlich muss ich los, Mama." "Komm, wir setzen uns dort hin." Maria zeigte auf das Café schräg gegen-über. "O.k., auf 'nen Kaffee."

Das hörte sich zwar etwas widerwillig an, aber Tobi ging mit Maria hinüber in das Café. Als sie den Kaffee und Tobi noch ein belegtes Brötchen vor sich hatten, setzte Maria wieder zum Gespräch an: "Mensch, Junge - willst du nicht mit nach Hause kommen? Ein Bad und etwas Leckeres zum Essen würden dir bestimmt gut tun. - Dann könntest du auch in Marienhagen anrufen. Vielleicht haben die einen Platz frei und du könntest dann dort zum Entzug hingehen." "Heute nicht", entgegnete Tobi, "ich bin ja jetzt auch satt." Dabei zwinkerte er mit den Augen und lächelte ein wenig.

"Ich hab' morgen wieder Dienst - dann komme ich anschlie-ßend hier vorbei und du fährst mit. Was hälst du davon?" "Ja, o.k., so machen wir es." "Also morgen um 18.00 Uhr hier im Café. Ich verlass' mich drauf." "Ja, ich bin da. - Bis morgen." Tobi war total unruhig und wollte nur weg. Aber morgen wollte er wieder da sein. Es wäre bestimmt gut, mal hier weg zu sein und in eine Klinik zu gehen.

Inzwischen merkte er selber, dass er es alleine nicht schaffen würde, von dem Zeug loszukommen. Das hatte er sich etwas einfacher vorgestellt. Selbst wenn er ein paar Flaschen Bier oder auch Wodka getrunken hatte, fing er auf einmal an zu frieren, sobald er sich hingelegt hatte. Auch Ina konnte ihn dann nicht wärmen, wenn sie neben ihm lag.

Tobi konnte nicht schlafen, er zitterte am ganzen Körper, die Nase lief, der Magen tat weh, es war fürchterlich. Er konnte sich nichts mehr vormachen: Er brauchte das Zeug - er brauch-te Heroin, er brauchte die Spritze!

Am nächsten Morgen nahm Tobi sich fest vor, um 18.00 Uhr am Neumarkt zu sein und mit seiner Mutter nach Hülsbach zu fahren. Aber er wollte nicht entzügig sein. Also musste er lange schnorren, um genug Stoff zu bekommen - auch, um etwas mitzunehmen. Das durften seine Eltern aber auf keinen Fall merken. Er wusste, dass sie das nicht tolerieren würden. Aber er wollte auch nicht zitternd und mit starken Schmerzen zu Hause rumhängen. Denn er glaubte nicht, dass er sofort in der Klinik aufgenommen werden würde.

Mit seinem leeren Kaffeebecher setzte Tobias sich vor die Bank am Heumarkt, nahm den "Spiegel" in die Hand und hoffte auf spendable Menschen.

- - - -

Maria war an diesem Donnerstagabend pünktlich um 18.00 Uhr am Neumarkt. Sie konnte sogar mit ihrem Auto in der Parkbucht direkt vor dem Café stehen bleiben. Von Tobias war allerdings nichts sehen. Maria stieg aus dem Auto. Vor dort aus konnte man gut den Platz überblicken. Sie sah viele Menschen. Schnorrer standen dort, bettelten die Leute an. Ein paar Schwarze oder südländisch aussehende junge Männer waren auch dort, sie standen irgendwie teilnahmslos herum. "Bestimmt sind das Dealer", dachte Maria, aber ihren Sohn sah sie nicht.

Bis halb sieben wartete Maria, dann fuhr sie nach Hause. "Das hätte ich dir gleich sagen können", meinte Fred, als sie alleine die Treppe hoch kam. "Du weißt doch, wie unzuverlässig unser Tobias ist."

Eine halbe Stunde später klingelte das Telefon: Tobias war dran. "Es tut mir leid, dass es um 18.00 Uhr nicht geklappt hat. Aber vielleicht könnt ihr mich in Kirchbach abholen. Ich bin jetzt in Cöln am Bahnhof - in zehn Minuten fährt die Oberbergische Bahn los." "Ja, o.k. Tobi, das machen wir. Entweder deine Mutter oder ich sind dann um zehn nach neun in Kirchbach am Bahnhof. Bis gleich - wir freuen uns."

"Du rufst aber morgen früh sofort auf der Entgiftungsstation in Marienhagen an", empfing Maria ihren Sohn, als er ins Auto stieg. "Wahrscheinlich brauchst du eine Einweisung vom Hausarzt." Maria hatte beim Besuch des Elternkreises in der letzten Woche auch darüber gesprochen.

Dort hatte man ihr gesagt, dass in Marienhagen relativ schnell die Termine für eine Entgiftung vergeben würden. "Dein Sohn muss sich allerdings vorher dort telefonisch anmelden. Dann braucht er eine Einweisung von seinem Hausarzt und vielleicht kann er sogar anschließend in eine Langzeit-Therapie vermittelt werden." Das hatte sich gut angehört.

So kam Tobias Mitte März 95 wieder nach Hülsbach bzw. eine Woche später in die Suchthilfeklinik in Marienhagen. Maria und Fred waren sehr erleichtert darüber, dass ihr Sohn endlich dazu breit war und diese Hilfe annahm.

Für Tobias war es nicht so einfach gewesen, die Zeit bis zu dem Termin zu überstehen. Er hatte sich aus Cöln seinen Stoff mitgebracht und versuchte so wenig wie möglich von dem weißen Pulver mit Wasser zu erhitzen und zu spritzen, um keine Entzugserscheinungen zu bekommen.

Etwas Geld hatte er sich noch verdient, weil er zweimal in der Zeit mit seinem Vater auf eine Baustelle gefahren war und mit gearbeitet hatte. Er wollte erst gar nicht versuchen, in der nahegelegenen Kreisstadt zu schnorren und sich dort Stoff zu besorgen - aus Angst, dort Junkie-Kollegen zu treffen. Dann würde er das Vorhaben, in die Klinik zu gehen, wieder sausen lassen. Irgendwie fühlte er sich in Reifenrath am Sulzbach sicherer, wenn es darum ging, Nachschub zu besorgen.

Heftige Diskussionen gab es mit Tobis Eltern wegen des Briefes vom Amtsgericht. "Was ist denn da gewesen? Hättest uns vielleicht von der Sache erzählen sollen. Jetzt ist das Kind in den Brunnen gefallen", meinte Fred. "Wenn die erst einmal das Hauptverfahren eröffnen, wird es nach dem Vorfall vom letzten Jahr wieder eine ordentliche Geldstrafe und Führerscheinentzug geben."

"Wegen nur 0,01 Promille über der Grenze werden die Richter vielleicht nicht so streng urteilen, wenn Tobi eine Therapie macht und weg von Alkohol und Drogen ist, könnte ich mir vorstellen", entgegnete Maria. "Also, Tobi - du hast es selbst in der Hand. Der Anfang ist gemacht. Noch zwei Tage, dann ist die Aufnahme in der Klinik."

Es war der Montag in der Kar-Woche, als Maria mit ihrem Sohn nach Marienhagen fuhr und mit ihm ins Aufnahme-Büro der Klinik ging. Danach war erst einmal Kontaktsperre. "Sie können aber jederzeit auf der Station anrufen und sich erkundigen, wie es ihrem Sohn geht", meinte die freundliche junge Frau. Maria gab Tobias einen Kuss zum Abschied. "Wir denken an dich - halte durch", sagte sie ihm noch, bevor sie die Klinik verließ. Mit einem tiefen Seufzer, aber sehr erleichtert, setzte sie sich ins Auto und fuhr nach Hause.

Mittwoch und Freitag rief Maria in der Klinik an, um sich nach ihrem Sohn zu erkundigen. "Den Umständen entsprechend geht es gut", sagte die Schwester am Telefon. "Es ist für ihn nicht ganz einfach, aber bisher hält ihr Sohn durch." Maria bat Grüße auszurichten und fragte, ob sie Tobias etwas zu Ostern bringen könnte. "Ja, das können Sie gerne machen, aber Lebensmittel oder Süßigkeiten bitte nur in nicht aufgerissenen Tüten oder Päckchen, also fest verschlossen, sonst müssen wir das hier aussortieren. Und bitte keine gefärbten Eier, die bekommt er von uns." "Ja, ich weiß Bescheid, vielen Dank." Das hatte Maria schon in der Informations-Broschüre der Klinik gelesen. So sollte sichergestellt werden, dass keine mit irgendwelchen Stoffen manipulierten Lebensmittel zu den Patienten gelangen.

Nach einem Osterfrühstück mit der Familie am Sonntag beschlossen Fred und Maria, einen Spaziergang zu machen, in Marienhagen. Das war nicht weit entfernt von Hülsbach und so konnten sie für Tobi das Osterkörbchen mit Schoko-Eiern, Osterhasen und Zigaretten in der Klinik abgeben.

Der Pförtner guckte in seiner Liste nach, als Fred und Maria Tobis Namen genannt hatten. "Einen Moment, ich melde Sie an. Dann können Sie den Korb selbst dort abgeben." Er rief dann auf der Station an und nickte, als er gesagt hatte, dass ein Päckchen bzw. ein Osterkorb für Tobias Frangenberg abgegeben werden sollte. "Ich gebe Ihnen die Mutter."

Maria übernahm den Hörer und dann klopfte ihr Herz fürchterlich, sie sackte förmlich zusammen. "Es tut mir leid, aber Tobias hat heute Morgen unsere Station bzw. unsere Klinik verlassen. Über die näheren Umstände darf ich Ihnen leider nichts sagen." Maria gab dem Pförtner wortlos den Telefonhörer zurück. "Tobi ist weg", sagte sie nur mit zittriger Stimme. "Wir können wieder fahren."

"Wie weg?", fragte Fred, als sie mit dem Osterkorb Richtung Auto gingen. "Sie haben mir doch auch nichts gesagt. Nur, dass Tobi heute Morgen die Klinik verlassen hat." "Das war's dann also mit der Entgiftung." Auch Fred war sehr enttäuscht. Aber er war auch wütend auf seinen Sohn.

"Und jetzt?", sagte Maria. "Wo kann er nur hin sein?" Am liebsten wäre sie sofort losgefahren, um nach Tobi zu suchen – entweder hier in der Kreisstadt oder in Cöln, vielleicht auch am Sulzbach. "Das hat doch keinen Zweck", meinte Fred. "Wir wissen doch gar nicht, wo wir suchen sollen. Lass uns abwarten. Vielleicht meldet er sich ja."

Aber eigentlich wusste Fred, dass Tobi sich nicht melden würde, bestimmt nicht jetzt, wo er gerade die Entgiftung abgebrochen hatte. "Ich werde jedenfalls am Dienstag noch mal mit dem Stationsarzt sprechen." "Die dürfen dir eh' nichts sagen: Tobi ist volljährig - er kann tun und lassen was er will."

So war es auch: "Das passiert hier des Öfteren, Frau Frangenberg", meinte der Arzt. "Der Suchtdruck wird dann so groß, dass viele die Entgiftung nicht bis zum Ende durchhalten. Und wir können unsere Patienten ja nicht gegen ihren Willen festhalten. Das geht nur, wenn sie Suizid gefährdet sind oder wenn sie für andere Menschen zur Gefahr werden könnten. Aber nur, weil sie rückfällig werden..." Er schüttelte den Kopf. "Es tut mir sehr leid. Wenn ihr Sohn sich meldet, kann er natürlich hier anrufen. Wir werden ihn auch wieder aufnehmen, wenn noch ein Platz frei ist." Das war natürlich alles nicht befriedigend, fand Maria.

Am nächsten Tag hatte sie Dienst und auf dem Rückweg fuhr sie am Sulzbach bei der Bauwagen-Siedlung vorbei. Drei Männer standen zusammen, als sie auf den Platz kam. Sie guckten ganz mitleidig, als sie wieder nach Tobi fragte. "Seit Ostern war er nicht hier", meinte einer von ihnen. "Ich bin übrigens Ronny." Er lächelte. "Vor Ostern war er mal kurz hier, aber danach nicht mehr." "O.k., da kann man nichts machen. Falls er hier auftaucht, sagen sie ihm bitte, dass er sich zu Hause melden soll." "Ja, das mache ich."

Beim nächsten Elternkreis-Abend erzählte Maria natürlich, dass Tobi die Klinik verlassen hatte. Zwei Wochen vorher war sie noch sehr euphorisch gewesen, als sie von der bevorstehenden Entgiftung gesprochen hatte. "Du musst aufpassen, dass du nicht ko-abhängig wirst", meinten die anderen in dem Kreis. "Das geht den meisten von uns so: Wenn unsere Kinder in einer Klinik sind oder wenn sie arbeiten, nicht trinken, keine Drogen nehmen, geht es uns gut. Aber sobald sie rückfällig sind, fallen wir in ein Loch, leiden mit ihnen und es geht uns körperlich fast genauso schlecht."

Maria fand das ganz normal. War doch klar, dass es ihr besser ging, wenn Aussicht bestand, dass ihr Sohn gesund würde, dass er von den Drogen weg käme. Und genauso klar war es, dass es ihr schlechter ging und dass sie erst einmal in ein tiefes Loch fiel, wenn dann die Hoffnungen darauf wieder in sich zusammensackten, weil er rückfällig geworden war.

"Wir können leider gar nichts tun - wir können uns nur gegenseitig stärken in dem Wissen, dass unsere Kinder Hilfe bekommen, wenn sie die nur wollen und annehmen." "Und sie müssen von selber kommen. Sie müssen den Weg gehen, das können wir ihnen nicht abnehmen." Es war immer dasselbe, was die Eltern sagten, die ihre langjährigen Erfahrungen hatten. Es stimmte ja auch. Maria wusste das. Aber sie konnte nicht anders: Sie würde immer mal wieder in Cöln an den bekannten Plätzen nach Tobias suchen und sie war überzeugt, dass er auch wieder mitkommen würde, wenn sie ihn fände.

Aber die Monate vergingen und nichts geschah. Tobias wurde nirgendwo gesehen, und es kam auch sonst kein Lebenszeichen von ihm. In der Familie hatte man sich daran gewöhnt, dass Tobias wieder unterwegs war. Fred meinte immer, wenn die Sprache auf Tobi kam, solange man nichts höre, sei das jedenfalls kein schlechtes Zeichen.

- - - -

Die Tage in der Klinik waren hart. Tobias fühlte sich schlecht. Er fror ständig, seine Nase lief, ihm war kotzübel. Die Pfleger und Schwestern waren total nett. Sie redeten ihm gut zu. "Noch ein paar Tage, dann hast du das Schlimmste überstanden." Sie kochten Tee für ihn und fragten immer wieder, was sie sonst noch Gutes für ihn tun könnten, auf was er Appetit hätte.

Aber Tobi hatte keinen Hunger. Wieder kochten sie ihm Tee, aber Tobias überlegte nur, wie es wäre, wenn er wenigstens ein Bier trinken oder einen Joint rauchen könnte. Es musste ja nichts Hartes sein. Ständig war er draußen bei den Rauchern. Aber besser ging es ihm nach der Zigarette nicht, eher noch schlechter.

Am zweiten Tag stellte sich der Stationsarzt vor und fragte, warum er hierher gekommen sei. Tobi meinte, er sei nicht wirklich abhängig. "Aber es war jetzt zum Schluss einfach zu viel. Das weiß ich selbst. Und meine Eltern haben immer wieder darauf gedrängt, dass ich eine Entgiftung mache. Und danach ganz von vorne anfangen, meinen sie - ohne Drogen."

"Und das trauen Sie sich zu - ohne eine Therapie zu machen?" "Ja - eine Therapie kommt für mich gar nicht in Frage. So etwas brauche ich nicht." Der Arzt meinte, er könne sich das noch überlegen. "Nächste Woche haben wir noch einmal ein Gespräch. Vielleicht entscheiden Sie sich dann doch anders. Es gibt da verschiedene Kliniken, die Langzeit-Therapien anbieten - manche sind hier ganz in der Nähe, andere weiter weg. Hier liegen verschiedene Broschüren aus - die können Sie sich ja unverbindlich anschauen."

Es gab auch andere Gesprächs-Angebote in der Klinik, Tobi hätte Sport machen oder in der Kreativ-Gruppe mitwirken können. Aber dazu konnte er sich in seinem Zustand nicht aufraffen - er fror, fühlte sich grippig und war einfach träge und lustlos.

Als dann Carlo, ein Kumpel, den er aus der Kreisstadt kannte, nach einem Freigang mit einer Flasche Wodka in die Klinik zurückkam, schaffte er es zwar, nichts davon zu trinken, aber der

Gedanke an die Freiheit, an das Leben auf der Straße, wurden immer stärker.

Carlos Alkohol-Schmuggel fiel natürlich auf und er musste am nächsten Morgen - es war der Ostersonntag - die Klinik verlassen. Tobias überlegte nicht lange und ging mit. Der diensthabende Pfleger versuchte noch, ihn zu überzeugen, dass das bestimmt nicht der richtige Weg für ihn sei, aber Tobis Entschluss stand fest.

Mit Carlo zusammen stand er mittags am Bahnhof der nahegelegenen Kreisstadt. "Ich fahr' jetzt nach Cöln und trampe von dort aus zu einem Freund nach Berlin: Dort soll das Leben auf der Straße erheblich einfacher sein", hatte Carlo zu Tobi gesagt, als die beiden in Marienhagen auf der Straße vor der Klinik standen. "Wenn du willst, komm mit - ich hab' noch etwas Geld, das kannst du mir dann später zurückgeben." Für Tobi ein verlockender Gedanke. Erst mal weg von hier - und Berlin war bestimmt keine schlechte Adresse!

In Cöln versorgten sie sich zunächst einmal mit Stoff. Tobi konnte es kaum erwarten, endlich wieder etwas davon zu rauchen. Er war sehr stolz auf sich, weil er es schaffte, die Spritze nicht zu benutzen. Aber Carlo hatte auch gemeint: "Das lassen wir - langsam wieder anfangen nach einer Woche Entzug. Und in Berlin gucken wir dann weiter."

Tatsächlich fanden die beiden schnell eine Mitfahrgelegenheit in die Hauptstadt, zwar nicht nonstop, aber am nächsten Morgen waren sie am Bahnhof Zoo.

Die beiden trennten sich dann ziemlich schnell. Carlo gab Tobi noch einen Zettel mit einer Adresse in Kreuzberg. "Dort wohnen ein paar Freunde von mir. Falls du Sehnsucht nach mir hast, kannst du da auf jeden Fall nach mir fragen. Ich denke, dass ich dort auch unterkommen werde."

"Ja, danke - ich bleibe erst einmal hier. Dort drüben fängt ja schon der Ku'damm an - da finde ich bestimmt ein Plätzchen zum Schnorren. Ich guck mich mal um. Mach's gut - wir seh'n uns."

Tobi nahm seinen Rucksack und ging vom Bahnhof aus die Bundesallee entlang bis zum Kurfürstendamm. Auf einmal musste er an seine Mutter und das Buch "Wir Kinder vom Bahnhof Zoo" denken, das sie ihm geben wollte. Tobi überlegte: "Wann hatte sie von dem Buch gesprochen? War das Weihnachten gewesen?"

Und nun war er selbst hier. Es war ja noch relativ früh. Aber er sah sofort, wer von den Leuten, die dort am Bahnhof Zoo rumstanden, Schore, Koks oder irgendwelche Trips verkauften und welche von denen es unbedingt brauchten. "Ich rauche nur ein bisschen, keine Nadel mehr", nahm er sich fest vor.

Der Vorsatz dauerte genau eine Woche, dann hatte Tobi sich die erste Spritze gesetzt. Von da an gab er sich nur selten mit dem Rauchen von Schore zufrieden. Und eine Flasche Korn oder Wodka war fast immer in seinem Rucksack.

Das Leben in Berlin war nicht so schlecht, fand Tobi. In seiner Begleitung konnte man jetzt sehr oft eine blonde Punkerin sehen: Moni. Sie stand total auf Tobi, und der fand sie auch ganz süß. Moni hatte sogar eine kleine Wohnung, nicht weit weg vom Bahnhof in Richtung Tiergarten. Dort waren zwar meistens auch andere Junkies, aber mit auf ihre Matratze in Monis Zimmer durfte nur Tobi.

So hatte er es ganz gut angetroffen und er brauchte nicht in Hauseingängen oder Tiefgaragen zu übernachten. Zum Schnorren hatte Tobi einen guten Platz an der U-Bahn-Haltestelle Ku'damm gefunden. Die Leute waren meistens so spendabel, dass er einigermaßen über die Runden kam, auch wenn er im Supermarkt öfter mal das eine oder andere Stück Leberwurst oder Käse im Rucksack verschwinden ließ, manchmal auch eine Schachtel Zigaretten oder ein Päckchen Tabak. Hin und wieder wurde er dabei erwischt, bekam eine Anzeige und Hausverbot und musste sich dann einen anderen Supermarkt für seinen Einkauf suchen - so schwierig war das aber nicht in der Gegend um den Bahnhof Zoo.

- - - -

Es war Sommer, und es war ziemlich heiß. Fred und Maria hatten es sich auf der Terrasse gemütlich gemacht. Maria dachte zwar jeden Tag an ihren Sohn - aber über ihn gesprochen hatte sie zu Hause schon ein paar Tage nicht mehr - nur am letzten Donnerstag im Elternkreis war Tobias Thema gewesen.

Das Telefon klingelte. Maria guckte auf die Uhr. Es war kurz vor zehn. Wer würde jetzt noch anrufen? Sie nahm den Hörer ab und nannte ihren Namen. Am anderen Ende der Leitung war eine Frau. "Schuster", meldete sie sich und dann erzählte sie, dass sie aus Berlin anrufe und dass Tobi neben ihr auf der Bank sitze.

"Ihrem Sohn geht es sehr schlecht - er scheint sehr krank zu sein und bräuchte einen Arzt. Aber Ihr Sohn - er sagte, er heiße Tobias Frangenberg und gab mir Ihre Telefonnummer - meinte, er habe keinen Krankenversicherungs-Nachweis. Er möchte nach Hause und dort dann zu einem Arzt."

Maria erschrak: "Wir haben lange nichts von unserem Sohn gehört. Vielen Dank, dass Sie uns informieren. Was hat er denn?" "Ich weiß es nicht genau, aber er sieht nicht gut aus, ganz blass ist er und gelb in den Augen. - Ich würde ihm eine Fahrkarte nach Cöln kaufen, wenn Sie einverstanden sind und mir das Geld dafür überweisen. Er kann sich dann in die nächste Bahn setzen, nach Hause fahren und dort einen Arzt aufsuchen." "Ja, klar, das mache ich natürlich", sagte Maria.

Frau Schuster gab Maria ihre Konto-Nummer. "Ich hab' mich erkundigt, das Ticket nach Cöln kostet 95 Mark - ich gebe ihm dann noch zwanzig Mark in bar, damit er nicht ohne Geld fahren muss. Sind Sie damit einverstanden, wenn Sie mir 120 D-Mark überweisen?" "Ja, ja, natürlich - aber bitte geben Sie mir doch meinen Sohn noch kurz."

Tobias kam ans Telefon. "Mama, es tut mir leid, aber mir geht's wirklich total scheiße und ich bin doch nirgendwo gemeldet. Habt ihr für mich die Krankenkasse weiter gezahlt?" "Ich weiß es nicht - aber komm erst einmal nach Hause, dann sehen wir weiter. - Und bitte, Tobi, nach Hause - nicht nach Cöln oder Reifenrath. Ruf bitte an, wenn du in Cöln angekommen bist. Wir holen dich dann sofort ab." Maria war total aufgeregt, ihre Stimme überschlug sich. "Diese Frau Schuster wird dir jetzt ein Zugticket nach Cöln kaufen. Komm bitte mit der nächsten Bahn nach Hause, damit wir dich zum Arzt oder ins Krankenhaus bringen können." "Ja, o.k. mach ich. Danke."

Dann kam Frau Schuster noch mal ans Telefon. "Also ich mach' das wie besprochen. Wir gehen jetzt zum Schalter, ich kaufe Ihrem Sohn das Ticket und ich hoffe, dass er dann den nächsten Zug nach Cöln nimmt." "Vielen Dank, Frau Schuster, dass Sie sich um meinen Sohn kümmern. Das Geld überweise ich Ihnen direkt morgen früh. Danke noch mal." "Ja, alles klar -

gerne. Auf Wiederhören." Dann machte es "klick" und das Gespräch war beendet.

"Wer war das denn noch so spät? Du bist ja... ist etwas passiert?", meinte Fred ganz besorgt und hörte dann der aufgeregten Maria zu, die alles noch einmal widergab, was Frau Schuster über Tobias gesagt hatte. "Und was er hat, wusste sie nicht? Hast du denn auch mit Tobi gesprochen?" "Ja, hab' ich - er war kleinlaut wie immer. Aber es scheint ihm sehr schlecht zu gehen."

"Ist Tobi noch in deiner Firma angemeldet?", fragte Maria nach einer Weile. "Ne, natürlich nicht. Nachdem er aus der Klinik abgehauen war und wir nicht wussten, wo er ist und wann er wieder kommt, hab ich ihn abgemeldet." "Aber wir müssen etwas tun." Maria war total aufgeregt. "Du meldest ihn einfach rückwirkend wieder an. Das geht doch bestimmt - oder?" "Also, so einfach ist das nicht. Es ist jetzt August - ich könnte ihn vielleicht rückwirkend zum 1. Juli anmelden, damit alles glaubhaft ist. Keine Ahnung!" Nach einer Weile: "Aber du kennst Tobi doch. Meinst du, er kommt wirklich nach Hause?" "Ich hoffe es. Das ist doch total nett von dieser Frau Schuster. Sie kauft ihm das Ticket." "Na hoffentlich fährt er auch damit und verkauft es nicht wieder." "Es geht ihm schlecht, er will nach Hause zu einem Arzt." So ging es noch eine Weile hin und her zwischen den Eheleuten.

Vier Tage dauerte es, bis Tobias sich meldete. Er rief von Cöln aus an und sagte, er fahre jetzt mit dem nächsten Zug nach Kirchbach. "Bitte holt mich dort ab. Morgen geh' ich dann zum Arzt. Oder ihr könnt mich sofort ins Krankenhaus bringen - ich weiß nicht, was mit mir los ist. Aber es ist nicht gut. Und auf Entzug bin ich morgen auch. Deshalb müsst ihr mich direkt wegbringen, sonst halte ich das nicht aus."

144

Das hörte sich nicht gut an. Maria und Fred fuhren zum Bahnhof nach Kirchbach und nahmen ihren Sohn in Empfang. Er sah schrecklich aus. Ganz dünn und blass war er. Die Augen lagen tief in den Höhlen, das Weiße war ganz gelb. Tobis lange Haare waren total verklebt. Er hatte vereiterte Stellen im Gesicht, Hose und T-Shirt waren voller Flecken. Maria nahm das Häufchen Elend von Sohn in die Arme. "Mein Gott, was ist in den paar Monaten nur aus dir geworden?" Fred drückte Tobi wortlos. Dann fuhren sie nach Hause.

Nach einem ausgedehnten Bad fühlte Tobias sich ein wenig besser. "Kann ich mich bitte hinlegen? Nach Reden ist mir überhaupt nicht zumute. Tut mir leid. Dass alles wieder ziemlich scheiße gelaufen ist, weiß ich ja. Ich versuche jetzt zu schlafen und morgen geh' ich zum Arzt." Tobi nahm seinen Rucksack und wollte die Küche verlassen, wo die Familie um den Tisch gesessen hatte.

Auch Max schaute herein, begrüßte seinen Bruder kurz, war aber schnell wieder verschwunden. Er kiffte zwar selber, aber dass sein Bruder zum Junkie geworden war, machte ihn wütend. Sagen wollte er dazu lieber nichts. "Gib mir bitte deine Wäsche, bevor du dich hinlegst", sagte Maria. "Jedenfalls die, die sich noch lohnt, gewaschen zu werden." Maria war zwar total geschockt vom Aussehen ihres Sohnes, aber sie war froh, dass er da war, dass sie endlich wieder etwas tun konnte.

Am nächsten Tag ging dann alles sehr schnell: Vom Hausarzt bekam Tobias nach einer kurzen Untersuchung die Einweisung ins Krankenhaus. "Das sieht sehr nach Hepatitis aus. Genauere Untersuchungen, auch das Labor, werden dann im Krankenhaus gemacht." "Die Beschwerden haben Sie aber doch nicht erst seit gestern", meinte er und an Maria gerichtet: "Wo hat Ihr Sohn sich das denn geholt? Nach Urlaub sieht er ja nicht gerade aus." Maria wurde verlegen - sie sagte dann aber nur: "Tobi war in Berlin und ist dann gestern Abend wegen seiner Beschwerden zurückgekommen."

Im Krankenhaus wurde die Hepatitis bestätigt. "Nehmen Sie Drogen?", wurde Tobias direkt gefragt. Das konnte er nicht leugnen, denn der "Turkey" hatte schon Besitz von ihm genommen. "Können Sie mir bitte irgendetwas geben? Mir geht's total schlecht. Eigentlich bräuchte ich jetzt dringend was." "Wenn wir Sie mit den Medikamenten gegen die Hepatitis eingestellt und versorgt haben, werden wir Sie nach Marienhagen zur Entgiftung verlegen. Wir arbeiten mit der Klinik zusammen und dort wird man Ihnen helfen. Ich rufe jetzt gleich auf der zuständigen Station an", sagte der behandelnde Arzt. "Versuchen Sie zu schlafen. Die Schwester gibt Ihnen etwas, damit die Schmerzen nachlassen und Sie zur Ruhe kommen." Aber es war furchtbar: Tobi wäre am liebsten auf und davon gerannt - gleichzeitig hatte er aber auch Angst davor in seinem Zustand. Eigentlich war er ja froh, hier zu sein.

Maria fühlte sich total hilflos. Sie sah, wie schlecht es ihrem Sohn ging, aber helfen konnte sie Tobias ja nicht weiter. Da musste er durch - das musste er aushalten, auch wenn es noch so schlimm und schmerzhaft war. "Es geht bestimmt gleich besser", versuchte sie ihn trösten, wie sie das bei ihm als kleiner Junge gemacht hatte. "Ja, Mama, bitte fahr' jetzt - ich versuche zu schlafen - hoffentlich geben die mir jetzt etwas, was gegen den Turkey hilft." "Ich frag' noch mal bei der Schwester nach und komme dann heute Abend wieder." Ein Kuss auf die mit kaltem Schweiß benetzte Stirn, dann verließ Maria das Krankenzimmer.

Am frühen Abend, als Fred und Maria zurückkamen, fanden sie Tobias total verschwitzt und doch stark frierend vor. Eine Infusion mit einer Medikamentenlösung lief in Tobis rechten Arm. "Mir tut alles weh - bitte, Mama, ich brauch' jetzt was gegen den Turkey - ich kann nicht mehr." Maria betätigte den Klingelknopf. Relativ schnell kam eine Schwester herein. "Es tut mir leid, aber wir haben kein Methadon oder ähnliche Ersatzstoffe hier im Krankenhaus - wir sind keine Drogenklinik. Aber jeden Moment müsste das angeforderte Medikament geliefert werden."

Tobi stöhnte laut auf. "Sie werden schon nicht daran sterben", fügte sie noch leicht schnippisch hinzu. "Jetzt reicht's aber", fiel Fred ihr ins Wort. "Solche Sätze können Sie sich sparen - Sie sehen doch wie schlecht es meinem Sohn geht." Jetzt wurde die junge Krankenschwester rot und murmelte ein "Entschuldigung - war nicht so gemeint." Damit verließ sie das Zimmer.

"Das geht jetzt wirklich zu weit", sagte Fred. Maria versuchte, Tobis Stirn mit einem nassen Waschlappen zu kühlen und ihm etwas Tee einzuflößen. Nach einer halben Stunde war der Stationsarzt da. "So, junger Mann, jetzt haben wir etwas für Sie, das wird Ihnen bestimmt helfen." Er reichte Tobias eine klare Flüssigkeit, in einem Becher, der eher aussah wie Schnapspinnchen. "Danke", hauchte dieser und kippte das Zeug wie einen Schnaps herunter. Bald darauf war er tatsächlich eingeschlafen.

Auf dem Heimweg meinte Maria: "Jetzt macht er wieder diesen Entzug durch, ist so krank geworden - das müsste ihn doch zur Vernunft bringen." "Sollte man meinen", sagte Fred. "Vielleicht hält er die Entgiftung ja diesmal durch, weil es ihm wegen der Hepatitis so schlecht geht."

Zuhause wollten auch Max und Steffi, die mit ihrer kleinen Tochter zu Besuch war, wissen, wie es Tobi ging. "So ein

Schwachkopf", meinte Max, "wie konnte er nur mit dem Spritzen anfangen? Als ob er nicht gewusst hätte, wie das endet."

Steffi meinte nur: "Ich werde ihn mit Clara besuchen - er hat seine Nichte jetzt schon so lange nicht gesehen, dabei hat sie schon bald ihren ersten Geburtstag. Vielleicht rüttelt ihn das ja auch ein bisschen auf."

Nach ein paar Tagen auf der Inneren Station wurde Tobias mit Arztbrief nach Marienhagen verlegt. Die akute Entgiftung hatte Dank Methadon schon neben der Leber-Behandlung im Kreiskrankenhaus begonnen. Jetzt sollte Tobi stabilisiert werden, vom Methadon entziehen und eventuell auf eine Langzeit-Therapie vorbereitet werden. Tobi fühlte sich auch schon viel besser, aber seine Leberwerte sagten etwas anderes, so dass er nach zwei Wochen wieder ins Kreiskrankenhaus verlegt wurde. Hier blieb er noch fünf Wochen und war danach noch länger krank geschrieben.

Maria versuchte Tobi mit Engelszungen davon zu überzeugen, jetzt endlich eine Langzeittherapie zu machen. "Ich schaff' das auch alleine", meinte er. Zu der Zeit - es war im Herbst 1995 - war er aber schon wieder des Öfteren in Cöln, da er ja noch nicht arbeiten konnte. "Ich kann doch nicht den ganzen Tag hier herumhängen", meinte er entschuldigend.

Aus Berlin trudelten Mahnbescheide wegen Schwarzfahrens ein, die bezahlt werden mussten. Auch Geldstrafen aus anderen Prozessen mussten noch beglichen werden. Im Moment war das kein Problem. "Wenn ich die Firma nicht hätte, wäre das alles nicht möglich gewesen", erinnerte Fred seinen Sohn daran, dass jeder andere Arbeitgeber ihn nicht so einfach wieder eingestellt hätte, damit er krankenversichert war. "Und nur deshalb bist du jetzt in der Lage, dein Leben weiter zu bestreiten." "Ja, ich weiß - ich bin dir auch total dankbar dafür, das weißt du doch."

Maria und Fred bestanden darauf, das Geld für Tobias zu verwalten und ihm nur ein kleines Taschengeld zu geben, damit die Mahnbescheide und Geldstrafen sowie die Schulden bei den Eltern bezahlt werden konnten. Leicht sollte Tobi es nicht haben, sich wieder seine Drogen beschaffen zu können.

Aber alles nützte nichts - irgendwann war Tobias wieder verschwunden. Er kam nicht nach Hause, obwohl er einen Arzttermin hatte: Die Leberwerte sollten noch einmal überprüft werden. Danach sollte sich entscheiden, ob er wieder arbeiten könnte.

Nach einer Woche hielt es Maria nicht aus: Nach dem Dienst lief sie wieder vom Heumarkt bis zum Rudolfplatz die Plätze ab, an denen Tobi schon mal geschnorrt hatte. Sie sah viele Bettler, Punks oder Junkies - ihren Sohn fand sie nicht.

Diese Suchaktionen wiederholte sie unregelmäßig. Immer wenn sie es nicht aushielt, zog sie los und hoffte, Tobi zu finden. "Ich will ihn doch nur sehen, will wissen, wie es ihm geht", begründete sie ihre Suche, wenn Fred meinte, dass das doch alles nichts bringe. "Und vielleicht kommt er dann ja auch wieder mit und geht zur Entgiftung in die Klinik".

Auch im Elternkreis hielt man nicht viel von diesen Aktionen. "Du wirst doch nur noch unglücklicher dadurch", meinte man dort. Aber das sah Maria ganz anders. Sie hatte dann das Gefühl, etwas tun zu können. Und wenn sie Tobi wirklich fände, könnte sie sehen, wie es ihm gehe, sie könnte mit ihm reden und ihn vielleicht davon überzeugen, dass sie ihn liebten und das es sich lohne, mit den Drogen aufzuhören und eine Therapie zu machen. Und schon bei diesen Gedanken ging es ihr tatsächlich besser.

Der Winter kam - und diesmal musste die Familie Frangenberg das Weihnachtsfest ohne ihren ältesten Sohn feiern. Bis zuletzt hatte Maria gehofft, Tobi würde wieder vor der Tür stehen - wie in den letzten beiden Jahren oder er würde zumindest anrufen - aber nichts dergleichen geschah.

Stattdessen erhielt die Familie Mitte Januar einen Anruf aus der JVA Cöln: Tobias sei vor zwei Tagen festgenommen worden - der Haftbefahl liege schon seit dem Herbst vor, weil eine Geldstrafe nicht weiter bezahlt worden sei. Es handele sich um 60 Tagessätze zu je 70,00 D-Mark, von denen noch ein großer Teil offen sei.

Diesmal war Maria am Telefon, als der Anruf kam. Sie ließ sich die Besuchszeiten geben und meinte dann: "Richten Sie meinem Sohn aus, dass wir ihn in den nächsten Tagen besuchen werden. Ich muss noch mit meinem Mann sprechen und werde dann einen genauen Termin vereinbaren." Nachdem sie noch auf die Besuchs-Bestimmungen in der JVA hingewiesen worden war, sagte sie nur "Auf Wiedersehen" und legte den Hörer auf.

"Das musste ja wieder so kommen", dachte sie und setzte sich auf die Couch. Irgendwie war sie gefühlslos: Sie war weder wütend noch freute sie sich, dass sie endlich eine Nachricht von Tobias erhalten hatte. Da war nichts im Moment.

Fred merkte sofort, dass etwas nicht stimmte, als er nach Hause kam. "Was ist los? Hast du etwas von Tobi gehört?" "Ja, er sitzt wieder in Ossendorf im Gefängnis." Maria holte tief Luft. Sie wollte nicht weinen, aber es löste sich auf einmal der Kloß in ihrem Hals. Tränen liefen über ihre Wangen und sie schluchzte hemmungslos. Fred nahm sie in den Arm, küsste sie zärtlich und hielt sie einfach nur fest. "Wer weiß, wofür es gut ist", meinte er nur. "Wir wussten doch eigentlich die ganze Zeit, dass irgendetwas in der Richtung passieren musste."

Eine Woche später war der Besuchstermin in der JVA. Wieder mussten sie alles über sich ergehen lassen: Jacken, Taschen und das Geld einschließen, das Abtasten durch die Justizvollzugs-Beamten bzw. durch die Beamtin bei Maria, das Auf- und Abschließen aller Türen, dann der bange Blick in das Besuchszimmer.

Dort standen ca. 15 Tische. An jedem Tisch saßen zwei bis drei Personen, meistens ein junger Mann mit Eltern oder auch Freunden oder Anwälten, vermutete Maria. Sie sah Tobias sofort: Er saß ganz hinten vor dem Fenster. Schlecht sah er nicht aus, eigentlich ganz gepflegt und jetzt grinste er verlegen, als Fred und Maria auf ihn zukamen.

"Hallo! Danke, dass ihr so schnell gekommen seid", sagte Tobi nach der etwas zurückhaltenden Begrüßung. "Hallo", sagten Fred und Maria wie aus einem Mund. "Wie geht es dir? Du musstest doch eigentlich mit einer Festnahme rechnen, wenn du die Geldstrafe wegen deines Führerschein-Entzugs noch nicht bezahlt hast", sagte Maria. "Ihr habt doch die Raten bezahlt, dachte ich jedenfalls", meinte Tobi. " Wir haben sehr viel für dich von dem Krankengeld bezahlt, das du bekommen hast. Aber nachdem du weg warst, haben wir nichts mehr bezahlt. Es ist ja auch kein Geld mehr gekommen."

Nun entstand eine kurze Pause. Dann sagte Maria: "Du musst schon lernen, für deinen Mist selbst aufzukommen. Das heißt, wenn du für irgendetwas verurteilt wirst, musst du dich darum kümmern und die Geldstrafe bezahlen. Du hättest ja auch gemeinnützige Arbeit verrichten können. Aber wenn du abhaust, dich nicht darum kümmerst, musst du auch damit rechnen, wieder hinter Gittern zu landen." "Ja, ich weiß - das ist ja dann auch passiert. Wisst ihr denn, wie viel noch offen ist? Einen Großteil müsstet ihr doch von meinem Geld überwiesen haben."

"Ich glaube, die Hälfte ist noch zu zahlen. Diesmal hat Papa dich übrigens nicht abgemeldet - du bist noch geringfügig beschäftigt und damit weiter krankenversichert." "Dieses Geld haben wir auch für dich eingezahlt", schaltete Fred sich jetzt in das Gespräch ein. "Wie geht es dir eigentlich? Hast du die Hepatitis überstanden?" "Ich hab' mich ganz gut erholt - so schlimm seh' ich doch nicht aus, oder?" "Bist ja auch schon fast zwei Wochen hier und an Drogen kommst du ja wohl nicht ran? Man hört ja so allerhand aus den Gefängnissen, was das betrifft."

"Ne, da braucht man Geld für oder wertvolle Schuhe, Kleidung oder so. Den Entzug hab' ich schon überstanden. Wenn ich nur noch die Hälfte zahlen muss, dann sind das ja auch nur noch 30 Tagessätze, oder? Wie viel war das noch? 60 Mark pro Tag, nicht wahr? Und davon kann man schon wieder zwei Wochen abziehen - also wären das noch gut tausend Mark. Könnt ihr die bitte für mich bezahlen? Es ist so schrecklich hier drinnen. Dann könnte ich doch sofort weiter bei dir arbeiten, zumal ich noch angemeldet bin. Bitte, das geht doch - oder?"

Fred und Maria fanden die Idee überhaupt nicht gut, hatten sie sich doch fest vorgenommen, diesmal für ihren Sohn kein Geld zu zahlen. "Und wie soll es dann weitergehen?", fragte Maria. "Ich arbeite bei Paps, wie beim letzten Mal auch - die tausend Mark hab' ich doch im ersten Monat schon zusammen, selbst wenn ich euch etwas Geld für Miete und Essen bezahle." "Das ist ja Quatsch, guck einfach, dass du alles was du an Schulden hast, bezahlst, so wie du dir das nach deiner Krankheit im Herbst vorgenommen hattest. Dann sind wir glücklich und zufrieden. Miete und Geld für Essen wollen wir gar nicht."

Diesmal wurden also Fred und Maria "rückfällig", bezahlten für Tobias an der Justizkasse die ausstehende Geldstrafe und nahmen ihn sofort mit nach Hause. Sie waren überrascht, dass es ihrem Sohn so gut ging. Am nächsten Tag schon arbeitete er mit Fred auf der Baustelle.

Ein paar Wochen ging es gut - dann merkte Fred, dass sein Sohn wieder zu viel Bier trank. Das konnte er auch Maria gegenüber nicht leugnen.

- - - -

Für Tobias hatte sich die ganze Drogenszene von Cöln nach Gammersbach, die Kreisstadt in der Nähe von Hülsbach, verlagert. Nach ein paar Wochen wohnte er auch nicht mehr zu Hause, sondern in einem Stadtteil von Gammersbach in einem Haus, in dem viele Junkies und Drogenabhängige lebten. "Ich komme von dort aus zu den Baustellen", meinte er zu Maria. "Das ist für mich besser. Von hier aus komm' ich so schlecht weg."

"Auch wenn du unser Sohn bist - so geht es einfach nicht. Ich habe Verantwortung für die Baustellen. Die Arbeit muss ordentlich gemacht werden und ich muss mich auf meine Leute verlassen können." "Ich schaff' das, Papa - vielleicht kann ich meine Stunden reduzieren und nur an drei Tagen arbeiten." "Nein, darauf kann ich mich nicht einlassen. Entweder du schaffst es, pünktlich zu sein und zuverlässig zu arbeiten, das heißt, clean zu sein und nicht zu trinken oder du lässt es ganz."

Maria war jetzt öfter in Gammersbach oder auf dem Boxberg zu sehen. Als Tobi wieder mal nicht zur Arbeit gekommen war, suchte sie ihn dort. Aber in dem Haus, in dem sie ihn vermutete, war er nicht mehr. "Versuchen Sie es mal hier um die Ecke. Dort wohnt die Bea, seine Freundin."

So lernte Maria die sehr netten Großeltern von Bea kennen. "Tobi und Bea sind in der Stadt - ein sehr netter Junge, ihr Sohn", meinte Beas Oma. "Könnten Sie Tobias bitte ausrichten, dass ich hier war und dass er sich zu Hause melden soll." "Ja, das mache ich."

Und tatsächlich rief Tobi noch am selben Abend zu Hause an. "Ja, ich weiß, ich hab' mich nicht abgemeldet - aber ich schaff' es im Moment nicht, zu arbeiten." "Du weißt, dass du dann nicht versichert bist - melde dich wenigstens arbeitslos oder besser noch: Geh' noch einmal nach Marienhagen in die Entgiftung." "Ja, ich überlege es mir." "Du weißt, dass unsere Türe immer für dich offen steht, wenn du bereit bist, etwas für dich zu tun, nicht wahr?", meinte Maria ihrem Sohn noch einmal sagen zu müssen. "Vielleicht hast du ja auch Lust, uns deine Freundin vorzustellen." "Ich guck mal - ich denke, sie wird dir gefallen", meinte Tobi.

Fred schrieb offiziell die Kündigung. Tobias holte sie ein paar Tage später ab - er kam ohne Bea. Maria war nicht zu Hause. "Mensch, Tobi - wie viele Chancen willst du noch bekommen? Hier ist die Kündigung, damit kannst du dich arbeitslos melden." "Danke für alles, Paps." Tobi schluckte. "Ich weiß ja, dass das alles Mist ist, aber im Moment geht's nicht anders."

"Und bitte, Tobias, melde dich ab und zu - damit wir wissen, wie es dir geht, dass du noch lebst." "Unkraut vergeht nicht", sagte Tobi und verzog den Mund zu einem Lachen - was ihm aber nicht so richtig gelang. "Grüß die Mama - die Bea passt auf mich auf. Wenn's zu heftig wird, gehe ich wieder nach Marienhagen."

Fred schüttelte den Kopf. "Wie oft willst du denn da noch hingehen? Irgendwann ist doch wohl Schluss, meinst du nicht?" Tobias zuckte mit den Schultern. Fred klopfte ihm leicht auf den Rücken. "Pass auf dich auf... und ruf an."

Nicht lange danach rief Bea bei Fred und Maria an: "Tobi ist zur Entgiftung in Marienhagen. Ich soll Bescheid sagen." Das war Anfang März. Genau vier Wochen später holte Bea ihn dort an der Pforte ab. Sie fiel Tobi um den Hals und küsste ihn: "Du siehst prima aus - jetzt wird alles gut." Tobi seufzte tief: "Ja, das glaube ich auch. Komm, nur weg von hier." Hand-in-Hand verließen sie das Klinikgelände.

Eine Woche später war Ostern. Maria war glücklich! Alle Kinder waren da: Max, auch Sabine und Peter, Steffi und Ricky mit der kleinen Clara, sogar Tobi war mit seiner Freundin Bea gekommen. Und er schien clean zu sein. Er war ja auch erst vor einer Woche aus der Klinik in Marienhagen entlassen worden, nach einer erfolgreichen Entgiftung.

"Vielleicht ist er ja jetzt endlich auf einem guten Weg", sagte Maria am Abend zu Fred. "Hast du denn gefragt, was er macht? Wie er sich seinen Weg weiter vorstellt?", meinte dieser. "Ne, ich lass' ihn in Ruhe. Ich will nicht wieder die nervende Mutter sein. Er muss endlich für sich die Verantwortung übernehmen. Und diese Bea scheint ja echt eine ganz liebe zu sein. Die tut ihm gut, meinst du nicht auch?" "Na ja, für meinen Geschmack sieht sie ein bisschen zu punkig aus - aber du hast recht - das ist nebensächlich. Ich finde sie auch sehr nett und sympathisch - trotz ihrer Piercings. Sie sieht noch sehr jung aus.

Aber auf Tobi scheint sie einen guten Einfluss zu haben."

Tobi war jetzt meistens mit Bea bei deren Großeltern. Die schienen ihn zu mögen, denn sie hatten nichts dagegen, dass Bea ihn als Untermieter mitbrachte. Bea ging noch zur Schule; und Tobi war dann während dieser Zeit meistens in Gammersbach auf der Straße oder in dem Haus am Boxberg. Clean war er schon bald nicht mehr.

In Gammersbach schnorrte er sich das Geld zusammen, um sich dann hinter dem Bahnhof das weiße Pulver zu kaufen und auf dem Löffel mit Wasser aufzukochen und sich die Spritze zu setzen. "Nur ganz wenig", meinte er zu sich selber. Er hatte Bea versprochen, kein Heroin mehr anzurühren. Damit es nicht auffiel, dass er wieder drauf war, kaufte er sich Hustensaft - mit hohem Codein-Anteil - dieser Ersatzstoff half ihm über die Abende und Nächte hinweg, so dass Bea zunächst ahnungslos blieb.

Aber es dauerte nicht lange, bis Tobi morgens wieder unruhig war, er fror, die kalten Schweißperlen auf seiner Stirn verrieten ihn zusätzlich. "Bist du doch wieder drauf?" Tobi konnte es nicht leugnen. "Du hast mir doch versprochen, das Zeug nicht mehr anzurühren." "Ich schaff' es nicht alleine - aber es gibt da einen Arzt auf dem Boxberg - der verschreibt Codein-Saft. Wenn ich den nehme, brauch' ich nichts anderes mehr."

Der Arzt gab Tobi tatsächlich das Rezept - aber das reichte ihm nicht lange. Er nahm jetzt abends fast die doppelte der verschriebenen Menge. Und auch die reichte nicht. "So geht das nicht, Tobi - bitte hör auf damit, du machst dich kaputt." Bea versuchte, Tobias zu überreden, nicht mehr in die Stadt zu gehen, nicht zu schnorren und keinen Stoff mehr zu besorgen und sich den Druck zu setzen. "Ich schaff' es nicht." Tobi war schon wieder voll dabei. Er packte seinen Rucksack und ging.

Bea war verzweifelt. Sie liebte Tobi, wollte ihm helfen. In ihrer Not rief sie in Hülsbach an. Maria war zu Hause, als das Telefon klingelte: "Frangenberg", meldete sie sich und erkannte dann Bea ziemlich schnell an der Stimme, die sehr aufgeregt klang: "Ich weiß nicht, was ich machen soll. Und eigentlich wollte ich auch nur Bescheid sagen. Tobi ist wieder voll drauf. Heute Morgen hat er seinen Rucksack gepackt und ist weggegangen. Er sagte noch, dass er es nicht schafft, mit den Drogen aufzuhören." "Oh, so ein Mist. Das tut mir furchtbar leid", sagte Maria. "Aber was sollen wir machen? Ich könnte jetzt wieder in Gammersbach 'rumlaufen und gucken, ob ich ihn finde. Wenn wir Glück haben, geht er dann wieder nach Marienhagen und wenn er Glück hat, geht er dann von dort aus in eine Therapie."

"Ich kann ja auch mal gucken - würden Sie ihn denn hinfahren?", sagte Bea. "Ja, klar - das mach' ich. Aber er wird sowieso erst anrufen müssen, einfach so nehmen die ihn nicht auf. Da muss er schon selbst anrufen. Und wahrscheinlich kommt er jetzt eh' nicht mit, wenn er erst seit heute Morgen weg von euch ist." "Ja, wahrscheinlich - ich dachte, Sie hätten vielleicht einen Tipp, was wir machen können." "Ich bin im Moment sehr traurig, aber auch wütend. Es ist gerade mal vier Wochen her, dass er aus Marienhagen weg ist. Das kann doch nicht so weitergehen."

"Wenn ich Tobi finde, sag' ich Bescheid; und wenn Sie ihn finden, rufen Sie mich bitte auch an, ja?" "Natürlich, das mach' ich sofort. Am besten wäre es natürlich, wenn er von sich aus bei dir anruft oder sich zu Hause meldet - oder auch direkt in der Klinik." Maria merkte, dass sie genau dasselbe zu Bea sagte, wie ihr im Elternkreis immer gesagt wurde. "Ja", meinte jetzt auch Bea, "wir können nur hoffen, dass er das macht."

- - - -

Tobi war als erstes mit dem Bus in die Fußgängerzone nach Gammersbach gefahren. Er brauchte Geld, hatte keinen Stoff mehr, auch der Hustensaft war alle. "Vielleicht sollte ich noch einmal zu dem Arzt?" Aber den Gedanken verwarf er schnell wieder, als er mit dem "Spiegel" vor der Sparkasse saß und der Becher vor ihm sich relativ schnell mit Geld füllte. Das lief ja besser als gehofft!

Hinter den Gebäuden auf der anderen Seite traf er Viktor, den Dealer, der ihm auch schon mal etwas gab, wenn er nicht den vollen Betrag zusammen hatte. Aber heute konnte Tobi das wieder gut machen und ihm ein paar Mark draufgeben. Eine Hand wäscht die andere. Tobi war total gutmütig und verstand sich gerade mit Viktor sehr gut. Die anderen waren ziemlich abgezockt.

Es tat ihm zwar total leid, dass er jetzt nicht zu Bea konnte. Aber er wusste auch, dass das in diesem Zustand nicht ging. Sie würde ihn sofort wieder aufnehmen, wenn er clean war oder versprechen würde, mit dem Heroin aufzuhören und nach Marienhagen zu gehen. Da war sie genau wie seine Eltern. Ne, er würde erst mal zu den Kumpels auf den Boxberg gehen. "Mal gucken, wie es mir morgen geht - vielleicht ist der Turkey ja nicht so schlimm."

Tobias kämpfte noch zwei Wochen. Es war immer derselbe Kreislauf: Wenn er morgens wach wurde, fing er schon an zu schwitzen, die Nase lief. Wenn er dann die löchrige Decke aufschlug, sich von der fleckigen Matratze quälte, die sein

Nachtlager darstellte, fror er fürchterlich. Notdürftig wusch er sich und schleppte sich zur Bushaltestelle, um in die Stadt zu kommen. Der Platz vor der Sparkasse war meistens frei, so dass er sich direkt dorthin setzen konnte und darauf wartete, das nötige Geld für den Schuss zusammen zu bekommen.

Eines Mittags stand Bea auf einmal vor Tobias. Der wäre am liebsten aufgestanden und weggelaufen, obwohl er diese Situation ja kannte. "Komm, Tobi, du kannst nach Marienhagen. Ich hab' für dich dort angerufen." "Ich weiß nicht, ob das Geld reicht. Einmal muss ich mir noch was holen. Dann geh' ich mit." "Ich ruf' deine Mum an, sie fährt dich. Hab' das schon mit ihr abgeklärt."

Tatsächlich hatten die beiden Frauen noch ein paarmal miteinander telefoniert. "Am Donnerstag hab' ich Zeit", hatte Maria gesagt. "Wenn du es schaffst, einen Termin für Tobias zu bekommen, fahr' ich ihn hin." "Ja, das wäre am besten. Wir kommen dann zu Ihnen, damit er noch duschen kann. Wenn es nicht klappt, melde ich mich", meinte Bea.

Aber alles klappte reibungslos, nachdem Tobias mit Bea zusammen zehn Minuten hinter dem Bahnhof auf einen der Dealer gewartet hatte. Es war zwar nicht Viktor, aber der Handel Geld gegen Schore ging schnell vonstatten. Tobi nahm hektisch das Tütchen mit dem Pulver in Empfang. Ein paar Schritte noch: Hier war ein Gebüsch, dahinter konnte er sich setzen, das Pulver auf den Löffel streuen, mit dem Wasser vermischen und über der Flamme des Feuerzeugs aufkochen. Ein wenig zittrig war er schon. Bea half ihm, die Nadel der Spritze zu desinfizieren und das Gemisch aufzuziehen.

Als Tobi sich die Spritze in den Arm stach, guckte sie weg. "Du musst endlich damit Schluss machen." Bea hatte auch gekifft und ein paarmal Koks oder LSD genommen, aber sie packte nichts mehr von dem Zeug an. Sie hatte es wirklich alleine geschafft - aber sie hatte auch nie Heroin angerührt.

"Heute ist ein neuer Anfang." "Ja", sagte Tobi, "ich bin froh, wenn ich in der Klinik bin. Nach den drei oder vier Wochen rühr' ich auch nichts mehr an - versprochen!" Um das zu bestätigen, packte er seine Spritz-Utensilien in seinem schmutzigen T-Shirt zusammen, dann in eine Plastiktüte und alles zusammen steckte er in den nächsten Mülleimer.

Maria sagte nicht viel, als sie den beiden die Türe öffnete. Wortlos drückte sie Tobi an sich. "Möchtest du etwas essen?" "Ne, nur duschen und wenn du noch etwas saubere Wäsche für mich hast...?" "Ja, die können wir austauschen. Gib mir die Schmutzwäsche, du kannst dann im Gästezimmer im Schrank gucken, was du mitnehmen willst."

Zwei Stunden später war Tobias wieder auf Station 8 C der Klinik in Marienhagen. War es wirklich erst fünf Wochen her, dass er von hier entlassen worden war? Und damals ging es ihm doch gut. Die Therapeuten sprachen mit ihm darüber, wie schnell er wieder rückfällig geworden sei und vor allem, wie schlecht es ihm körperlich ging, wenn er auf Drogen war. Die Sprache kam natürlich auch wieder auf eine Therapie im Anschluss an die Entgiftung.

Nach drei Wochen war die Kontaktsperre beendet. Maria kam mit Bea zu Besuch. Tobi hatte sich gut erholt, er sah toll aus. Aber Maria ließ sich nicht täuschen: "Hast du dich zur Therapie angemeldet?" "Nein, ich schaff' das alleine. Du hilfst mir, Bea, nicht wahr?" "Ja klar, ich helfe dir, aber du weißt, was das heißt? Keine Kontakte mehr zu deinen Kumpels in der Stadt und natürlich auch nicht zu denen nebenan auf dem Boxberg."

"Mensch, Tobi", sagte jetzt Maria: "Du musst wollen - wir fahren dich überall hin, wir unterstützen dich, aber die Finger von dem Zeug lassen und nichts mehr nehmen - das musst du ganz alleine." "Ja Mama, das weiß ich doch. Aber wenn es mir so schnell wieder gut geht, wenn ich keinen Turkey mehr habe, dann ist das doch ein Zeichen dafür, dass ich so süchtig nicht bin. Ich werde das schaffen. Hab' ja auch noch eine Woche Zeit bis ich entlassen werde. Und dann kann ich mir auch ambulante Hilfe holen."

"Was heißt das genau?", fragte Maria, die immer noch ziemlich skeptisch war. "Das heißt, dass ich eine ambulante Therapie hier in der Klinik machen kann. Gestern hat der Arzt mit mir über diese Möglichkeit gesprochen." "Das wäre natürlich nicht schlecht", schaltete sich jetzt auch Bea ein. "Zur Sicherheit könnte ich dich begleiten, jedenfalls am Anfang, damit nichts schief geht." "Ja, ich mache das mit der ambulanten Therapie. Ich werde hier alles besprechen, bevor ich entlassen werde. Dann hab' ich die Termine schon in der Tasche."

Eine Woche später war es tatsächlich soweit: Der Antrag für die ambulante Therapie war bei der Krankenkasse gestellt. "Sobald die Genehmigung hier vorliegt - und das kann sich nur noch um ein paar Tage handeln - werde ich mich telefonisch bei Ihren Eltern melden und die ersten Termine durchgeben", hatte der Stationsarzt am Morgen zum Abschied gesagt. "Alles Gute und denken Sie daran: Ich möchte Sie so schnell nicht wieder hier sehen - nur in der Ambulanz." "Ja, klar - vielen Dank für alles. Auf Wiedersehen."

Maria nahm ihren Sohn am Ausgang von Station 8 in Empfang. "Bitte Mama, fahr' mich nach Gammersbach", meinte Tobi als sie im Auto saßen. "Ich hole Bea von der Schule ab und dann fahren wir zusammen mit dem Bus hoch zu ihrer Oma auf den

Boxberg." Maria sah ihn skeptisch an. "Ne, das mach' ich nicht. Komm erst einmal mit nach Hause - die Schule ist doch bestimmt noch nicht aus. Wer weiß, wen du in Gammersbach wieder triffst. Ich wollte sowieso später noch in die Stadt, dann kann ich dich mitnehmen."

Tobi aß mit zu Mittag. Max war aus der Schule da und Tina kam auch 'rüber, um ihn zu begrüßen. Es wurde nur über ganz Alltägliches geredet, niemand sprach von dem Klinikaufenthalt. Tobi war das natürlich nur recht. "Mama, wann fährst du denn nach Gammersbach? Bea ist bestimmt schon zu Hause." "Ruf doch bei Beas Oma an und frage sie. Dann bringe ich dich hoch." "Ich komm' auch mit nach Gammersbach", sagte Max jetzt. "O.k., machen wir einen Familienausflug", meinte Maria.

Bea war noch nicht zu Hause, aber sie meldete sich zehn Minuten später: "Ich freue mich total, wenn du gleich kommst. Meine Oma hat dein Zimmer schon vorbereitet. Es geht alles klar."

Eine Woche später rief die Ambulanz der Klinik aus Marienhagen bei Frangenbergs an. "Hallo, Guten Tag. Die Genehmigung der Krankenkasse für Tobias Frangenberg liegt vor. Kann ich mit ihm sprechen wegen der Termine?" "Tut mir leid, er ist nicht hier. Aber Tobias hatte wohl mit Ihrem Chef vereinbart, dass Sie mir die ersten Termine durchgeben können. Ich gebe sie dann an Tobias weiter." "Ja, hier liegt die Einverständniserklärung. Dann gebe ich Ihnen die ersten beiden Termine - alle weiteren kann ich ja dann hier mit Ihrem Sohn selbst abklären."

Maria schrieb sich die beiden Termine auf, die in der kommenden Woche lagen. Sie hatte Tobias nicht mehr gesehen, seit er vor dem Haus auf dem Boxberg aus dem Auto gestiegen war.

Sie wählte die Nummer von Beas Großeltern und wartete mit klopfendem Herzen, als das Freizeichen erklang.

"Hallo", meldete sich Beas Oma. "Hier ist Maria Frangenberg. Kann ich bitte mit Tobi sprechen?" "Ja, einen Moment, ich glaube, er ist bei Bea. Die Türe zu seinem Zimmer steht offen." Kurze Zeit später hörte Maria Tobis Stimme. Sofort atmete sie ruhiger. Tobias hörte sich gut an. "Hallo, mein Sohn, wie geht es dir?" "Gut, Mama, alles in Ordnung." "Deine Therapie kann losgehen. Hier sind die ersten beiden Termine." "Ja, super, ich bin gespannt - bisher läuft alles gut", meinte Tobi. Er notierte sich die Termine und erkundigte sich nach seinem Vater, seinem Bruder, nach Steffi und nach der kleinen Clara.

Am Abend im Elternkreis erzählte Maria ganz glücklich von Tobias, dass er wieder eine Entgiftung gemacht habe und nun den Weg einer ambulanten Therapie einschlagen wolle. Die anderen freuten sich mit ihr, auch wenn sie vor zu viel Euphorie warnten: "Du weißt doch, wie schnell es wieder anders aussehen kann. Aber es ist richtig, dass du die Zeit genießt, in der es so gut läuft." Maria war überzeugt davon, dass es nun wieder aufwärts gehe.

Nur eine Woche später wurde sie jäh auf den Boden der Tatsachen zurückgeholt. Ein Anruf von Bea: Sie sagte, dass Tobias nicht von dem Termin in der Klinik zurück gekommen sei. "Hast du etwas von ihm gehört?", fragte sie angstvoll. "Nein, leider nicht. Ist ja furchtbar. Man kann ihn nicht aus den Augen lassen. Wahrscheinlich muss man Tobias über längere Zeit einsperren, damit er von dem Zeug loskommt."

"Ich war schon am Bahnhof in Gammersbach, aber es hat ihn niemand von den Jungs in der Stadt gesehen." "Du weißt ja, dass man nichts machen kann, Bea. Wenn er sich hier meldet oder wenn ich etwas höre, rufe ich bei deiner Oma an. Und du meldest dich bitte auch, wenn er wieder auftaucht, ja?" Schon wieder dieselbe Geschichte. Auch Fred war enttäuscht, aber er war nie so euphorisch wie Maria. "Dann kann ich auch nicht so enttäuscht werden, wenn es wieder nicht klappt", war seine Devise.

Am nächsten Abend fuhr Maria nach Gammersbach, guckte am Bahnhof und in der Fußgängerzone nach ihrem Sohn. Sie traf Elias, den jungen Jongleur, der Tobi gut kannte. "Ja, heute Morgen hab' ich Tobi hier getroffen. Er schnorrte dort drüben vor der Sparkasse. Aber er hat nicht viel erzählt. Keine Ahnung was er vor hatte." Maria fuhr noch hoch auf den Boxberg, in der Hoffnung, dass er vielleicht in dem "Junkie-Haus" sei. Aber dort hatte ihn niemand gesehen.

- - - -

Tobias fühlte sich schlecht, er wollte weder von seiner Mutter noch von Bea gesehen werden. "Ich muss hier weg - es hat keinen Zweck. Ich will keine Therapie machen. Wenn, dann schaff' ich das so. In der Zeit bei Bea hab' ich ja auch nichts genommen", dachte er. Aber nun war er wieder rückfällig geworden.

Anstatt nach Marienhagen zu fahren, hatte er nach Viktor Ausschau gehalten. "Kannst du mir was für einen Schuss geben?" "Das ist nicht viel", sagte Viktor, als Tobias ihm die zwanzig Mark gab, für die er eigentlich die Fahrkarte holen wollte. Bea hatte das Geld von Maria bekommen und für ihn weggelegt. Aber sie musste zur Schule, konnte Tobi also nicht begleiten. Und seine Mutter wollte Tobias nicht schon wieder fragen. "Ich schaff' das schon. Ich werde doch eine Fahrkarte kaufen und nach Marienhagen fahren können", hatte er gemeint und sich auf den Weg gemacht.

Das war vor zwei Tagen gewesen. Viktor hatte ihm die Schore gegeben - alles ging sehr schnell. Nun hatte er wieder alle enttäuscht, das wusste Tobi. "Es ist eben so: Ich bin ein verfluchter Junkie - Max hat recht". Im Supermarkt hatte Tobi sich noch eine Flasche Korn gekauft - für die Zugfahrt nach Cöln. Hier wollte er auf keinen Fall bleiben.

In Cöln traf er alte Bekannte: Junkies und Dealer, die Alkies und Straßenkünstler - und ganz schnell war er wieder in seinem alten Kreislauf.

Eines Abends war er mit seinem Rucksack auf dem Weg Richtung Altstadt. Dort hatte er eine gute Schlafstelle gefunden. Auf der Domplatte sah Tobi ein paar Polizisten. Die kontrollierten scheinbar die Musiker und Jongleure. Tobi wollte schnell weitergehen - aber zu spät: Einer der Polizisten kam direkt auf ihn zu. "Guten Abend! Können Sie sich ausweisen?" Tobias kramte in seinem Rucksack. "Irgendwo hier muss ich meinen Perso haben. Moment." Der Polizist guckte sich den Ausweis an.

"Tobias Frangenberg. Richtig? Das sind Sie?" "Ja, das bin ich. Wollte noch 'runter zum Rhein." "Warten Sie bitte einen Augenblick. Ich überprüfe Ihre Angaben." Er telefonierte mit seinem mobilen Gerät. "Mann, so ein Mist", dachte Tobias. "Was will der denn noch?" Aber dann ging alles ganz schnell: "Kommen Sie bitte mit zur Wache. Es liegt ein Haftbefehl gegen Sie vor." Tobi zuckte die Schultern. "Was soll das denn sein?" "Die Kollegen aus Berlin suchen Sie. Da hat es wohl im letzten Jahr einen Prozess gegeben wegen verschiedener Diebstähle.

Mehr weiß ich jetzt auch nicht. Auf jeden Fall muss ich Sie mitnehmen."

"Morgen früh werden die Kollegen Sie nach Ossendorf bringen." "Oh nein, nicht schon wieder in den Knast." Tobi war sich gar keiner Schuld bewusst. "Sie werden morgen alles Weitere erfahren. Tut mir leid." Das schien der Polizei-Beamte, der nicht viel älter als Tobi war, ernst zu meinen. Er guckte Tobias jedenfalls ganz mitleidig an. "Die Nacht müssen Sie hier in der Zelle auf der Wache verbringen."

Am nächsten Tag wurde Tobi in die Justizvollzugsanstalt Cöln-Ossendorf gebracht. "Sollen wir jemandem Bescheid sagen, dass Sie hier sind?", fragte der Beamte, als Tobias ihm seinen Rucksack aushändigte." Sie bekommen jetzt von mir noch andere Sachen zum Anziehen. Dort hinten ist die Dusche - da können Sie sich waschen und die Anstalts-Kleidung anziehen - dann werde ich Sie in ihre Zelle bringen."

Tobi ging es nicht besonders gut: Er fror, die Nase lief, aber er konnte hier ja nicht weg. Da musste er jetzt durch, egal wie. Die Dusche tat gut. Er trocknete sich mit einem harten grauen Handtuch ab, zog die graue Feinripp-Unterwäsche an - darüber eine dunkelblaue Hose und ein graues Oberteil. "Sollen die Mama und Paps Bescheid sagen?", überlegte Tobias. "Wär' ja vielleicht nicht schlecht - dann wissen sie jedenfalls Bescheid und brauchen sich keine Sorgen mehr zu machen; und vielleicht kommen sie mich ja besuchen." Ob sie wieder Geld für ihn bezahlen würden? Vielleicht - aber eigentlich glaubte er das nicht.

Nach Dusche und Kleiderausgabe ging es durch viele Gänge. Tobias kannte das ja schon. Immer wieder wurden schwere Türen auf- und hinter ihm und dem Wärter wieder zugeschlossen. "So - wir sind da. Vorläufig haben Sie ein Einzelzimmer", scherzte der Mann. "Sollen wir denn jemanden informieren? Ihre Eltern?" "Ja, bitte sagen Sie meinen Eltern Bescheid, dass ich hier bin. Sagen Sie Ihnen, dass es mir leid tut, dass es mir aber gut geht. Vielleicht wollen sie mich ja besuchen." Der Wärter wollte sich die Telefon-Nummer aufschreiben. Aber Tobi wusste nur noch die alte Nummer aus Kaltenborn. "In meinem Rucksack im Fach an der Seite ist ein Zettel mit Namen, Adresse und Telefon-Nummer meiner Eltern. Ja, bitte, rufen Sie sie an."

Tobi erhielt noch ein Päckchen mit Teller, Suppenschüssel, Besteck. Duschgel und Handtuch hatte er schon vorher mit der Anstalts-Kleidung bekommen. Die gleiche Grundausstattung war noch einmal vorhanden sowie etliche Teile an Unterwäsche. "Sie werden heute noch zu einem Arzt gebracht, der Sie untersuchen wird", meinte der Wärter noch. Dann wurde die Zellentüre geschlossen. Tobi setzte sich auf das Bett. Er fror. Er guckte sich um: Eigentlich könnte er sich ja auch hinlegen: Die Decke war rau und nicht gerade gemütlich - aber sie wärmte ein wenig.

Tobi richtete sich ein so gut es ging. Der Arzt bescheinigte ihm, dass er ein Drogenproblem habe, aber ansonsten gesund sei. Nach einer Woche Turkey mit Tee und Aspirin ging es ihm auch wieder ganz gut.

Es war ungefähr zehn Tage später, als Tobias in den Besucherraum gebracht wurde. "Ihre Eltern haben sich für elf Uhr angekündigt", sagte der Wärter. Es war jetzt viertel vor elf. Tobi saß an einem Tisch - drei Stühle standen um den Tisch herum. Er war alleine in dem relativ kleinen Raum. Tobi war ein wenig aufgeregt. "Wie würden seine Eltern reagieren? Was würden sie ihm sagen?"

Es tat ihm wirklich leid, dass sie ständig wegen ihm Sorgen hatten und oft so traurig waren. Er nahm sich ja immer wieder vor, die Situation zu ändern und dann klappte es doch wieder nicht, weil er nicht stark genug war. In den letzten Tagen hatte er oft darüber nachgedacht. Warum war er so schwach? Er hatte doch Eltern, die ihn unterstützten, die ihm halfen - immer wieder - und trotzdem....

Dann waren da Bea, ihre Großeltern - auch sie würden ihn unterstützen. Aber Bea war dazu nur bereit, wenn er keine Drogen mehr nehmen, sich nicht ständig zudröhnen würde. Er war einfach zu blöde. Jetzt saß er schon wieder im Knast. Es klopfte und gleichzeitig ging die Tür auf: "Besuch für Sie, Herr Frangenberg."

Seine Mutter betrat den Raum, direkt hinter ihr kam Fred herein. "Ich stehe draußen vor der Tür", sagte der Wärter, "wenn etwas ist, rufen Sie bitte." Dann war Tobi mit seinen Eltern alleine. "Hallo", sagte er ein wenig verlegen.

Maria nahm ihren Sohn in die Arme: "Also für Knast siehst du richtig gut aus", meinte sie. Fred klopfte ihm auf die Schulter und sagte: "So schlecht scheint es dir hier nicht zu gehen." "Das stimmt, mir geht es wirklich nicht schlecht. Ich mach' hier viel Sport - also jeden Tag Volleyball, Gymnastik oder so, dann zweimal eine halbe Stunde nach draußen auf den Hof. "Du hättest dir das alles sparen können, wenn du dich um deine Geldstrafe gekümmert hättest. Du wusstest doch, dass diese Sache noch offen war."

"Ja, ich weiß, ich bin selbst schuld. Wenn ich die Therapie gemacht hätte, wäre die Strafe wahrscheinlich erst einmal ausgesetzt worden. Ihr habt ja recht: Ich hab' mich nicht darum gekümmert. Ich bin alles selbst schuld, schaffe nichts, kriege nichts auf die Reihe." "Nun mach mal 'nen Punkt, Junge", sagte Fred. "Und zerfließe nicht in Selbstmitleid."

"Du kannst alles schaffen, wenn du willst, das weißt du", sagte Maria. "Ich habe dir einen Brief geschrieben - der wird dir gleich ausgehändigt werden - selber abgeben durfte ich ihn dir nicht. Ich kann dir jetzt alles sagen, was darin steht - aber ich werde es nicht tun - lies es in Ruhe." "Ja, Mama, so machen wir es. Ich weiß ja, dass ihr mich unterstützt, wenn ich nicht so weitermache wie bisher. Ich will das ja auch nicht." Nun war er wieder der kleine Tobi aus der Grundschule.

Maria nahm ihren inzwischen 25-jährigen Sohn fest in die Arme. "Wenn du wirklich willst, schaffst du es. Davon sind wir fest überzeugt, nicht wahr, Fred." Sie guckte ihren Mann an. "Allmählich solltest du Gas geben", meinte der. "Aber deine Mutter hat natürlich recht. Der Wille ist ausschlaggebend. Das glaub' ich auch - aber ich weiß auch, dass es sehr schwer ist. Wie oft hab' ich schon versucht, mit dem Rauchen aufzuhören? Nur dass die Zigaretten mich nicht so kaputt machen, wie dich dieses Mistzeug, das du dir spritzt." "Und dass du immer wieder damit anfängst, wenn du gerade die Entgiftung geschafft hast, das versteh' ich überhaupt nicht." "Du bist ja auch nicht suchtkrank", sagte Maria jetzt.

Und zu ihrem Sohn gewandt meinte sie: "Themenwechsel: Steffi hat vorige Woche ihren kleinen Jungen bekommen, ein ganz süßes Kerlchen - er heißt Ramon. Viele Grüße von deiner Schwester sollen wir ausrichten. Sie war übrigens kurz bevor du festgenommen wurdest, noch in Gammersbach, um nach dir zu suchen - genauso wie Bea: Von ihr auch ganz liebe Grüße. Ein Brief von ihr ist unterwegs an dich."

In einem Automaten vor dem Besucherraum hatten Maria und Fred für zwölf Mark Süßigkeiten und Tabak kaufen dürfen. Die Sachen würden Tobias nach dem Besuch ausgehändigt.

"Brauchst du noch irgendetwas? Wie lange musst du eigentlich hier bleiben?", fragte Maria weiter. "Ich brauche nichts. Ich werde mich aus allem raushalten. Deshalb brauch' ich auch nicht viel Geld. Ab nächste Woche darf ich wohl arbeiten. Es gibt hier eine Malertruppe: Die renovieren die Besucherräume, Sporthalle, Küche und alles Mögliche. Ich hab' mich beworben, damit ich nicht den ganzen Tag in der Zelle 'rumhängen muss. Dafür bekomme ich sogar ein wenig Geld, das auf ein Konto hier überwiesen wird. Davon kann ich mir dann Tabak, Süßigkeiten oder Hygiene-Artikel wie Rasierschaum oder so etwas kaufen."

„Auch einen Anwalt bekomme ich gestellt, denn es kommt wohl noch ein Prozess wegen einer anderen Strafsache auf mich zu. Das wollen die jetzt schnell durchziehen, damit sie die Strafe eventuell noch dranhängen können. Ich weiß also noch nicht genau, wie lange ich hier bleiben muss. Wenn es nur die Berlin-Sache ist, dann sind es wohl 40 Tage."

"Keine zwei Monate - das geht ja. Warten wir also ab, was noch dazu kommt. Sieh es als Chance an", meinte Fred. Er guckte unruhig auf die Uhr. "Wir müssen auch wieder los." Er stand auf. "Komm, lass uns fahren", wandte er sich an Maria. Die klopfte an die Türe. Der Wärter steckte den Kopf herein. "Sie haben noch fünf Minuten - dann ist die Zeit rum." "Wir gehen jetzt." "Tschüss Tobi, pass auf dich auf. Du kannst uns ja auch schreiben - und wenn du möchtest, kommen wir noch mal zu einem Besuch."

Maria strich Tobi über den Kopf. Sie küsste ihn auf die Wange: "Ich hab' dich lieb." "Tschüss, Tobias - bis bald", auch Fred drückte seinen Sohn. Dann folgten die Eltern dem Wärter in den Gang, der sie durch mehrere schwere Türen nach draußen führte. Tobias wurde abgeholt und in die Zelle zurück gebracht.

Dort wurden ihm Schokolade, Müsliriegel, Erdnüsse, Chips und Tabak ausgehändigt sowie der Brief, den seine Mutter ihm geschrieben hatte. Tobi legte ihn erst einmal wieder weg. Später würde er den Brief in Ruhe lesen. Er konnte sich schon denken, was darin stand. Aber dann riss er den Umschlag doch auf: Drei DIN-A-4-Seiten mit der Schrift seiner Mutter hielt er in der Hand. Er fing an zu lesen:

Lieber Tobi, heute vor genau fünf Wochen habe ich Dich zum letzten Mal gesehen. Da habe ich Dich aus der Klinik abgeholt und später zu Bea gebracht. Ich war fest davon überzeugt, dass Du gegen die Drogen ankommst und versuchst, dich wenigstens mit ambulanter Hilfe zu therapieren.

Wenn Du diesen Brief liest, habe ich Dich wahrscheinlich besucht - mit Deinem Vater (ansonsten erreicht Dich dieser Brief per Post). Diesmal bist Du unfreiwillig eingesperrt, obwohl Du ja damit rechnen musstest.

Lieber Tobi, ich glaube immer noch, dass Du große Chancen hast, Deine Träume zu verwirklichen, aber ohne Drogen, ohne Alkohol. Bea wird zu Dir halten, wenn Du mit den Drogen aufhörst und auch wir, Deine Eltern, werden Dir jede uns mögliche Unterstützung zukommen lassen, wenn Du einen vernünftigen Weg einschlägst. Glaub' mir, Tobi, Du kannst das. Du bist intelligent, Du hast ganz tolle Talente und Fähigkeiten, die Du leider in den letzten Jahren durch Deinen Drogenkonsum total ver-

nachlässigt hast - aber Du hast sie in Dir und Du kannst sie wieder hervorholen und aktivieren.

Tobi ließ das Blatt sinken, das er in der Hand hielt. Er seufzte tief. "Meine Talente hervorholen und aktivieren?" Er saß jetzt im Knast - hier ging gar nichts. Ja, er könnte in den kommenden Wochen wahrscheinlich arbeiten. Aber das meinte seine Mutter mit Sicherheit nicht. Er las weiter:

Es wird kein einfacher Weg werden, aber Du musst an Dich glauben. Es gibt bestimmt noch viele Möglichkeiten für Dich, schöne Sachen, die Du ausleben und erleben kannst, ohne high zu sein. Ich denke, es wird für Dich auch Arbeitsmöglichkeiten geben, die Dir Spaß machen und die Deinem Naturell entgegen kommen. Aber auch dafür musst Du erst einmal clean sein. Wir werden Dich diesmal nicht aus dem Gefängnis holen - jedenfalls können und wollen wir Dir das Geld nicht geben.

Wenn Du möchtest, holen wir Dich ab, wenn Du Deine Geldstrafe verbüßt hast. Vielleicht machst Du Dir bis dahin ein paar Gedanken über Deine Zukunft. Auch wenn Du das nicht willst, aber ein Ziel vor Augen zu haben, ist immer gut und ich denke, in Deiner Situation besonders wichtig. Es gibt für Dich auch bestimmt Alternativen, wenn Du nicht als Maler arbeiten möchtest. Du solltest Dir nur darüber klar werden, in welche Richtung du willst. Überlege es Dir genau und dann versuche, Schritt für Schritt zum Ziel zu gelangen.

Und Tobi, noch eins: Denke nie, es liebt Dich keiner! Wir lieben Dich sehr! Doch wir können nicht länger zusehen, wie Du Dich selbst zerstörst und alle, die Dich lieben, immer wieder mit dieser Selbstzerstörung konfrontierst und uns allen zeigst, dass Du nur noch Dich und Deinen Drogenkonsum liebst und dass Du gar nicht dagegen ankämpfen willst. Ich weiß ja, dass Deine

Drogensucht eine schreckliche Krankheit ist, aber man kann Krankheiten bekämpfen und gesund werden. Nur muss der Kranke das zuallererst selbst wollen und kämpfen. Dann können alle, die ihn lieben, ihm beistehen und helfen. Der Kranke muss aber auch die Unterstützung annehmen, die ihm Ärzte, Verwandte, Freunde usw. geben wollen.

Unser Freund Hartmut ist für mich das beste Beispiel: Er hat's zwar noch nicht geschafft, aber er kämpft gegen den Krebs an, hat auf eine OP gedrängt, obwohl er nur eine 20-prozentige Chance hat. Er hat es gut überstanden, hat seine Ernährung, ja, sein ganzes Leben umgestellt - ob er eine Chance hat, ist offen.

Tobias sah seine Mutter vor sich, er hörte ihre Stimme, wie sie all das zu ihm sagte, was er da las. Er wusste, dass sie recht hatte. Und es war ja wirklich nicht so, dass er nicht clean werden wollte. Das hörte sich alles so gut und so einfach an, aber für ihn war es eben überhaupt nicht einfach. "Ja, vielleicht gibt es ja noch Perspektiven, wenn ich hier rauskomme."

Der Brief war noch nicht zu Ende. "Wo war ich stehen geblieben? Ach ja - bei Hartmut." Seine Eltern hatten ihm von dessen Krebserkrankung erzählt - die Überlebenschancen seien nicht sehr groß. Er nahm das Blatt wieder auf.

Hartmut muss jeden Montag und Dienstag ins Krankenhaus zur Chemo. Es geht ihm ganz gut und er ist froh und dankbar, dass er lebt. Und Du, Tobi, hast Dein ganzes Leben noch vor Dir - schmeiß es nicht einfach weg. Du kannst aus dem Schlamassel rauskommen, wenn Du nur willst und an Dir arbeitest. So, genug der Worte! Ich denke, Du weißt das alles selber! Und bitte, hör mit Deinen Selbstzweifeln auf.

Dass Du wieder Onkel geworden bist, weißt Du vielleicht inzwischen. Ramon ist ein ganz süßer Kerl und wir sind alle mächtig stolz auf ihn. So, mein Sohn, ich mach' jetzt Schluss. Ich denke, wenn Du den Brief liest, haben wir uns schon gesehen und ich habe Dir auch Vieles von dem schon sagen können.

Ganz liebe Grüße auch von Papa.

Wir lieben Dich und hoffen, dass es Dir einigermaßen gut geht. Bis bald, Mutti!

Ja, klar, das alles wusste Tobi selber - und das alles wollte er nicht hören. Aber trotzdem tat ihm der Brief gut. Es war für ihn einfacher, diese Worte zu lesen als sie direkt von seiner Mutter gesagt zu bekommen.

- - - -

Ungefähr sechs Wochen später wurde Tobias entlassen - ohne dass es einen weiteren Prozess gegeben hatte. Fred und Maria konnten es einrichten, ihren Sohn an der Pforte des Gefängnisses abzuholen. "Wir bringen Dich jetzt nach Brockfeld." Das ist ein Suchthilfehof in Nordhessen. Maria hatte von diesem Hof im Elternkreis gehört und in der letzten Woche war sie mit Fred dort hingefahren.

Die beiden waren ganz angetan von der Atmosphäre auf dem Hof. Jeder wurde hier aufgenommen, der auf die Bedingungen einging: "Keine Drogen - kein Tabak - keine Gewalt!" "Wer dort länger bleibt und den Entzug übersteht, der schafft es auch, ohne Drogen weiterzuleben", war Maria überzeugt. Jeder bekam Arbeit: ob in der Wäscherei, in der Küche, in der Schlosserei, im Maler- oder im Umzugsbetrieb. Alles war durchorganisiert. Jedem wurde geholfen, auch die Schulden abzuarbeiten. Es wurde Kontakt mit Gerichten und Bewährungshelfern aufgenommen. Der Paragraph 35 "Therapie statt Strafe" gilt auch auf dem Hof Brockfeld.

Es gibt eine gewisse Hierarchie dort - die "Therapeuten" waren ehemals Abhängige. Jedes Jahr am Tag der Aufnahme wird der "nüchterne Geburtstag" gefeiert. Söhne von anderen Eltern aus dem Kreis waren schon dort gewesen und es war immer ein Strohhalm, an dem sich die Eltern festhalten konnten: "Du kannst sofort dort hin, brauchst keine Wartezeiten zu überbrücken", konnten sie ihren Kindern sagen.

Maria hatte mit Tobi am Telefon über den Hof gesprochen. "Du hast noch nicht einmal Entzugserscheinungen nach dem Gefängnisaufenthalt. Und wenn es zum nächsten Prozess kommt, können wir dem Richter sagen, dass du dort deine Therapie machst." Tobias war einverstanden gewesen und so standen sie nun in strahlendem Sonnenschein im Eingang des Hofes. "Dort drüben ist das Aufnahmebüro."

Begrüßt wurden sie von einem Mann und einer Frau. Beide waren ungefähr in Tobis Alter, schätzte Maria. Sie stellten sich mit ihren Vornamen vor. "Hallo, und du bist?" "Tobias - ich komme gerade aus dem Knast und möchte erst mal eine Zeit lang hier bleiben." "Wir filzen dich jetzt gleich. Du kannst dich von deinen Eltern verabschieden. Wenn du dich entscheidest, hier zu bleiben, besteht für ein halbes Jahr Kontaktsperre."

Dann wandte sich der junge Mann an Maria und Fred: "Sie können jederzeit hier anrufen und sich nach Ihrem Sohn erkundigen. Unser Aufnahmebüro ist Tag und Nacht besetzt." Maria umarmte Tobias besonders lange und auch Fred schloss ihn zum Abschied in die Arme. "Halte durch, Junge." "Wenn irgendetwas ist, melde dich." Das sagte Maria zwar, aber sie wusste genau, dass er das doch nicht tun würde. Trotzdem meinte sie, das sagen zu müssen. "Auf Wiedersehen!" "Tschüss, und rufen Sie ruhig an."

"Ach wäre das toll, wenn Tobi dort bleiben und aufgebaut werden könnte", meinte Maria. "Dort sind so viele junge Menschen, die zum Teil auch schon relativ lange da leben. Wenn ich nur an die nette Frau in der Bäckerei denke. Dann die Kinder, die dort mit ihren Eltern leben und in Schönau in die Schule gehen. Ein wirklich tolles Konzept, das dahinter steht."

Maria war echt begeistert. Sie hatte schon viel über den Hof Brockfeld gelesen und wie die Menschen dort lebten. Und nachdem sie das jetzt alles "live" gesehen hatte, gefiel es ihr noch besser. Auch Fred hatten die Begegnungen auf dem Hof gefallen. Allerdings war er doch ziemlich skeptisch, was die Begeisterung seines Sohnes anging. "Uns gefällt es gut, aber ich kann mir nur schwer vorstellen, dass Tobias sich dort anpassen kann - für längere Zeit und ohne Zigaretten."

So froh Maria auch darüber war, dass Tobias in Brockfeld war, so unruhig wurde sie, wenn es darum ging, dort anzurufen und nachzufragen, wie es Tobi gehe, ob alles in Ordnung sei. Als sie am Dienstag - drei Tage nachdem sie Tobi auf den Suchthilfehof gebracht hatten - vom Dienst nach Hause kam, meinte sie zu Fred, er solle doch bitte mal anrufen und nachhören, wie es Tobi gehe. "Ich schaff' das nicht - bitte ruf du dort an", sagte Maria zu ihrem Mann. Sie verließ das Zimmer, als Fred zum Telefonhörer griff. Sie hatte einfach Angst, schon wieder hören zu müssen, dass ihr Sohn weg sei.

"Alles in Ordnung", meinte Fred dann aber, als sie zurück ins Wohnzimmer kam. "Komm mal her." Fred nahm Maria in den Arm. Er küsste sie zärtlich. "Du sagst doch immer, dass er es schaffen wird. Im Moment sieht es ganz gut aus, sagte dieser Winfried, der jetzt quasi Tobis Pate dort ist." Maria schmiegte sich an ihren Mann und schluckte. "Ich hab' aber solche Angst, dass er wieder abhaut." "Ehrlich gesagt, habe ich diese Angst auch - aber du sagst doch immer, dass wir das nicht verhindern können, dass er selbst seinen Weg gehen muss. Und so ist es ja auch."

Jetzt guckte er Maria ganz ernst an. "Wenn er jetzt wieder rückfällig wird, dann rechne ich mit dem Schlimmsten. Er hat doch wirklich schon so viel Scheiße erlebt - vom Leben auf der Straße bis zum Knast - was soll noch passieren? Wie weit unten soll er denn noch sein, damit er zur Vernunft kommt?" "Er wird es schaffen. Wenn nicht jetzt, dann irgendwann, aber er ist auf einem guten Weg", meinte Maria. "Ich rufe Bea an. Ich hatte ihr versprochen, Bescheid zu sagen, wenn wir etwas hören."

So war es also an diesem Dienstag Anfang August 1996. Und auch als Fred am Freitag anrief, erhielt die Auskunft, dass es Tobi gut gehe: Er habe jetzt einen Job in der Hauswirtschaft und füge sich gut in die Gemeinschaft ein.

- - - -

Tobias bemühte sich wirklich. Er arbeitete im Hausdienst mit: das hieß, dass die Aufenthaltsräume aufgeräumt und gefegt werden mussten, er hatte Spüldienst oder musste den großen Tisch zu den Mahlzeiten decken. Zweimal am Tag trafen sich die Bewohner zum "Spiel". Sie setzten sich in einer Runde in den Aufenthaltsraum und redeten über ihre Probleme - über die im Allgemeinen und über die Probleme, die sie hier hatten.

Tobi fand das ziemlich überflüssig, aber er wusste ja schon seit dem ersten Tag, dass jeder teilnehmen musste. Die Bewohner waren in verschiedene Gruppen aufgeteilt, aber zweimal am Tag am "Spiel" teilzunehmen, war Pflicht, da kam niemand drum herum - auch das gehörte zu den Regeln hier. Am schlimmsten fand Tobi es aber, dass er nicht rauchen durfte. Das war schon ziemlich öde.

Nun war er genau eine Woche hier. Nach dem Abendessen ging er raus auf den Hof und kam am Aufnahmebüro vorbei. Die Tür stand einen Spalt offen. Er guckte hinein: Zwei Jungs saßen auf der Bank. Tobi überlegte nicht lange - er setzte sich dazu. Tobi wusste Bescheid: Sich im Aufnahmebüro auf die Bank zu setzen, bedeutete, dass man gehen wollte.

Die beiden, die am Aufnahmetag im Büro gewesen waren, hatten auch jetzt wieder Dienst. "Wollt ihr euch das nicht noch einmal überlegen? Tobias, ich rufe Winfried, vielleicht sollte er noch einmal mit dir reden." "Nein, du brauchst ihn nicht zu rufen - ich gehe." "Dann gebe ich dir deine Sachen, die du hier abgegeben hast. Und ihr, wollt ihr es euch nicht noch mal überlegen?", wandte sich Corinna an die beiden anderen. Beide schüttelten den Kopf. "Ihr könnt noch Bedenkzeit haben. Wenn ihr geht, besteht ein Aufnahmestopp, falls ihr rückfällig werdet - ansonsten könntet ihr theoretisch wieder zurückkommen, allerdings mit Auflagen." Tobias stand auf und mit ihm verließen auch die beiden anderen den Hof.

"Boh eh, das ist ja nicht zum Aushalten hier", meinte Klaus. "Nie wieder Brockfeld!" "Haste mal ne Fluppe?" "Woher denn? Jetzt müssen wir erst mal sehen, dass wir hier wegkommen", antwortete Heiko. "Wohin?", fragte Tobi. "Habt ihr schon ein Ziel?" "Ne, nich' so wirklich - nur weg hier." "Ich hab' noch 'nen Zehner - für ein Päckchen Tabak dürfte es reichen. Da vorne ist ein Laden." Zusammen gingen sie in das Lebensmittelgeschäft. Heiko zahlte den Tabak. Er drehte für alle eine Zigarette, die sie sich gierig anzündeten.

"Ich trampe nach Frankfurt, dort kenn' ich paar Leute in der Substitution - vielleicht kann ich da wieder rein", sagte Klaus. Er war mit fast 35 der Älteste von den dreien. "Ich komme mit". Das war Heiko. "Ich werd' wohl wieder ins Oberbergische gehen oder ich versuche nach Cöln zu kommen", meinte Tobias. Er hatte zwar kurz überlegt, mit den beiden nach Frankfurt zu gehen, aber dann zog ihn das Heimweh zu Bea doch eher in die andere Richtung.

Außerdem war das Trampen zu dritt doch ziemlich schwierig, da hatte er alleine schon bessere Chancen, von hier wegzukommen. "Macht's gut, ich werd' mich mal in Richtung Schnellstraße davonmachen und gucken, dass ich heute Abend bei meiner Freundin bin." Tobi verabschiedete sich von den beiden und marschierte los.

Am Abend war Tobias wieder in Gammersbach. Es war komisch, nach der langen Zeit wieder hier zu sein. Tobi hatte Hunger. So recht wusste er nicht, was er nun machen sollte.

Sein Gewissen meldete sich: "Ruf deine Eltern an und sag' Bescheid." Das würde er mit Sicherheit nicht tun - dann würden sie ihn sofort wieder zurückbringen, davon war er überzeugt. Er könnte zu Bea gehen - seine Sehnsucht zu ihr war groß. Aber er wusste, dass sie genauso entsetzt wäre wie seine Eltern, wenn er jetzt bei ihr auftauchte. Alles Mist!

So setzte er sich an "seinen" Platz vor die Sparkasse. Die wärmende Abendsonne fiel ihm ins Gesicht. In alter Gewohnheit nahm er ein Buch aus seinem Rucksack, stellte den blauen Zahnbecher vor sich hin und fing an zu lesen. "Vielleicht bekomme ich ja ein paar Mark, dann kann ich mir etwas zu essen holen", dachte er noch. Weiter wollte er gar nicht denken. Er war nur froh, nicht mehr auf dem Hof zu sein.

"Hi Tobi, wieder im Lande?" Tobias sah von seinem Buch hoch. "Hi, Elias - jo für 'ne Weile bin ich wieder hier. Mal gucken, was so kommt." "In deinem Becher hat sich ja schon einiges angesammelt. Haste noch was vor heute Abend?" "Ne, ich hol' mir jetzt Tabak und was zu essen und dann geh' ich zu Bea." "Ach so, ich wollte zu Viktor, dachte du kommst mit." "Vielleicht sollte ich ja wirklich mitgehen", dachte Tobi. "Die Bea wird sauer auf mich sein - dann wird's eh kein kuscheliger Abend." "Ja o.k., ich komm mit. Hol mir grad noch Tabak am Büdchen." Zu dem Tabak kamen noch ein Brötchen und ein Sechserpack Bier. "Hier, magst du 'ne Pulle?", fragte Tobi und reichte Elias eine Flasche Bier. "Mmh, schmeckt das gut. Hab wochenlang nix getrunken." "Na, dann Prost, lass es dir schmecken!" Mit ihren Bierflaschen in der Hand schlenderten die beiden Richtung Bahnhof.

Da Tobi beschlossen hatte, an diesem Abend nicht mehr zu Bea zu gehen, könnte er sich ja auch noch irgendetwas einwerfen. Er hatte mal überschlagen: Es waren noch 20 Mark aus seinem Becher übrig. Nicht gerade viel, aber vielleicht war Viktor großzügig. Jetzt wurde Tobias unruhig. Er überlegte hin und her. Das fühlte sich alles nicht richtig an, das wusste er. Er sollte ja auch gar nicht hier sein - seine Eltern dachten, er sei noch in Brockfeld, Bea genau so. Er hatte wieder nicht durchgehalten, wieder alle enttäuscht. Alles fühlte sich ganz schlecht an für Tobias.

Er machte noch eine Flasche Bier auf. "Was ist los? Du bist so ruhig", sagte Elias. "Ach nichts, alles o.k. Das Bier schmeckt." Tobi verzog leicht das Gesicht zu einem Lächeln, das aber nicht so recht gelingen wollte. Als sie um die Ecke bogen, sahen sie Viktor. Er stand mit zwei Männern unter der Baumgruppe hinter dem Bahnhof.

- - - -

Maria versuchte irgendwie den Alltag so normal wie möglich zu leben, trotz der großen Enttäuschung, die sie empfand, als Fred ihr nach dem nächsten Anruf in Brockfeld mitteilte, dass Tobi nicht mehr dort sei. Irgendwie machte sich Resignation breit. Was sollten sie jetzt noch machen? Auch im Elternkreis hörte Maria nur: "Ihr könnt nichts machen - Tobis Geliebte ist die Droge - ihr verfällt er scheinbar, auch wenn ihr euch noch so sehr bemüht, ihm Lösungen anzubieten."

Ungefähr zwei Wochen, nachdem sie gehört hatte, dass Tobias nicht mehr auf dem Suchthof lebte, musste Maria in Gammersbach ein paar Besorgungen machen. "Vielleicht treffe ich ihn ja vor der Sparkasse oder am Bahnhof", dachte sie, als sie durch die Fußgängerzone ging. Aber weder Tobias noch irgendeiner seiner Kumpels waren auf der Straße.

Maria kämpfte mit sich - eigentlich wollte sie nicht auf den Boxberg, wollte nicht mit Bea reden und wieder nach Tobias suchen. Er sollte sich selbst melden.

Aber dann war sie doch in dem Haus, in dem die Alkis und Drogenabhängigen lebten. Die Tür stand offen. Maria klopfte ziemlich fest an die offenstehende Tür. "Hallo". Es sah alles so dunkel aus. Die Fenster waren mit irgendwelchen Decken und Tüchern zugehangen. Auf dem Boden lagen Matratzen - aber es schien niemand hier zu sein.

"Hallo", sie rief noch einmal in den Raum hinein. "Ist hier jemand? Ich habe nur eine Frage." "Ja, was ist denn?" Aus der hintersten Ecke kam die Stimme. Dort richtete sich jemand auf. "Ich suche den Tobi. Ist der vielleicht hier?"

"Ne, ich kenn' keinen Tobi. Bin aber selber noch nicht so lange hier." "Tobi hat lange rote Haare, er ist 25 Jahre alt." "Ne, wirklich - ich kenn' den nicht. Ich kann Ihnen nicht helfen." "Ja, o.k. - danke! Auf Wiedersehen." Damit drehte Maria sich um und verließ das Haus.

"Ich könnte ja noch bei Beas Oma klingeln. Vielleicht wissen die dort etwas." Gedacht - getan! Fünf Minuten später klingelte Maria an der Tür mit dem Namensschild Nehring. Eine ältere Frau öffnete die Türe. "Hallo, Frau Frangenberg - Sie suchen Tobias? Wollen Sie reinkommen?" "Nein, ich wollte nur fragen, ob Tobi hier ist oder ob Bea ihn gesehen hat."

"Bea ist in der Schule. Aber ich kann Ihnen sagen, dass sie ziemlich durch den Wind ist. Er war letzte Woche hier. Bea hatte ihn in der Stadt getroffen und dann hat sie ihn mit hierher gebracht. Aber ich möchte nicht, dass Tobi hier bleibt, wenn er trinkt. Das habe ich ihm auch gesagt. Ich mag Ihren Sohn sehr, er ist ein netter Kerl. Aber dass er den Alkohol und die Drogen nicht in den Griff bekommt, ist wirklich schlimm. Bea meint ja immer, sie kann ihm helfen, von dem Zeug loszukommen. Aber das Ganze zieht sie nur mit 'runter."

"Ich kann Sie ja verstehen und Ihre Bedenken gegen meinen Sohn auch. Er weiß selbst, dass es nicht der richtige Weg ist, den er eingeschlagen hat. Deswegen meldet er sich wohl auch wieder nicht bei uns. Grüßen Sie Bea bitte von mir - und falls Tobi hier noch einmal auftaucht oder sie ihn in Gammersbach trifft, sagen Sie ihm bitte, dass ich ihn gesucht habe und dass er sich melden soll. Vielen Dank."

Maria gab der Frau, deren Namen sie bisher nicht kannte, ihre Hand und verabschiedete sich. "Auf Wiedersehen!" "Auf Wiedersehen - es tut mir wirklich leid, dass ich Ihnen nicht weiterhelfen kann."

Auf dem Heimweg nahm Maria sich ernsthaft vor, nicht mehr nach Tobi zu suchen. Bei dem Gespräch mit Fred am Abend meinte sie: "Wir müssen einfach abwarten und wenn er sich meldet, für ihn da sein. Ich bin mir ganz sicher, dass Tobi es irgendwann schafft. Aber wir brauchen wahrscheinlich noch viel Geduld bis dahin. Es geht eben nur, wenn er es will." "Siehst du endlich ein, dass es keinen Zweck hat, immer wieder nach ihm zu suchen?" "Also im Moment glaube ich, dass es richtig ist. Aber es kann sein, dass ich meine Meinung auch wieder ändere. Das kommt immer auf meine Stimmung und meine Ängste an."

Sie ging zu Fred und küsste ihn. "Es ist so schade, dass Tobias seine Fähigkeiten, alles was er kann, überhaupt nicht nutzt. Dass die Sucht so stark ist." "Ja, diesmal war er so lange clean - erst die Wochen im Knast und dann in Brockfeld. Körperlich kann es doch dann nicht mehr so schlimm sein, wenn man so lange nichts genommen hat. Ich verstehe das ehrlich gesagt nicht." "Es ist natürlich auch eine Charaktersache: Tobi war halt immer schon relativ labil - er war oft leicht zu überreden und seine Neugierde war auch immer schnell geweckt."

Maria seufzte tief. "Es nützt alles nichts - wir haben auch noch zwei andere Kinder und zwei Enkel. Es gibt nicht nur Tobias, der uns braucht - und wir haben uns und unser Leben." "Das hört sich sehr vernünftig an", meinte Fred und nahm Maria fest in den Arm. "Dann lass uns mal damit anfangen. Ich war schon im Bad und geh jetzt ins Bett." "Ich komme gleich nach. Ist Max denn schon zu Hause?" "Nein, der ist nebenan bei seiner Freundin."

Der Sommer war nun fast vorbei und auch der Herbst zog ins Land, ohne dass Tobias sich meldete. Die Frangenbergs versuchten, ganz "normal" weiterzuleben - nur ohne ihren ältesten Sohn und Bruder. Einfach so tun, als sei er weit weggezogen, sagten sie sich. Solange sie nichts hörten, wäre es ja nicht unbedingt ein schlechtes Zeichen, meinte Maria. Regelmäßig ging sie zum Elternkreis, wo andere Mütter und Väter ähnliche Probleme hatten.

Nur war es bei den meisten so, dass die Kinder immer wieder bei ihren Eltern auftauchten, Geld von ihnen haben wollten oder sie beklauten. Bei Tobias war es ja umgekehrt: Er zog sich von seinem Elternhaus zurück. Geld für seinen Drogenkonsum besorgte er sich wahrscheinlich weiterhin durch Schnorren, hoffte Maria. Natürlich war die Sorge groß, dass er kriminell werden könnte, wie so viele Abhängige.

- - - -

Bea übernahm nun irgendwie Marias Rolle. Immer wieder tauchte sie in Gammersbach auf und fragte nach Tobi. Er war oft in der Stadt, übernachtete oben auf dem Boxberg und manchmal auch bei Bea.

"Zu Oma darfst du nur mit, wenn du einigermaßen ordentlich aussiehst und keine Fahne hast - sonst lässt sie dich nicht rein." Manchmal versteckte sie Tobi aber auch oder brachte ihn ein paar Straßen weiter in das Haus am Boxberg. Oft ging es ihm nicht gut - er war entzügig oder musste erst mal eine Dusche und frische Wäsche haben.

"Bitte Tobias, mach eine Entgiftung oder geh' zum Arzt. Hier um die Ecke ist doch der Dr. Fischer, der verschreibt dir den Codein-Saft bestimmt noch mal. Dann brauchst du nicht immer zu Viktor, um den Stoff zu besorgen." "Ja, ja, wenn's nicht anders geht, mach' ich das. Komm her zu mir, nimm mich in den Arm, mir ist kalt." "Komm, wir gehen zu mir. Aber du musst etwas machen - so kann ich nicht mehr. Ich liebe dich, Tobi - ich will dich, aber nicht so kaputt."

Hand-in-Hand kamen sie bei Bea zu Hause an. "Hallo", begrüßte sie Beas Oma. "Habt ihr schon etwas gegessen? Ich habe
eine leckere Kartoffelsuppe gekocht. Damit wird euch wieder
warm werden." "Ja, danke, Oma", sagte Bea. "Du, Tobias, weiß
deine Mutter eigentlich inzwischen, dass du hier in Gammersbach bist?" "Ne, Frau Nehring, ich trau' mich nicht. Meine Ma
wird unheimlich enttäuscht sein, weil ich mich nicht zu Hause
melde. Aber jetzt ist bald Weihnachten - dann ruf' ich an. Vielleicht geh' ich auch Heiligabend nach Hause - aber ich ruf' vorher an. Nicht wahr, Bea, so machen wir das. Du kommst dann
mit zu uns. Ich weiß, dass meine Eltern total happy sein werden, wenn sie mich sehen. Ich brauch' nur noch ein bisschen
Zeit. Aber 'nen Teller von der Suppe würd' ich jetzt sehr gerne
essen." "Na bitte - setzt euch und lasst euch die Suppe
schmecken."

Tatsächlich meldete sich Tobi kurz vor Weihnachten zu Hause.
"Hallo, Mama", kam es relativ leise und ziemlich zerknirscht
aus dem Telefonhörer an Marias Ohr. "Ich weiß, dass ihr allen
Grund habt, sauer auf mich zu sein, aber irgendwie pack ich's
nicht. Es tut mir leid, mir geht's auch nicht so schlecht, aber ich
konnte nicht auf dem Hof bleiben."

Die Worte sprudelten nur so aus ihm heraus. Maria konnte gar
nichts sagen. "Das Eingesperrtsein, das Spiel jeden Tag, keine
Zigaretten... ne, Mama, es war furchtbar. Das ist einfach nichts
für mich. Ich bin im Moment oft bei Bea - und wie gesagt: Mir
geht's nicht schlecht. Aber ich wollte fragen, ob ich übermorgen - also an Heiligabend - zu euch kommen kann?"

"Ja, klar kannst du kommen - ist doch keine Frage. Kannst
gerne die Bea mitbringen." "Das wollte ich auch fragen - ich
freu' mich sehr. Und bitte seid nicht böse auf mich. Gibt's denn
wieder Fondue?" "Ja, das hatten wir vor. Steffi ist auch hier mit

den Kindern. Ach Tobi, ich freue mich. Es ist so schön, dich endlich wieder zu hören - und dass du Weihnachten zu uns kommst."

So wurde bei den Frangenbergs ein schönes Weihnachtsfest gefeiert. Heiligabend saßen alle Kinder und Enkeltochter Clara um den Tisch herum. Der kleine Ramon schlief in seinem Kinderwagen. Maria und Fred hatten sogar die Gelegenheit, noch einmal alleine mit Tobi zu sprechen.

"Ich bin regelmäßig in Gammersbach bei meinem Bewährungshelfer. Auf dessen Anraten habe ich mich auch arbeitslos gemeldet - meine Meldeadresse ist immer noch bei euch. Das ist doch in Ordnung - oder? Demnächst werde ich auch wieder in eine Entgiftung gehen", erklärte Tobi seinen Eltern. "Aber ich muss mir zunächst überlegen, wie es danach weitergehen soll. Das meint Herr Herbst - so heißt mein Bewährungshelfer - auch."

1997

Danach war erst einmal wieder Funkstille zwischen Tobias und seinen Eltern. Und Maria schaffte es vorerst, ihrem Entschluss treu zu bleiben und nicht nach Tobias zu suchen. Bea hatte ihr versprochen, sich zu melden, falls es Neuigkeiten um Tobi gebe. Darauf baute sie und das neue Jahr begann ruhig, ohne größere Aufregungen.

Im Februar meldete sich Bea dann telefonisch. "Hallo, Maria, ich wollte nur Bescheid sagen: Tobi ist nicht mehr in Gammersbach. Es tut mir leid, ich kam leider überhaupt nicht mehr an ihn ran. Er hat ziemlich viel getrunken und angefangen, Koks zu ziehen. Dadurch ging es ihm immer schlechter. Aber er wollte nicht nach Marienhagen." Bea machte eine kleine Pause - Maria fing an zu zittern, sagen konnte zunächst gar nichts.

"Er ist wohl in Cöln. Genau weiß ich es nicht genau - jedenfalls hat er mir gesagt, er wolle nicht mehr hier in der Stadt bleiben. Oben in dem Haus auf dem Boxberg gab es auch sehr oft Zoff. Da wohnen inzwischen ganz schlimme Typen."

"Tja, Bea, mir tut es auch leid. Aber wir müssen uns wirklich immer wieder sagen: Wenn Tobias nicht selber ein anderes Leben führen will, können wir nichts machen. Er wird bestimmt irgendwann die Kurve kriegen, aber im Moment scheint er noch nicht dazu bereit zu sein. Vielen Dank jedenfalls, dass du uns Bescheid gesagt hast. Dir alles Gute, lass dich nicht runterziehen. Pass auf dich auf. Kannst jederzeit anrufen, wir freuen uns immer, von dir zu hören."

- - - -

Tobi war wieder in Cöln - es war der alte Kreislauf: Einen Platz suchen zum Schnorren - inzwischen wurden die guten Plätze unter den Junkies aufgeteilt - sie wechselten alle paar Stunden. Der Platz vor der Bank am Heumarkt war sehr beliebt. Und Tobi war ja lange nicht hier gewesen. Er musste länger verhandeln, um ein paar Stunden dort sitzen zu können. Aber nach ein paar Tagen war es wieder sein Stammplatz - im Wechsel mit zwei anderen Kumpels. Dann zum Neumarkt - hier konnte man noch am einfachsten die Schore bekommen. Nun einen Schlafplatz klarmachen: Es war nachts sehr kalt - da konnte er es in der Tiefgarage mit Schlafsack gerade so einigermaßen aushalten... und am nächsten Tag ging es wieder los.

Aber trotz Turkey versuchte Tobi morgens zunächst beim SKM zu duschen und ein Frühstück zu bekommen. Danach fühlte er sich einfach besser und machte sich dann auf den Weg zum Heumarkt. Damit es nicht allzu schlimm wurde am Morgen, verwahrte er sich meistens noch einen Rest des weißen Pulvers in dem Tütchen, das er dann nach dem Schlafen mit Tabak ins Zigarettenpapier drehte und rauchte. Um es mit Wasser aufzukochen, war es zu wenig. Aber die Nase hörte auf zu laufen, er zitterte nicht mehr ganz so heftig und konnte aufstehen.

Im März ging es Tobias körperlich total schlecht. "Ich muss ins Krankenhaus. Ich muss eine Entgiftung machen - mir ist so kalt. Es ist total beschissen hier draußen." Im SKM gab man ihm eine Telefonnummer in Pongs. "Hier wirst du schnell aufgenommen. Am besten versuchst du es sofort." Und tatsächlich konnte er drei Tage später zur Entgiftung in dieses Krankenhaus in Pongs gehen.

Von dort rief er auch seine Eltern an: "Ihr braucht mich nicht zu besuchen - hier ist Kontaktsperre. Ich wollte euch nur Bescheid geben. Wie es weitergeht, weiß ich noch nicht. Aber es geht mir schon viel besser. Macht euch keine Sorgen - ich melde mich wieder." Bei der Gelegenheit konnte Maria ihrem Sohn wenigstens mitteilen, dass sie demnächst wieder in Kirchbach wohnen würden. "Schreib' dir bitte die Adresse und unsere neue Telefonnummer auf." Das machte Tobias, der zwar ein wenig verwundert darüber war, aber nicht weiter nachfragte.

Bea rief er nicht an. Irgendwie wollte er sie nicht mehr mit seinen Problemen belasten. Tobi wusste, dass sie ihn liebte, sie würde sich und alles aufgeben, um ihn von den Drogen loszueisen. Sie wollte ihm helfen - aber Tobi war sich darüber im Klaren, dass das nicht richtig war. "Meine Gefühle für sie sind nicht so, wie sie sein sollten - Bea gibt alles für mich - das bin ich nicht wert", dachte er.

"Möchten Sie nicht eine Therapie machen?", wurde ihm vorgeschlagen. Aber davon wollte Tobias auch dieses Mal nichts wissen. Er blieb genau zehn Tage, dann war er wieder unterwegs. Und diesmal verließ er die Klinik nicht alleine - Marga, eine junge Polin hatte sich ihn Tobi verliebt. Er selbst war sich noch nicht über seine Gefühle im Klaren. Er dachte sehr viel an Bea. Als Marga hörte, dass er gehen wollte, hielt sie nichts mehr in dem Krankenhaus. "Ich komme mit dir."

So war das eigentlich nicht gedacht. Aber warum nicht? Marga sah gut aus, sie himmelte ihn an. Aber wo sollten sie hin? Gott sei Dank war es inzwischen wärmer geworden. Die Sonne schien - es roch nach Frühling.

"Ich werde nicht in Cöln bleiben - wahrscheinlich geh' ich wieder nach Amsterdam. Dort ist alles ganz einfach, es lebt sich in dieser Stadt vollkommen unbeschwert." "Nimm mich mit. Wo soll ich sonst hin?" "Von mir aus komm mit."

Es war nicht weit bis zur Autobahn und bei dem tollen Wetter waren die Leute gut gelaunt. Es dauerte nur ein paar Minuten, bis ein VW-Golf anhielt, als sie an der Auffahrt zur A4 in Richtung Aachen standen. So landeten die beiden nicht in Amsterdam, sondern in Maastricht.

- - - -

Im April - Fred, Maria und Max wohnten nun wieder in Kirchbach - gab es ein Lebenszeichen von Tobi. Der Brief, der in Aachen abgestempelt worden war, begann mit einer Entschuldigung. Maria musste lächeln. Typisch Tobi - so war er ja immer gewesen.

"Hallo Ihr Lieben! Ich weiß, ich hätte mich schon früher melden sollen, aber ihr wisst doch, welche Schwierigkeiten ich habe, meine Fehler einzugestehen. Oft habe ich daran gedacht, anzurufen, aber dann hatte ich doch nicht den Mut dazu. Ihr braucht euch keine Sorgen zu machen! Mir geht es gut, so gut wie schon lange nicht mehr - egal was Bea euch erzählt hat. Ich will mich bestimmt nicht umbringen."

Maria legte den Brief zur Seite. Sie schaute zum Fenster hinaus auf den blühenden Apfelbaum. Dass ihr Sohn sich etwas antun könnte, hätte sie nicht für möglich gehalten. Bea hatte ihr gegenüber so etwas aber auch nicht angedeutet. Sie war nur sehr enttäuscht von Tobi gewesen, das konnte sie bei dem letzten Telefongespräch spüren, aber gesagt hatte Bea gar nichts. Maria las weiter:

"Im Gegenteil: Ich bin froh, dass ich den ganzen Gammersbacher Trott hinter mir gelassen habe. Mir tut es leid, dass ich euch und der Bea so weh getan habe. Es ist nicht fair, aber es geht mir besser so. - Ich habe mich neu verliebt und ich bin glücklich, mit meiner Freundin Marga zusammen zu sein. Ja, ich war auch in Bea verliebt. Aber das war nachher so wie ich Euch liebe, mehr wie Gefühle für ein besonderes Familienmitglied. Ja, es klingt nicht richtig, wie ich das schreibe, aber jetzt ist es ganz anders, fast so wie damals bei Anne."

Maria war ganz erstaunt, dass ihr Sohn so offen über seine Gefühle schrieb.

"Morgen sind wir wieder in Holland und kaufen uns eine Flasche Methadon. Ich habe leider meinen Ausweis verloren und Marga wird von der Polizei gesucht. Sonst hätten wir uns hier etwas Codein-Saft geholt und uns dann in Frankreich 'runterdosiert. Wir nehmen auch nicht viel Heroin im Moment. Vom Junkie-Leben haben wir beide die Schnauze voll. Wir wollen clean werden und auch bleiben. Dann wollen wir nach Frankreich oder Portugal in die Berge - auf eine Farm - so wie ich es schon mal gemacht habe - damals als ich so zugenommen hatte - wisst ihr noch?"

Maria schossen Tränen in die Augen. Ja, damals hatte sie auch einen Brief von ihrem Sohn bekommen, so hoffnungsvoll hörte er sich an - aber damals nahm er wirklich keine Drogen mehr! Jetzt wollte er weg von dem Zeug - aber wie sollte er das schaffen, wenn er keine Therapie machen wollte? Und dann so weit weg - mit einer drogensüchtigen Freundin!

"Jedenfalls weg von Drogen, weg von Deutschland, von den schlimmsten Problemen. Vielleicht vom Ausland her schriftlich einen Kompromiss aushandeln, bevor ich zurückkomme. Wir werden sehen. Aber im Moment geht es mir so gut wie schon lange nicht mehr. Ich bin glücklich! Ich möchte es aber nicht auf Eure Kosten sein. Seid mir nicht böse! Ich liebe Euch alle. Entschuldigt bitte die Schrift, aber das Licht ist so schlecht! Bis dann - Tobi"

Jetzt musste Maria lächeln. Tobi machte immer erst das Licht an, wenn er fast nichts mehr sehen konnte. Er las sehr oft im Dämmerlicht oder bei einer sehr schwachen Lichtquelle.

Den Brief ließ sie auf dem Küchentisch liegen, als sie zum Dienst fuhr. Max nahm ihn nur kurz zur Hand. "Der soll sich endlich mal zusammenreißen - ich hab' keinen Bock auf sein Gesülze, das kann er sich sparen", dachte er sich. "Hier willst du den Brief von meinem Bruder lesen?" Damit reichte er die Seiten an Fred weiter, der gerade zur Tür herein kam.

Fred war auch hin- und hergerissen. Natürlich freute er sich über ein Lebenszeichen von seinem Sohn. Aber wie sollte es weitergehen? Sie wussten ja noch nicht einmal genau, wo Tobi war - und so toll hörte sich das ja wirklich nicht an, was er da schrieb.

Tobias schien aber in einer selten offenen und mitteilsamen Stimmung zu sein. Nur eine Woche später hielt Maria den nächsten Brief in der Hand - auch wieder in Aachen abgestempelt. Zuerst überlegte sie, ob sie den Brief nicht am Abend zusammen mit Fred lesen sollte. Aber dann riss sie den Umschlag doch auf und fing an zu lesen:

"Liebe Mutti, lieber Paps,

es fällt mir wirklich nicht leicht, Euch zu schreiben, gerade weil ich so schlecht mit meinen Problemen umgehen kann, die ich mir selber eingebrockt habe. Aber mein schlechtes Gewissen lässt mir keine Ruhe. Ich denke oft an Euch und daran, wie weh ich Euch tue, weil ich mich meinen Problemen nicht stellen will. Bitte denkt nicht, ich wäre betrunken, bekifft oder sonst irgendwie high und hätte jetzt einen meiner sentimentalen Anfälle. Ich möchte nicht, dass ihr Euch noch mehr Sorgen macht, weil ich mich nicht melde. Ich habe einfach Angst vor den Konse-

quenzen, vor den Gefängnisstrafen, wenn ich es nicht schaffe, alles zu bezahlen, clean zu werden und zu bleiben, arbeiten zu gehen und all diese Dinge.

Dass Abhauen keine Lösung ist, sondern im Gegenteil alles nur noch schlimmer macht, und ich spätestens wenn ich zurück komme nach Deutschland, wenn nicht sogar schon im Ausland, die vollen Konsequenzen tragen muss, weiß ich ja selber. Aber im Moment fehlt mir einfach der Mut. Ich bin lieber unterwegs - und vielleicht hilft es mir ja irgendwie, möglichst viel Abstand zu meinen Problemen zu halten, wenn auch nur räumlich. Wenn ich nur nicht so ein schlechtes Gewissen hätte. Meine größte Angst ist, dass ihr mich nicht nur für feige und verantwortungslos haltet, sondern auch meint, ich wüsste nicht, was ihr für mich getan habt, und dass ich mich immer auf Euch verlassen kann - jedenfalls in vernünftigen Grenzen. Ich weiß, ihr haltet mich für undankbar - auch Bea gegenüber - und ihr habt ja auch recht damit.

Ich mache eigentlich alles falsch was man falsch machen kann. Trotzdem geht es mir besser, jetzt, wo ich wieder unterwegs bin, obwohl es im Moment eher eine Odyssee ist. Ich bin heute aus Maastricht ausgewiesen worden, weil ich eine Auseinandersetzung mit einem holländischen Junkie hatte. Dann habe ich vom deutschen Grenzschutz noch 30 Mark Strafe bekommen, weil ich ohne Ausweis, den ich leider verloren habe, zweimal die Grenze überquert habe.

Jetzt bin ich wieder in Aachen, aber spätestens am Wochenende will ich mit ein paar Leuten nach Frankreich. Es wird auch höchste Zeit, sonst lande ich wirklich wieder im Knast. Meine Freundin hat auch noch was offen, wegen Drogen. Und bei ihr ist es wirklich eine scheiß Situation im Moment. Und obwohl ich wirklich versuchen würde, doch noch unsere ganzen Ange-

legenheiten offiziell und von hier aus zu regeln, vorrangig ihr zuliebe, möchte sie erst recht weg aus Deutschland, auch weil sie von den Drogen weg muss.

Bitte seid nicht böse darüber, dass ich mich nicht traue, persönlich mit Euch am Telefon zu reden. Ich werde Euch aber so oft schreiben wie ich kann, na ja, jedenfalls oft. Ich liebe Euch! Tobi"

"Oh Mann, Tobias", seufzte Maria. Er musste doch einigermaßen klar sein, um solche Briefe zu schreiben; und er übernahm die Verantwortung für seine Freundin. Warum konnte er nicht versuchen, zusammen mit ihr eine Entgiftung zu machen und anschließend in Therapie zu gehen?

"Schade, dass wir Tobi nicht zu einer Therapie zusammen mit seiner Freundin ermutigen können", meinte Maria am Abend, nachdem Fred den Brief gelesen hatte und langsam die Hände mit Brief auf seinen Schoß legte. "Das würde auch nichts bringen", meinte er ziemlich tonlos. "Das hört sich zwar alles ganz nett an, aber damit will Tobi nur sein Gewissen uns gegenüber beruhigen." "Wir können ihm ja auch nichts sagen, weil er sich nicht bei uns meldet."

"Und es würde auch nichts nützen. Als ob er uns auch nur anhören würde: Er will Drogen nehmen, damit er seine Probleme halbwegs vergisst." Fred holte tief Luft, dann sprach er weiter: "Aber sie werden ihn einholen, die Probleme. Und wir müssen uns wappnen. Irgendwann werden Polizisten bei uns an der Haustür klingeln und dann werden sie uns sagen: 'Es tut uns sehr leid - wir haben Ihren Sohn Tobias gefunden - mit einer Spritze im Arm' " "Fred, bitte hör auf. Sag' so etwas nicht. Ich weiß, er wird es schaffen." Maria schluchzte auf und lief aus dem Zimmer.

Fred seufzte tief. Er war genauso verzweifelt wie Maria. Was sollte er nur machen? Sie konnten nichts machen, keiner konnte etwas machen, außer Tobias.

Anfang Juli rief er an. Fred war am Telefon. "Ich bin in Cöln - schon etwas länger. Kann ich zu euch kommen? Ich möchte noch einmal in Marienhagen entgiften. Hab' da auch schon angerufen. Ein paar Tage noch, dann können sie mich aufnehmen."

"Tobi, du weißt, dass du immer nach Hause kommen kannst. Aber woher der Sinneswandel?" "Mir geht's soweit ganz gut. Aber Marga ist gestern festgenommen worden. Die Bullen waren so mit ihr beschäftigt, dass sie gar nicht auf mich geachtet haben. Und mir wurde auf einmal klar, dass ich mich kümmern muss, dass sicher wieder einige Briefe vom Gericht gekommen sind, Ladungen zum Prozess oder so etwas. Ich muss was tun, sonst lande ich auch wieder im Knast."

"Ach, Tobi, ich freue mich natürlich. Aber du musst auch endlich mal durchhalten, nicht immer direkt wieder abhauen, wenn es dir einigermaßen gut geht." "Ich muss mir Methadon oder Codeinsaft besorgen, damit ich bis zur Aufnahme in Marienhagen über die Runden komme. Ich melde mich wieder, wenn ich das Zeug habe. Danke - bis bald." Damit hatte er aufgelegt.

"Stell dir vor, Tobi ist in Cöln", begrüßte Fred seine Frau, als sie nach ihrem Spätdienst zur Türe herein kam. "Wirklich?" Das klang gar nicht erfreut. "Wie geht es ihm?" "Er hörte sich ganz gut an - aber es kann ihm nicht gut gehen. Wenigstens will er wieder entgiften, in Marienhagen. Tobi möchte bis zur Aufnahme bei uns wohnen." Fred machte eine Pause.

"Seine Freundin ist verhaftet worden und er hat sich aus dem Staub gemacht, bevor man ihn kontrollieren und dann wahrscheinlich auch festnehmen konnte." "Mein Gott, was hat er denn gesagt? Wann wird er aufgenommen? Er kann hier nicht seine Drogen konsumieren - das weiß er ja wohl."

"Tobi meinte, er wolle sich Methadon oder Codeinsaft besorgen und mitbringen." "Hoffentlich geht das alles gut, er hat doch kein Geld." "Er besorgt sich immer Geld, dann wird er sich das jetzt auch zusammenschnorren oder möchtest du ihm die Flasche mit Methadon oder Codeinsaft auf dem Neumarkt kaufen?"

"Ich hab' halt Angst davor, dass wieder etwas schief gehen könnte, dass er es nicht schafft, weil es ihm zu schlecht geht, wenn er auf Turkey ist." "Hör auf, Maria, bitte. Tobi meinte, nächste Woche könne er in Marienhagen aufgenommen werden. Entweder er schafft das irgendwie mit dem Methadon oder er muss eben ohne Ersatzdrogen dadurch."

Jetzt nahm er Maria in den Arm: "Wir müssen doch sowieso warten, bis Tobi sich wieder meldet oder bis er hier ist. Vielleicht kann er ja auch zu diesem Arzt nach Gammersbach gehen und der verschreibt ihm etwas. Ach was, wir brauchen hier gar nicht weiter zu spinnen. Warten wir einfach, bis er kommt. Und dann sehen wir weiter."

Tobi kam am Sonntagabend. "Ich muss noch nach Gammersbach zum Arbeitsamt und zu meinem Bewährungshelfer", erklärte er seinen Eltern. Maria sah ihren Sohn an. "Das wäre nicht schlecht. Herr Herbst hat schon ein paarmal hier angerufen und nach dir gefragt. Wir konnten ihm ja keine befriedigende Auskunft geben." "Ich weiß, aber ich habe ihn einmal von Aachen aus angerufen - und beim Arbeitsamt muss ich mich auch mal wieder sehen lassen. Ich sag' allen Bescheid, dass ich Therapie machen werde."

"Wann gehst du denn nach Marienhagen? Steht der Termin?" "Ja, am Dienstag. Kann mich einer von euch fahren?" "Ich hab' am Dienstag frei, kann ich also machen", sagte Maria.

Abends im Bett meinte Maria zu Fred: "Ist es nicht komisch, dass wir uns schon irgendwie daran gewöhnt haben, dass unser Sohn ständig abtaucht, dann wieder da ist, eine Entgiftung nach der anderen macht." "Ich werde mich daran nie gewöhnen - aber was sollen wir machen? Wenn er kommt, helfen wir ihm natürlich." "Ja klar, ich freue mich ja auch. Aber ich hab' dann auch jedesmal noch mehr Angst, dass es wieder schief geht und dass er dann doch wieder weg ist." "Eigentlich müsste man ihn einsperren können, jedenfalls in dem Moment, in dem er sich zu einer Entgiftung entschließt. Wenn er keine Drogen mehr nehmen will. Dann müsste man ihn auch zu einer geschlossenen Therapie zwingen können", meinte Fred.

"Weißt du, wie oft wir darüber schon in unserem Elternkreis gesprochen haben?", sagte Maria. "Das fänden alle gut - aber es geht nicht. Das darf man nicht und deswegen machen die meisten weiter. Weil sie nach einer Entgiftung eben nur entgiftet, aber immer noch süchtig sind. - Ach, es ist so schade, dass Tobi nicht in Brockfeld geblieben ist, und dass er dort nicht wieder hin will."

"Gute Nacht, mein Schatz", sagte Fred, gab seiner Frau einen Kuss und drehte sich auf die Seite. "Gute Nacht!" "Hoffentlich klappt das morgen beim Arbeitsamt." Maria redete sofort weiter: "Ich kann mir das eigentlich gar nicht vorstellen, wo er doch jetzt krank ist und nicht arbeitssuchend." "Ich weiß es auch nicht, aber Tobi meint, das wäre kein Problem - er ist ja auch schon länger arbeitslos gemeldet und war drei Monate gesperrt, weil er selbst gekündigt hatte. Warten wir's ab."

Mit der Aufnahme am Dienstag gab es keine Probleme. Maria atmete tief durch, als sie die Station verließ. Nun war sie erst einmal ruhig und gelöst. Aber sie wusste auch genau, dass sie spätestens nächste Woche, wenn die Nachfrage bevorstand, wie es Tobi ginge, ganz angespannt und unruhig sein würde, bis sie wüsste, dass er noch in der Klinik ist, dass er nicht wieder abgebrochen habe.

Nach zehn Tagen bekam Tobi Besuch in der Klinik und einen Brief seiner Mutter. Eigentlich hatte er damit gerechnet, dass seine Eltern ihn am Wochenende besuchen würden. Aber stattdessen kam Andy, sein Freund aus Kirchbacher Kindertagen. Tobi freute sich riesig - die beiden hatten sich mehrere Jahre nicht gesehen. Andy hatte den Brief von Maria dabei, den Tobi erst einmal zur Seite legte. Fast hätte er ihn später vergessen, aber bevor er sich hinlegte, fiel ihm der Brief wieder ein:

"Hallo Tobi, eigentlich wollten wir ja selbst vorbeikommen. Aber ich musste sehr viel arbeiten und dann hatten wir ziemlich oft Besuch. Ich denke, über den Besuch von Andy wirst du dich genauso freuen. Falls du noch irgendetwas brauchst, gib' Bescheid. Ich hoffe, es geht dir gut und du hast dich schon ein wenig eingelebt. Bei uns ist alles in Ordnung.

Hast du dich um alles gekümmert, damit du anschließend die Therapie bekommst? Frau Haarhaus von der Drogenberatung braucht unbedingt deinen Lebenslauf, damit sie alles in die Wege leiten kann. Vom Arbeitsamt sind zwei Schecks gekommen (ca. 800 Mark). Du solltest mit dem Betrag einen Teil der offenen Geldstrafe tilgen. Für den Rest müsstest du Raten-

zahlung vereinbaren, an die du dich dann halten musst. Du solltest das alles mit Herrn Herbst besprechen - der hatte übrigens hier angerufen.

Vielleicht können wir ja auch diese Woche mal telefonieren. Wir wüssten natürlich gerne, wie es weitergeht - und pass' auf dich auf - wir haben dich lieb. Bis bald – Mutti und Papa"

Tobi war in einer guten Stimmung, er fühlte sich prima und so kam noch am selben Abend die Antwort zustande:

"Hallo, Mutti, Hallo Paps,

schön, dass du geschrieben hast, Mutti. Auch das Geld kann ich gut gebrauchen. DANKE! Es ist wirklich erstaunlich, wie viel Geld nur für Tabak und ein paar Süßigkeiten draufgeht. Ich habe mir aber vorgenommen, mich gesund zu ernähren und zusätzlich zum Frühsport und dem gelegentlichen Fußballspielen strampel ich mich auf einem alten Hometrainer ab. Ich wiege nämlich mittlerweile 79 kg!

Aber seit zwei Tagen esse ich hauptsächlich Gemüse und Salat. In den ersten Tagen habe ich aus Langeweile ständig gegessen. Immer wenn ich nicht wusste, was ich mache sollte, hab ich mir ein Brot geschmiert oder ein paar Eier in die Pfanne gehauen.

Ich bekomme hier Methadon, zwar weniger als ich erwartet habe, aber da ich kaum Beschwerden habe, bin ich ganz froh darüber. Ich habe sogar auf Beruhigungsmittel verzichtet und darum gebeten, die Dosierung schneller als geplant zu verringern. Im Moment bin ich auf 4 ml - habe bei 7 ml angefangen. Morgen bekomme ich noch drei, aber bei zwei ml möchte ich erst mal bleiben, da ich weiß, dass ich ganz ohne noch ziemlich lange Beschwerden habe würde, hauptsächlich wegen des Codein-Saftes. Und ich glaube nicht, dass ich bei einer so geringen Menge Methadon große Probleme kriegen werde. Ansonsten fühle ich mich besser als erwartet. Ich komme hier mit allen gut klar, auch weil ich zwei der Leute von Gammersbach her kenne und noch ein paar andere Patienten von früheren Aufenthalten.

Bea hat am Wochenende angerufen - aber sie durfte nicht mit mir sprechen. Ich denke, sie wird mir wohl bald schreiben. Ich hab' sie wirklich gern, aber ich hoffe, sie wird sich nicht wieder in irgendetwas verrennen, was ihr doch nur weh tut.

Kannst du mir bitte Adresse und Aktenzeichen der Staatsanwaltschaft schicken? Herrn Herbst hab' ich leider noch nicht erreicht. Ich versuch's in den nächsten Tagen noch mal. Ihr könnt mich bestimmt am Sonntag besuchen, wenn ihr Zeit habt. Ruft aber zur Sicherheit vorher an.

Ich glaube, ich kann es hier ziemlich gut aushalten. Ich kann mich gut ablenken und habe noch einiges zu lesen. Wenn ich noch etwas brauche, schreibe ich oder rufe an. Bis bald, Grüße an alle - besonders an Andy und seine Freundin - ich werde das Bild nicht vergessen! Tobi"

"Das hört sich doch alles ganz gut an", fand Maria, als sie Fred den Brief am Abend vorlas.

Auch bei dem Besuch am darauf folgenden Sonntag fanden sie ihren Sohn gut gelaunt und in bester Stimmung vor. "Ich habe mit Herrn Herbst gesprochen. Er meinte, wenn wir das Geld einzahlen und dann einen Vorschlag auf Ratenzahlung für den Rest machen, kann mir nichts passieren. Solange ich hier oder in Therapie bin, schon gar nicht. Dann wird der Haftbefehl zurückgezogen." "Hast du denn schon einen Therapieplatz?" "Nein, leider nicht. Aber Frau Haarhaus war hier. Wir haben verschiedene Einrichtungen angeschrieben. Mir ist eigentlich

egal, wo es hingeht. Ich bin wirklich froh, wenn es los geht."
"Hoffentlich kannst du solange hierbleiben."

"Das ist der Knackpunkt: Wahrscheinlich muss ich nach drei Wochen raus. Das wäre nächste Woche. Ich bin seit drei Tagen auf Null beim Methadon. Mir geht es gut. Da gibt es keinen Grund, mich noch länger hier zu behalten." "Vielleicht sollte ich mal mit dem Klinikleiter sprechen. Man weiß doch, dass es hier für dich leichter ist, auf den Therapieplatz zu warten. Du kannst natürlich erst mal wieder zu uns. Ich hoffe, es wird nicht so lange dauern, bis die Zusage einer Therapie-Einrichtung kommt - oder?", meinte Maria. Geheuer war ihr das nicht. Ihr wäre es wirklich lieber gewesen, wenn Tobi bis Therapie-Beginn in der Entgiftungsklinik bleiben könnte.

Aber am Donnerstag war Schluss. Maria holte Tobi in Marienhagen ab. "Schön habt ihr es hier", bewunderte er das Haus, in dem seine Eltern jetzt lebten. "Tina wohnt oben - sie hat auch eine superschöne Wohnung." "Du kannst erst mal im Kinderzimmer von Clara und Ramon wohnen. Ich hoffe, es ist nicht für lange. Hat denn Frau Haarhaus noch irgendetwas zum Termin gesagt? Oder der Stationsarzt?" "Ne, der wusste noch nichts. Frau Haarhaus ruf' ich gleich mal an."

Tobias sollte in eine sehr gute Einrichtung - so die Drogenberaterin - in Bayern kommen. "Es kann nicht mehr lange dauern", meinte sie zu Tobi am Telefon. "Normalerweise geht das sehr zügig."

Für Tobias leider nicht zügig genug. Als Maria zwei Tage später vom Dienst nach Hause kam, lag ein Zettel auf dem Tisch: "Mir fällt die Decke auf den Kopf - ich bin mal raus - bis später." Das wars!

Tobi hatte seinen Rucksack mitgenommen und tauchte nicht wieder auf. Die Enttäuschung war mal wieder groß. Maria fuhr am nächsten Morgen nach Gammersbach und fragte am Bahnhof und in der Fußgängerzone in der Szene nach, ob jemand Tobias gesehen habe. Nichts!

In Cöln war sie zwei Tage später. Um den Dom herum immer noch die Pflastermaler, die Jongleure - aber von Tobi keine Spur. Zum Neumarkt wollte sie eigentlich nicht gehen – sie tat es dann doch: Aber auch hier hatte niemand Tobias gesehen. Maria fuhr nach Hause. "Vielleicht ist er ja am Sulzbach - bei den Bauwagen war ich noch nicht. Oder er hat versucht, diese Marga im Knast zu besuchen. Oh Fred, was sollen wir nur tun?" Maria weinte bitterlich. "Es sah doch alles so gut aus."

Wenn Maria in Gammersbach etwas zu tun hatte, führte ihr Weg unweigerlich zu den Plätzen, an denen sich die Alkoholiker und Drogenabhängigen aufhielten, dort wo auch Tobi oft gewesen war. Auch auf den Boxberg fuhr sie. Aber nirgendwo eine Spur von ihrem Sohn. In unregelmäßigen Abständen machte sie ihre "Cöln-Runde", aber Tobias war wie vom Erdboden verschwunden.

Sommer und Herbst vergingen - die Frangenbergs versuchten, "normal" weiterzuleben. Im Elternkreis hieß es: "In dieser Zeit musst du etwas für dich tun - damit du stark bist, wenn Tobi wieder auftaucht und Hilfe braucht." Das klappte manchmal auch ganz gut.

Es war nicht so, als ob Maria und Fred immer in Trauer zu Hause säßen und an Tobi dachten. Sie hatten ihre Freunde und vor allem ihre Enkelkinder, die oft bei ihnen waren, machten den beiden viel Spaß und Freude. Und wenn Maria in der Redaktion war, konnte sie auch meistens gut abschalten.

Maria hatte ja auf Weihnachten gehofft. Aber in diesem Jahr meldete sich Tobi nicht - weder telefonisch noch schrieb er eine Karte. "Ihr wisst doch", sagte Fred an Heiligabend beim Fondue "solange wir nichts hören, ist das in Tobis Fall ein gutes Zeichen." Maria musste zwar schlucken, aber sie lächelte. "Außer wenn er selber anruft oder an der Haustüre klingelt!"

- - - -

Tobias war in Frankfurt gelandet. Nachdem er im Sommer rückfällig geworden war - als ihm die Decke auf den Kopf fiel und er nach Cöln gefahren war, traute er sich nicht mehr nach Hause. Die Therapie konnte er ja sowieso abschreiben, jetzt wo er Schore geraucht und Wodka getrunken hatte. Immer und immer dasselbe. "Ich schaffe es nicht - immer enttäusche ich alle", bedauerte er sich mal wieder selber. Was nun? In Cöln wollte er nicht bleiben - da kannte er die Szene zu gut, nach Gammersbach wollte er auch nicht, das war dasselbe.

"Ich werde nach Frankfurt gehen. Dort gibt es sehr viele Streetworker und Hilfsorganisationen für Junkies und Obdachlose. Da finde ich Hilfe, bevor es mir wieder ganz schlecht geht", dachte er sich und fuhr an den Main. Zunächst brauchte er keine Hilfe - es war Sommer - er schnorrte sich das Geld zusammen, das er brauchte. "Ich werde versuchen, keine harten Drogen zu nehmen."

Eine Zeit lang klappte das auch, aber dann trank Tobi wieder sehr viel Wodka und anderen hochprozentigen Alkohol. Er wollte nicht denken. Eigentlich wollte er gar nichts. Im Winter, kurz vor Weihnachten, überlegte Tobi, ob er nicht doch zu Hause anrufen und dann wieder nach Marienhagen in die Entgiftung gehen sollte. Aber er verwarf den Gedanken wieder.

"Ich muss mich darum kümmern, dass ich von hier aus etwas machen und clean werden kann und dann ruf ich zu Hause an."

Weihnachten und Silvester verbrachte Tobi in Obdachlosen-Einrichtungen. Da war Frankfurt wirklich vorbildlich. Die Türen standen immer offen. Jede Hilfe wurde den Alkohol- und Drogenabhängigen angeboten. Tobias war noch nicht so weit.

Es wurde Frühling und es wurde wieder Sommer. Tobi ging es immer schlechter. Er war nicht nur ständig betrunken - nun war er auch voll auf Koks! An Schore war nur schwer zu kommen - aber seit dem Frühjahr gab es hier Unmengen an Koks - gar nicht so teuer. Nach wie vor schnorrte Tobi - den "Spiegel" lesend - in einer der Einkaufsstraßen in der Nähe des Frankfurter Hauptbahnhofs. Zu Hause hatte er sich immer noch nicht gemeldet.

An diesem Abend im August saß er wie ein verlaustes Häufchen Elend vor dem Hauptbahnhof, schmutzig, mit eitrigen Pusteln übersät. Es war heiß, aber Tobi fror. Sein verfilztes Haar hing im in die Stirn, er konnte die Augen kaum aufhalten. Immer wieder kippte er zur Seite. Ein Bogen Packpaier lag vor Tobi auf dem Boden, ungefähr DIN A3, eng beschrieben:

"Ach mein lieber Engel! Ich habe solche Angst davor gehabt, deine Briefe zu lesen und selbst jetzt, wo ich sie fast auswendig kenne, kann ich sie kaum in die Hand nehmen, geschweige denn lesen. Und erst die Fotos. Aber ich habe heute schon wieder den ganzen Tag an dich denken müssen und an den Schmerz, den ich euch allen, die ihr mich hoffentlich noch immer liebt, zufüge. Und auch mir selber. Es vergeht kein Abend, an dem mir nicht das ganze Elend meiner Existenz deutlich wird, all die verschenkten Chancen und Möglichkeiten. Ich glaube, es ist jetzt das vierte Mal, dass ich dir schreibe, seit

ich dich besucht hatte. Ich wollte doch alles versuchen, Euch, dir und meiner Familie zu zeigen, dass ich es schaffen kann, schaffen will - ja, ich wollte wirklich -, ich sah endlich wieder etwas Licht am Horizont.

Trotzdem habe ich an jenem Tag im letzten Jahr nach dem Besuch bei dir - der ja alles andere als harmonisch war, mich sofort, ohne großen Widerstand, in meine innere, hoffnungslose Einsamkeit fallen lassen. Ich bin nicht nach Hause gefahren, obwohl ich bald in Therapie hätte gehen können. Ich dachte fast, ich müsste zufrieden sein: aber wieder habe ich alle Probleme bei Euch abgeladen und bin davongelaufen. Es schien so einfach - ich bin halt ein hoffnungsloser Fall. Bei mir ist jede Mühe, sind alle Hilfsversuche, alles ist von vornherein zum Scheitern verurteilt.

Aber innerlich habe ich geschrien - ja, ich schreie immer noch (jetzt wird die Schrift etwas unleserlich und groß): Bitte helft mir, verlasst mich nicht, glaubt an mich. Ach, und ich bin es doch, der immer wieder alle Hilfe und Hoffnung, die ihr in mich setzt, mit Füßen tritt. Ich weiß genau, dass ich gerne da bin, wo ich mich ganz alleine und auch bewusst habe rumtreiben lassen.

Oh, Bea, ich kann nicht mehr! Verdammt - ich habe so lange nicht geweint - jetzt weine ich - und jetzt endlich schreibe ich dir, meiner großen Liebe - ich wusste es nicht - meine kleine, wundervolle Bea! Oh, ich hoffe so sehr, du wirst diesen Brief auch bekommen. Ich weiß ja, es liegt alles an mir (Schrift wird noch krakeliger und größer) und du kannst auch nicht mehr lange. Aber ich brauche Hilfe. Endlich schreibe ich die Wahrheit, und wenn sie doch so sehr belastet, ich weiß ja nicht, was mit dir los ist. Ich bin nicht betrunken oder sonstwie dicht - ich will nur zu dir, jetzt sofort. Damals wolltest du, dass ich bleibe und ich bereue noch immer, dass ich es nicht gemacht habe. Ach, ich bereue ja immer so viel und ich bin ja so klug, ich weiß immer alles - alles weiß ich! Und? Ich tue nichts, selbst jetzt mache ich nichts anderes, als immer wieder und wieder nach dir zu schreien - nicht nur innerlich oder schriftlich. Alles schreit und hallt aus mir heraus und es tut so weh und doch auch so gut, endlich, endlich habe mich wieder gehen lassen, aber ich tue es wieder auf deine Kosten. Ja, ich Arschloch, immer muss ich alles an anderen auslassen, daher - ach, ich weiß doch, dass ich dich damit runterziehe. Aber ich habe solche Angst, zum ersten Mal habe ich Angst, richtige Lebensangst. Tagsüber kann ich das ja noch verdrängen. Ich rufe jetzt meine Ma an: Sie soll mich nach Brockfeld bringen. Ich liebe dich, ich liebe dich, bitte verlass mich nie."

Vorne auf dem Packpapier ist ein Segelschiff gemalt - so wie Tobi die früher immer auf seine Hefte oder Schulbücher gemalt hatte.

Tobi war verzweifelt. Er stand auf, ging ein paar Meter weiter in die Telefonzelle, warf Geld aus seinem Pappbecher in den Apparat und schaffte es, die Telefonnummer von zu Hause zu wählen. Aber nur der AB sprang an: "Bitte, Mama, Paps, bitte holt mich - ich kann nicht mehr - ich will hier weg. Ich bleib' hier sitzen, bis mich einer nach Brockfeld bringt - ich habe Angst." Das zeichnete der AB auf.

"Scheiße, wer weiß wo die sind und wann sie nach Hause kommen", dachte er. Dann fiel ihm die Telefonnummer von den befreundeten Nachbarn ein. Und tatsächlich: Anna meldete sich."Weißt du wo meine Eltern sind? Ich kann nicht mehr - ich muss hier weg." "Tobi, mein Gott, endlich hört man mal etwas von dir. Deine Eltern sind übers Wochenende mit den Kindern nach Holland gefahren. Ich geb' dir die Handy-Nummer. Hast du etwas zu schreiben?" So kam Freds Handy-Nr. auf den Papp-Karton, auf dem Tobi gesessen hatte und den er schnell holte. Der Hörer baumelte in der Zelle, aber Tobi war sofort wieder zurück.

Mit zitternden Händen wählte er dann die Nummer. Nach mehrmaligem Klingeln meldete sich Maria. Sie erschrak sich fürchterlich, als sie Tobis Stimme hörte. "Wo bist du? Wir sind an der See in Holland - das dauert zu lange, bis wir in Frankfurt sind. Hier ist die Telefonnummer von Hanne: 1027 – Vorwahlnummer von Kirchbach. Lass dir bitte von ihr Andys Handy-Nummer geben. Der holt dich bestimmt! Wir sind zu weit weg. Gut, dass du dich gemeldet hast. Du wirst sehen, das klappt. Immer wenn du selbst es willst, schaffst du es auch. Toi-toi", brachte Maria noch heraus, dann war das Gespräch unterbrochen.

Fred kam neugierig um die Ecke. Er hatte Clara und Ramon eine Geschichte vorgelesen - die beiden waren schon bettfertig. "War das Tobi? Wo ist er?" "Er ist in Frankfurt - ich erzähl' es dir später, wenn die Kinder schlafen. Hoffentlich geht alles gut."

Hanne war zu Hause und so erreichte Tobi ein paar Minuten später seinen Freund: "Hier ist Tobi - bitte Andy, ich kann nicht mehr, mir geht's total scheiße und ich hab' Angst, dass ich es nicht schaffe. Bitte hol mich, bring mich nach Brockfeld. Ich sitze in Frankfurt am Hauptbahnhof. Ich bleib' so lange hier sitzen bis du da bist." "O.k., ich mach mich auf den Weg - ich denke in zwei bis zweieinhalb Stunden kann ich da sein."

"Danke", ganz erleichtert stand Tobi in der Telefonzelle. Er hielt den Hörer noch in der Hand, als Andy längst aufgelegt hatte. Ganz langsam schleppte er sich zu seinem Rucksack. Der

Becher mit Kleingeld stand davor - der beschriebene Bogen Packpapier lag auf dem Boden. Tobi faltete ihn zusammen und steckte ihn in den Rucksack. Dann riss er von seinem Pappkarton, auf dem er saß, ein Stück ab und fing wieder an zu schreiben:

Bea, ich liebe dich so sehr! Oh, Bea, verdammt, ach Mist - es ist alles so scheiße geworden. Du fehlst mir so sehr. Ich habe so scheiß Angst. Ich glaube, ich schaff es nicht mehr. Verdammt - scheiß Selbstmitleid! Ich hab so Heimweh nach Dir, nach meinen Eltern - Steffi hatte Geburtstag und Max hat hoffentlich seinen Gesellenbrief. (Tobis Schrift ist total unleserlich.) *Dauernd rutsche ich ab, meine Gedanken verschieben sich, ich kann mich kaum konzentrieren. Ich bin so scheiß übermüdet, ich penne dauernd ein - ich bin fast am Ende. Ich wünsche mir, jemand käme und würde mich nach scheiß Brockfeld bringen. Ich glaube, Andy will kommen! Ich döse dauernd weg, ich kann kaum noch schreiben. Ich bin nicht breit, ich bin nur so erschöpft. Mir fallen dauernd die Augen zu - zwischendurch schreibe ich mit einem offenen Auge!* (jetzt wird die Schrift auf dem Pappdeckel ganz groß): *Ich will nicht sterben - NEIN NEIN NEIN NEIN NEIN - Oh Bea, ich hab' solche Angst! Bitte, bitte hol du mich! Ich habe versagt, total versagt! Ich kann nicht mehr. Wenn du mich trotz allem noch liebst, hol mich hier raus. Das ist ein echter Hilferuf - Bitte! Echt - ich mach's sonst nicht mehr lange. Ich hab dich so oft enttäuscht und ich hab immer viel von dir verlangt, hab dich ausgenutzt. Deine Seele vergessen! Ich hab so oft genommen und so wenig gegeben. Aber du hast mir so reichlich gegeben. Alles gegeben, oh Bea, Bea! So oft hab ich dir geschrieben. Aber jetzt... ich hab angerufen - scheiß auf Turkey - Ich liebe Dich. Wenn du diese Briefe bekommst, bin ich in Brockfeld. Bitte vergiss mich nicht! Bitte halte Kontakt -*

ohne dich schaff ich es nicht! So gemein wie es klingt - es liegt mit an dir - fast so viel wie an mir! Ich liebe DICH!

Dann sank Tobi nach vorne - die Pappe hielt er in der Hand. "Hallo, Tobi", jemand rüttelte an seiner Schulter. "Tobi - ich bin's!" Tobi öffnete die Augen einen Spalt weit. "Andy - Gott sei Dank! Ich kann nicht mehr - ich sterbe, wenn ich hier nicht weg komme." "Mensch, Tobi, warum hast du dich nicht eher gemeldet. Jeder hätte dich hier weggeholt. Komm, dort steht mein Wagen."

Inzwischen war es dunkel geworden - die Zeiger der Bahnhofsuhr gingen auf Mitternacht zu. "Was ist hiermit?" Andy hielt den Pappdeckel hoch! "Eigentlich ein Brief für Bea - aber die Marke fehlt noch", meinte Tobi. "Nimm erst mal alles mit ins Auto", sagte Andy. Möchtest du etwas trinken? Hier ist eine Flasche Cola."

Andy war echt erschüttert. Tobias sah wirklich furchterregend aus. Diese verklebten Haare, die schmutzigen Klamotten, die Eiterpusteln im Gesicht. "Leg dich hinten auf den Rücksitz. Den Rucksack leg' ich in den Kofferraum. Brauchst du eine Decke?" "Ne, alles klar, geht schon! Danke, dass du da bist."

So kam Tobi zum zweiten Mal nach Brockfeld. Diesmal meinte er es ganz ernst. Er ließ seinen Rucksack und seine Schuhe bei Andy im Auto. "Damit ich nicht wieder auf die Idee komme, abzuhauen. Ich will das durchziehen. Ich will diesen Mist nicht mehr. Ich will clean werden!"

Tobi ging es sehr schlecht in den ersten Tagen. Er fror, er zitterte, die Nase lief, alle Gliedmaßen taten ihm weh. Er war einfach nur kaputt und froh, dass er liegen konnte. Er wäre am liebsten wieder abgehauen. Wenn er gewusst hätte, wo er

Stoff herkriegen sollte, wäre er bestimmt schon wieder weg gewesen. Aber barfuß und ohne Rucksack?

Die Leute auf dem Hof waren total nett, sie kochten ihm Tee, kamen ein paarmal am Tag in sein Zimmer und guckten nach ihm. Alle ließen ihn in Ruhe - er brauchte noch nicht einmal zu den Mahlzeiten in den Essraum zu kommen und auch am Spiel brauchte er an den ersten Tagen nicht teilzunehmen.

Nach drei Tagen ging es ihm etwas besser. Tobi konnte nichts machen, als ihm als "äußeres Zeichen" für seinen Wandel und für seine Nüchternheit die Haare ganz kurz geschnitten wurden.

Eine Woche später ging es ihm richtig gut. "War ein guter Entschluss, hierher zu gehen - endlich fühl' ich mich wieder wie ein Mensch." "Möchtest du deinen Eltern schreiben? Jetzt hast du die Chance, ihnen mitzuteilen, wie es dir geht." "Noch nicht - ich will erst schreiben, wenn es mir noch besser geht, wenn ich weiß, wo ich arbeite und ein bisschen mehr von hier berichten kann." Nach weiteren zwei Tagen hatte er seinen ersten Dienst in der Wäscherei. Hier kamen jede Menge Klamotten rein.

Schon nach ein paar Tagen legte Tobias sich ein Paar passende Schuhe und eine warme Decke beiseite. "Man weiß ja nie", dachte er sich! Zwei Tage später saß er auf der Bank im Aufnahmeraum. "Es tut mir leid - ich schaff' es hier doch nicht." Zwei junge Männer versuchten ihn zu überzeugen, dass er einen Fehler machen werde, wenn er weg ginge. "Denk mal dran, in welchem Zustand du hierher gekommen bist." Aber für Tobias zählte das alles nicht! Er musste weg!

- - - -

Am nächsten Tag rief Maria in Brockfeld an, um zu nachzufragen, wie es ihrem Sohn gehe. Als sie hörte, dass Tobi schon wieder abgebrochen hatte und weg war, hielt sie nichts mehr zu Hause.

"Denk doch bitte daran, wie schlecht es Tobi ging. Er wollte nur weg von den Drogen, weg von der Straße", sagte sie zu Fred, als der sie aufhalten wollte. "Ich werde Tobi finden. Diesmal wird er in eine stationäre Therapie gehen - ich schwöre es Dir! Ich lass nicht locker! Wer so krank ist und solche Hilfeschreie sendet, der will nicht auf der Straße leben - dem muss geholfen werden. Brockfeld scheint nicht die richtige Stelle für ihn zu sein."

Maria saß im Auto und überlegte: Wo sollte sie als erstes nach Tobi suchen? Der Hof lag in der Nähe eines kleinen Dorfes, dann war da noch Marburg, eine Kleinstadt. Die nächste größere Stadt war Cassel - vielleicht war er dorthin gefahren, um seine heißgeliebten Drogen zu bekommen. Maria hatte Fotos von Tobi dabei. Um die Mittagszeit war sie in Cassel. Sie hatte vorher auf einem Faltblatt vom Elternkreis die Adresse der Drogenberatung gefunden. Dort fragte sie nach den Plätzen der Junkies und Obdachlosen.

Es war September, das Wetter war sehr schön und die zumeist jungen Leute saßen auf einer Mauer, die um einen kleinen Garten mit Rosenspalieren gezogen war. Maria zeigte den Leuten zwei Fotos von Tobi."Habt ihr den gestern oder heute gesehen?" Die beiden Mädels schüttelten den Kopf und gaben das Foto weiter. "Kennt den jemand von euch?" Fehlanzeige! Hier hatte niemand Tobias gesehen. "Wo könnte ich denn noch nachfragen? Das ist mein Sohn - er ist bestimmt auf der Suche nach irgendwelchen illegalen Mitteln", versuchte Maria nicht zu direkt nach den Drogen zu fragen. "Waren Sie schon am

Bahnhof? Dort könnten Sie noch gucken." Aber auch am Bahnhof blieb Marias Suche nach Tobi erfolglos.

Maria hatte Freds Handy dabei und rief ihren Mann zu Hause an: "Ich bin in Cassel, hier ist er nicht. Ich hab' bei der Drogenberatung nachgefragt, wo die Junkies und Obdachlosen hier meistens rumhängen und hab' dort Tobis Foto rumgehen lassen. Aber es hat ihn niemand gesehen."

"Komm nach Hause", sagte Fred. "Das hat doch keinen Zweck." "Ich werde noch nach Frankfurt fahren - vielleicht ist er ja wieder dort hingefahren." "Mach das nicht - das kann auch noch gefährlich für dich werden. Die Szene in Frankfurt ist nicht ohne, das hört man immer wieder."

"Ach, Quatsch", meinte Maria. "Von hier aus ist es nicht so weit. Ich melde mich, wenn ich dort bin. Ich muss ihn jetzt schnell finden. Er ist ja erst gestern weg von Brockfeld - da kann er noch nicht wieder so drauf sein - es wird ihm noch gut gehen. Das ist seine und unsere Chance. Es gibt jetzt ein neues Programm: "Therapie sofort". Da können wir ihn vielleicht ohne Wartezeit unterbringen, wenn er dazu bereit ist." "Ich seh' schon, du lässt dich nicht aufhalten. Pass' auf dich auf. In Frankfurt nach Tobi zu suchen, ist wie eine Nadel im Heuhaufen zu suchen. Trotzdem ganz viel Glück! Bis später dann - melde dich."

Nach gut zwei Stunden war Maria in Frankfurt. Die Strecke zum Bahnhof war ausgeschildert. Sie fand einen Parkplatz und rief Fred an. "Ich bin jetzt hier in Frankfurt am Bahnhof. Ich melde mich wieder."

Auf den Stufen vor dem Bahnhof saß ein Mann. Auf den ging Maria zu. "Guten Tag, ich suche meinen Sohn, Tobi..., hier ist ein Foto von ihm." Der Mann guckte hoch, er nahm das Foto in die Hand. "Tobi... ja, den kenn' ich. Der war gestern Abend hier. Er sah total verändert aus. Ich hätt' ihn fast nicht erkannt. Er hat die Haare ab." "Sie haben ihn gesehen?" Maria konnte kaum glauben, was sie da hörte. "Das ist gut. Wo könnte er denn jetzt sein?" "Keine Ahnung - aber vielleicht kommt er später um zu schnorren; oder vielleicht geht er in die Fixerstube. Aber die hat erst ab 17 Uhr 30 auf." "Wo ist denn diese Fixerstube?" "Hier um die Ecke: Moselstraße 35 - dort können Sie ja nachfragen." "Vielen Dank - werd' ich machen."

Maria guckte auf die Uhr. Es war jetzt halb vier. Noch zwei Stunden. Egal! Maria ging die Moselstraße entlang. War ja wirklich nicht das feinste Pflaster. Sehr viel Müll lag hier herum. Dort war ein Park: Maria setzte sich auf eine Bank, nahm das Handy aus der Tasche und rief Fred noch einmal an. "Du, stell dir vor: Tobi ist wirklich hier. Gestern Abend hat ihn jemand gesehen, und der hat mir den Tipp gegeben, später in einem Druckraum nach Tobi zu suchen. Er meinte, da würde er meistens abends hingehen und konsumieren."

Fred fand das nicht gut. Wär' er doch mitgefahren. Aber er wollte das nicht mehr! Nein! Er wollte nicht mehr nach Tobi suchen - aber dass seine Frau alleine im Frankfurter Drogenmillieu war...

"Du weißt ja, dass ich das alles nicht richtig finde. Aber wenn du ihn findest und er wirklich mit nach Hause kommt.... Bitte pass auf dich auf." "Ja ich guck mal, dass ich eine Bäckerei finde. Hab' Hunger - bis später!" Maria ging durch den Park - auch hier hingen viele junge Männer rum - saßen in Grüppchen zusammen auf dem Rasen oder auf einer Bank - vielleicht auch Junkies oder Dealer?

Maria ging weiter und fand ein nettes Café. Sie gönnte sich einen leckeren Cappuccino und ein belegtes Brötchen. Sie war jetzt in der Kaiserstraße. Hier standen schöne alte Häuser. Hohe Bäume säumten die Straße. Dort stand ein Schild "Bahnhof". Langsam ging Maria in die Richtung.

So, jetzt war sie wieder da. Geschäftig liefen die Menschen hin und her. Maria guckte sich um - ja hier herunter und dann um die Ecke: Richtig, da war die Moselstraße. Hier ein Waschsalon - die Nr. 27. Moselstraße 35 hatte der Typ heute Mittag gesagt. Ja, da vorne. Marias Herz klopfte heftig. Ein Mann im Kapuzenshirt ging vor ihr in das Haus. Als er merkte, dass sie hinterher kam, hielt er ihr die Türe auf.

"Guten Tag." Niemand beachtete Maria. Sie guckte sich um und dann stockte ihr ein wenig der Atem: Dort hinten an der Theke oder war es ein Tisch? Dort, ja dort stand Tobi. Tatsächlich, er war es. Zwei, drei Schritte - dann stand Maria vor ihm.

"Hallo, Tobi!" Tobias zuckte zusammen: "Mutti, was machst du denn hier?" Maria umarmte ihren Sohn. "Ich wollte dich abholen und mit nach Hause nehmen." Tobi wurde ganz rot im Gesicht. Dann drückte er seine Mutter ganz fest. "Ja, ich komme mit."

Ganz unspektakulär verließen die beiden den Raum. Maria war es egal, ob ihr Sohn gerade konsumiert hatte oder ob er sich die Spritze noch setzen wollte - Hauptsache er kam jetzt mit ihr zum Auto und sie konnten nach Hause fahren. Dann würde man weitersehen. "Das Auto steht am Bahnhof", sagte Maria.

Ansonsten sprach keiner von beiden ein Wort. Erst als sie dann im Auto saßen, kam ein Gespräch zustande. "Ja, ich weiß, es war nicht gut, dass ich wieder aus Brockfeld weggegangen bin. Aber ich halte es dort nicht aus." "Ja, wo hälst du es aus?"

Maria seufzte tief. "Wie stellst du dir denn dein weiteres Leben vor?" "Ich weiß es auch nicht. Aber ich kümmere mich jetzt von zu Hause aus um einen Therapieplatz - versprochen."

Wieder der tiefe Seufzer von Maria. "Es gibt ein Programm der Drogenhilfe, das heißt "Therapie sofort". Morgen früh solltest du Frau Haarhaus anrufen und das mit ihr besprechen. Du siehst übrigens gut aus, auch wenn du deine schönen Haare abgeschnitten hast."

"Ja, gut dass du mich nicht gesehen hast, als Andy mich nach Brockfeld gebracht hat. Ich hatte einen schrecklichen Ausschlag im Gesicht - wahrscheinlich von der schlechten Ernährung, meinten die in Brockfeld. Ist dann auch ziemlich schnell abgeheilt. Eigentlich echt nette Typen da. Aber warum darf man dort nicht rauchen? Das ist doch wirklich nicht so schlimm - Tabak kann man nicht als Droge ansehen. Das ist einfach zu hart, wenn du von der Straße kommst und noch nicht mal rauchen darfst. Das halt' ich nicht aus, die meisten halten das nicht aus." "Wenn du clean werden willst, ist es halt ein harter Weg." "Ja, ich weiß, aber es gibt auch Unterschiede auf diesem Weg."

Fred erwartete die beiden schon und war sehr froh, als Frau und Sohn heil zu Hause ankamen. "Kommt, lasst uns erst mal etwas essen." Fred hatte den Tisch fürs Abendbrot gedeckt und Maria war erstaunt, wie hungrig sie war.

"Wie geht es denn jetzt weiter?", fragte Fred. "Wir haben letztens im Elternkreis von diesem neuen Therapie-Programm gesprochen. Eine stationäre Aufnahme ohne lange Wartezeiten. Tobi soll morgen die Frau Haarhaus von der Drogenberatung anrufen und sich alles erklären lassen." "Ja, das mach' ich", sagte Tobi. "Aber ich leg' mich jetzt hin. Seid bitte nicht böse, aber ich bin doch ziemlich müde."

Dann nahm er seine Mutter in den Arm und küsste sie. "Danke, Mutti, dass du gekommen bist. Ich wär' bestimmt wieder ganz böse rückfällig geworden." "Ich bin froh, dass ich dich so schnell gefunden habe."

Für Maria war dieser Satz aus Tobis Mund eine kleine Genugtuung - gab es doch im Eltern- und Freundeskreis sehr viele die meinten, es sei nicht gut, dass sie ihren Sohn immer wieder suchen würde. Und auch Fred und ihre Kinder fanden es nicht gut. Aber diese Aussage ihres drogenkranken Sohnes bestätigte sie in ihrem Tun - jedenfalls war es heute richtig und gut gewesen - für Tobi und für die ganze Familie - auch, um ein wenig zur Ruhe zu kommen.

Drei Tage später konnte Maria ihren Sohn zur Einweisung in eine Psychosomatische Klinik in Brestel auf die Suchtstation begleiten. Von hier aus sollte es dann ohne Zwischenaufenthalt in Therapie gehen.

Maria war erleichtert - sie hatte ein gutes Gefühl. Mit der Stationsleitung hatte sie vereinbart, einmal in der Woche anzurufen, um zu hören, wie es Tobi gehe. Alles andere sollte Tobias selbst von der Klinik aus regeln und auch seinen Eltern mitteilen.

- - - -

Tobi fühlte sich ganz gut dort. Da er nicht so krass rückfällig gewesen war, hatte er keine akuten Entzugs-Probleme. Er kam richtig gut zurecht. Auch die Gespräche in der Gruppe und mit einem Psychotherapeuten lehnte er nicht ab, sondern - im Gegenteil - er brachte sich ein und war sehr offen.

Besonders intensiv waren die Gespräche mit Ela, einer jungen Frau, die am gleichen Tag wie Tobi aufgenommen worden war. Er fand sie sehr lieb. Ela war ruhig und zurückhaltend. Die beiden hatten sofort einen guten Draht zueinander. Dadurch war der Aufenthalt in der Klinik für Tobi sehr angenehm.

Er beantragte die Therapie in einem Haus in der Eifel. Wann genau es losgehen sollte, wusste er noch nicht, nur dass es bald sein sollte. Das hatte er auch seinen Eltern geschrieben. Dass er sich darauf freue und solange in der Klinik in Brestel bleiben könne.

Ela hatte sehr große psychische Probleme und Phobien, die ganz plötzlich auftraten. Bei Tobi hatte sie nur angedeutet, dass diese Probleme meistens ohne Ankündigung da seien. Sie könne dann nichts machen.

Nach drei relativ ruhigen Wochen hörte Tobi am Morgen laute Stimmen in der Stationsküche - Ela war dabei. "Nein, ich gehe sofort", sagte Ela, als Tobi in die Küche kam. "Was ist denn los?", meinte er. "Ich bleibe nicht hier - ich gehe jetzt sofort." "Aber Ela, was hast du denn?" "Ich kann es dir nicht sagen - aber ich kann nicht hierbleiben - ich muss nach Hause. Ich muss sofort in meine Wohnung."

Auch der herbeieilende Sozialarbeiter und Marlis, die "Vertrauensschwester" konnten Ela nicht überzeugen, in der Klinik zu bleiben. "Ich gehe mit", sagte Tobi. Nun kam auch der Arzt aus seinem Zimmer. "Wer will hier gehen?" Er sah Ela und Tobi an. "Bitte kommen Sie beide doch erst einmal mit in mein Zimmer."

Ela fing an zu weinen: "Bitte, ich muss nach Hause. Ich kann nicht hierbleiben." "Haben Sie Ihre Medikamente genommen? Sie wissen, wie wichtig die für Sie sind." "Hab' ich, ganz bestimmt - aber ich muss hier weg." Ela weinte heftiger. Tobi nahm sie in den Arm. "Beruhige dich, ich bin ja bei dir. Ich bringe dich nach Hause."

"Sie sollten auf jeden Fall hierbleiben. Sie haben Ihre Therapie beantragt." Der Arzt guckte Tobi ganz ernst an. "Wir haben doch alles besprochen." "Ich gehe jetzt erst einmal mit Ela. Können Sie denn nicht meinen Eltern Bescheid geben, wenn Zusage und Termin aus der Eifeler Klinik kommen?" "Es geht um 'Therapie sofort'. Es warten noch andere Menschen auf die Zusage. Eine Bedingung ist, dass Sie von hier aus direkt in Therapie gehen. Wenn Sie jetzt die Klinik verlassen, ist der ganze Plan zunichte. Das geht wirklich nicht. Es tut mir leid." "Aber ich möchte Ela jetzt nicht alleine lassen. Ich werde mit ihr gehen. Mir geht's ja auch sehr gut - wir versuchen beide zusammen, clean zu bleiben."

Die beiden jungen Leute packten ihre Sachen und verließen zusammen die Klinik. Ela wohnte nur ein paar Straßen weiter. Sie gingen zu Fuß dorthin. Soweit also Tobis Entgiftung und Therapie in diesem Oktober 1998.

Immerhin rief er zu Hause an und sagte seinen Eltern Bescheid. "Ich kann hier bei Ela bleiben. Wir verstehen uns sehr gut. Ich passe auf sie auf und sie auf mich. Wir wollen beide nicht rückfällig werden und clean bleiben." Tobi gab seiner Mutter Elas Telefonnummer. "Wenn du dir Sorgen machst oder irgendetwas ist, kannst du mich jedenfalls erreichen", meinte er.

Auch wenn sie enttäuscht war, dass die angestrebte Therapie für Tobi nicht stattfand, war Maria doch froh, dass sie jetzt wusste, wo ihr Sohn war und wie sie ihn erreichen konnte.

Ela und Tobi waren bald ein Paar. Sie besuchten Tobis Eltern, und Maria lernte auch Elas Eltern kennen. Soweit war ja alles ganz gut.

Inwiefern die beiden Drogen nahmen oder was sie nahmen, wusste Maria nicht. Sie fragte auch nicht. "Denk daran, dass du noch den Teil einer Geldstrafe offen hast", erinnerte Maria ihren Sohn aber daran, dass er sich bei seinem Bewährungshelfer melden und sich um die Bezahlung der noch offenen Strafe kümmern musste.

"Ich werde mich bei Ela anmelden und dann auch hier in Brestel zum Arbeitsamt gehen. Bei der Drogenberatung waren wir auch schon zusammen."

Ela musste täglich Psychopharmaka nehmen, sonst würde sie wieder diese Angstzustände bekommen. Das war dann wie in der Klinik: Sie weinte hemmungslos, wollte weg oder sich irgendwo einschließen. Vor wem oder was sie Angst hatte, konnte sie nicht richtig beschreiben. Tobi nahm sie dann in den Arm und tröstete sie wie ein kleines Kind. Er fand diese Anfälle schlimm und erinnerte Ela immer daran, ihre Medikamente pünktlich einzunehmen. Das brauchte er nicht, denn eigentlich war Ela da sehr gewissenhaft.

Beide kifften relativ viel. Ela ging regelmäßig zur Drogenberatung. Dort hatte sie auch Therapiestunden. Tobi begleitete sie meistens und wartete im Café der Drogenberatung auf seine Freundin. Hier lernte er dann auch ein paar Typen aus der Bresteler Drogenszene kennen. "Wenn du mal etwas brauchst: Am Lindenplatz - Ecke Dorfstraße wirst du immer jemanden finden, der etwas hat oder weiß, wo du etwas bekommst. Nur als Tipp."

Es war schon Dezember, als Tobi an diesem Platz von der Polizei kontrolliert wurde. "Tobias Fragenberg - richtig?". Der Beamte hielt Tobis Personalausweis in der Hand. "Ja, das bin ich." "Tut mir leid - dann muss ich Sie mit zur Wache nehmen." "Scheiße", entfuhr es Tobi. "Kann ich meiner Freundin noch Bescheid sagen? Die wohnt hier direkt um die Ecke." "Wir nehmen Sie jetzt mit und dann gucken wir weiter."

Tobi hatte sich natürlich nicht bei seinem Bewährungshelfer gemeldet und um die Ratenzahlungen hatte er sich auch nicht gekümmert. So wurde er von der Bresteler Wache zunächst nach Cöln-Ossendorf gebracht.

Mit seinen Eltern durfte er telefonieren und er bat dann seine Mutter, die am Telefon war, Ela Bescheid zu geben, dass er wahrscheinlich in die JVA Essen verlegt werden würde.

Maria und Fred vereinbarten einen Besuchstermin und konnten Tobias ein paar Tage vor dem Weihnachtsfest noch ein Päckchen mit Tabak sowie süßen und salzigen Leckereien bringen.

Maria tat ihr Sohn noch nicht einmal leid, als er ihnen in der kleinen Besuchernische gegenübersaß. "Ich versteh' dich nicht, Tobi", meinte sie, nachdem sie ihn mit einem flüchtigen Kuss begrüßt hatte. "Du wolltest dich doch um die Geldstrafe kümmern. So schlecht ging es dir doch nicht - oder? Jedenfalls hatte ich nicht den Eindruck - aber da hab' ich mich wohl vertan."

Maria war so richtig enttäuscht und stinksauer - und das zeigte sie ihrem Sohn auch. Der war relativ kleinlaut. "Du hast ja recht - das war schon ziemlich blöd von mir. Dabei war ich wirklich nicht so voll drauf. Hab' nur ganz selten Koks oder hartes Zeug genommen."

Fred war relativ ruhig: "Nur soviel, mein Sohn: Geld wirst du von uns keins mehr bekommen. Diesmal musst du Weihnachten im Gefängnis verbringen. Vielleicht eine Erfahrung, die dich dann doch dazu bringt, dich um deine Sachen zu kümmern. Wenn du hier raus kommst, sehen wir weiter." "Ich hab' auch nicht damit gerechnet, dass ihr mir Geld gebt. Man hat mir gesagt, dass ich wahrscheinlich hier arbeiten kann. Malern wird das eigentlich immer angeboten. Aber es wird wohl noch bis zum nächsten Jahr dauern."

Tobi machte eine Pause: "Und danke, dass ihr überhaupt gekommen seid - auch für das Päckchen. Ich versuch', mich hier aus allem rauszuhalten. Mir tut es nur für die Ela so leid - die hab' ich jetzt auch enttäuscht." "Ela hat ja ihre Eltern ganz in der Nähe - die kümmern sich schon. Sie will dich auch besuchen kommen - wir sollen dich jedenfalls ganz lieb grüßen - und schreiben wird sie dir bestimmt auch", meinte Maria. Sie schüttelte wieder den Kopf. "Ach Tobi, wir hatten so sehr gehofft...." Weiter sprach sie nicht. Keiner sagte mehr etwas. Alle drei guckten sich stumm an.

"Ich denke, wir gehen jetzt", sagte Fred. Tobi klopfte an die Tür. Der Wachmann kam. Tobi verabschiedete sich von seinen Eltern. "Danke, dass ihr gekommen seid. - Ich weiß im Moment auch nicht was ich sagen soll. Es ist halt mal wieder blöde gelaufen und ich weiß auch, dass nur ich alleine das verantworten muss. Gruß an Max und Steffi und die Kleinen."

Jetzt musste Tobi doch kurz schlucken. "Und schöne Weihnachten - bis bald. Ich schreib' euch." Er umarmte seine Eltern. "Warten Sie bitte hier - ich bringe Ihre Eltern nach vorne", sagte der Wachmann. Er schloss die Türe hinter Tobi ab und führte Fred und Maria bis zur Ausgangstür.

Es war schon irgendwie ein bedrückendes Weihnachtsfest, auch wenn Fred und Maria nicht zeigen wollten, wie enttäuscht und traurig sie darüber waren, dass ihr Ältester in Essen im Gefängnis war. "Aber wir wissen wenigstens, wo er ist und dass ihm ja eigentlich nichts passieren kann, solange er sich an die Regeln dort hält und nicht irgendwelche Geschäfte mit anderen Insassen macht." Maria überlegte immer wieder, was sie tun könnte, um ihrem Sohn zu helfen. Wo könnte er hingehen, um doch noch eine Therapie zu machen und clean zu werden? Sie guckte im Internet nach Einrichtungen und Hilfsangeboten.

Anfang Februar kam ein Brief von Tobias:

"Liebe Mutti, als ich am Freitagnachmittag auf die Zelle musste, gab mir der Abteilungsbeamte Deinen Brief - und weil ich noch etwas warten musste, begann ich gleich zu lesen. Schon nach den ersten Zeilen hatte ich Tränen in den Augen. Ich habe dann nicht mehr weitergelesen, bis eben. Seitdem versuche ich im Geiste zu formulieren, was mir alles durch den Kopf geht. Ich merke wieder, wie schwer es mir fällt, meine Gefühle zu beschreiben.

Ihr fragt euch oft, was ihr falsch gemacht habt. Aber auch ohne viel Ahnung von Kindererziehung zu haben, weiß ich, dass ihr die besten Eltern seid, die ich mir überhaupt vorstellen kann - und ganz sicher seid ihr auch die liebevollsten. Wenn ich an früher denke, weiß ich, dass ich vieles anders hätte machen müssen - ich habe eure Liebe oft ausgenutzt. Damit habe ich schon lange zu kämpfen und der beste Weg, um das alles wieder gutzumachen ist, endlich mein Leben in den Griff zu bekommen. Das habe ich verstanden, wenn ich auch noch nicht genau weiß, wie ich endgültig da raus komme. Erst mal sehen, wie es hier weitergeht.

Seit eurem letzten Besuch ist nämlich einiges passiert: Zuerst hieß es, ich solle Donnerstag auf Transport nach Gelsenkirchen, dann hatte ich plötzlich Freitag einen Termin - der wurde aber auf den 29. verschoben... und hat dann doch nicht stattgefunden.

Am Dienstag wurde ich gefragt, ob ich noch als Maler arbeiten wolle - ich hatte ja schon am Anfang hier einen Antrag gestellt. Klar wollte ich und so renoviere ich jetzt in der Verwaltung die Büros. Tut gut, beschäftigt zu sein. Die Leute sind wohl auch ganz zufrieden mit mir.

Am Freitag hatte ich dann doch einen Termin bei Gericht. Wie ich vermutet hatte, ging es um die Zwei-Drittel-Anhörung. Allerdings nicht bei Richter Kunze - der mich ja schon kennt. Ob das gut oder schlecht ist, wird sich ja noch rausstellen. Ich rechne sowieso mit nix.

Hier liegt noch dein Brief. Ist Dir schon mal aufgefallen, wie ähnlich unsere Schrift ist?

Jedenfalls werde ich am Montagmorgen mit dem Arbeitsleiter reden. Ich soll nämlich am Nachmittag mal wieder nach Gelsenkirchen verlegt werden und er hat schon angedeutet, dass er mich gerne behalten würde. Ich denke, ich sollte versuchen, hier zu bleiben - schon wegen der Arbeit, aber auch, weil ihr mich hier besser besuchen könnt - oder?

Ich kann auch eine Einzelzelle bekommen - am Dienstag - endlich! Und der Pastor will mir die Gitarre wieder leihen. Er musste die Stahlsaiten austauschen, weil man damit die Gitter durchsägen kann!!

Ich merke, ich habe mich darum gedrückt, weiter auf Deinen Brief einzugehen - im Moment ist mir das ganz lieb so. Ich weiß, ich werde die ganze Nacht wieder zu Dir und Paps, auch zu Ela reden und noch zu einigen anderen - in Gedanken - werde versuchen, zu erklären was ich empfinde, warum alles so weit gekommen ist - nur zu Papier bringen kann ich das alles nicht, so gerne ich auch möchte. Leider. Soweit für heute - Tobias"

Maria schaute auf den Brief in ihrer Hand. Was sollte Tobi ihr auch schreiben? Sie schrieb ihm doch auch immer dasselbe, schrieb ihm, dass er es schaffen könne, dass seine Familie zu ihm halten werde, dass sie ihm helfen wollten, dass sie ihn liebten! Ja, es war so - aber Tobi saß im Knast - er hatte mit den Drogen zu kämpfen, sobald er da wieder raus war. Sie verstand ja überhaupt nicht, warum das so war.

Warum war es so schwer, das Zeug nicht anzufassen? Warum? Warum? Warum wurden manche Menschen süchtig und andere nicht? Wie konnte sie ihrem Sohn helfen?

Dieser Richter Kunze - vielleicht sollte sie dem schreiben. Es gab ja bestimmt noch eine Verhandlung, wenn sie Tobi richtig verstanden hatte. Da musste es doch die Möglichkeit für diesen Richter geben, Tobi in eine therapeutische Klinik einzuweisen. "Therapie statt Strafe" - ja klar, es gab da diesen Paragraphen 35 BtMG. Wenn sie den Richter darauf hinweisen oder mit Tobi darüber sprechen würde, dass man sich darauf berufen und Tobi in einer entsprechenden Einrichtung unterbringen könnte - direkt nach dem Knast....

Drei Wochen später hielt Maria wieder einen Brief von Tobi in der Hand. Dabei hatten sie ihren Sohn doch erst vor ein paar Tagen in Essen besucht - und dieser Besuch war nicht sehr erfreulich gewesen.

"Liebe Mutti, lieber Paps, es tut mir leid, dass ich bei euerm letzten Besuch so aggressiv gewesen bin. Natürlich kann ich euch nicht für meine Situation verantwortlich machen, aber es fällt mir einfach schwer einzusehen, dass ich mir alles selbst eingebrockt habe und dass ich damit klar kommen muss. Aber ich bin jetzt schon so lange hier. Deswegen kann ich mich so schwer kontrollieren. Ich wollte euch nicht vergraulen. Natürlich freue ich mich, wenn ihr mich besucht, auch in Zukunft - mir wird nur die ganze Situation langsam zu viel.

Die Geldstrafe hat sich wohl inzwischen erledigt - das heißt, ich wäre schon frei - aber es gibt einen neuen Haftbefehl wegen eines Diebstahls in Maastricht und einem in Gammersbach. Deswegen muss ich auf jeden Fall bis zur Verhandlung noch hier bleiben. Ich hoffe auf einen Termin noch im März - aber ich verlasse mich auf nichts. Die Verhandlung ist in Gammersbach. Vielleicht könnt ihr mal bei dem Gericht anrufen und fragen, wann die Verhandlung angesetzt ist und mir Bescheid geben.

Jetzt ist schon Samstag und ich kann diesen Brief erst am Montag abgeben. Es tut mir so leid - natürlich bin ich nicht böse auf euch - höchstens auf mich selbst. Tut mir leid, was ich über Papas Arbeit gesagt habe.

Ich liebe euch von ganzem Herzen! Bis bald!

Liebe Grüße an alle - Tobias"

Maria rief bei Gericht an und bekam einen Telefontermin mit dem Richter. "Die Verhandlung wird erst Mitte Mai in Gammersbach stattfinden", meinte Richter Kunze. "Und solange muss mein Sohn noch in Essen im Gefängnis bleiben?" "Da wir ja nie wissen, wo Ihr Sohn ist, besteht Fluchtgefahr. Er hält sich nicht an die Auflagen und meldet sich nicht bei seinem Bewährungshelfer. Wenn Sie mir allerdings eidesstattlich ver-

sichern können, dass er bei Ihnen wohnt und dass er sich regelmäßig bei Herrn Herbst meldet, könnte ich den Haftbefehl
aufheben - dann wäre er frei - jedenfalls bis zur Verhandlung
im Mai."

Maria holte tief Luft. "Das würde wirklich gehen?" "Ja, kommen Sie mit Ihrem Mann hierher und unterschreiben Sie eidesstattlich, dass Ihr Sohn bei Ihnen in Kirchbach wohnt. Dann
klappt das." Schon am nächsten Tag waren Fred und Maria bei
Gericht und setzten ihre Unterschrift unter das entsprechende
Schreiben.

Eine Woche später rief Tobi ganz aufgeregt an. "Ich kann es
nicht glauben: Mama, ihr könnt mich abholen. Ich brauche
nicht bis zur Verhandlung hier zu bleiben. Mein Haftbefehl ist
aufgehoben worden. Der Beschluss wurde hierher gefaxt. Das
hab' ich nur euch zu verdanken - Danke! Danke!"

So zog Tobias wieder ins Haus seiner Eltern nach Kirchbach. Am
nächsten Tag hatte Maria Dienst und nahm ihren Sohn mit
nach Brestel. "Ich bring dich nur zu Ela, wenn ich dich nach
Dienstschluss auch wieder abholen kann", hatte sie am Abend
vorher zu Tobias gesagt. "Ich hoffe, du verstehst das." "Na klar
- ich komm' dann abends wieder mit dir nach Hause. Übermorgen hab' ich ja einen Termin bei Bewährungshelfer Herbst
in Gammersbach."

Eigentlich sah alles gut aus. Tobias hatte mal wieder die besten
Vorsätze. "Ich bin so froh, dass ich aus dem Knast raus bin",
sagte er überglücklich zu Ela. "Das waren so schreckliche Wochen. Ich werde alles tun, damit ich nie wieder eingebuchtet
werde."

Bis zur Gerichtsverhandlung drei Wochen später lief auch alles
ganz gut. Tobi war viel zu Hause. Fred hatte ihn als Aushilfe in

seinem Betrieb angemeldet und ein paarmal fuhr er mit seinem Vater zur Baustelle und half bei den Malerarbeiten. Wenn er nach Brestel zu Ela fuhr, wussten seine Eltern Bescheid. Er hielt sich an Verabredungen und Termine - peinlich genau. Ela war auch des Öfteren bei den Frangenbergs.

In diesen paar Wochen erkannten Fred und Maria ihren Sohn nicht wieder. Es gab ruhige und auch diskussionsreiche Gespräche am Abendbrottisch, an denen sogar Max teilnahm. Auch er war angenehm überrascht von seinem "großen" Bruder, der nun wieder hier wohnte. Ganz super fanden Clara und Ramon ihren Onkel, der so toll schnitzen und malen konnte. Oft setzte Tobi die beiden in den Bollerwagen, packte Utensilien zum Picknicken mit hinein und dann machten sie Ausflüge zum Spielplatz oder in den Wald.

In der Verhandlung beim Amtsgericht Gammersbach ging es um "Diebstahl geringwertiger Sachen in zwei Fällen." Tobi wurde zu einer Gefängnisstrafe von sechs Monaten verurteilt, wobei die Strafe zur Bewährung von drei Jahren ausgesetzt wurde. Außerdem musste Tobi 50 Stunden gemeinnützige Arbeit leisten. Gleichzeitig hob der Richter noch einen Haftbefehl des Amtsgerichts Frankfurt - auch wegen Diebstahl - auf. Er setzte fest, dass Tobias sich einmal in der Woche auf der Polizeiwache in Gammersbach melden musste oder bei seinem Bewährungshelfer. Tobias war erleichtert. - Hauptsache er brauchte nicht wieder ins Gefängnis.

Schon eine Woche später fragte Tobias im Bürgerbüro der Gemeinde Kirchbach nach, ob und wo er die gemeinnützige Arbeit verrichten könne. Zwei Wochen arbeitete er beim Bauhof der Gemeinde, so dass diese Auflage des Gerichts zügig erfüllt war.

"Ihr habt doch sicher nichts dagegen, dass ich wieder zu Ela ziehe", sagte Tobi eines Abends. "Macht euch keine Gedanken, ich werde mich regelmäßig bei Herrn Herbst melden." "Wie sieht's denn mit Arbeit aus?", wollte Fred wissen. "Du weißt, dass ich dich gut gebrauchen könnte - Voraussetzung ist natürlich, dass du zuverlässig bist und weiter clean bleibst. Aber das sieht doch ganz gut aus - warum solltest du das nicht schaffen?"

Tobias druckste ein weinig herum, dann sagte er: "Ne, Paps, ich will nicht hierbleiben. Es war super, dass ich hier wohnen durfte bis das mit dem Gericht alles geklärt war, aber jetzt ist auch gut - ich möchte zu Ela. Ich arbeite auch für dich – jedenfalls auf 400-Euro-Basis als Aushilfe, wenn es dir recht ist - mehr möchte ich im Moment nicht. Ich will Ela auch nicht so lange alleine lassen. Ich melde mich regelmäßig - versprochen. Ihr wisst, wo ich wohne - wir können uns gegenseitig besuchen. Ich möchte ja auch Clara und Ramon weiterhin sehen - das hab' ich auch zu Steffi gesagt. Es ist so schön mit den beiden."

"Tja, du musst wissen, was du tust - aber zwei Tage in der Woche bei Papa arbeiten, schaffst du doch bestimmt. Wir telefonieren regelmäßig und wenn die Kleinen hier sind, kannst du mit Ela ja auch am Wochenende mal kommen." Maria lächelte. "Wie eine ganz normale Familie - mehr will ich doch gar nicht." Sie drückte Tobias an sich. "Ich freue mich so sehr, dass es dir gut geht."

- - - -

Warum kippte dann alles wieder? Keiner konnte das erklären. Schon beim Besuch von Tobias und Ela zwei Wochen später merkte Maria, dass irgendetwas mit den beiden nicht stimmte.

"Die hatten wieder gekifft oder anderes Drogenzeugs genommen." Das sagte sie am Abend aber nur zu Fred.

"Tobi war ganz komisch - total anders als in den Wochen, in denen er hier wohnte. Hast du auf der Baustelle nichts gemerkt? Ich wollte eigentlich mit Tobi reden - aber ich wusste nicht so recht, wie ich anfangen sollte. Ich bin ja froh, wenn er zu uns kommt und nicht wieder abhaut."

"Deswegen reden wir auch jetzt nicht mit ihm. Das bringt doch alles nichts", meinte Fred und sah seine Frau ratlos an. "Vielleicht ergibt sich ja nächste Woche auf der Baustelle eine Gelegenheit."

Alles ging wieder rasend schnell: Ela war nicht wirklich clean - sie wurde in der Drogenberatung mit einem Ersatzstoff substituiert. Für Ela war das gut und richtig.

Aber dadurch kam auch Tobias mit den Junkies in Brestel zusammen - und schon in der ersten Woche bei Ela hatte er sich die erste Spritze gesetzt. Er schnorrte sogar ab und zu dort in der Fußgängerzone, aber wenigstens hatte er ein Dach über dem Kopf.

"Oh Mann, Tobi - dabei warst du so gut weg vom dem Scheiß". Ela küsste Tobi zärtlich. Sie nahm seinen Kopf in beide Hände und schaute ihm tief in die Augen. "Ich wollte nicht, dass du wieder rückfällig wirst. Das ist nicht gut - nicht gut für dich und nicht gut für mich. Ich habe Angst." "Du brauchst keine Angst zu haben - ich schaff' das schon. Morgen geh' ich arbeiten - ich hol' mir auch nichts - versprochen."

Tobi hatte das wirklich vor - er schaffte es auch zwischendurch, mal einen Tag nichts zu nehmen. Aber dann war der Turkey wieder da. Er fror, die Nase lief, ihm war übel Das sollte wieder aufhören. Alles Scheiße!

Sechs Wochen, nachdem Tobi bei Ela eingezogen war, sagte er seinem Vater, dass er sich in Marienhagen zum Entgiften angemeldet habe. Er stehe dort auf der Warteliste. Die Entgiftung dauerte zwei Wochen.

In dieser Zeit flammte bei Maria wieder die Hoffnung auf, dass ihr Sohn jetzt endlich im Anschluss eine Therapie machen werde. Aber nach der Entgiftung fühlte Tobi sich wieder gut. "Das brauche ich nicht." Er ging zurück zu Ela, arbeitete weiter an zwei Tagen in der Woche, aber irgendwann war er wieder in dem Kreislauf mit den Drogen gefangen.

Tobias ging es sehr schlecht, als er im Spätherbst in Marienhagen anrief; und wieder fühlte er sich gut, als er zwei Wochen später entlassen wurde - eine Therapie wollte er immer noch nicht machen.

An Heiligabend brachte Tobias Ela mit zu seinen Eltern. Clara und der kleine Ramon strahlten Tobi an. Auch Maria und Fred strahlten, wenn auch etwas verhaltener. Aber sie waren froh, dass ihr Sohn mit dabei war. Es war ein Jahr mit vielen Höhen und Tiefen gewesen und sehr zuversichtlich waren sie nicht, wenn sie Tobi ansahen.

"Es geht so nicht weiter", sagte Fred zu Maria. "An den zwei Tagen zu arbeiten, ist keine Lösung - weder für Tobi noch für mich." "Das seh' ich auch so. Aber was willst du machen?" "Wir können unseren Sohn nicht zwingen, hier zu wohnen. Und auch dann könnten wir ihn nicht festhalten und überwachen. Du kannst ihm natürlich kündigen, wenn er es nicht schafft, seine Arbeit zuverlässig und handwerklich gut zu erledigen." "Das ist es ja - wenn er da ist, arbeitet er gut. Und an den zwei

Tagen kriegt er es ja auch meistens hin, pünktlich zu sein."
"Aber es ist doch keine Lösung, alle paar Wochen zur Entgiftung zu gehen. Wir müssen ihn zwingen, eine Therapie zu
machen. Sonst musst du ihm kündigen."
Maria seufzte tief, dann schluchzte sie. "Es geht nicht anders.
Wir müssen mit Tobias reden. Wir können nicht weiter beide
Augen zudrücken. Entweder er macht eine Therapie oder du
musst ihn entlassen, wenn er wieder nicht fähig ist zu arbeiten." "Ja, es ist auch ungerecht unseren anderen Mitarbeitern
gegenüber. Ich kann Tobi auf Dauer nicht solch eine Sonder-
stellung einräumen."

2000

Das Gespräch fand Anfang Januar statt. Tobi nickte: "Ja, klar, ich versteh' dich, Paps. Im Moment geht's ja. Ich reiß' mich zusammen. Wenn ich bei dir arbeite, nehm' ich nix. Ela ist im Programm. Ich hab' schon nachgefragt, ob ich auch Methadon bekommen kann. Aber wir wollen beide richtig clean werden. Wir wollen wirklich da raus." "Du weißt ja am besten, was du machen musst", sagte Fred. "Wir sind schon bei der Drogenberatung - die helfen uns weiter", meinte Tobi.

Mitte März wurde Tobias in Brestel in der Psychosomatischen Klinik zur Entgiftung aufgenommen, gemeinsam mit Ela. Beide waren inzwischen im Methadon-Programm, aber Tobi hatte oft Beikonsum in Form von Alkohol oder Cannabis.

Zusammen mit Ela ging es dann direkt im Anschluss in das "Verhaltensmedizinische Zentrum für Abhängigkeitserkrankungen und Psychosomatik" - in die Eifel. Maria und Fred atmeten auf - sie konnten es kaum glauben: Ihr Sohn war in Therapie! Nach so vielen Entgiftungen hatte er es endlich durchgezogen.

Im Elternkreis erzählte Maria ganz stolz, wie glücklich sie sei und dass Tobias es jetzt ganz bestimmt schaffen werde, keine Drogen mehr zu nehmen und dass nun die Wende eingeleitet sei.

Maria hielt den ersten Brief ihres Sohnes in der Hand. Das war eine Woche nach Tobis Geburtstag, am 22. April. Am Abend las sie ihn Fred vor:

"Hallo Mutti, Hallo Paps, es hat lange gedauert, aber langsam habe ich doch das Bedürfnis, euch zu schreiben. Ich hatte an den letzten beiden Tagen aufschlussreiche Gespräche mit den Therapeuten und dabei hatte ich auch endlich das Gefühl, dass es hier um mich geht. Und um Ela, natürlich. Es war auch leicht, mal etwas von mir zu erzählen. Hat mir gut getan.

Zuerst war es für mich ganz schön schwierig hier. Man kann so viel falsch machen, was diverse Regeln angeht. Ela hatte noch mal Probleme mit ihrer Psychose und musste übers Wochenende zur Beobachtung in eine andere Klinik. Das war schon vor drei Wochen. Mittlerweile kommen wir gut hier zurecht - auch mit den anderen Patienten. Letzte Woche ging es allerdings hoch her mit Rückfällen, Abbrüchen und diversen Disziplinverstößen. Wir hatten damit aber nur am Rande zu tun.

Leider komme ich kaum zum Lesen oder zum Gitarre üben, weil der Tag so vollgepackt ist. Auch an Zeitungen kommt man hier nur schwer ran. Aber weil meistens etwas ansteht, ist es wenigstens nicht langweilig. So, das war's erst mal. Wir kommen zurecht. Macht euch keine Sorgen. Vielleicht kannst du ja schreiben. Ich glaube, ab nächste Woche Mittwoch dürfen wir Post bekommen. Ich würde gerne wissen, wie es euch geht. Alles Liebe, Tobias"

Der nächste Brief kam ca. zwei Wochen später:

"Hallo, Ihr Lieben! Schön, dass du geschrieben hast, Mutti. Ich liege auf dem Bett, es ist schon später Abend, deswegen ist die Schrift etwas verwackelt. Deinen Brief habe ich zwar gestern bekommen, aber ich habe eben erst angefangen, ihn zu lesen. Hab' den Kopf ziemlich voll. So ganz kann ich mich noch nicht einlassen auf den ganzen Therapie-Wust. Aber ich fange an, über meine Probleme nachzudenken.

Da ist mehr als ich eigentlich erwartet hatte. Hab' ein bisschen Angst davor. Ich bin sowieso etwas gehemmt. Seit fast einer Woche hätte ich schon anrufen können, habe auch jeden Tag daran gedacht, aber hab's dann doch wieder verschoben. Irgendetwas blockiert da, aber das hatte ich ja schon oft. Ich will einfach nichts an mich ranlassen. Das macht auch Ela zu schaffen, unter anderem. Es ist eben echt nicht leicht hier. Aber soll es ja auch nicht sein. Deinen Geburtstag hab' ich nicht vergessen, hab' nur nicht geschrieben - tut mir leid! Aber es ist schön, Post zu bekommen. Ich werde wohl demnächst auch mal anrufen. Ihr könnt euch aber gerne hier melden - so ab 20 Uhr 30. Ihr braucht auch nicht zu denken, dass mich das stört oder so, im Gegenteil. Manchmal brauch' ich eben einen kleinen Anstoß, um mich aufzuraffen. Wenn es dir nicht zu viel ist, kannst du dich ja die Tage mal melden.

Tut gut zu hören, dass es euch gut geht, jedenfalls besser als in den letzten Monaten. Ist ja auch schwierig, jedenfalls für Paps, wo es ihm doch nicht so gut geht körperlich. War er denn jetzt bei dem Spezialisten für Zucker? Hat er Ergebnisse bekommen? Ich denke oft daran, dass eure Eltern ja sehr früh gestorben sind - und das macht mir ein bisschen Angst. Aber ich denke doch, dass Papa weiß was er tut - oder? Ihr könnt ihn ja bremsen, wenn er es übertreibt mit der Arbeit.

Es fällt mir etwas schwer, jetzt wieder einen Übergang zu finden zu mir bzw. zu uns. Ihr möchtet ja sicher wissen, wie wir mit dem Programm hier zurechtkommen. Anfangs hatten wir beide große Schwierigkeiten mit der Disziplin hier. In den ersten drei Wochen hatte ich 13 oder 14 Regelverstöße (zu spät zum Frühstück, Berichte nicht abgegeben, mit Patienten außerhalb meiner Gruppe geredet - so Sachen eben). Seit dem aber nur noch vier Verstöße. Bei Ela ist es so ähnlich.

Ich male auch wieder mehr. Unsere Gruppentherapeutin fördert mich da ziemlich, weil ich damit viel ausdrücken könne, meint sie. Na ja, Therapeuten sehen oft Dinge in den Bildern, die ich nicht immer bestätigen kann, aber manches ist wohl eher unbewusst. Jedenfalls will uns hier keiner etwas einreden, es sind immer nur Denkanstöße, die wir bekommen. Das macht viel aus - ist aber auch stressig, vor allem weil ich so viel vor mir herschiebe.

Ich muss auch viel schreiben: Tagebuch, Gefühlsbogen... das ist auch so ein Ding: Durch die viele Schreiberei geben andauernd die Kugelschreiber ihren Geist auf. Ich höre jetzt auch auf: Ich darf nur bis 23 Uhr 30 das Licht anlassen, sonst gibt's wieder einen Regelverstoß. Sollte es jedenfalls geben, aber das wird nicht ständig kontrolliert, sonst hätte ich wohl noch zehn Verstöße mehr. Ich darf nur nicht die ganze Nacht lesen, ansonsten sagt wohl keiner etwas.

Aber ich schlafe ziemlich schlecht. Morgens bin ich oft total fertig. Trotzdem freue ich mich immer auf die AT (Arbeitstherapie). Das ist Haustechnik und alles was anfällt. Ich mache hauptsächlich Malerarbeiten, Fußboden verlegen und so. Es gibt viel zu tun hier. Helmut, der Arbeitstherapeut ist zufrieden - dann macht's auch Spaß. Auch mit den anderen hier komme ich gut klar. Obwohl die Stimmung sehr schwankt - allgemein hier im Haus. Die Paten für unsere Gruppe sind vor drei Wochen schon rausgeflogen, weil sie einen Rückfall hatten - genau wie drei Leute aus anderen Gruppen. Das bringt dann immer Unruhe.

Aber wir haben morgen unseren zweiten Ausgang - Ela und ich - da sehe ich keine Probleme. Wir wollen in die Stadt gehen, 'nen Kaffee trinken und dann setzen wir uns irgendwo auf eine Wiese... schön in Ruhe. Tut gut, hier mal raus zu dürfen.

Mach dir keine Sorgen wegen uns, wir nehmen das sehr ernst hier. Ich will wirklich an mir arbeiten, und das ist der richtige Platz dafür.

Also, ganz liebe Grüße an alle: an Paps, Steffi, Ramon und Clara, an Max, Sabine und Peter... und an alle, die nach mir fragen: Es geht mir gut - ich glaube, ihr braucht euch diesmal keine Sorgen zu machen. Ich melde mich - alles Liebe - Tobias"

"Puh, so ein langer Brief - und das von unserem Sohn." Maria wischte sich eine Träne aus dem Auge. "Ist doch wirklich Wahnsinn - oder?" "Ja, er ist kaum wieder zu erkennen", antwortete Fred. "Ich werde ihn in den nächsten Tagen anrufen. Ich freue mich so sehr über diese Entwicklung. Das müssen wir ihm auch sagen". "Ja, hoffentlich bleibt das auch so." Fred war trotz allem kritisch und wollte seine Erwartungen nicht zu hoch stellen.

Die nächsten Monate verliefen bei den Frangenbergs relativ ruhig. Fred war zwar durch seine Diabetis ein wenig eingeschränkt, aber bald spielte sich alles ein. Es tat gut zu wissen, dass ihr Sohn in Therapie war, dass er etwas für sich tat und an sich arbeitete. Das förderte auch Freds Gesundheit.

Es war Mitte August, als Tobias anrief: "Mama, bitte keinen Schreck bekommen! Mit mir ist alles in Ordnung. Aber..." Pause! "Kannst du mich bitte abholen? Ela musste gestern hier abbrechen. Sie war so tief in ihrer Psychose. Ganz schlimm! Eine Woche war sie in der Klinik nebenan. Da waren wieder diese Angstzustände. Ihr Bruder hat sie gestern abgeholt."

"Aber deswegen musst du doch nicht auch gehen." Maria wusste gar nicht was sie sagen sollte. "Bei dir läuft es doch gut." "Ja, aber ich will nicht länger hier bleiben. Bitte, hol' mich ab. Ich hab' das hier schon geregelt. Meine Gruppentherapeuten würden mich zwar lieber hier behalten, aber sie meinten auch, wenn die Sorge um Ela zu groß sei, würde es mir nichts bringen. Wir hatten uns ja zur Paar-Therapie angemeldet und wollten das zusammen durchziehen." "O.k., ich habe morgen Frühdienst und hole dich anschließend ab. Aber gut finde ich das nicht." "Danke Mutti - bis morgen."

- - - -

Maria war entsetzt. Hoffentlich ging das gut! Sie telefonierte noch mit Elas Mutter, die weitgehend bestätigte, was Tobias ihr erzählt hatte. "Ela ist im Moment bei uns. Sie möchte nicht alleine bleiben. Und ehrlich gesagt, haben wir große Angst um sie, auch wenn Tobias wieder zu ihr ziehen sollte." "Ja, ich weiß auch nicht, ob die beiden schon so stabil sind. Aber was sollen wir machen? Ela wird doch sicher ambulant weiter therapeutisch betreut, oder?" "Ja, so ist es geplant."

Am nächsten Tag fuhr Maria nach Dienstschluss in die Eifel und nahm ihren Sohn mit den Entlassungspapieren (vorzeitig beendete Therapie) in Empfang. Die Gruppentherapeutin begrüßte Maria und sagte, es tue ihr sehr leid, dass Tobi vorzeitig das Haus verlasse. Sie wünschte ihm alles Gute und meinte, dass er sich in den nächsten beiden Tagen noch überlegen könne, zurückzukommen. "Vielen Dank, aber ich denke, ich habe hier viel gelernt und werde es schaffen. Auf Wiedersehen."

Es war ein herrlicher Spätsommertag. Die Sonne schien und vertrieb auch zunächst Marias Zweifel. "Wie soll es nun weitergehen?" "Ich bin ja noch bei Paps angemeldet. Wär' toll, wenn ich wieder richtig einsteigen könnte. Wie sieht's denn überhaupt mit Aufträgen aus?" "Dein Vater ist im Moment sehr viel auf Montage. Er hat sich spezialisiert und renoviert Parkhäuser - ungefähr seit dem Zeitpunkt, als du die Therapie begonnen hast." "Ah ja, ich kann mich erinnern, dass er mit seinem Freund Uwe von der Lackfabrik darüber gesprochen hat. Super, dass das geklappt hat." "Willst du denn bei uns wohnen?"

"Ich muss natürlich mit Ela sprechen - eigentlich wollte ich wieder zur ihr. Wenn ich mit auf Montage fahre, ist das doch sicher kein Problem. Dann kommt es wahrscheinlich nur an den freien Tagen in Frage - was meinst du?" "Also, ich weiß nicht. Ihr habt gerade eine Therapie abgebrochen, Ela hat wieder ihre Psychose. Meinst du wirklich, es sei gut, wenn ihr jetzt wieder zusammen lebt?" "Mal gucken, ich muss ja auch mit Papa sprechen, wann es losgehen kann. Ela ruf' ich gleich von zu Hause aus an. Sie ist wahrscheinlich noch bei ihrer Mutter."

Fred freute sich, dass Tobias sich entschieden hatte, wieder in Vollzeit für ihn zu arbeiten. "Aber ich muss mich auf dich verlassen können: keine Drogen, kein Alkohol, ansonsten ist für dich Schluss bei uns in der Firma." Ein großes Parkhaus in Kaiserslautern war der nächste Auftrag. "In zwei Tagen geht's los."

Tobi rief erst mal Ela an und erzählte ihr von dem Job bei seinem Vater. "Ich würde dich aber gerne noch sehen, bevor es dann in zwei Tagen los geht. Meine Ma fährt morgen Mittag nach Cöln zum Dienst, sie nimmt mich mit und holt mich am Abend wieder ab. Ich freu' mich auf dich."

Ela freute sich auch, Tobi zu sehen. Leider ging es ihr nicht gut. "Ich gehe gleich wieder zu meiner Mutter, wenn du fährst. Ich möchte nicht alleine sein. Ich habe Angst, ich höre Stimmen. Kannst du nicht hier bleiben?" "Ich habe meinem Vater versprochen, dass ich morgen mit ihm nach Kaiserslautern fahre, und ich möchte ihn nicht wieder enttäuschen. Ich freue mich auf die Arbeit. Aber ich ruf' dich an. Versprochen." Tobi nahm Ela in den Arm. "Du musst nur immer deine Medikamente nehmen, dann geht es dir auch bestimmt bald wieder besser. Wann musst du zu deinem Hirn-Spezi?" Ela verzog das Gesicht. "Sag nicht so etwas - der Neurologe hier in Brestel ist echt gut und sehr nett - morgen geh' ich zu ihm."

Die Arbeit machte Tobi Spaß. Hauptsächlich wurde nachts gearbeitet. Sein Vater übergab ihm schon bald die Verantwortung für die Baustelle, wenn er selbst weg musste. Es kam auch vor, dass Fred nach Kirchbach fuhr, weil er noch irgendetwas erledigen musste. Auch dann war Tobias der Ansprechpartner für die Kollegen, für Materialanlieferer oder auch für den Leiter des Parkhauses. Es machte ihn stolz und glücklich, von seinem Vater so viel Verantwortung übertragen zu bekommen.

2001

Später hätte keiner sagen können, wann alles wieder anders wurde. Fing es schon mit dem Bier an, das Tobi ab und zu mit den Kollegen trank oder auch alleine nach Feierabend? Oder nahm er in Brestel, wenn er bei Ela war, wieder härtere Drogen wie Kokain oder Heroin? Maria zerbrach sich den Kopf darüber, ob man nicht eher etwas hätte merken müssen. Das nützte natürlich überhaupt nichts, und das wusste sie auch selber.

Oder hatte es mit dem Diebstahl in Mannheim zu tun, bei dem man Tobi Anfang des Jahres erwischt hatte. Da waren zwar keine Drogen im Spiel, aber die Polizei wurde gerufen. Es folgten eine Anzeige und Hausverbot in dem Supermarkt.

Tobi hatte den "Spiegel" auf's Band an der Kasse gelegt, ein Päckchen Tabak, Brot und Käse. Als er nach dem Bezahlen die Sachen in seinem Rucksack verstaute, sprach ihn ein Mann an: "Ist das alles, was Sie gekauft haben?" "Ja, warum?" "Darf ich mal sehen, was Sie da in der Jackentasche haben?" Tobi lief rot an. Ihm wurde auf einmal ganz heiß. "Scheiße", dachte er nur noch. "Die haben Sie nicht bezahlt."

Der Kaufhaus-Detektiv hielt eine Leberwurst in der Hand, die Tobi aus seiner Tasche geholt hatte. "Ja, die Wurst hab' ich in die Jackentasche gesteckt, als ich den "Spiegel" aus dem Regal genommen habe - das stimmt. Es tut mir leid, aber die hatte ich total vergessen." "Ja, ja, das kann jeder sagen." "Es war wirklich so, ich wollte eigentlich nur den "Spiegel" holen, deshalb hatte ich keinen Korb genommen." Tobi war ganz verzweifelt. "Aber dann dachte ich, dass ich ja noch etwas zum Essen mitnehmen könnte." "Es tut mir leid, aber bei uns kommt jeder Diebstahl zur Anzeige - ohne Ausnahme."

Tobi sagte niemandem etwas davon, aber an diesem Abend war er nicht nüchtern, als er zur Arbeit ins Parkhaus kam. Zum ersten Mal seit der Therapie hatte er sich eine Flasche Schnaps gekauft... und halb ausgetrunken. Er wusste, dass er gegen die Bewährungsauflage verstoßen hatte. Natürlich! Er hatte wieder geklaut.

Vier Wochen später hielt Maria einen Brief vom Amtsgericht Mannheim in der Hand. Als Fred am Abend anrief, fragte sie, ob er etwas wisse. "Nein, Tobi hat nichts gesagt. Eigentlich ist alles in Ordnung." "Sag ihm doch bitte, dass ein Brief vom Amtsgericht hier liegt und frage, ob ich ihn öffnen soll."

Tobis Alkoholkonsum stieg seit diesem Vorfall stetig. Wenn Fred nicht dabei war, wurde auch auf der Baustelle getrunken und Tobias scheute nicht davor zurück, Cannabis zu rauchen, wenn sein Vater nicht da war. So dass der Leiter des Parkhauses Fred eines Tages ansprach und meinte, die Arbeit ließe zu wünschen übrig, wenn er nicht auf der Baustelle sei. Und jetzt noch der Brief vom Amtsgericht.

Es war 19.00 Uhr - Arbeitsbeginn im Parkhaus. Tobi hatte die Spritzmaschine schon mit Farbe gefüllt und startklar gemacht. Auch die anderen Mitarbeiter hatten ihre Arbeiten begonnen. "Tobi", schallte Freds Stimme über die zügige Etage des Parkhauses. "Ja", Tobias guckte sich um. "Was gibt's? Ich wollte gerade hier an der Kopfwand loslegen." "Warte mal, ich habe mit Mama telefoniert. Ich soll dich etwas fragen." Fred war schon bei seinem Sohn und erzählte ihm von dem Brief.

Nun kam Tobi nicht mehr drum herum - nun musste er seinem Vater von dem Vorfall im Supermarkt erzählen. "Glaub mir - ich wollte nichts klauen. Ich hab' doch jetzt Geld genug, hab' ich doch überhaupt nicht nötig." "Oh Mann, wie blöde kann man

sein? Du weißt doch, dass du eine Bewährungsstrafe hast."
Fred war entsetzt. "Jetzt wanderst du wieder in den Knast."
"Und übrigens: Der Hartwig hat mich angesprochen: Er ist nicht
mehr zufrieden mit unserer Arbeit. Besonders, wenn ich nicht
hier bin und du mit den Jungs alleine bist, läuft es nicht.
Mensch, Tobi, reiß' dich zusammen. Kein Alkohol, keine Drogen
- sonst ist Schluss." Tobi schluckte und senkte den Blick. "Ja,
das war echt Scheiße in dem Supermarkt. Dass der Detektiv
aber auch direkt die Polizei holen musste. Ich hätte ihm doch
die blöde Leberwurst bezahlt."

Maria sprach an dem Abend noch lange mit Fred. "Und du
meinst, er trinkt wieder richtig? Ich versteh' das nicht! Wie
konnte er auch diese Wurst in die Tasche stecken? Das hat ihn
wieder zurückgeworfen." "Was steht denn jetzt genau in dem
Brief?" "Es ist eine Ladung für den Prozess am 14.2., also in
zehn Tagen."

- - - -

Maria schlief die ganze Nacht nicht. Was sollte sie nur machen?
Nichts konnte sie tun, gar nichts! Dass Tobi jetzt wieder ins Gefängnis musste, war er selber schuld. Aber wegen einer Leberwurst für drei Euro? Und wenn er wirklich wieder rückfällig
war? Ab und zu ein Bier war ja o.k., wenn er sonst nichts nehmen würde. Wenn er jetzt... Marias Gedanken rasten: Tobi war
auf einem so guten Weg gewesen. Diese Scheiß Leberwurst
hatte ihn wieder aus dem Gleichgewicht geworfen. "Ich muss
etwas tun. Die können Tobi doch nicht wegen drei Euro wieder
einbuchten." Und Ela würde das auch noch mehr zusetzen,
jetzt wo sie wieder in der Psychiatrie war.

- - - -

242

Fred begleitete seinen Sohn am 14.2. zu dem Prozess beim Amtsgericht Mannheim. Die beiden saßen schon zehn Minuten vor dem Raum, in dem die Verhandlung gegen Tobi stattfinden sollte. "Tobias Frangenberg!" Der Name hallte aus dem Lautsprecher über der Tür. Tobi und Fred gingen hinein. "Guten Tag." Der Mann in der Robe war Richter Manfred Zuckowsky. Der Name stand an der Tür. "Sie sind Tobias Frangenberg?" "Ja, der bin ich." "Und Sie riskieren für eine Leberwurst, wieder ins Gefängnis zu gehen?" "Herr Richter, ich hatte vergessen, dass ich die Wurst in die Tasche gesteckt hatte. Ich hatte ja auch Geld genug dabei. Das ist wirklich blöde gelaufen." "Aber es war ja nicht das erste Mal, dass Sie im Supermarkt geklaut haben. Ich habe mich ein bisschen schlau gemacht: Sie sind mindestens achtmal in verschiedenen Supermärkten oder an Tankstellen mit Diebesgut erwischt worden. Das ist aktenkundig."

"Ja, das ist richtig, dafür habe ich aber auch meine Strafe bekommen. Damals hab' ich noch auf der Straße gelebt, war obdachlos und hatte Hunger. Ich hatte kein Geld, war drogenabhängig. Das war wirklich etwas ganz anderes als jetzt mit der Leberwurst." "Ich habe hier einen Brief von einer Maria Fragenberg, Ihrer Mutter, nicht wahr?" Tobi lief rot an. "Ja". Was hatte denn seine Mutter an den Richter zu schreiben?

"Ihre Mutter hat sich sehr für Sie eingesetzt. Sie hat geschrieben, dass Sie nach einer Therapie im letzten Jahr clean sind, dass Sie arbeiten und auf einem guten Weg seien?" "Ja, ich arbeite in der Firma meines Vaters - er sitzt da vorne." "Herr Frangenberg, kommen Sie doch bitte mal hier her." Fred stand auf und stellte sich neben seinen Sohn. "Tobias arbeitet bei mir und ich bin sehr froh, dass ich ihn habe. Er ist zuverlässig und ich kann mich auf ihn verlassen, wenn ich selbst mal nicht auf der Baustelle bin."

Zuckowsky seufzte. Er guckte Tobias ernst über den Rand seiner Brille an. "Eigentlich ist die Rechtslage klar - Sie haben durch den erneuten Diebstahl gegen Ihre Bewährung verstoßen und die Gefängnisstrafe müsste jetzt greifen. Aber in Ihrem Fall möchte ich davon absehen. Stattdessen bekommen Sie eine Geldstrafe in Höhe von 500 Euro. Und ganz wichtig: Melden Sie sich einmal monatlich bei Ihrem Bewährungshelfer - bzw. Sie haben ja jetzt in Brestel eine Bewährungshelferin, sehe ich gerade. Also melden Sie sich bei ihr - und keine Rückfälle - weder beim Klauen noch mit irgendwelchen Drogen. Ansonsten geht sofort der Haftbefehl raus - ohne einen erneuten Prozess!"

Fred und Tobias nickten beide erleichtert. "Ja - vielen Dank Herr Richter", kam es leise über Tobis Lippen.

"Richtig Schwein hab' ich gehabt", sagte er sich. Und das dachte auch Maria, als Fred sie am Telefon von dem Ausgang des Prozesses unterrichtete. Alle waren erst einmal erleichtert.

- - - -

Trotzdem setzte ein schleichender Prozess bei Tobis Drogenkonsum ein. Ela ging es immer schlechter. Tobi war jetzt zwei Tage in der Woche bei ihr, er wollte sie nicht so oft alleine lassen. Aber er wusste auch nicht richtig, wie er ihr helfen sollte. Er nahm sie in den Arm, streichelte sie, redete beruhigend auf sie ein. Obwohl sie immer wieder betonte, dass sie ihre Medikamente genommen habe, hörte sie die Stimmen.

"Ich habe Angst - sieh dort die großen Spinnen an der Wand." "Aber hier ist nichts", versuchte Tobi sie zu beruhigen. "Ich bin doch bei dir. Ela wollte nicht mehr auf die Straße, nicht aus dem Haus. Sie verkroch sich regelrecht im Schlafzimmer, wollte gar nicht mehr aufstehen. Elas Eltern brachten sie wieder in die Klinik, weil sie sich keinen anderen Rat wussten.

Bevor Tobi nach Hause nach Kirchbach fuhr, deckte er sich am Lindenplatz noch mit allem möglichen Stoff ein - Geld spielte ja im Moment keine Rolle - davon hatte er genug. Und wenn der Stoff nicht reichte, kannte er jetzt auch in Mannheim oder in den jeweiligen Städten, in denen er mit Fred und seinen Leuten arbeitete, die Dealer und Orte, wo sie sich aufhielten und wo er sich etwas besorgen konnte. Mal war es Kokain, mal Heroin und mal waren es Ecstasypillen oder Amphetamine.

Seit der Entlassung aus der Eifel-Klinik war ein gutes halbes Jahr vergangen, als Fred zu seinem Sohn sagte, dass er so nicht länger bei ihm arbeiten könne. "Du trinkst wieder, bist selten klar bei der Arbeit. Auch wenn ich nicht weiß, was du nimmst: Ich merke natürlich, dass du etwas nimmst. Du warst in den letzten Wochen sehr oft unpünktlich und wirst immer unzuverlässiger. Es tut mir leid, aber so geht es nicht."

Tobi wurde rot im Gesicht. "Ja, ich hab' es nicht geschafft, clean zu bleiben." "Und jetzt?" Fred war traurig und wüterd zugleich. "Ich weiß es nicht. Ich bin ja in Brestel bei der Drogenberatung. Ich könnte mich wieder in Marienhagen zur Entgiftung anmelden." "Ist das die Lösung? Dann musst du anschließend auch in Therapie oder in irgendeine Einrichtung. Sonst schaffst du es sowieso nicht." "Aber ich könnte es versuchen."

Bewährungshelferin Reinhardt erhielt von Tobi einen langen Brief, in dem er offen über seine Probleme schrieb: dass er rückfällig sei, dass Ela nach schizophrenen Ausfällen im Krankenhaus war, dass sein Vater ihm gekündigt habe und dass er

Kontakt zur Drogenberatung aufgenommen habe, um wieder nach Marienhagen zur Entgiftung zu gehen.

Kirsten Reinhardt war betroffen von dem, was sie las. Sie schrieb Tobi zurück, dass ihr das alles sehr leid tue, auch was mit seiner Freundin passiert sei.

"Es ist scheinbar sehr, sehr wichtig bei einer psychischen Erkrankung, die Medikamente zu nehmen. Und wenn die Patienten nicht einsichtig sind, wird es natürlich sehr schwierig. Ich habe jetzt leider nicht die Zeit, im Einzelnen auf Ihren Brief einzugehen. Aber ich habe ihn sehr bewusst gelesen und möchte mich hierfür nochmals bedanken. Ich würde Sie gerne persönlich sprechen, denn es ist wichtig, dass Sie nun die neuen Auflagen einhalten und die sprechen ja eine ganz deutliche Sprache."

Den Termin eine Woche später hielt Tobi ein. Beide empfanden das Gespräch als angenehm, obwohl nicht zu übersehen war, dass Tobias getrunken und vielleicht auch sonst noch etwas genommen hatte.

"Ich stehe in der Klinik in Marienhagen auf der Warteliste. In den nächsten zwei oder drei Tagen werde ich dort aufgenommen", teilte Tobi seiner Bewährungshelferin mit, als die ihn darauf hinwies, dass es auch eine Auflage sei, clean zu bleiben oder bei Rückfall sofort zur Drogenberatung zu gehen. "Bitte halten Sie alle Auflagen ein, damit wir dem Richter in Mannheim keinen Widerrufsgrund geben. Ich denke, das wollen Sie auf keinen Fall - oder?"

- - - -

Zwei Monate waren vergangen, der Wonnemonat machte in diesem Jahr seinem Namen alle Ehre, als Bewährungshelferin

Reinhardt Nachricht von Tobias Frangenberg erhielt, aber nicht von ihm persönlich, sondern von seiner Mutter:

"Liebe Frau Reinhardt,

Ihr Schreiben an meinen Sohn ist an unsere Adresse weiter-geschickt worden. Leider muss ich Ihnen mitteilen, dass Tobias schon seit Sonntag, den 22. April nicht mehr bei uns wohnt und wieder rückfällig geworden ist. Er war am 17. aus der Entgif-tung entlassen worden, ist dann zu uns gekommen, weil seine Freundin noch in der Klinik war und er nicht in deren Wohnung zurück konnte. Eigentlich wollten wir ihm bei der Suche nach einer Wohnung behilflich sein, doch so weit kam es nicht, weil Tobi sehr labil wurde und ich ihn zur Nachsorge in die Klinik nach Marienhagen zurückgebracht habe. Von dort hat er sich dann aber mit zwei anderen Patienten entfernt. Er hat sich wieder Drogen besorgt und ist rückfällig geworden.

Am letzten Mittwoch habe ich Tobias in Cöln getroffen. Es ging ihm ziemlich schlecht. Er war sehr ratlos. Ich habe ihn noch einmal auf seine Situation angesprochen, auch was die Bewäh-rungsauflagen betrifft. Er sagte mir, er habe Ihnen einen Brief geschrieben, aber er wisse überhaupt nicht, wie es weitergehen solle. Wir - mein Mann und ich - sind auch total ratlos, weil Tobias wieder genau an dem Punkt angekommen ist, wo er vor drei Jahren war, und wohin er eigentlich nie mehr wollte.

Ja, so ist der Stand der Dinge. Ich würde mich freuen, wenn Sie sich einmal mit uns in Verbindung setzen würden. Vielleicht haben Sie ja eine Idee oder Tobi hat sich tatsächlich bei Ihnen gemeldet. Mit freundlichen Grüßen Maria Frangenberg"

Maria guckte in jeder freien Minute im Internet nach irgend-welchen Institutionen und Einrichtungen für Drogenabhängige.

Sie druckte sich alles aus für den Fall, dass Tobi sich wieder besinnen würde und Hilfe haben wollte.

Fred schüttelte den Kopf, als Maria den Stapel Papier vor ihn auf den Tisch legte. "Guck mal, Schatz, das hab' ich alles gefunden. Es gibt wirklich sehr viele Wohn- und Betreuungs-Möglichkeiten für Abhängige - außer Brockfeld. Es dürfen natürlich keine Drogen genommen werden, auch Alkohol ist verboten, aber in den meisten dieser Einrichtungen darf geraucht werden." "Unser Sohn will im Moment nichts von solchen Möglichkeiten hören, also brauchst du auch nicht zu gucken, wo er hingehen könnte."

Maria stieß einen tiefen Seufzer aus: "Ja, im Moment nicht - aber du hast doch gesehen, wie schlecht es ihm letzte Woche ging. Lange hält er das nicht mehr aus. Er wird sich wieder in einer Klinik zur Entgiftung anmelden und dann können wir mit ihm zusammen überlegen, wie es weitergehen kann."

"Tobi sollte sich das überlegen, nicht du, mein Schatz." Fred stand auf und küsste seine Frau zärtlich. "Du weißt doch, dass das keinen Zweck hat." "Aber ich halte es nicht aus, gar nichts zu tun. Ich muss doch immer an Tobi denken und überlege halt, wie er endlich aus diesem Kreislauf rauskommen kann."

"Meinst du mir geht es anders? Aber wir können ihm nicht helfen. Was hat er schon alles versucht? Und immer wieder das gleiche: Irgendwann ist er wieder voll drauf, alles ist ihm egal, außer, dass er seinen Stoff bekommt."

"Ganz so ist es auch nicht: Frau Reinhardt meint auch, der Tobi sei nicht so hart drauf wie manch andere aus der Drogenszene. Auch was die Beschaffungskriminalität angeht. Da läuft bei ihm doch gar nichts. Der macht keine Überfälle oder Einbrüche." "Ach und darüber soll ich mich jetzt freuen? Dass mein Sohn "nur" Leberwurst und Zigaretten klaut oder schwarz mit der Bahn fährt? Sonst macht er ja nix - er ist nur drogenabhängig."

Mitte Juli war Tobias so mürbe geworden von dem ewigen Kreislauf, der sein Leben bestimmte, dass er keinen anderen Ausweg sah, als wieder in Marienhagen anzurufen, um einen Platz zur Entgiftung zu bekommen. Seine Mutter und auch Frau Reinhardt hatten ihm dazu geraten, auch weil es Tobias gesundheitlich sehr schlecht ging. "Du musst endlich langfristig etwas für dich tun", sagte Maria zu ihm, als sie mal wieder in Cöln nach ihm gesucht und ihn an seinem Schnorrplatz vor der Bank angetroffen hatte.

- - - -

Maria saß vor ihrem PC und schrieb an die Andressen der Einrichtungen, die sie schon im Mai ausgedruckt hatte:

"Liebes ....Team,

ich bin die Mutter von Tobias, 30 Jahre, heroinabhängig, und möchte Ihnen kurz die Situation meines Sohnes schildern: Nach jahrelangem Drogenkonsum und Obdachlosigkeit hatte Tobias vor ca. drei Jahren seinen Weg in eine andere Richtung eingeschlagen. Er wollte weg von den Drogen. Im letzten Jahr machte er mit seiner Freundin eine Therapie (fünf Monate), wurde dann aber nach ein paar Monaten wieder schleichend rückfällig. Im April diesen Jahres machte er eine erneute Entgiftung (eine Bewährungsauflage) und sollte eigentlich anschließend eine Therapie machen. Dies kam aber nicht zustande, da er seit dem 22. April, eine Woche nach seinem 30. Geburtstag, wieder voll drauf ist. Er hat seine Arbeit aufgegeben, hat keine Wohnung und lebt in Cöln auf der Straße.

Nun befindet er sich wieder zur Entgiftung in einer Klinik und sucht nach Therapie-Möglichkeiten. Könnte mein Sohn ohne lange Wartezeit evtl. in Ihrer Einrichtung unterkommen?

Mit freundlichen Grüßen

PS) Ich weiß (ich bin aktives Mitglied im Elternkreis), dass ich meinem Sohn eigentlich nichts abnehmen sollte und kann. Aber ich möchte ihm ein paar Möglichkeiten aufzeigen, um clean zu werden."

- - - -

So kam es, dass Maria mit ihrem Sohn im August Richtung Norden fuhr. Eine Einrichtung in Bremen hatte der Aufnahme Tobis zugestimmt. Es war eine Wohngemeinschaft von zehn Männern, die hier in einem schönen alten Jugendstil-Haus zusammen lebten und clean bleiben wollten.

Das Prinzip in der Selbsthilfeeinrichtung war ähnlich wie das in Brockfeld - nicht ganz so streng was Regeln und die therapeutischen Sitzungen einzeln oder in der Kleingruppe betraf. Aber vor allem: Hier durfte geraucht werden, jedenfalls draußen auf dem Hof in einer Raucherecke.

Tobias lebte auf: Mit den meisten Jungs verstand er sich gut. Auch die Betreuer und Therapeuten, alles ehemalige Drogenabhängige, waren in seinen Augen o.k. Zuerst arbeitete er im Hausdienst mit und nach der sechswöchigen Probezeit im betriebseigenen Umzugsdienst.

Tobias wusste selbst nicht, warum er sich Mitte Dezember nicht besser im Griff hatte: Es war Sonntagmorgen, er war aufgestanden und wollte sich einen Kaffee machen. Drei seiner Mitbewohner saßen schon am Frühstückstisch, als Tobi in die

Küche kam. Dabei war auch Kai, der einzige in seiner Gruppe mit dem die Chemie überhaupt nicht stimmte.

"Hey, brauchst dich gar nicht zu setzen, bist eh ziemlich spät dran", sagte Kai zu ihm. "Guten Morgen, lieber Kai, es ist Sonntag und ich glaube nicht, dass du mir irgendwelche Zeiten zu setzen hast oder?" "Es hat geschneit. Soviel ich weiß, hast du an diesem Wochenende "Kehrdienst". "Richtig - ich habe gestern Nachmittag draußen gefegt." "Aber jetzt ist alles weiß - da hättest du schon vor zwei Stunden vor dem Haus den Schnee wegfegen müssen." "Halt dich da raus - du hast mir nicht zu sagen, wann ich was erledigen muss. Ich trinke jetzt erst in Ruhe meinen Kaffee."

Tobias wollte seine Tasse auf den Tisch stellen, als Kai ihm einen kleinen Schubser gab. Der Kaffee ergoss sich über Tobis Hand auf seine Hose. "Au, spinnst du?" Kai und die beiden anderen lachten los. Tobi wurde stocksauer. Nachdem er die leere Tasse auf den Tisch gestellt hatte, versetzte er Kai einen Schlag ins Gesicht.

Erschrocken sahen sich die beiden unbeteiligten Jungs an. "Keine Gewalt" - das war eine der ersten Regeln im Haus. "Das werde ich melden - dann fliegst du, das ist ja wohl klar." Kai rieb sich die Nase. Seine Lippe war aufgesprungen, Blut tropfte auf den Boden. "Jetzt hört auf, das braucht doch keiner zu wissen", meinte Harry, der aufgestanden war und Kai ein Taschentuch reichte. "Beruhigt euch."

"Lasst mich", Tobias beruhigte sich nicht. Er ging auf sein Zimmer. "Scheiße, dass Achim heute nicht hier ist - mit dem hätte ich wenigstens reden können", dachte er. Aber das brachte ihn auch nicht weiter. Die würden ihn sowieso rausschmeißen, da konnte er auch gleich gehen.

Tobi nahm seine Klamotten aus dem Schrank und stopfte alles in seinen Rucksack. Er hörte noch, dass jemand seinen Namen rief, aber da war er schon aus dem Haus. "Und jetzt?", dachte er. "Mal wieder alles verkackt." Tobi ging Richtung Hauptbahnhof.

Zwei Stunden später saß er auf einer Bank unweit des Bahnhofs, die Flasche Korn hatte er halb ausgetrunken und jede Menge Koks geschnieft. Es war kalt, aber die Kälte spürte er nicht.

- - - -

Auch in Kirchbach hatte es geschneit. Maria und Fred waren am Wochenende mit Clara und Ramon auf dem Weihnachtsmarkt gewesen. Es war richtig stimmungsvoll - die vielen Lichter funkelten im Schnee und es gab Bratwurst für alle, Glühwein für die Erwachsenen und Kinderpunsch für die Enkel.

"Es ist so schön, dass wir in diesem Jahr alles so genießen können", sagte Maria, als sie wieder zu Hause waren. "Nur schade, dass du morgen wieder weg musst." Sie schmiegte sich an ihren Mann, streichelte zärtlich sein Gesicht und küsste ihn. Am nächsten Tag musste Fred mit seinen Leuten nach Rosenheim - bis Weihnachten sollte dort das Parkhaus fertig sein. Doch den heutigen Abend konnte ihnen keiner nehmen.

Am Mittwoch hatte Maria frei. Sie saß noch am Frühstückstisch, als das Telefon klingelte. "Ja, Hallo", manchmal hatte sie die Angewohnheit und nannte ihren Namen nicht, wenn sie den Hörer abnahm. "Ist dort Frau Maria Frangenberg?" "Ja, das bin ich." "Justizvollzugsanstalt Bremen - wir haben gestern den Herrn Tobias Frangenberg festgenommen. Ist das ihr Sohn?" "Ja", Maria zuckte zusammen, ihr Herz schlug bis zum Hals, sie fing an zu zittern. "Was ist denn passiert? Mein Sohn sollte eigentlich bei Elondo sein, der Drogen-Selbsthilfegruppe."

"Ja, das kann sein. Gestern war er aber nicht dort. Wir haben ihn in der Stadt überprüft und mussten feststellen, dass es einen Haftbefehl für ihren Sohn gibt."

"Das muss ein Irrtum sein - alle Bewährungsauflagen wurden erfüllt - er macht eine Therapie bei Elondo." "Sie können Ihren Sohn besuchen und mit ihm sprechen. Er sprach auch von einer Frau Reinhardt, seiner Bewährungshelferin oder wer ist sie?" "Ja, ja, das ist seine Bewährungshelferin - ich rufe sie sofort an. Ich melde mich wieder - das muss ein Irrtum sein." "Dass Tobias Frangenberg hier in der JVA ist, ist kein Irrtum und es ging ihm auch nicht besonders gut, als wir ihn festgenommen haben." "Ich kümmere mich, ich rufe sofort Frau Reinhardt an. Bis später."

"So ein Mist", das war das erste, was Kirsten Reinhardt sagte, als sie von Maria über Tobis Inhaftierung informiert wurde. "Was können wir denn machen?" "Ich rufe in Mannheim bei dem Gericht an - es hätte kein Haftbefehl draußen sein dürfen - den müssen die zurücknehmen. Rufen Sie bitte bei Elondo an und fragen Sie nach, was da los war und ob Tobi dorthin zurück kann."

"Er ist bestimmt rückfällig geworden - dann nehmen die ihn doch nicht." "Versuchen Sie es. Tobias muss ja irgendwo hin, wenn er aus dem Gefängnis kommt. Machen Sie es dringend - oder soll ich dort anrufen?" "Nein, nein, ich mach' das schon."

Maria hatte dann auch schnell Tobias Betreuer am Telefon. Aufgeregt erzählte sie ihm von dem Anruf aus dem Gefängnis. "Es tut mir sehr leid, aber Tobias hat am Sonntag unser Haus verlassen. Es gab wohl eine Auseinandersetzung mit einem

Mitbewohner - Tobias soll zugeschlagen haben und ist dann gegangen. Ich war nicht dabei."

"Er sitzt jetzt in der JVA, man hat ihn wohl zu Unrecht festgenommen. Können Sie ihn bitte wieder aufnehmen?" "Es tut mir sehr leid, Frau Frangenberg, aber das wird nicht gehen. Er hat einem jungen Mann aus seiner Gruppe ins Gesicht geschlagen. Wie geht es Tobi denn? Hat er Drogen genommen?" "Das weiß ich nicht, aber wie ich Tobi kenne, ist er rückfällig gewesen. Lange war er ja nicht unterwegs." "Ich rufe in Osnabrück an - dort gibt es auch eine WG von Elondo. Wenn die einen Platz frei haben, kann ich vielleicht etwas machen. Ich versuch's." Damit wurde aufgelegt.

Maria konnte keinen klaren Gedanken fassen. Schon wieder - Rückfall - Gefängnis - oh mein Gott! So eine Scheiße! Maria überlegte noch, ob sie Fred anrufen sollte. Aber der schlief wahrscheinlich noch - er hatte ja die ganze Nacht gearbeitet.

Das Telefon klingelte. "Frangenberg" "Kirsten Reinhardt. Wie ich gesagt habe, der Haftbefehl war noch aus dem Frühjahr draußen. Den hätte das Gericht sofort zurücknehmen müssen, als ich den Bescheid über Tobias' Therapie geschickt habe. Das ist versäumt worden. Tobias wird wahrscheinlich noch heute Nachmittag entlassen. Das Gericht wird die JVA informieren.

"Oh Gott! Nein! Die sollen ihn bloß nicht freilassen. Dann landet er wieder auf der Straße. Ich hole ihn ab. Tobis Betreuer wollte in Osnabrück anrufen und nachfragen, ob dort ein Platz frei ist und ob sie ihn aufnehmen. Bitte, Frau Reinhardt, rufen Sie in der JVA an und sagen Sie dort Bescheid, dass ich komme und Tobias abhole. Sie sollen ihn erst entlassen, wenn ich da bin."

"So schnell geht das sowieso nicht. Aber ich sage Bescheid. Ich drücke die Daumen und hoffe, dass es mit Osnabrück klappt. Es wäre wohl am besten, wenn er sofort wieder in eine betreute Einrichtung gehen würde. Alles Gute und liebe Grüße an Tobias."

Eine halbe Stunde später war Maria auf der Autobahn. Sie hatte noch auf den Anruf aus Bremen gewartet. Achim, Tobis Betreuer, hatte Bescheid gegeben, dass Tobias bei Elondo in Osnabrück aufgenommen werde. "Ich habe den Kollegen dort gesagt, dass Sie Tobias wahrscheinlich noch heute Abend bringen werden. Von Bremen aus brauchen Sie eine gute Stunde bis Osnabrück. Das müsste klappen. Wenn es sehr spät wird, rufen Sie bitte an - die Kollegen warten auf Sie." Maria war zwar noch ein wenig aufgeregt, aber sie war total erleichtert. Adresse und Telefonnummer von Elondo, Osnabrück hatte sie in ihrer Handtasche.

- - - -

Tobias war verzweifelt. "Wie konnte das passieren? Warum hab' ich bloß zugeschlagen? Mit dem Kai hätte ich das auch anders regeln können." Nun saß er hier in der Zelle. Auch das konnte er nicht verstehen. Auflage nach dem Rückfall waren Entgiftung und Therapie gewesen - das hatte er doch gemacht. So schnell konnte doch der Haftbefehl nicht ausgestellt worden sein.

Er lag auf der relativ harten Pritsche. Kopfschmerzen plagten ihn. Ihm war kalt und übel. "Wieso hab' ich mich so zugeballert?" Tobi schlug sich mit der flachen Hand vor die Stirn. "Ich muss telefonieren. Frau Reinhardt hat bestimmt eine Idee, wie ich hier wieder rauskomme."

Durch das kleine vergitterte Zellenfenster konnte er durch einen Baumwipfel den wolkenverhangenen Himmel sehen. Stand da eine Eiche vor dem Fenster oder war es eine Buche? Es wurde schon dämmrig. Wann hatte er das Mittagessen - Kartoffeln, Blumenkohl und eine Frikadelle - bekommen? War das schon so lange her? Wurde es schon Abend? Tobi hörte ein Geräusch, rasselnde Schlüssel. Die Zellentür wurde geöffnet.

"Herr Frangenberg - das war ein kurzer Besuch bei uns. Kommen Sie mit." Tobias sah den JVA-Beamten fragend an. "Ja, es ist so: Ich bringe Sie zum Ausgang."

"Juchu", Tobias hätte schreien und singen können."War das möglich?" Er ging hinter dem Beamten her, der mehrere Türen auf- und wieder zuschloss. Es war ein langer Weg über die Flure. "Hier herein, bitte. Auf Wiedersehen sag ich nicht. Alles Gute für Sie." "Ja, Danke, Tschüss." Tobias bekam seinen Rucksack ausgehändigt. JVA-Kleindung hatte er noch gar nicht bekommen. "So, noch durch diesen Raum, dann geht's in die Freiheit."

Tobias öffnete die Türe und traute seinen Augen kaum: "Mama", er lief auf seine Mutter zu. "Wie kommst du denn hierher?" Er umarmte und küsste Maria. "Gott sei Dank! Nimmst du mich mit? Ich weiß nämlich nicht, wo ich hin soll." Maria kam gar nicht zu Wort. Sie drückte ihn stumm. "Hast du mit Frau Reinhardt gesprochen? Das war ein Versehen mit dem Haftbefehl, nicht wahr?" "Nun komm erst einmal mit ins Auto, dann kannst du mir erzählen, was genau passiert ist."

"Ja, das ist total blöde gelaufen. Das war so bescheuert von mir." "Ich habe mit deinem Betreuer Achim gesprochen. – Der hat mit Elondo in Osnabrück telefoniert. Er hat dort ein gutes Wort für dich eingelegt und gefragt, ob du dort bleiben und weiter therapeutisch betreut werden kannst." "Und?" "Es klappt. Wir fahren jetzt nach Osnabrück. Ich denke, du bist einverstanden." "Ja, es war wirklich gut dort, jedenfalls bei Elondo in Bremen. Ich weiß gar nicht, warum ich mich so von diesem Typ hab' provozieren lassen, eigentlich wegen nix. Danke, Mama, dass du gekommen bist."

Bei der Anamnese stellte der junge Mann, der Tobias in Empfang nahm, fest, dass Tobi wahrscheinlich noch unter Drogeneinfluss stehe. "Damit du hier keine Entzugserscheinungen hast und auf dumme Gedanken kommst, bringe ich dich zunächst ins Krankenhaus zur Entgiftung." So wurde Tobias also zehn Tage später aufgenommen - mit einer sechswöchigen Probezeit.

2002

Die Probezeit wurde nicht bestanden. Ende Januar war Tobias wieder in Cöln bzw. stand er in Brestel bei Ela vor der Tür. "Oh Tobi, wie schön, dich zu sehen. Wie geht es dir?" "Ganz gut - wie geht es dir? Hat meine Ma dir Bescheid gesagt, dass ich in Bremen gehen musste? Es tut mir so leid, dass ich dir nicht mehr geschrieben habe. Aber es ist so viel passiert." Das alles erzählte Tobi noch in der offenen Haustür. "Komm doch erst einmal rein, es ist kalt. Dann kannst du mir alles erzählen." "Ich war dann in Osnabrück, es war auch eigentlich o.k. dort - aber vor zwei Wochen nahm das Unglück seinen Lauf: Zwei Mitbewohner kamen mit mehreren Dosen Bier von einem Ausgang zurück. Sie haben mir eine abgegeben. Hätt' ich natürlich nicht nehmen dürfen. Das ganze flog auf - ich war noch in der Probezeit und durfte dann gehen." "Ach Tobi, und jetzt?" "Ich weiß nicht, am besten versuche ich, irgendwo ins Programm zu kommen oder erst mal in ein betreutes Wohnen."

Es folgten wieder einmal schwere Wochen und Monate für Tobi: Vollgepumpt mit Alkohol und Drogen saß er oft in Cöln und schnorrte, um am nächsten Tag seine Betäubungs-Ration besorgen zu können. Die brauchte er gegen seine Selbstvorwürfe, gegen sein Selbstmitleid. Eine andere Alternative für sich fand er nicht.

Von Ela aus rief Tobi seine Eltern an - dazu hatte ihm bisher der Mut gefehlt. Maria und Fred waren tief enttäuscht - einen Rat wussten sie auch nicht mehr. "Komm nach Hause - es gibt immer noch Möglichkeiten", sagte Maria ihm zwar. Sie meinte das auch so, aber Fred glaubte nicht mehr daran, dass es noch irgendeine Möglichkeit für seinen Sohn gab. Wie auch? Jede Chance auf ein anderes Leben machte er sich selbst zunichte.

Trotzdem ermunterten sie Tobi, seinen Wohnsitz wieder im Elternhaus anzumelden. Tobi ging in Kirchbach zum Sozialamt, um wenigstens ein paar Euro Sozialhilfe zu bekommen. An Arbeit war nicht zu denken.

Tobias begleitete Ela zur Drogenberatung in Brestel und bekam auch schnell für sich einen Termin. Er brauchte eine Wohnung - am besten mit Betreuung. Er bekam einen Vorstellungstermin, den er dann versäumte. Er versuchte, ins Methadon-Programm zu kommen - aber hier gab es nur eine begrenzte Zahl an Plätzen und die waren belegt - also Fehlanzeige!

"Herr Frangenberg, Sie sind jung, Sie haben eine Freundin und Eltern, die an Sie glauben und Sie unterstützen. Geben Sie sich eine Chance: Machen Sie noch einmal eine Therapie." Die Drogenberaterin erinnerte auch an seine Bewährungsstrafe. "Sie wissen, auf welch dünnem Eis Sie sich bewegen und wie schnell Sie wieder im Gefängnis landen können." "Ja, ich weiß, meine Bewährungshelferin hat mir natürlich dasselbe gesagt.'

- - - -

Tatsächlich folgten die Entgiftung in Marienhagen und anschließend eine sechsmonatige Therapie in dem linksrheinischen Städtchen Bilmar. Die Therapie fiel Tobias nicht schwer. Auch seine Eltern waren zweimal in Angehörigen-Kursen mit eingebunden gewesen.

Es hatte zwar auch hier größere und kleinere Regelverstöße gegeben - aber alles in allem seien die Einzel- und Gruppentherapiestunden - so hart sie auch waren und so tief sie auch gingen - gut gewesen, meinte Tobi. Von den Ausgängen - ob in

Begleitung oder alleine - war er immer pünktlich und nüchtern (es wurden Urinproben genommen und Alkoholtests durchgeführt) zurückgekommen.

Viele Bilder malte Tobias während der Therapie - Maria fand sie verstörend: Die meisten waren in schwarz gehalten (Kohle-Zeichnungen) - die Bäume sahen tot aus, die Gebäude (falls es welche sein sollten) waren kaputt und zerfallen - Totenköpfe und Skelette waren dazwischen zu sehen.

"Man könnte sie als Filmplakat für ‚Die reitenden Leichen' oder auch für andere Friedhofs-Horror-Filme nehmen", meinte Maria. Die aus gebranntem Ton gestalteten Skulpturen und Modelle waren eindrucksvoll. Hier gefiel Maria und Fred besonders ein in ihren Augen sehr realistisches Selbstbildnis. "Das musst du dir immer vor Augen halten", sagte Maria. "Super sieht diese Büste von dir aus - so hübsch und so ein zufriedener Gesichtsausdruck."

Tobias fühlte sich gut und frei, als er Mitte September von Fred nach Born zur Adaption gebracht wurde. Hier würde man ihn in einer Nachsorge-Einrichtung betreuen.

- - - -

22. September, Wahlsonntag: Als politik-interessierter Bürger wollte Tobi wählen gehen - gemeldet war er immer noch in Kirchbach - die Wahlbenachrichtigung für ihn lag bei seinen Eltern.

Tobi saß in der Bahn nach Kirchbach. Er freute sich auf den Besuch dort - auch wenn seine Eltern gar nicht zu Hause waren. Fred hatte ihm am Telefon gesagt, dass sie mit Freunden verabredet seien.

Auf dem Küchentisch lagen die Wahlbenachrichtigung, 30 Euro und ein Brief von Maria:

Hallo, Tobi,

leider waren wir heute schon zum Wandern mit unseren Freunden in Aachen verabredet. (Hat Papa Dir ja bereits gesagt.) Schade! Lass doch bitte die Tel.-Nr. da, unter der wir Dich erreichen können. Hier Papas Handy-Nr.: 0162 414 3555 - Ruf doch mal an! Wir wünschen Dir weiter viel Kraft und Durchhaltevermögen auf Deinem Clean-Weg. Wär schön, von Dir zu hören. Die 30 Euro sind für Dich! Mach's gut - alles Liebe - bis bald! Mutti und Papa!

Auf die Rückseite schrieb Tobi:

Hallo zusammen, hab' euch leider über's Handy nicht erreicht. Na ja, ich lass euch die Nr. vom Etagen-Telefon da: 0228 /47 65 2060. Normalerweise bin ich dort zu erreichen. So, ich geh' jetzt wählen und bin dann wieder weg. Danke für das Geld - kann ich gut gebrauchen. Tschüss und schöne Grüße an alle! Tobias

Das Wahllokal lag zwischen Elternhaus und Bahnhof. Die zwei Kreuze machte Tobi bei der SPD. Es war so ein tolles Gefühl. Sehr oft hatte er in seinem Leben noch nicht gewählt.

Mit der nächsten Bahn fuhr Tobi zurück nach Cöln. Und das, was dann geschah, konnte er sich später nicht erklären und auch keinem anderen:

Eigentlich hätte Tobi bis zum Hauptbahnhof Cöln fahren müssen, um dann in den Zug nach Born umzusteigen. Aber zwei Stationen vorher - in Cöln-Kalk - fühlte Tobi sich wie von magischen Kräften gezogen: Er stand auf, als die Station genannt wurde und stieg aus. 30 Euro hatte er in der Tasche. Wie an Schnüren gezogen, ging er in Richtung Stadthaus. Hier standen sie - die Dealer, bei denen er schon so oft seine Drogen gekauft hatte. Tobias' Verstand war ausgeschaltet. Er spürte nichts. Er dachte nur noch, dass 30 € für ein bisschen Schore reichen würden.

Pünktlich war Tobi wieder in Born. Am nächsten Tag musste er zu seiner Betreuerin ins Büro, um zu berichten, wie der erste Ausflug in Freiheit gelaufen war. "Wie war es denn zu Hause? Wie war es für Sie in Cöln - alleine am Bahnhof, dem Pflaster, wo Sie so oft konsumiert haben?" "Es war gut."

Nun geriet Tobias in Stocken. "Es war gar nicht gut - ich bin rückfällig geworden, ich hab' mir Schore gekauft und sofort geraucht. Ich verstehe das selbst nicht: Mir ging es gut, ich hatte auch keinen Suchtdruck oder so. Ich, ich kann nicht erklären, warum ich das gemacht habe."

"Das ist wirklich nicht gut gelaufen", sagte Beate, seine Betreuerin. "Ich berufe unser Team ein. Ich würde Ihnen gerne noch eine Chance zur Aufarbeitung dieser Krise geben und damit die Möglichkeit, hier zu bleiben - trotz dieses Rückfalls." Das Team war einverstanden. Tobi nutzte die Chance jedoch nicht.

- - - -

Maria kam am 2. Oktober spät nach Hause. Fred war noch auf. "Hallo Schatz", begrüßte er sie. "Hallo - was ist los? Du bist so komisch." "Setz dich erst mal." "Nun sag schon - was ist?" "Hier, der Brief ist heute gekommen: Leider musste Tobi am 1. Oktober aus disziplinarischen Gründen die Einrichtung in Born verlassen. Was genau vorgefallen ist, schreiben die nicht." "Oh nein, nicht schon wieder. Ich will das nicht immer wieder erleben."

"Ich auch nicht! Aber es ist so: Tobi schafft es nicht, clean zu bleiben, er schafft es nicht ohne Drogen." "Aber er hat doch sieben Monate durchgehalten." "Ja, in der gut behüteten Therapie - aber selbst dort in Born, wo er ja auch behütet und betreut wird, klappt es nicht."

"Warum? Warum?" Fred nahm Maria in den Arm und versuchte sie zu trösten. Sie redeten noch lange von Sucht, vom Elternkreis, von anderen Süchtigen. Dann versuchten sie zu schlafen.

Maria schreckte hoch: Es hatte geklingelt: Sie guckte auf den Wecker: "Halb zwei - jetzt ist es passiert", dachte sie. Fred hatte anscheinend nichts gehört. Maria stand zitternd auf, zog sich eine Jacke über und öffnete die Tür: "Tobi, mein Gott, du?" Neben Tobias stand eine junge Frau. "Kommt erst einmal rein - wir wissen schon Bescheid."

Nun war Fred auch aufgestanden. "Tobias?" "Ja, ist mal wieder alles schief gelaufen." Jetzt stellte sich die Frau vor: "Ich bin Veronika. Ihr Sohn saß in der Altstadt - auf dem Boden - wie ein Häufchen Elend, eine Flasche Korn in der Hand - ein Drittel davon hatte er wohl getrunken." Sie guckte Tobi an. "Tobias hat mir dann erzählt, was passiert ist. Ich hab' ihn gefragt, ob er denn niemanden habe. Tja, und dann konnte ich ihn überzeugen, zu ihnen nach Hause zu fahren; und damit er das auch wirklich macht, hab' ich ihn begleitet."

"Sie können gerne hier übernachten. Es fährt jetzt eh' kein Zug mehr zurück nach Cöln. Habt ihr Hunger? Möchtet ihr noch etwas essen?" "Nein, nein, vielen Dank", sagte Veronika. "Ich hab' auch keinen Hunger, danke", sagte Tobias. "Morgen geh' ich zur Drogenberatung. Die können mir bestimmt eine Wohnung oder eine WG vermitteln. Können wir denn im Gästezimmer schlafen?"

"Ja klar, die Betten sind zwar nicht frisch bezogen, die Kinder waren am Wochenende hier. Ich kann euch aber Bettwäsche geben." "Ach Quatsch", meinte Veronika. "Ist nett, dass ich hierbleiben kann - aber frische Bettwäsche brauch' ich wirklich nicht." "Und ich schon gar nicht", über Tobis Gesicht huschte ein schwaches Grinsen. "Ja, dann - gute Nacht - und morgen sehen wir weiter."

Maria ging mit Fred ins Schlafzimmer. "Und wie soll es jetzt weitergehen?" "Ich weiß es nicht, Schatz", Fred schüttelte den Kopf. "Ich weiß es nicht und ich kann auch nicht mehr. Immer und immer dasselbe. Tobi will gar nicht clean werden - anders kann ich mir das nicht erklären." "Du weißt, dass es eine Sucht ist und Sucht ist eine Krankheit..." "...gegen die man auch angehen kann. Wie viel Hilfe soll unser Sohn noch bekommen? Das war jetzt die zweite Langzeit-Therapie. Ein halbes Jahr ist er therapiert worden. Und was hat es genützt? Nach ein paar Wochen hat er alles vergessen, was sie ihm dort beigebracht haben. Dabei wurde er in Born doch betreut. Ich kapier' das wirklich nicht. Jetzt geht alles wieder von vorne los." "Er geht ja morgen zur Drogenberatung." Aber Maria dachte im Grunde dasselbe wie ihr Mann.

- - - -

Und so war es auch! Vier Wochen später schrieb Maria einen Brief an Kirsten Reinhardt:

"Hallo, liebe Frau Reinhardt,

auf der Suche nach Ihrer Adresse bin ich auf Ihre Antwort auf meinen Brief an Sie vom Mai 2001 gestoßen - und genauso ist momentan wieder die Situation: Tobias ist während der Zeit in der Nachsorgeeinrichtung in Born wiederholt rückfällig geworden und wurde dann disziplinarisch entlassen (so haben sie das genannt). Hat Tobi das provoziert? Oder war der Suchtdruck so groß und er war zu schwach, permanent dagegen anzugehen? Mein Mann und ich sind sehr ratlos.

Zufällig haben wir Tobi diese Woche in Cöln getroffen. Ich hatte mir fest vorgenommen, ihn nicht zu suchen. Wir waren mit unseren Enkelkindern in der Stadt und prompt lief er uns in die Arme. Tobi war die Situation sehr unangenehm - und genau wie im Mai letzten Jahres weiß er nicht, wie es weitergehen soll. Er meinte nur, da er ja nichts auf die Reihe kriege, sei das wohl sein Weg.

Mein Mann und ich waren erschüttert zu sehen, wie schnell er wieder ganz unten angekommen ist. Er sieht sehr schlecht aus, ist in den paar Wochen sehr schmal geworden und hat auch schon wieder offene Wundstellen im Gesicht. Wir konnten leider kaum mit Tobias sprechen, da ihm das Treffen mit uns und den Kindern wohl sehr nahe ging.

Sehr schnell verabschiedete er sich und war im Menschengewühl verschwunden. Am Abend rief er dann allerdings an und entschuldigte sich dafür, dass er uns stehen gelassen habe und gegangen sei. Er sagte weiter, er wisse, dass seine Situation nicht toll sei, aber er könne es im Moment nicht ändern. Wir sollten uns keine Sorgen machen, so schlecht gehe es ihm nicht.

Es ist so schlimm für uns, so machtlos zu sein - schon wieder diese Enttäuschung zu erleben, wieder diese Ängste um unseren Sohn zu haben, nachdem wir ihn doch auf einem guten Weg glaubten.

Ich hoffe, Tobias meldet sich bei Ihnen, jedenfalls habe ich ihm das in dem Telefonat nahegelegt, da ja die Bewährung immer noch läuft.

Für Ihr Verständnis und Ihre Geduld danke ich Ihnen.

Viele Grüße - Maria Frangenberg"

Ende November schickte Kirsten Reinhardt die Kopie eines Briefes an Richter Kunze in Gammmersbach, mit ganz lieben Grüßen an Maria:

Betr.: Bewährungsbetreuung Tobias Frangenberg, wohnhaft in Kirchbach

Sehr geehrter Herr Kunze,

Herr Frangenberg hat in der Zeit vom 20.3. bis 16.9.2002 erfolgreich eine Drogenentwöhnungsbehandlung in der Fachklinik Bilmar absolviert. (Eine entsprechende Bescheinigung liegt dem Bericht bei.) Er wurde dann in eine Adaptionseinrichtung nach Born entlassen, aus der er aufgrund eines Regelverstoßes bereits nach zwei Wochen ausziehen musste. Ich habe Herrn Frangenberg in der Zeit seiner Therapie in Bilmar besucht. Er stand auch regelmäßig mit mir in schriftlichem Kontakt.

Herr Frangenberg wurde nun rückfällig, so dass sich das Drogenkarussell für ihn wieder zu drehen begann. Im Moment leidet er sehr unter einem Achtungsverlust, gepaart mit dem Gefühl, in der Drogenszene einen gewissen Wert zu haben. Das mangelnde Selbstwertgefühl des jungen Mannes ist in meinen Augen auch der Hintergrund des Problems.

In einem gemeinsamen Gespräch, an dem auch die Mutter teilnahm, sind wir auf diese Aspekte eingegangen.

Herr Fangenberg nimmt seit einiger Zeit die Hilfe der Drogen-beratung in Cöln in Anspruch. Dort riet man ihm, sich in Kirch-bach abzumelden, damit er in Cöln in ein Methadon-Programm aufgenommen werden kann. Dies habe ich mit ihm so be-sprochen und vereinbart.

Er ist vorübergehend postalisch unter der Adresse des Kontakt-cafés Rafael, Munkgasse 17, in Cöln erreichbar. Herr Frangen-berg wird aber auch weiterhin Kontakt zu seinen Eltern halten sowie zu mir. Sobald er eine neue feste Adresse hat, wird er diese dem Gericht mitteilen. Herr Frangenberg gibt an, keine strafbaren Handlungen zu begehen, sondern sich das Geld für die tägliche Dosis durch Betteln zu beschaffen. Das erscheint mir glaubhaft und wurde auch von Frau Frangenberg bestätigt.

Allerdings berichtete er von einem Vorfall, und zwar war dies wohl nach dem Verlassen der Nachsorgeeinrichtung in Born. Hier hat er in einem Supermarkt eine Flasche Whisky kaufen wollen. Er schilderte, keinen Diebstahl beabsichtigt zu haben und war auch der Auffassung, dies in den Geschäftsräumen deutlich gemacht zu haben. Ob es hier zu einer Anzeige kam, ist mir nicht bekannt.

Es bleibt zu wünschen, dass Herr Frangenberg einen erneuten Anlauf schaffen wird und vielleicht auf eine langsamere Art und Weise, nämlich durch die Begleitung im Methadon-Programm, letztendlich dann doch zum abstinenten Leben finden kann.

Mit freundlichen Grüßen - Kirsten Reinhardt"

- - - -

Der Winter 2002 / 2003 war ein ziemlich harter. Bei Minus-temperaturen von bis zu 15 Grad war das Leben in der Drogen- und Obdachlosenszene nicht einfach. Man las von ersten Kältetoten. Die Stadt Cöln bot ihren Obdachlosen zusätzliche Schlafplätze an, damit niemand draußen übernachten musste.

Tobias mied diese Stellen so gut es ging. Diebstähle in den Not-Schlafstellen waren nicht selten. Die wenigen Habseligkeiten, die er hatte, wollte er sich nicht wegnehmen lassen - erst recht kein Geld oder Notrationen an Heroin, die er für den nächsten Tag brauchte.

Tobias übernachtete oft in einer überdachten Passage unweit von Dom und Altstadt oder in der Tiefgarage am Heumarkt. Auf Pappdeckeln breitete er Decken aus. Der Schlafsack, in den er sich wickelte, hielt den Minustemperaturen stand. Gemütlich war anders! Aber Alkohol und Heroin ließen das nicht an ihn ran und verhinderten die Gedanken an Ela, an die Familie und dass er das hier doch eigentlich nie mehr gewollt hatte.

Jedenfalls war das abends so. Aber am Morgen war der Turkey wieder da und die Wahrheit holte ihn ein. Dann musste er nur gucken, ob er noch genug Geld für den nächsten Schuss hatte oder ob er noch vor Katzenwäsche und Frühstück im Rafael auf die Platte musste, um zu schnorren und dann genug zu bekommen, um das zu kaufen, was er an Stoff brauchte. Manchmal gab ihm auch einer seiner Kumpel die erste Ration ab. Aber das kam sehr selten vor.

Jetzt, kurz vor Weihnachten waren die Menschen meistens spendabel, wenn Tobias an seinen Stammplätzen, die er mehrmals am Tag mit ein paar seiner Kumpels wechselte, saß und schnorrte, zumeist lesend. Eine brennende Kerze und ein Becher für das Geld standen vor ihm. Und wenn er dann frisch gewaschen aus dem Rafael kam und nicht ganz so verlottert und schmutzig aussah, füllte sich der Becher umso schneller.

Heute stapelten sich Altpapier und Pappkartons an den Haus-wänden. Papiermüll wurde bald abgeholt. Tobi wechselte ge-rade seinen Schnorr-Platz mit Rudi, als zwei Männer mit einem großen Pappkarton aus der Tür neben der Sparkasse kamen. "Kann ich den Karton vielleicht haben?" "Ja, wir wollten ihn ge-rade zerkleinern", meinte einer die beiden.

"Nimm mit, was du gebrauchen kannst - das Styropor entsorgst du am besten in dem Müllcontainer." "Danke", sagte Tobias. "Der wird mein neues Zuhause", dachte er und er hatte auch schon einen Platz im Kopf, wo er sein Papp-Haus aufstellen konnte. Vorsichtig zog er den Riesenkarton über den Bürger-steig Richtung Hänneschen-Theater.

Am nächsten Abend rief Tobi zu Hause in Kirchbach an. Maria war am Telefon. "Hallo, Mama, wie geht es euch?" "Tobi? Danke, uns geht's gut - wie geht es Dir?" "Es war schon schlechter, danke. Ich wollte dir auch nur sagen, dass ich jetzt eine richtig tolle Schlafstelle habe - überdacht: Am Ostermann-platz in der Altstadt. Dort habe ich ein Haus aus Pappe. Das hab' ich mir innen mit Styropor ausgelegt - fast wie 'ne richtige Wärmedämmung. Mit meinen Decken und Schlafsäcken ist es richtig gemütlich da drinnen."

Maria musste schlucken. "Mensch, Tobi, was soll das? Es ist eiskalt. Warum kümmerst du dich nicht um eine Wohn-gruppe?" "Das hab' ich doch. Dort kann ich aber nur hin, wenn ich clean bin oder zumindest im Methadon-Programm. Leider krieg' ich da im Moment keinen Platz. Ich hab' mich doch schon umgemeldet. Bei der Stadt Cöln bin ich obdachlos gemeldet und wenn ich dran denke, kann ich mir auch an jedem Ersten Sozialhilfe abholen - im Rafael, dort wo du auch Post für mich hinschicken kannst."

"Ist ja nett, dass du uns Bescheid sagst, aber das ist doch keine Lösung. Ein Pappkarton - nein, du musst endlich sehen, dass du aus dieser ganzen Drogenszene raus kommst." "Es geht im Moment nicht - ich schaff' das auch so ganz gut. Ich pass auf, dass es nicht zu viel wird, das versprech' ich dir. Du, Mama, das Geld ist jetzt alle, gleich ist das Gespräch weg. Grüß' alle von " Klick! Weg war er! "Oh nein", Maria war total aufgewühlt.

- - - -

Seit ein paar Wochen hatte Maria ein Job-Ticket und fuhr nun meistens mit der Bahn nach Cöln. Am Hauptbahnhof stand ihr Fahrrad. Mit dem fuhr sie am Rhein entlang in den Süden von Cöln und dann noch zwei Kilometer den Gürtel hoch, dann war sie an ihrem Arbeitsplatz.

Heute Morgen war es eiskalt. Maria wollte trotzdem mit dem Rad fahren. Sie zog den Reißverschluss des dicken Anoraks zu, als "Cöln - Hauptbahnhof" im Zug ertönte. Aus ihrem Rucksack holte sie Mütze und Handschuhe. So war sie gut gerüstet für die Fahrt durch die kalte Winterluft. Es war jetzt schon fast eine Woche lang so kalt. Sie dachte an Tobias. Es war nur ein ganz kleiner Umweg am Ostermannplatz vorbei. Gedacht – getan!

Ein wenig musste sie suchen, bis sie zu der überdachten Stelle kam, von der Tobias erzählt hatte. Da stand sie, die große Kiste! Niemand war hier zu sehen. Es war ja auch noch früh am Tag! Maria stellte ihr Fahrrad ab. Sie klopfte gegen die Pappwand. "Hallo!" Nichts! "Hallo, Tobi, bist du da?" Da, jetzt meinte sie ein Geräusch zu hören. "Hallo, Tobi!" "Mama, nein, du solltest nicht hierher kommen." "Ist alles o.k. bei dir? Es ist so schrecklich kalt. Wir machen uns Sorgen." "Hier drinnen ist es warm - ich hab' gut geschlafen. Eine Freundin und ein Kumpel waren sogar diese Nacht mit hier."

Jetzt wurde eine Pappwand zur Seite geschoben. Ziemlich verschlafen stand Tobias vor Maria. "Guten Morgen, Mami. Ich möchte aber nicht, dass du jetzt immer hier vorbei kommst, wenn du zur Arbeit fährst." "Ja, ja, ist ja schon gut - aber wenn ich länger nichts von dir höre, ist das für mich eine gute Sache. Dann bin ich wieder ein wenig beruhigt, wenn ich weiß, dass es dir einigermaßen gut geht."

"Ich mach' das schon, Mama. Im Moment geht's nicht anders. Aber mit Frau Reinhardt hab' ich immer Kontakt - regelmäßig - entweder fahr' ich alle paar Wochen hin oder ich ruf' an. Ist alles gut! Wirklich! Ich komm' bestimmt bald ins Programm - dann such' ich mir wieder Arbeit." "Ich muss jetzt auch weiter. Pass' bitte auf dich auf und sei nicht böse, wenn ich morgens einfach nur mal kurz nach dir gucke."

Maria gab Tobi einen Kuss - dann setzte sie sich auf ihr Rad und fuhr weiter.

2003

Tobi kam zwar nicht ins Methadon-Programm. Aber in der Pappkiste wohnte er auch nicht mehr. Er hatte Ela an einem der Weihnachtstage angerufen. Zu Hause in Kirchbach war er in diesem Jahr nicht aufgekreuzt. Obwohl Maria eigentlich damit gerechnet hatte, dass ihr ältester Sohn sich melden und zu einem Besuch nach Hause kommen würde.

Ela war im Moment einigermaßen stabil. "Tobi, wie schön von dir zu hören. Wie geht es dir?" "Danke, so la-la. Ich muss versuchen, irgendwo ins Programm zu kommen, dann kann ich in Ehrenfeld wohnen. Das geht aber nur, wenn ich clean bin ober eben im Programm."

"Du könntest wieder zu mir kommen, aber ich will nicht konsumieren. Ich kann nicht mehr. Also hier bei mir keine Drogen. Das ist die Bedingung." "Es geht ja, Ela, danke! Ich hab' sowieso vor ein paar Tagen in Marienhagen angerufen - die würden mich auch wieder zur Entgiftung aufnehmen. Aber du kennst es ja: Ich muss regelmäßig dort anrufen. Ich mach' das jetzt sofort. Dann ist es für heute abgehakt. Ich komm' dann. Danke!"

Es wurde aber Januar, bis Tobias bei Ela in Brestel auftauchte: Dafür hatte er sich am Morgen im Rafael frisch geduscht und saubere Klamotten angezogen. Und bei Frau Reinhardt war er auch gewesen. (Sie wohnt auch in Brestel.) Ein wenig stolz erzählte er Ela, was er alles erledigt hatte und vor allem, dass er bestimmt bald nach Marienhagen zur Entgiftung gehen könne. "Dann krieg' ich bestimmt die Kurve. Es ist mir ernst - ich kann nicht mehr. Diesmal muss es klappen."

Tobi rief auch bei seinen Eltern an und Ende Januar brachte Fred seinen Sohn mal wieder nach Marienhagen. An der Türe nahm er ihn in den Arm: "Ich wünsch' dir ganz viel Glück - du musst es endlich schaffen. Wenn noch etwas ist oder du etwas brauchst, soll jemand von der Station Bescheid sagen." Ein Schulterklopfen, dann wandte Fred sich ab. Eigentlich glaubte er nicht mehr daran, dass sein Sohn clean werden könnte.

Vier Wochen später erwartete Tobias auf der Station 8 C Besuch. Er war ein wenig aufgeregt, denn mit Frau Reinhardt sollte es nach Cöln-Ehrenfeld gehen. Eine Organisation des Sozialdienstes hatte dort ein Wohn- und Arbeits-Projekt für Drogenabhängige ins Leben gerufen. Man hatte ihm ja im Rafael schon Ende des Jahres davon erzählt. Das wollte er sich nun zusammen mit Frau Reinhardt angucken und sich dann eventuell um ein betreutes Wohnen dort bewerben.

Am Abend erzählte er seiner Mutter am Telefon, dass er wahrscheinlich nach der abgeschlossenen Entgiftung in Marienhagen in Ehrenfeld einziehen könne. "Ich möchte aber zur Sicherheit ins Methadon-Programm. Dann kann mir nichts passieren." "Aber mit dem Ziel, ganz clean zu werden - also ohne Ersatzstoff - nicht wahr?", entgegnete Maria.

Im Elternkreis wurde immer wieder darüber diskutiert, ob Methadon oder andere "Ersatzdrogen" den drogenabhängigen Kindern helfen könnten oder ob es doch nur eine "andere" Droge sei. "Mama, das ist ganz legal - das ist kein Stoff - man ist nicht drauf. Es hilft nur, weg von den Dealern und aus der Szene zu kommen." "Ich bin mir da nicht so sicher. Aber wichtig ist ja, dass du wieder ein Dach über dem Kopf hast, dass du arbeiten kannst und vor allem nicht wieder rückfällig wirst." Maria seufzte, als Tobias aufgelegt hatte.

- - - -

Tobi war froh, endlich sein eigenes Reich in der Krumholzstraße in Ehrenfeld beziehen zu können. "Das ist doch eine
echte Alternative zum Leben auf der Straße", dachte er, als er
es sich in der ersten Nacht dort in seinem Bett gemütlich
machte. Das Zimmer teilte er sich mit Dieter - der war aber
noch nicht da!

War er in der Nacht gekommen? Gesehen hatte Tobi niemanden. Jedenfalls vermisste er nach dem Aufstehen sein Portemonnaie. Tobi wusste genau, dass er es in seine Hosentasche
gesteckt hatte, nachdem er sich am Kiosk nebenan etwas zum
Trinken geholt hatte.

Also solche Leute wohnten hier - die die Mitbewohner beklauten. Tobias war sauer. Bei der ersten "Hausgruppe" am
Abend war das auch Thema. Aber natürlich stritten alle Anwesenden ab, etwas damit zu tun zu haben. "Vertrauen ist wichtig, wenn man zusammen wohnt", meinte Viola, die Gruppenleiterin. "Aber ihr solltet nicht zu leichtgläubig sein und auf
eure Sachen aufpassen - und auf euer Geld besonders."

Am Wochenende traf Tobi am Neumarkt einen seiner Schnorr-
Kumpels. "Brauchst du was?" "Ne, ich bin im Programm." "Und
das klappt wirklich - da kommst du mit klar? Gut siehst du nicht
aus, ehrlich gesagt!" "Na ja, ich versuch's wenigstens. Bin auf
dem Weg zu meinen Eltern. Mach's gut - ist echt nicht schlecht
in der Krumholzstraße. Vielleicht kann ich dort ein Wort für
dich einlegen." "Ne, du, für mich ist das nichts - ich brauch'
meinen richtigen Stoff."

Tobi zog weiter. Er sah sein Spiegelbild in den Schaufenster-
scheiben der Fußgängerzone. Also gut sah er wirklich nicht aus.
Das Gesicht war voller Pusteln und Ausschlag. Viola hatte ihn
gestern auch schon darauf angesprochen. "Du hast doch kei-

nen Beikonsum?" "Nein, bestimmt nicht. Aber mein Gesicht juckt wie verrückt." "Hm, wir warten noch ein paar Tage ab. Sonst musst du mal mit dem Arzt sprechen wegen einer Alternative."

"Hallo, Tobi, schön dass du da bist", empfing Maria ihren Sohn. "Wie geht es dir in deinem neuen Zuhause." "Na ja, geht so - dass mir mein Geld geklaut wurde, ist ja ein echter Mist." "Vielleicht hast du es doch irgendwo verloren." "Ne, glaub' ich nicht - das hat mir einer von meinen netten Kumpels geklaut. Und ich vertrag' das Methadon überhaupt nicht - guck mal, wie ich aussehe."

"Ich dachte schon, du bist wieder drauf - in deiner schlimmsten Heroin-Zeit auf der Straße hast du auch so ausgesehen." "Vielleicht werd' ich auf ein Ersatz-Opiat umgestellt. Viola meinte, ich solle noch ein paar Tage abwarten. Das sei manchmal am Anfang so mit dem Methadon. - Aber sag' mal, du hast doch bestimmt etwas Leckeres zum Essen gemacht - oder?"

„Ja klar", Maria nahm ihren Sohn in den Arm. "Hab' einen Blumenkohl-Auflauf gemacht, den isst du doch so gerne." Tobi hatte Hunger. Es war schon lange her, dass er mit seinen Eltern zusammen gegessen und einen schönen Nachmittag verlebt hatte.

Maria und Fred hörten zu und guckten sich mit großen Augen an, als Tobi erzählte, dass ihn seine Mitbewohner richtig abstoßen würden, wenn sie drauf seien und überhaupt könne er diese Junkies nicht mehr sehen. Als er sich verabschiedete, bat er seine Eltern um Geld. "Ich weiß, dass ihr das eigentlich nicht wollt - aber ich hab' nichts mehr. Es war eh' nicht viel, aber alles war in der verschwundenen Geldbörse. Das Ticket, um nach Cöln zu kommen, hab' ich. Aber ein Zwanni wär' echt nicht schlecht."

Mit 50 Euro in der Tasche kam Tobi in Cöln an. Am Kiosk im U-Bahn-Tunnel kaufte er sich nur eine Flasche Cola und den neuesten "Spiegel", der gerade herausgekommen war. Geht doch! Das Portemonnaie tauchte wieder auf - es wurde mit der Post zugeschickt. Tobis Papiere waren jetzt in Ordnung!

Mit Ela lief es richtig gut. Tobi fand es nur sehr schade, dass sie ihn nicht in der Krumholzstraße besuchen durfte, jetzt, wo er endlich ein eigenes Zimmer hatte und sich dort auch gerne aufhielt.

Diese WG mit Ex-Junkies sei nicht gut für sie, meinte ihre Therapeutin, zu der Ela regelmäßig ging. Ela hatte entgiftet und diesen Erfolg solle sie nicht wieder aufs Spiel setzen. Auch war sie jetzt im Methadon-Programm. So trafen sie sich meistens bei Ela oder besuchten Maria und Fred - wie auch dieses Jahr zu Ostern. Sogar die 50 € gab Tobi seinen Eltern zurück.

Dann plötzlich kippte alles wieder: Tobi holte sich am Kiosk nicht nur Cola, sondern auch ein paar Flaschen Bier. Er versteckte sie in seinem Rucksack - brauchte ja keiner zu wissen! Doch dabei blieb es nicht - beim nächsten Mal war es eine Flasche Wodka. Viola sprach ihn darauf an. "Nein, ich trinke nicht wirklich", meinte er. "Ein Bier, ja, vor ein paar Tagen." Er wurde verwarnt. Ein paar Tage später wurde er wieder mit Bier im Rucksack erwischt. Tobi wurde beurlaubt - für eine Woche musste er aus der Krumholzstraße ausziehen. "Vielleicht solltest du noch einmal entgiften", meinte Viola.

Tobias fühlte sich gar nicht gut. Er schämte sich - schon wieder hatte er versagt. "Warum schaffe ich das nicht?", fragte er Ela, bei der er vorübergehend wohnte. Auch sich selbst stellte er immer und immer wieder diese Frage. Bei einem Telefonat mit seiner Mutter war er ganz kleinlaut. "Ich komm' da nicht raus - ständig dasselbe - es nervt mich genauso wie euch."

Tobias war wirklich verzweifelt. Tränen liefen ihm über die Wangen, während er die Karten las, die in einem dicken Briefumschlag bei Ela für ihn angekommen waren. "Alles wird gut!" "Hinter jedem Problem, das Dich gefangen nimmt, verbirgt sich die Chance zum Wachstum." "Der Weg ist das Ziel!" "Vergiss nicht: Jede Wolke, so schwarz sie auch sein mag, hat doch ihre Sonnenseite." Seine Eltern wollten ihm damit Mut machen. Tobi weiß, dass seine Mutter immer noch daran glaubt, dass er es schaffen wird, clean zu werden. Sie beteuerte das in jedem ihrer Briefe.

Mitte Juni wieder eine Entgiftung, aber die brachte überhaupt nichts. Tobi weiß selbst, dass er wieder ganz unten ist. Aber es ist warm, nicht ganz so schlimm, dass er obdachlos ist. Denn in der Krumholzstraße wurde er endgültig beurlaubt.

Zwischendurch war er immer wieder mal bei Ela. In Kirchbach meldete er sich lange nicht - dieser ewige Kreislauf. Er wollte mit seinen Eltern nicht über sein Versagen reden.

"Obwohl: mit dem Trinken kann ich bestimmt wieder aufhören und Heroin pack' ich nicht mehr an", redete er sich ein, wenn er sich seine Flaschen Wodka oder Jägermeister holte. Danach vergaß er erst einmal, dass er ja eigentlich den Neubeginn wollte, dass er arbeiten wollte - ohne Drogen, ohne Alkohol.

Ein schlimmer Sommer war das für Tobi und natürlich auch für Maria, die wusste, dass alles Bangen, alles Sorgen, alles Hoffen und Beten wieder umsonst gewesen waren.

Tobi betrank sich heftig - so konnte er erst mal wieder alles vergessen und am nächsten Tag rief er dann in einem Krankenhaus wegen Entgiftung an.

Es war Ende Juli, als Ela sich in Kirchbach meldete: "Tobi ist in Merheim in der Notaufnahme - er kann nicht mehr - er braucht Hilfe. Er hat sich selber zur Entgiftung eingewiesen." Von dort rief Tobi bei Frau Reinhardt an und auch bei seinen Eltern.

Freudig begrüßte er seinen Bruder Max, der ihm etwas Geld, eine Hose, ein paar T-Shirts und Wasch-Utensilien in die Klinik brachte. Sogar ein richtiges Gespräch kam zwischen den Brüdern zustande.

Max war überrascht: "Tobi sah gar nicht so schlecht aus", erzählte er zu Hause. " Aber er ist fertig! Er will zurück in die Krumholzstraße und ins Methadon-Programm, Mama. Ich glaub ihm das. Er will alles versuchen, damit das klappt. Zumindest hat er mir das so gesagt. Ich soll euch grüßen."

Warum wurde Tobi dann nach sechs Tagen aus der Klinik entlassen? Ein Anruf von Frau Reinhardt bei der Stationsärztin brachte keine befriedigende Auskunft. "Die meinte nur, das sei die normale Zeit nach einer 'Selbsteinweisung'. Es tut mir leid, aber mehr konnte oder wollte mir die Ärztin nicht sagen". Frau Reinhardt war bei dem Telefonat mit Maria ziemlich ratlos. "Ich weiß auch nicht was ich sagen soll, Frau Frangenberg. Wir müssen warten, bis Tobi sich meldet, bei mir oder bei Ihnen. Dann sehen wir weiter."

Aber Tobi war mal wieder wie vom Erdboden verschluckt, Ela nicht erreichbar. Dort lief nur der AB. Dafür kam Mitte August ein Anruf aus der Krumholzstraße. "Tobias' Sachen sind noch hier. Wir hatten ihm bis letzte Woche Zeit gegeben, sein persönliches Hab und Gut abzuholen. Aber wir haben ihn nicht mehr gesehen und gemeldet hat er sich auch nicht. Sollten bis Ende der Woche die Sachen noch hier sein, müssen wir alles zum Sperrmüll rausstellen."

Fred war überhaupt nicht angetan von der Idee seiner Frau, Tobis Sachen durchzugucken und das Wichtigste mitzunehmen. "Das ist doch sein Problem. Wenn er nicht in der Lage ist, seine Sachen zu holen, gehen sie halt auf den Sperrmüll. Dann hat er Pech gehabt." Aber dann ließ er sich doch breitschlagen und Maria und Fred machten sich am nächsten Tag auf den Weg in die Krumholzstraße.

Dort war man sehr freundlich und hilfsbereit. "Es tut uns sehr leid, dass es nicht geklappt hat mit ihrem Sohn. Er wird bestimmt hier auftauchen und sich freuen, wenn er seine Sachen wieder bekommt. Wir haben alles dort hinten in den Raum gestellt."

Drei große blaue Müllbeutel mit Kleidung standen dort. Ein Tisch, drei Stühle, Hölzer, Regale, ein Radio, ein großes Bild, jede Menge Bücher, CD's, Kassetten, Boxen, Teile einer Anlage, von Tobi gemalte Bilder, seine in der Therapie aus Ton erstellten Skulpturen, jede Menge Briefe und Papiere. Maria seufzte tief. Tränen stiegen ihr in die Augen. Sie holte tief Luft.

"Das nehmen wir nicht alles mit", sagte Fred jetzt ziemlich laut. "Ich schlepp' ihm doch nicht das ganze Zeug hinterher." "Aber jetzt sind wir hier. Wenigstens das Wichtigste können wir doch mitnehmen", antwortete Maria. "Was ist denn das Wichtigste? Willst du die ganzen Müllsäcke durchgucken? Wir hätten überhaupt nicht hierher fahren sollen. Ich hab' keinen Bock mehr. Immer und immer dasselbe - und wozu?" Fred holte tief Luft.

"Nächste Woche die nächste Entgiftung, dann wieder Rückfall. Wie lange willst du dir das noch ansehen?" Fred brüllte all seinen Frust, seine Wut und seine Hilflosigkeit heraus. Maria schlang die Arme um ihren Mann. Jetzt weinte sie hemmungslos.

"Die Papiere sind wichtig. Und seine Bilder... und hier guck mal": Maria hielt eine Ton-Skulptur hoch. "Das Selbstporträt aus der Therapie! Da sieht er so gut aus... und gesund. Und dann hier.: Diese Skulptur spiegelt Tobis Verzweiflung und Zerrissenheit wider." Der Mund war zu einem Schrei geöffnet. Mit beiden Händen wurde der gespaltene Kopf auseinandergerissen. Maria wandte sich ab. „Aber wir nehmen beide mit." Maria sah auch die Müllbeutel mit den Klamotten durch. Sie war erstaunt, so viel gut erhaltene Kleidung darin zu finden: Pullover, Jeans, Jacken und auch Unterwäsche - und alles war sauber! Das Auto wurde voll geladen.

- - - -

Das hatte sich Tobi alles ganz anderes vorgestellt, als er sich am Morgen von der Akut-Station in Merheim verabschiedete. Er wäre gerne länger hier geblieben. Aber die Plätze auf der Entgiftungsstation seien vergeben, hatte man ihm gesagt. "Die Akut-Entgiftung ist für Sie abgeschlossen. Es geht Ihnen körperlich gut. Wir brauchen den Platz. Sie können sich gerne für eine Therapie anmelden. Aber dafür bauchen Sie eine Einweisung und den festen Willen, clean zu werden. Wir wünschen Ihnen viel Glück."

Nun gut, dann würde er erst einmal versuchen, in der Krumholzstraße und im Methadon-Programm unterzukommen. Er hatte noch etwas von dem Geld, das Max ihm gebracht hatte. Am Kiosk holte er sich eine Flasche Cola und den "Spiegel", der

am Vortag rausgekommen war. Da kam auch schon die Stra-
ßenbahn. Mit der Linie 1 fuhr er zunächst bis zum Neumarkt.
Eigentlich hätte er direkt in die Linie 13 Richtung Ehrenfeld
umsteigen können. Aber es zog ihn auf den Platz. Mal gucken,
wer von seinen Kumpels sich hier 'rumtrieb. Niemand war da.
Na gut, er setzte sich auf den Boden, lehnte sich an einen
Baum und fing an zu lesen.

"Hi, Tobi, wie gehts?" Tobias guckte von seiner Zeitschrift hoch
in ein hübsches junges Mädchengesicht mit großen dunklen
Augen, umrahmt von schwarzen strähnigen Haaren. "Hallo,
Tine - ja, gut geht's mir. Bin eigentlich auf dem Weg nach
Ehrenfeld - und du, immer noch unterwegs?"

Sie sah so jung aus und so zerbrechlich. "Ja, weiß nicht wirklich
wohin. Ich hab' die letzten Nächte bei Mark und Alina in dem
Abrisshaus in Deutz übernachtet. Aber da kommen so viele hin.
Vergangene Nacht wollte so ein besoffenes Arschloch mir an
die Wäsche. Weder Mark noch Alina haben was mitgekriegt.
Bin mitten in der Nacht dort abgehauen."

Das Mädchen setzte sich neben Tobias auf den Boden. Sie
wischte sich die dunklen Haare aus dem Gesicht. "Ach Tobi,
kannst du mich nicht mitnehmen?" Tobias seufzte. "Ich weiß ja
selbst noch nicht, ob ich wieder in der Krumholzstraße unterkommen kann. Aber wir können es versuchen. Besser wäre
allerdings, du gingst zurück zu deiner Tante." "Du, das geht
nicht, ich brauch' noch etwas Stoff, wenigstens ein bisschen,
damit es mir besser geht und ich heute Nacht schlafen kann.
Hast du nicht noch was?"

Es war schon ziemlich heiß. Die Sonne schien von einem wol-
kenlosen Himmel und doch zitterte Tine am ganzen Körper, als
sie sich neben Tobi setzte. "Ne, ich hab' nix. Ich war 'ne Woche

in der Entgiftung, will ins Programm. Und ganz ehrlich: ich hab' die Schnauze voll von dem ganzen Scheiß. Aber ich hab' noch etwas Geld. Wir können ja mal sehen, was wir dafür bekommen. Du solltest aber auch gucken, dass du von dem Zeug loskommst." Tobi stand auf. Er suchte den Neumarkt noch mal mit den Augen nach bekannten Gesichtern ab. "Ne, keiner zu sehen, der uns was verkaufen könnte."

Mit der nächsten Bahn fuhren die beiden zum Heumarkt. "Ich versuch', noch etwas Geld zu bekommen. Dann sind wir auf der sicheren Seite", meinte Tobi und setzte sich vor die Bank. Hier war sein Revier, bevor er in die Klinik gegangen war und Jens, mit dem er sich an diesem Standort immer abgewechselt hatte, war nicht da. Tine setzte sich neben ihn.

Die Leute waren gut drauf heute. Nach zwei Stunden hatte er schon ganz schön was gesammelt in dem Trinkbecher, den er für ja diesen Zweck immer dabei hatte. So, nun konnte er mal versuchen, für Tine ein Päckchen zu bekommen. "Dann muss ich aber endlich los, sonst treffe ich keinen mehr vom Team an, die entscheiden können, ob ich in der Krumholzstraße bleiben kann."

Vom Heumarkt aus fuhr Tobi mit Tine im Schlepptau über den Rhein. Haltstelle Kalk-Post: hier stiegen die beiden aus. Und hier brauchte Tobi auch nicht lange zu suchen. "Hi, Tobi, was willst du? Haste genug Knete für dich und deine Freundin dabei?" "Ein Päckchen reicht." Schnell steckte der dunkel gekleidete Mann das Geld ein und überreichte Tobi das weiße Pulver, abgepackt in einem durchsichtigen Tütchen. Tine wurde ganz unruhig. Sie kramte in ihrem Rucksack. "Nicht hier", meinte Tobi. "Geh' dort drüben in den Park."

Spätestens jetzt verpasste es Tobias, sich von Tine zu verabschieden und in Richtung Ehrenfeld aufzubrechen. Stattdessen war er eine viertel Stunde später wieder bei dem jungen Mann. "Ich brauch' doch noch was."

Er hatte zunächst nur zugeguckt, wie Tine das weiße Pulver auf dem Löffel mit etwas Wasser über dem Feuer aufkochte. Sie zitterte heftig. Tobi hielt das Feuerzeug und später den Löffel. Er drehte den Kopf weg, als sie die Spritze aufzog. Er wollte das alles nicht mehr. Aber dann stieg eine heiße Woge in ihm auf. Das Verlangen nach dieser Nadel wurde auf einmal riesengroß. "Ich bin gleich wieder da", sagte er zu Tine, die jetzt ganz entspannt angelehnt an dem Stamm der kleinen Birke saß.

In dieser Nacht schliefen die beiden im Park. Sie hatten Schlafsäcke dabei und fühlten sich wohl.

Für Tobi fing der Kreislauf von vorne an. Die Krumholzstraße und alles was er sich vorgenommen hatte rückten wieder in weite Ferne. Tine hielt sich meistens in seiner Nähe auf. Die beiden mochten sich. Sie waren kein Paar. Nein, für Tine war Tobias wie ein großer Bruder - er war ihr Beschützer. Und Tobi sah das genau so.

Zwischendurch tauchte er auch mal bei Ela in Brestel auf. "Nein, Tobi, bei mir kannst du nicht bleiben. Nicht in dem Zustand", meinte Ela, die noch im Programm war. "Erst wenn du eine Therapaie gemacht hast und clean bist oder ins Methadon-Programm gehst, können wir es noch mal versuchen." Das sah Tobi eigentlich auch so.

Aber im Moment klappte es ja ganz gut. Tobi saß meistens vor der Bank in Deutz oder er wechselte in die Pfeilstraße. Er bekam genug Geld zusammen, um sich seine Päckchen besorgen zu können - eins für abends und eins für morgens. Ganz selten, dass es ihm so richtig schlecht ging.

Der Sommer 2003 war ein guter Sommer für Menschen die auf der Straße lebten. Nicht nur tagsüber war es sehr warm - auch nachts brauchte man nicht zu frieren.

Es war Ende August, als sich sein Kumpel Jens beim Standort-Wechsel noch einmal umdrehte. "Du, Tobi, deine Mutter war gestern hier. Sie sucht dich. Du sollst dich bitte mal zu Hause melden." "Oh, Scheiße! Ja! Meine Mutter!" Tobi hatte die Gedanken an seine Mutter, an die Familie, immer verdrängt. Sobald sie auftauchten - und das war gar nicht so selten - sagte er sich: "Morgen - morgen muss ich unbedingt zu Hause anrufen." Und dann tat er es doch nicht.

Dabei wollte er auf keinen Fall, dass seine Mutter wieder durch Cöln lief und ihn suchte. Er wollte nicht, dass sie sich um ihn sorgte und die Kumpels ansprach. "Danke, Jens, ich ruf' morgen zu Hause an."

Es dauerte noch zwei Tage, dann fasste Tobi sich ein Herz und wählte in einer Telefonzelle die Nummer von zu Hause. Es klingelte einmal, zweimal, dreimal, viermal, dann Marias Stimme: "Guten Tag, hier ist der Anrufbeantworter der Familie Frangenberg.... Sprechen Sie nach dem Signalton." Tobias atmete tief durch: "Hallo, ich bin's, Tobi. Wollte mich nur mal melden und sagen, dass es mir gut geht. Macht euch keine Sorgen; und bitte such' mich nicht, Mutti. Im Moment geht es nicht anders - aber ich komme klar. Melde mich später noch mal. Tschüss!"

Bevor er an diesem Abend seine Schlafstelle in einer Passage in der Fußgängerzone aufsuchte, ging Tobi noch mal zu der Telefonzelle. Jetzt war Maria persönlich am anderen Ende der

Leitung. Es war wie immer: Tobi entschuldigte sich, weil er nicht eher angerufen hatte, sagte, es gehe ihm gut, sie solle sich keine Sorgen machen.

Maria war erleichtert und bat darum, sich doch regelmäßig zu melden, nur ein Lebenszeichen. "Dann brauch' ich dich auch nicht zu suchen. Aber wenn wir so lange nichts von dir hören, nicht wissen, wo du steckst, dann halte ich das nicht aus." "Ist denn bei euch alles o.k.? Wie geht's Papa?" Es war ja nicht so, dass Tobi von den Eltern und Geschwistern nichts wissen wollte. Aber da war eben immer das schlechte Gewissen, die Gewissheit, es wieder nicht geschafft zu haben. Alles was er sich vorgenommen hatte, hatte nicht geklappt.

Er hing schon wieder oder noch immer an der Nadel, war ein verdammter Junkie, der er nie mehr hatte sein wollen! Und daran wollte er nicht erinnert werden, schon gar nicht mit seinen Eltern darüber sprechen.

Tobi hatte längst den Hörer auf die Gabel gelegt. Er stand regungslos da, Tränen liefen über sein Gesicht. Das musste seine Mutter bestimmt nicht mitkriegen. Mit dem Ärmel wischte er über sein Gesicht. "Morgen geh' ich in die Krumholzstraße. Morgen versuch' ich es noch mal und lass' mich auf die Warteliste setzen. Morgen "

Aber am nächsten Morgen ging alles wie gewohnt weiter. Er zitterte, dabei war es schon ziemlich warm, als er aufwachte, die Nase lief. Tobi rappelte sich hoch, weit war es nicht bis zum SKM: Erst einmal duschen - dann wollte er sich irgendwo zum Schnorren hinsetzen, damit er sich ein Päckchen besorgen konnte; und dann konnte er einen klaren Gedanken fassen und überlegen, wie es weitergehen sollte.

Auch der schönste Sommer geht einmal zu Ende. Es war Ende September und morgens stiegen Nebelschwaden über dem Rhein auf. Nässe machte sich breit, man spürte den nahenden Herbst. Die Nächte waren schon empfindlich kalt. Tobi schlief jetzt meistens in der Tiefgarage unter dem Heumarkt. Noch hatte er Kraft zum Schnorren. Aber es fiel ihm immer schwerer, stundenlang vor der Bank zu sitzen. Er war oft müde, seine Arme und Beine schmerzten und immer wieder musste er sich übergeben, gerade wenn er erst spät am Tag etwas zu essen bekam. "Ich muss endlich aufhören mit der Schore", sagte er zu sich selbst, "auch mit dem Bier trinken... und dem Schnaps... alles Scheiße."

In der Krumholzstraße war er schon vorstellig geworden. "Du kennst unsere Aufnahmebedingungen: kein Alkohol, keine Drogen." Viola, seine ehemalige Gruppenleiterin, hatte Dienst, als er dort war. "Im Moment ist kein Platz frei - aber wenn du regelmäßig hier anrufst, klappt es vielleicht wieder. Du könntest dann ins Methadon-Programm aufgenommen werden - aber ohne jeglichen Beikonsum." Tobi nickte. "Ja, ich weiß - ich muss das schaffen - noch einen Winter auf der Straße übersteh' ich nicht."

Und nun saß er wieder hier. Die Geschäfte liefen schlecht heute Abend. Er guckte von seinem "Spiegel" hoch. Mensch, wie spät ist denn? Ein paar Leute eilten vorbei, viele waren nicht unterwegs. Nur ab zu warf jemand einen Euro oder ein paar Cent in Tobis Becher. Er zählte nach: reicht immer noch nicht. Er braucht 'was für heute Abend und für morgen früh, damit er nicht sofort wieder zum Schnorren hierher muss.

Tobi lehnte sich zurück und las den "Spiegel"-Artikel weiter. "Hallo Tobi!" Erschrocken guckte er von der Zeitschrift hoch.

Das ist doch die Stimme.... "Hallo, Mama! Du bist aber noch spät unterwegs." "Ich war mit Gabi hier um die Ecke im Kino, dann waren wir noch essen."

Oh Mann, seine Mutter war tatsächlich mit einer Freundin hier. Wie oberpeinlich! Tobi stand auf und versuchte, den Staub von seiner Hose klopfen."Hallo, Tobias", meinte diese. "Wie schön, dass ich dich mal wieder sehe", sagte seine Mutter jetzt. "Wie geht es dir denn?" "Na ja, nicht besonders, es geht. Ich wollte jetzt gleich Schluss machen. Ich kann heute Nacht bei zwei Mädels am Eigelstein pennen, die ich vor ein paar Tagen zufällig getroffen habe." "Tobi, bitte, immer noch dasselbe? Das ist doch kein Leben, aber das weißt du auch selber." ' Ja, Mama, ich weiß."

Er umarmte seine Mutter. "Ich steh' in der Krumholzstraße auf der Warteliste. Ich kann dort wieder ins Programm, bestimmt wird es bald klappen. Ich will auch hier weg." ... "Und ich ruf' zu Hause an, versprochen!" "Ich bin gespannt - war trotzdem schön, dich zu sehen." Maria umarmte ihren Sohn. "Du weißt, dass wir dich jederzeit wieder nach Brockfeld oder zu Synanon nach Frankfurt bringen, wenn du das willst." "Das weiß ich, es geht aber im Moment nicht."

Immer kam dieser Vorschlag von seiner Mutter. Sie würde ihn sofort wieder dort hinbringen, weil er sich da nicht anmelden musste. Aber einen kalten Entzug, nur mit Tee und warmen Decken - Nein! Auf gar keinen Fall - das würde er nicht aushalten.

Die beiden Frauen verschwanden in der Tiefgarage.

Tobi fuhr mit der Bahn nach Kalk. Hier wusste er, wo er seinen Stoff bekam, auch nach Mitternacht. Er brauchte immer mehr, um klarzukommen und damit der Turkey nicht so grausam war.

Zitternd zog er die Spritze auf und setzte sie in den Arm. Er atmete tief ein und aus und blieb dann noch ein paar Minuten hinter der Post sitzen. Ein Tütchen verschwand im Rucksack, dann machte er sich auf zum Eigelstein.

Er konnte tatsächlich bei Mona und Inga übernachten. Die beiden kannte er schon lange. Vor ein paar Tagen hatte Tobi sie wieder getroffen. Sie luden ihn auf einen Kaffee ein und boten ihm an, auch mal in ihrer Wohnung zu übernachten. Dafür war er sehr dankbar. Dann konnte er morgens duschen, bevor er wieder loszog, um seinen Schnorrplatz einzunehmen. Mona und Inga waren entsetzt, als sie von der hohen Heroin-Dosierung erfuhren, die er jetzt brauchte. "Du musst unbedingt damit aufhören und zum Entgiften in eine Klinik gehen."

Das wusste Tobi eigentlich selber. Aber die nötigen Schritte fielen ihm mal wieder sehr schwer. Dabei würde er Unterstützung bekommen. Ob im Rafael oder in dem Obdachlosen-Café Kalk - in Cöln gab es viele Streetworker oder Sozialarbeiter, die mit ihm die Telefon-Nummern raussuchen würden. Auch telefonieren konnte er dort... und trotzdem dauerte es sehr lange, bis er es schaffte, sich in einer Klinik anzumelden.

Diesmal war es eine Entzugsklinik in Pongs. "Ich muss jeden zweiten Tag dort anrufen." Auch zu Hause in Kirchbach meldete Tobi sich und erzählte Maria von seinem Vorhaben. "Ich sag' Bescheid, wenn es geklappt hat."

Als Maria drei Wochen später in dem Café in Kalk nach Tobi fragte, sagte ihr einer der anwesenden jungen Leute, dass er jetzt ziemlich regelmäßig dort sei. "Erst gestern haben wir im Team besprochen, mehr auf Tobi zu achten und ihn zu unterstützen. Es geht ihm ziemlich schlecht."

Leider habe er es wohl nicht geschafft, regelmäßig in der Entzugsklinik anzurufen. "Tobias war aber noch einmal in der Krumholzstraße. Er würde gerne dort wohnen und substituiert werden." Man habe mit den Kollegen dort Kontakt aufgenommen und es sehe nicht schlecht aus. Aber um eine Entgiftung komme Tobias nicht herum. Da müsse er am Ball bleiben und regelmäßig anrufen, wenn er auf der Warteliste stehe.

Bei Tobi ging gar nichts mehr. Egal, ob er bei den Mädels in der Wohnung aufwachte, ob in der Tiefgarage oder ob er sich um Mitternacht einfach irgendwo in eine Passage oder einen Geschäftseingang gelegt hatte: Am Morgen drehten sich die Gedanken sofort um das weiße Pulver. "Hab' ich noch etwas?" Hektisch wurde der Rucksack durchsucht. War nichts mehr da, raffte er seine Sachen zusammen. "Ich muss los. Hoffentlich sitzt noch keiner vor der Bank."

Noch nicht einmal Ruhe zum Lesen hatte Tobi jetzt. Er fror und zitterte. Und dann der Traum letzte Nacht: Seine Mutter stand vor ihm - völlig aufgelöst, sie weinte hemmungslos und schrie ihn an: "Du musst endlich los. Die Klinik hat bei uns angerufen. Dein Platz ist weg. Warum bist du nicht hingegangen?" Auch Tobias weinte im Traum, verzweifelt umklammerte er seine Mutter.

Klatschnass wachte er auf und guckte sich um. Er lag in seinem Schlafsack auf Parkdeck Zwei unter dem Heumarkt in der Ecke neben der Tür. War seine Mutter hier gewesen? „Ich muss sie später anrufen. - Boah! Wieviel Geld hab' ich denn noch?" Tobi zählte seine Barschaft. Für eine Ration Schore reichte es nicht. Tobi stand auf und ging zum Kiosk. Aber eine Flasche Jägermeister war drin.

Tobi nahm einen kräftigen Schluck aus der Flasche und setzte sich wieder auf die Pappe vor der Bank. Er überlegte: „Welches Datum ist heute?" Erst gestern hatte Rüdiger, der Sozialarbeiter aus dem Drogen-Café in Kalk, ihm gesagt, dass es höchste Zeit werde, mit den Unterlagen aus der Krumholzstraße zum Sozialamt zu gehen.

Dann bekäme er endlich Sozialhilfe. "Die steht dir zu." Darum hatte er sich aber nie gekümmert. "Die Miete für dein Zimmer kannst du dann auch bezahlen." Und ins Methadon-Programm würde er auch wieder aufgenommen. "Ich muss noch das Geld für eine Tüte zusammen bekommen. Dann schaff' ich es auch, zum Sozialamt zu gehen."

Zwei Tage später hielt Tobi tatsächlich das vom Sozialamt der Stadt Cöln unterschriebene Formular in der Hand und klingelte am Tor der Krumholzstraße 53. Viola ist da und sie ist auch wieder für ihn zuständig. "Heute ist der 29. November - der Mietvertrag läuft ab 1.12. Du bist jetzt wieder krankenversichert, deshalb können wir dich auch ins Programm aufnehmen. Das läuft dann auch ab dem ersten." "Dann muss ich jetzt noch mal los. Ich brauch' was für morgen."

"Können wir vielleicht erst noch die Regeln festlegen? Wir werden sie für dich etwas niedrigschwelliger ansetzen, damit du sie auch einhalten kannst. Gerade jetzt! Das ist deine Chance! Aber Beikonsum ist ab dem 1. Dezember in jeder Form tabu! Das merk dir als erstes - sonst bist du dein Zimmer ganz schnell wieder los; und kümmere dich weiter um die Entgiftung. Du stehst schon ziemlich weit oben auf der Warteliste - ruf' alle zwei Tage an." "Ich schaff' es diesmal, ganz bestimmt."

Viola reichte Tobi ein DIN A 4-Blatt: "Hier sind deine Regeln. Extra für dich! Unterschreibe den Zettel und häng ihn dir an die

Wand. Und ruf' in der Klinik an. Wo bist du angemeldet?" 'Ich geh' wieder nach Brestel. Die kennen mich da." "Alles klar - die werden dann Kontakt zu mir oder dem Arzt aufnehmen wegen der Menge nach der Entlassung. Ich drück' dir die Daumen und wünsch' dir viel Erfolg. Auf dass es diesmal klappt." Viola reichte Tobi die Hand. "Und denk 'dran, dass du bis zehn Uhr abends wieder hier sein musst."

Tobias war heilfroh, als er die beiden folgenden Tage überstanden hatte. Danach verabreichte ihm der Substitutions-Arzt 20 mg Methadon täglich - immer um die Mittagszeit - mit der Option, eine geringere Dosierung zu erreichen. Ganz langsam ging es mit der Dosierung nach unten, alle drei Tage sollte es ein Milligramm weniger werden.

Tobias war auf dem Weg zu Ela. Am Mittag hatte er sein Methadon bekommen - er fühlte sich nicht schlecht. Etwas Geld hatte er noch in der Tasche. Am Kiosk an der U-Bahn-Haltestelle holte er sich noch den neuesten "Spiegel", "und bitte eine Flasche Jägermeister", hörte er sich sagen. Das klappte gerade noch so mit dem Geld. Bevor er in Brestel ankam, war die Flasche leer.

Er stieg aus dem Zug, denn wurde ihm schwindelig - an mehr konnte er sich nicht erinnern, als er im Krankenwagen zu sich kam. "Hallo, da sind Sie ja wieder." "Was ist passiert?" "Das möchten wir gerne von Ihnen wissen. Was haben Sie getrunken? Oder Drogen? Haben Sie Drogen genommen?" Tobias klärte die Sanitäter darüber auf, dass er am Mittag sein Methadon bekommen hatte.

"Hatten Sie Beikonsum?" Bisher nicht, aber ich weiß nicht mehr. Kann sein, dass ich was getrunken habe." "Wir bringen Sie ins Krankenhaus, dort werden Sie erst mal untersucht." "Ich soll eh am Montag zur Entgiftung aufgenommen werden, vielleicht können Sie mich direkt dort hinbringen."

Er hatte Glück und so war Tobi schon ein paar Tage eher in der psychosomatischen Klinik. Das Ziel war eine geringere Menge an Methaodon und vor allem der Entzug von Alkohol und allen anderen Drogen.

Tobi freute sich über den Besuch seiner Eltern in der Klinik. "Ich weiß noch nicht genau, ob ich in der Krumholzstraße bleiben soll. Gestern hatte ich hier ein ziemlich intensives Gespräch mit einem Therapeuten. Der meinte, es wäre einfacher für mich, weit weg von Cöln wieder neu anzufangen." "Das sehen wir auch so", meinte Maria. "Ein anderes Umfeld würde es dir auf jeden Fall erleichtern, ein Leben ohne Drogen zu beginnen." Eine gute Idee, aber wie sollte er sie umsetzen? Vielleicht im neuen Jahr?

An Heiligabend war Tobi in diesem Jahr bei seinen Eltern und diesmal kam er auch zu der Familienfeier am zweiten Weihnachtstag.

- - - -

2004

Maria war skeptisch: Auch wenn alles ganz gut aussah und Tobi ein Dach über dem Kopf und sogar inzwischen ein eigenes Zimmer in der Krumholzstraße hatte, glaubte sie nicht daran, dass dies das richtige Umfeld für ihren Sohn sei, um clean zu werden.

Die Weihnachtstage waren sehr schön gewesen. Tobi war zwar am ersten Feiertag morgens zurück nach Cöln gefahren, da er spätestens bis 13 Uhr zur Methadon-Vergabe in der Krumholzstraße sein musste. Aber am nächsten Tag war er wieder da. Neben Fred und Maria freuten sich besonders die Kleinen der Familie darüber. Denn mit Tobi konnten sie wunderbar die Gegend erkunden, durch Wälder und Wiesen stromern, wenn die Erwachsenen sich unterhalten wollten.

Im Januar meldete sich Tobi dann öfters telefonisch und übernachtete sogar einmal bei seinen Eltern - alles schien gut zu laufen. "Gut siehst du aus", lobte Maria ihren Sohn.

Aber schon eine Woche später erfuhr Maria bei einem Anruf in der Krumholzstraße, dass Tobi nach einem sehr massiven Rückfall beurlaubt worden sei. "Wir haben ihm geraten, möglichst schnell in die Entgiftung zu gehen. Er stand in Merheim auf der Warteliste", sagte Viola. Maria war verzweifelt. Schon wieder! Wenn er es wenigstens mal durchziehen würde - mit einer Therapie im Anschluss.

Jetzt konnten sie wieder nur abwarten und hoffen, dass Tobi sich melden würde. In Merheim war er noch nicht angekommen. Maria hielt die Warterei nicht aus und machte sich wieder auf die Suche.

Zweimal drehte sie in dieser Woche nach dem Dienst ihre Runde durch Cöln - nichts - keine Spur von Tobi. An den Schnorrplätzen am Heumarkt und in der Breite Straße saßen die Kollegen. Er war nicht in Kalk gesehen worden, nicht am Eigelstein, und auch nicht im SKM am Bahnhof. Überall hörte sie nur: "Tut mir leid! Wir sagen Bescheid, dass er sich zu Hause melden soll."

Kärtchen mit Namen und Telefon-Nummern der Streetworker und Sozialarbeiter hatte Maria inzwischen bekommen. "Sie können aber auch gerne nachfragen." Wirklich nette Menschen!

Es war sehr kalt draußen, stürmisch und regnerisch. Maria machte sich die größten Sorgen. Fred hatte resigniert. Er glaubte nicht mehr daran, dass Tobi geholfen werden könne. Und einmal - das war bei Marias Anruf in Kalk in der Dieselstraße, hieß es: "Frau Frangenberg... ich glaube... ja Moment bleiben Sie dran" Pause "Tatsächlich, Tobi kommt gerade zur Tür herein. Ich rede mit ihm. Wir melden uns."

Das Telefon klingelte. "Hallo, Mama", Tobis Stimme zitterte ein wenig. "Ich wollte erst Bescheid sagen, wenn ich auf der Station in Merheim bin. Ich warte auf die Kostenzusage der Krankenkasse. Hab' mich noch mal für "Therapie sofort" entschieden. Es wird wohl klappen. Ich steh' ziemlich weit oben." "Willst du nicht solange nach Hause kommen?" "Mama, was soll ich da? Ich brauch' mein Zeug. Lange kann es nicht mehr dauern. Wirklich, ich schaff' das und wenn ich in Merheim bin, kann ich dort auf den Therapieplatz warten." Maria atmete tief durch - auch ihre Stimme zitterte: "Halt' durch - wir haben dich lieb!"

Drei Tage später kam wirklich der für Maria erlösende Anruf von Tobi aus der Klinik in Merheim. "Ich bin gestern aufgenommen worden. Es geht mir auch schon viel besser."

Zu Hause in Kirchbach wurde wieder durchgeatmet. "Gott sei Dank!" Nach einer Woche ein banger Anruf von Fred in der Klinik. Maria ist viel zu aufgeregt, um nachzufragen, ob Tobi noch dort ist. "Ja, Hallo Paps, alles in Ordnung - ich bin schon 'runterdosiert und bekomme kein Methadon mehr. Alles o.k. Ich kann bleiben, bis ich den Therapieplatz habe. Ich würde am liebsten wieder nach Bilmar. Vielleicht klappt es ja."

- - - -

Tobi geht es inzwischen richtig gut in Merheim. Man setzt sich für ihn ein, so dass er in Bilmar seine Therapie machen kann. "Herr Frangenberg, in zwei Tagen geht's los. Möchten Sie Ihren Eltern Bescheid sagen, damit die mit Ihnen noch einmal in Ihre Wohnung fahren. Sicher benötigen Sie noch ein paar Sachen oder wichtige Papiere für die Therapie." Tobi überlegte. "Ich sag' meinen Eltern Bescheid, aber ich denke, ich fahre alleine mit der Bahn." "Trau' dir bitte nicht zu viel zu, Tobi", meinte Maria dann auch.

"Mir wäre viel lieber, Papa oder ich würden dich begleiten, damit nichts schief geht." "Ich fühl' mich wohl und sicher - wirklich! Ich freue mich, dass es endlich los geht. Und in Bilmar kenn' ich mich ja auch aus. Ich werde mich innerhalb der ersten Woche bei euch melden - und dann ist Kontaktsperre, denke ich. So war es jedenfalls beim letzten Mal. "O.k., Tobi, viel Glück; und bis bald." "Ja, Tschüss, grüß' auch den Papa und die anderen."

Am nächsten Tag bekam er tatsächlich einen Nachmittag frei. "Alles Gute, Herr Frangenberg, Sie wissen Bescheid, nicht wahr? Um 18 Uhr heute Abend sollten Sie zurück sein - und bitte weder Alkohol noch Drogen - ist ja klar!"

Eine Stunde später klingelte Tobias am Tor Nr. 53 in der Krumholzstraße. Viola war da. "Super siehst du aus, Tobi. Ich freu' mich so für dich." Viola klopfte ihm auf die Schulter. "Wir haben deine Sachen hier herein gestellt. Schön, dass du selber kommst und wir nicht wieder deine Eltern anrufen müssen." "Alles kann ich nicht mitnehmen. Kann der Rest vorläufig hier bleiben? Ich weiß ja auch noch nicht, wie es nach Bilmar weitergeht." "Ja klar, in dem Fall können wir das machen. So viel ist es ja auch diesmal nicht."

Ganz pünktlich war Tobi wieder in Merheim. Es klopfte an seiner Zimmertür. "Ja, bitte!" Maria und Fred kamen herein. "Wir möchten dich doch noch einmal sehen, bevor es los geht." Beide nahmen ihn in die Arme. "Du siehst so gut aus", sagte Maria. "Ja, das kann ich nur unterstreichen", meinte auch Fred. "Hier sind noch ein paar Sportsachen, Socken und T-Shirts. Davon kann man ja nie genug haben." "Ach, Mama, danke! Wär' nicht nötig gewesen, wirklich! Ich hab' genug. Und eine Waschmaschine gibt's in Bilmar auch."

Die drei saßen noch eine halbe Stunde im Aufenthaltsraum der Station. Tobi begleitete seine Eltern dann zum Parkplatz. "Diesmal klappt es! Ich weiß auch nicht, was immer mit mir los war. Ich freue mich, dass es morgen endlich los geht - von hier aus direkt nach Bilmar. Und wie besprochen: Innerhalb der nächsten sieben Tage ruf' ich an." "Vielen Dank für alles - ich hab' euch auch lieb." Tobias grinste und schob seine Mutter ins Auto.

Der Aufenthalt begann dann auch sehr vielversprechend. Tobi teilte sich ein Doppelzimmer mit Hannes, der zwei Wochen vor ihm die Therapie begonnen hatte. Die beiden verstanden sich gut, auch wenn Tobi oft lieber alleine seinen Gedanken nachhing oder in ein Buch vertieft war. An die Regeln hielt er sich weitgehend und mit dem Bezugstherapeuten, den er noch vom ersten Aufenthalt in der Klinik kannte, kam Tobias gut klar.

Am Anfang sperrte er sich ein wenig in den Therapiestunden - gerade in der Gruppe fiel es ihm nicht leicht, sich zu öffnen und über sich selbst zu sprechen. Aber alles in allem gefiel Tobias das Leben auf dem alten Gehöft. Als Maler war er in der Arbeitstherapie in der Handwerkergruppe willkommen und der Leiter war auch sehr zufrieden mit seiner Arbeit.

Und sogar in der Sporttherapie beteiligte sich Tobias oft bei Ballspielen und auch im Kraftraum konnte man ihn manchmal sehen, obwohl das nicht so seine Welt war.

Regelmäßig rief er zu Hause an und zu Ostern durften seine Eltern ihn besuchen. Sie brachten Clara und Ramon mit und alle zusammen hatten einen sehr schönen Nachmittag außerhalb der Klinik.

Ein paar Wochen später freute sich Tobias über eine Ansichtskarte aus Rom. An Marias Geburtstag waren seine Eltern in der Ewigen Stadt gewesen. Sie hatten ein paar unbeschwerte Tage dort verbracht und liebe Grüße an ihren Sohn nach Bilmar geschickt. Und nun sollte schon bald das gemeinsame Angehörigen-Seminar stattfinden.

Aber Fred drückte sich. Maria kam alleine und entschuldigte ihren Mann, obwohl sie lange versucht hatte, Fred zu überzeugen, dass es für Tobi bestimmt sehr wichtig sei, wenn auch sein Vater dabei wäre.

- - - -

Maria hatte sich sehr auf den Tag in der Klinik und auf Tobias gefreut. Sie fand es interessant, die Mitpatienten aus Tobis Gruppe kennenzulernen. Und doch war sie am Abend wieder unruhig und auch ein wenig ängstlich.

"Tobi glaubt nicht richtig an sich und daran, dass er es schaffen kann", sagte Maria am Abend zu Fred. "Es ist so schade, dass du nicht dabei warst." "Für mich ist das nichts, das weißt du doch." "Aber für Tobi wäre es bestimmt gut gewesen." Sie guckte nachdenklich. "Er meinte, man mag ihn nicht. Sobald man ihn näher kennenlerne, würden die Leute schreiend weglaufen. Verstehst du das?" Aber Fred sah sie nur fragend an. "Was soll denn der Quatsch? Er hatte doch immer Freunde." "Die Therapeutinnen meinten, Tobias wolle am liebsten beides: Nämlich ein Leben mit Eltern, Freunden, Arbeit - und mit Drogen, davon halt nur ein bisschen. Er verstehe noch nicht, dass es um ganz oder gar nicht geht. Aber sie meinten auch, er sei auf einem guten Weg. Im Grunde wisse er, dass es so nicht funktioniere."

- - - -

Auch für Tobi war das Seminar mit seiner Mutter aufregend und gefühlsmäßig sehr aufwühlend gewesen. Er dachte noch lange darüber nach - und auch in den nachfolgenden Therapiestunden waren das Seminar und seine Gedanken und Gefühle daran Thema. Tobias blieb stabil - auch von Abbrüchen in seinem Umkreis ließ er sich nicht beeindrucken.

Es war Montag. Tobi hatte Gruppentherapie gehabt und wollte jetzt zum Essen gehen. Das Patiententelefon klingelte. Tobi beachtete das Klingeln zunächst nicht. Wenn Anrufe für ihn kamen, war das meistens abends. Da das Klingeln nicht aufhörte, aber sonst niemand in der Nähe war, nahm er den Hörer ab. "Fachklinik Bilmar, Tobias Frangenberg!" "Tobi", dann war ein Schluchzen zu hören. Es war seine Mutter.

"Du, Tobi, der Papa..." "Was ist mit Papa?" "Er liegt in Cöln auf der Intensivstation der Uni-Klinik. Er hatte wohl einen Zuckerschock. Max hat ihn gefunden." "Wie geht es ihm?" "Nicht gut, Tobi." Nun weinte seine Mutter. "Vielleicht kannst du ihn morgen besuchen. Der Professor macht uns keine großen Hoffnungen."

"Mama, nein, das kann doch nicht sein. Wir haben doch erst vor ein paar Tagen telefoniert." "Ich weiß auch nicht. Ich war ja nicht zu Hause, als es passierte. Wir müssen für ihn beten. Ich fahre jetzt wieder zu ihm. Aber es wäre gut, wenn du kommen würdest." "Ich sage dir heute Abend Bescheid. Aber ich denke, ich werde Ausgang bekommen und dann morgen im Laufe des Tages fahren können."

Tobi war ganz durcheinander. Ja, sein Vater war Diabetiker, aber so schlimm ist das doch nicht. Tina lebte schon 30 Jahre mit dieser Krankheit; und sein Opa war auch ewig zuckerkrank gewesen, bevor er dann an einem Herzinfarkt gestorben war.

Hunger hatte er keinen mehr. Tobi stocherte mehr auf seinem Teller herum als dass er aß. Dann besprach er den dringenden Ausgang mit seinem Therapeuten. "Alleine möchte ich dich nicht gehen lassen. Such' dir eine Vertrauensperson aus deiner Gruppe und frag', ob er oder sie dich begleitet." "Ich frage Tarek - der ist ja auch schon lange hier. Ich würde mich freuen, wenn er mit mir nach Cöln fährt." Tarek war einverstanden. An diesem Abend waren alle sehr still in der Gruppe, als Tobias von dem Anruf seiner Mutter erzählte.

Er rief zu Hause an. Dort lief nur der AB: "Hallo, Mama, wollte nur Bescheid sagen: Ich werde morgen gegen Mittag in der Klinik sein."

"Ich weiß gar nicht, was mich in der Klinik erwartet", sagte Tobi unterwegs. Bisher hatten die beiden kaum miteinander gesprochen. Tarek hob die Schultern. "Warte es ab. Vielleicht ist es ja auch nicht so schlimm und du kannst mit deinem Vater reden." "Das wäre toll, aber ich glaub' es nicht. Meine Mutter klang so verzweifelt gestern." "Mein Vater will nichts mehr von mir wissen, seit ich nach der Trennung bei meiner Mutter geblieben bin", meinte Tarek. "Und nachdem ich mit der Schore angefangen habe wird das bestimmt nichts mehr." Dann schwiegen sie wieder.

In der Klinik fragte Tobias sich durch nach der neurologischen Intensivstation. Dort musste er an der Türe warten und einen Klingelknopf betätigen. "Hallo" "Ja, Hallo, ich möchte zu Fred Frangenberg, ich bin sein Sohn." "Einen Moment bitte." Es dauerte ein paar Minuten, dann öffnete eine Krankenschwester die Türe. "Kommen Sie bitte mit. Ihre Mutter ist auch da." Tarek wartete in dem Besucherzimmer.

Tobi ging ängstlich hinter der Schwester her. Dann sah er seine Mutter... und seinen Vater in dem Krankenbett. Er erschrak. Tobi umarmte seine Mutter. "Mama" und dann nahm er die Hand seines Vaters, die schlaff auf der Bettdecke lag. "Paps, hallo", kam es leise über seine Lippen. Sein Vater hatte einen Schlauch im Mund, der an einem Gerät angeschlossen war. Daneben stand ein Ständer mit mehreren Flaschen und Ampullen, deren Leitungen endeten in einem Zugang auf der Hand oder oben an der Schulter.

Auch dort hatte man Fred einen Zugang für die Medikamente gelegt. "Papa", stammelte Tobi wieder. Sein Vater war ein wenig aufgedunsen, er hatte Schürfwunden im Gesicht. Und wieder: "Papa..." Mehr konnte Tobi nicht sagen.

"Wir müssen abwarten", sagte seine Mutter jetzt. "Vielleicht geschieht ja noch ein Wunder." "Nicht wahr, Schatz", Maria lächelte unter Tränen ihren Mann an und streichelte über sein Gesicht. "Wir glauben an ein Wunder, Du schaffst das."

Aber das Wunder geschah nicht. Die Schwellung im Gehirn nahm noch weiter zu. Die Ärzte sprachen von Hirntod. "Und selbst, wenn Ihr Mann das hier überleben würde, er wäre nie wieder der Mensch, der er vor dem Sturz war", sagte der Professor später zu Maria.

Tobias sah seinen Vater an diesem Tag zum letzten Mal. "Diesmal werde ich ganz bestimmt clean, Papa, für dich! Egal, wie das hier ausgeht, ich schaffe das." Das waren Tobis Gedanken am Krankenbett gewesen.

Zehn Tage später war die Beerdigung in seinem Heimatort. Alles war wie ein schrecklicher Traum. Tobi konnte nicht richtig denken. Die Kirche war voller Menschen gewesen. Dann stand er neben seiner Mutter und seinen Geschwistern am Grab. Durch die Tränen nahm er gar nicht wahr, wer ihm alles die Hände schüttelte und "Herzliches Beileid" wünschte.

An diesem Abend in seinem Zimmer in Bilmar weinte Tobi, wie er noch nie in seinem Leben geweint hatte. Er schwor sich noch einmal, seiner Mutter keinen zusätzlichen Kummer zu bereiten. Er würde das hier durchziehen.

Im Großen und Ganzen klappte das dann auch wirklich gut. Ab September war er in der Adaption. Tobi hatte sich in dem

Kindergarten direkt neben der Klinik für ein Praktikum beim Hausmeister beworben. Man hatte ihn genommen. Die Adaption dauerte drei Monate. Der Hausmeister war mit Tobias zufrieden und stellte ihm ein gutes Zeugnis aus. Zweimal wurde ihm allerdings während dieser Zeit der Ausgang am Wochenende gestrichen, weil er sich nicht abgemeldet hatte, wenn er bei Ela übernachtet hatte.

Nach dem Praktikum erhielt Tobias eine Stelle im angrenzenden Seniorenheim als Hausmeister. Dazu gehörte eine kleine betriebseigene Wohnung - ein Apartment, das Tobi renovierte und gemütlich einrichtete. Besser konnte es nicht laufen. Tobi war rundum zufrieden.

Seit langem hatte er wieder so etwas wie ein geregeltes Leben und fühlte sich richtig wohl. Wenn er sich später zurück erinnerte, war das Jahr nach der Therapie in Bilmar das beste Jahr, seit er von zu Hause ausgezogen war.

- - - -

Maria fragte sich in dieser Zeit oft, ob Fred sterben musste, damit sein Sohn auf den richtigen Weg zurückfand. Bekam Fred's Tod so vielleicht einen Sinn? In ihrer großen Trauer war es wahrhaftig ein Trost für sie, dass es Tobias gut ging, dass er stabil und so wie es aussah, auch clean war.

Buch - III

2010

"Herr Frangenberg, ich hoffe, dass Sie sich hier bei uns wohl-
fühlen werden und motiviert genug sind, um in ein paar Monaten gesund, gestärkt und clean den Moorhof zu verlassen. Auf
diesem bestimmt nicht ganz einfachen Weg möchten meine
Kolleginnen, Kollegen und ich Sie begleiten. Und damit wir Sie
etwas besser kennenlernen, habe ich zuerst eine Aufgabe für
Sie: Und zwar bitte ich Sie, bis zum nächsten Montag - das sind
noch vier Tage - einen Lebenslauf zu schreiben. Ich möchte
wissen, was passiert ist, seit der doch so erfolgreichen Therapie in Bilmar. Jedenfalls haben Sie das in Ihrem Antrag an die
Krankenkasse geschrieben."

An einem kalten Morgen im Februar hatte seine Mutter Tobias
in Brestel in der Psychosomatischen Klinik abgeholt und nach
Krefeld gebracht. Der Moorhof lag ziemlich einsam, allerdings
unweit der Autobahn.

Das Hauptgebäude war von einem Park mit alten hohen
Buchen und Eichen umgeben. Ein Stück weiter gab es mehrere
Stallungen oder ähnliche Gebäude. Bis zum Büro hatte Maria
ihren Sohn gebracht und sich dann verabschiedet.

Eine junge Frau hatte ihn in Empfang genommen. Sie zeigte
ihm sein Zimmer und übergab ihm eine Mappe mit den Haus-
regeln. Seinen Zimmernachbarn Ulf hatte Tobi auch schon
kennengelernt.

Und jetzt fand das Aufnahmegespräch mit Herbert Steinbach,
Tobis Bezugs-Therapeuten, statt.

"Ja, es war wirklich gut gewesen in Bilmar. Und danach hab' ich
es ja noch einmal dort versucht", erklärte Tobi seinem Gegen-

über. "Nehmen Sie sich bitte die Zeit und schreiben Sie alles auf und dann können wir zusammen jeden einzelnen Punkt durchgehen." "O.k., ich werde gleich damit anfangen. Tschüss!" Tobi drehte sich um und ging zur Tür.

Das Gebäude gefiel ihm: Ein altes Herrenhaus im Jugendstil, alles war frisch renoviert. Die Türen und Fensterrahmen waren aus altem Eichenholz und teilweise gab es auch noch Möbel aus der Zeit.

"Gucken Sie sich ruhig erst einmal um, und lernen Sie Ihre neue Umgebung kennen. Und dann kommen Sie bitte pünktlich zu den Mahlzeiten ins große Esszimmer im Erdgeschoss. Und an den Gruppengesprächen sollten Sie auch teilnehmen. Viel Glück!" Damit war das Gespräch beendet.

"Hmm, Lebenslauf", dachte Tobi. Noch am Abend holte er nach dem Essen den Block aus seinem Rucksack. Er hatte ja noch einen: den, den er bei seinem zweiten Aufenthalt in Bilmar geschrieben hatte. Bis zu diesem Zeitpunkt lag sein Lebenslauf vor.

"Also nur ab..." Tobi seufzte. „2004 - das Schicksalsjahr."

Ja, es war für Tobi eine gute Zeit gewesen, das Jahr nach Freds Tod und noch ein paar Monate darüber hinaus.

Ich war oft in Kirchbach, vermisste natürlich meinen Vater, aber für meine Mutter war ich in dieser Zeit eine große Stütze. Und ich freute mich, wenn meine Geschwister mich in Bilmar besuchten oder wenn meine Ma mit Clara und Ramon dort auf-tauchte. Im Spätsommer machte sie mit den beiden eine Rad-tour zu mir nach Bilmar.

Für Clara und Ramon war es das Größte, auch für mich war es toll: Wir tobten und schwammen im nahe gelegenen See -

meine Ma guckte vom Ufer aus zu - und anschließend wurde ein Lagerfeuer gemacht. Die Kinder durften bei mir auf der selbst gebauten Empore übernachten. Noch lange haben wir zusammen auf der Playstation gespielt.

Tobi schrieb alles auf was ihm einfiel. Er wollte gar nicht darüber nachdenken, wann und warum er dann gescheitert war.

An einem Sonntagabend, als ich aus Kirchbach kam, traf ich Elke am Bahnhof. "Hi Tobi, wir haben uns ja ewig nicht gesehen", begrüßte sie mich. "Gut siehst du aus." "Ja, mir geht es auch gut. Mit Job und meiner eigenen kleinen Wohnung. Es könnte nicht besser sein. Na ja, so ganz stimmt das nicht: Die Liebe kommt im Moment etwas zu kurz", meinte ich sagen zu müssen. Elke zwinkerte mir zu: "Das muss doch nicht sein. Komm, wir trinken bei mir noch ein Glas Bier." Ich überlegte - so spät wollte ich nicht zurückkommen - ich musste früh aufstehen. "Ja, auf ein Bier komm' ich noch mit."

So fing es mit Elke wieder an. Vor Jahren hatten wir schon einmal eine kurze, aber ziemlich heftige Zeit miteinander gehabt. Und so ganz stimmte das ja mit dem Liebesentzug auch nicht. In Bilmar hatte ich mit Angelika, der jungen Praktikantin im Kindergarten, schon die eine oder andere Nacht verbracht. Ja, Angelika war damals total verliebt in mich. Aber es war eher eine willkommene Abwechslung für mich, nichts Ernstes.

"Viel zu jung für mich", hatte ich auch meiner Mutter erzählt. "Du bist alt genug - aber ich finde, du solltest das Mädel nicht ausnutzen", hatte sie damals zu mir gesagt.

Die beiden Frauen waren der Anfang vom Ende. Sie brachten viel Durcheinander und noch mehr Stress in mein Leben. Ich blieb oft zu lange in Cöln, manchmal kam ich erst morgens mit dem ersten Zug zurück nach Bilmar.

Getrunken hatte ich meistens auch mehr als gut für mich war. Angelika war enttäuscht von mir. Sie liebte mich doch. Es folgte eine heftige Szene. Damit konnte ich nur sehr schlecht umgehen.

Am folgenden Wochenende traf ich Martin in der Bahn, meinen Kumpel aus der Therapie. Scheiße - ich sah sofort, dass er nicht mehr clean war und irgendwie war die Zeit wohl wieder reif: In dieser Nacht wurde ich mit Schore rückfällig. Na gut, einmal, dachte ich! Aber es blieb nicht dabei!

Mein Chef war in Urlaub. Jede Menge Aufträge, die im Seniorenheim erledigt werden mussten, hatte er mir übertragen. Es klappte mehr oder weniger gut. Mittlerweile war ich fast jeden zweiten Tag drauf, habe kaum gegessen und als mein Chef zurückkam, merke er sofort, was mit mir los war.

"Du, was soll das? So hatte ich mir das nicht vorgestellt", schimpfte er. Willi konnte es nicht fassen, dass ich so heftig rückfällig war. Er war total enttäuscht von mir.

Aber meine Kollegen setzten sich für mich ein und so bekam ich eine erneute Chance: Ich entgiftete in einer Klinik und sollte mich dann in einer ambulanten Therapie mit der Situation und überhaupt mit meiner Sucht auseinandersetzen. So hätte ich meinen Job behalten können.

Aber alles war wohl schon viel zu krass. Mit Entgiften alleine war es nicht getan. So wurde ich zum dritten Mal in der Fachklinik Bilmar zur Therapie aufgenommen. Aber diesmal lief es dort nicht gut.

Ich fing mal wieder eine Beziehung an, die mir nicht gut tat und als es in der Therapie ans Eingemachte ging, als sich nicht vermeiden ließ, dass ich an mir arbeiten musste, bin ich abge-

hauen - nach nur knapp zwei Monaten. Ich darf gar nicht darüber nachdenken, wie enttäuscht ich wieder alle habe.

Nach wiederum etlichen Höhen und Tiefen mit mehreren Entgiftungen bin ich dann irgendwann in Born gestrandet. Das muss Anfang 2007 gewesen sein. Ich war mal wieder ziemlich am Ende. Zusammen mit meinem Freund Martin habe ich dort in einer Clean-WG gelebt - betreut und im Methadon-Programm. Aber auch das war nicht von langer Dauer: Ich hatte ständig Beikonsum, flog irgendwann aus dem Programm und landete wieder in Cöln.

Das ewige Auf und Ab machte nicht nur meine Mutter völlig fertig - auch ich war am Boden zerstört. So viele meiner Freunde waren schon gestorben. Da wollte ich mich nicht einreihen. Ich wollte mein Leben in den Griff kriegen.

So meldete ich mich im Sommer mal wieder zur Entgiftung in Marienhagen an und wurde überraschend schnell aufgenommen.

Dort lernte ich Silke kennen, die nur zu uns auf die Station kam, weil die Abteilung der Alkis total überfüllt war. Mit Drogen hatte sie nichts zu tun.

Wir verstanden uns sofort - hielten uns von den anderen Patienten fern, um keinen Stress zu bekommen. Wir liebten beide Bücher und hatten so genug Diskussionsstoff. Bald waren wir unzertrennlich und es wurde ernster, als das ich eigentlich wollte.

Dann hatte ich ein Erlebnis, das ich so schnell nicht vergessen werde: In der Abendrunde konnte ich plötzlich nicht mehr sprechen, ich konnte nicht mehr laufen und meinen Arm nicht bewegen... und denken konnte ich auch nicht richtig. Mit

Verdacht auf Schlaganfall wurde ich sofort ins Kreiskran-
kenhaus verlegt. Ich erholte mich jedoch schnell und am
nächsten Tag fühlte ich mich schon wieder besser. Alles war
aber noch nicht so wie es sein sollte und ich blieb noch zur
Beobachtung dort.

Die Nähe zum Bahnhof machte mich sehr unruhig, wusste ich
doch, dass ich bestimmt einen der mir bekannten Dealer dort
treffen würde. Nach zwei Tagen bin ich unbemerkt dorthin
gegangen, hab' mir ein paar Gramm Schore geholt und ge-
raucht. Zurück in Marienhagen, hab' ich meinen Rückfall ge-
beichtet, durfte aber trotzdem bleiben.

Ich war so verliebt in Silke und wusste nicht, wie ich es
anstellen sollte, bei ihr zu bleiben. Sie musste auf jeden Fall
eine Therapie machen. Darin wollte ich sie bestärken, da ich
merkte, dass wir sonst keine Chance hätten. Ich musste jetzt für
mich eine Lösung finden.

Da mir nichts Vernünftiges einfiel, bin ich einen Tag vor der Ent-
lassung morgens ganz früh abgehauen. Ich hatte Silke nichts
gesagt, aus Angst, dass sie mitgehen würde, und das wäre zum
damaligen Zeitpunkt überhaupt nicht gut gewesen.

Meiner Mutter hatte ich versprochen, es noch einmal auf dem
Hof Brockfeld zu versuchen, wenn ich keine andere Einrichtung
finden würde. Das war jedoch von vornherein zum Scheitern
verurteilt.

Ich kannte doch die strengen Regeln: nicht rauchen, zweimal
am Tag die Zusammenkünfte beim Spiel; und meine Sehnsucht
zu Silke war übergroß. Nach nur drei Tagen bin ich wieder ge-
gangen. Zunächst war ich kurz in Frankfurt. Ich telefonierte
jeden Tag mit Silke. Für uns beide war klar, dass wir zusammen

bleiben wollten. Wie geplant, ging sie nach der Entgiftung in eine Klinik zur Alkohol-Entwöhnung.

Ich landete wieder in Cöln - auf der Straße. Mit meiner Mutter hatte ich jetzt regelmäßigen Kontakt, meistens telefonisch. Ihr hatte ich auch von Silke erzählt und dass ich alles daran setzen wollte, sie zu unterstützen, wenn sie aus der Klinik entlassen werden würde. "Ich drück' euch ganz fest die Daumen, aber kümmere dich doch erst einmal um dich. Wenn du noch nicht einmal eine Wohnung hast und immer noch drauf bist? Wie soll das gehen?"

Zweimal in der Woche durfte ich Silke in der Klinik besuchen. Ich schaffte es jedesmal, nüchtern und klar dort zu erscheinen. Vorher hatte ich im Obdachlosen-Café geduscht, meine zweite, saubere Garnitur angezogen, so dass niemand dort merkte, was wirklich mit mir los war.

So konnte es natürlich nicht weitergehen und ich wandte mich mal wieder an die Cölner Drogenhilfe. Nach ein paar Wochen war ich im Methadon-Programm und in einer betreuten Einrichtung. Auch Silke war inzwischen mit ihrer Therapie fertig und machte Adaption in einer anderen betreuten WG.

Alles schien gut zu laufen. Ich war voll motiviert, hatte sogar einen Ein-Euro-Job, der mir großen Spaß machte: Ich war bei einem Antiquitätenhändler beschäftigt. In einer Halle wurden alte Möbel aufgearbeitet und restauriert. Das war richtig gut. Silke arbeitete in ihrem Job als Buchhändlerin.

Als ich merkte, dass sich bei ihr etwas zusammenbraute, dass sie immer unruhiger, wankelmütig und manchmal richtig böse wurde, war ich total hilflos. Ich wusste nicht, was ich machen sollte, wie ich den drohenden Rückfall verhindern sollte.

*Rasch folgte der Absturz, radikal und gnadenlos selbstzerstö-
rerisch. Mir fiel nur die Klinik in Marienhagen ein: Dort rief ich
an, schilderte die Situation, in der ich mit meiner total betrun-
kenen Freundin steckte. Von der diensthabenden Schwester
wurde ich auf den nächsten Tag vertröstet. Ich sollte mich aber
vorher erkundigen, ob der Platz noch frei sei. In dem Zustand
konnten wir in den betreuten Einrichtungen nicht auftauchen.*

*Ich rief meine Mutter an, schilderte ihr die Situation und fragte,
ob wir zu ihr kommen könnten. Irgendwie habe ich es geschafft, Silke in den Zug zu setzen und mit ihr nach Kirchbach zu
fahren. Meine Mutter war entsetzt, als sie uns sah. Aber sie
half mir, Silke, die laut weinte, schrie und um sich schlug,
auszuziehen und ins Gästebett zu bugsieren.*

*Es wurde eine sehr unruhige Nacht für uns alle. Auch am
nächsten Morgen war Silke noch total betrunken und es ging
ihr sehr schlecht. Horror! Aber sie wurde in Marienhagen aufgenommen. Meine Mutter hat uns hingefahren.*

*Ich bin zurück nach Cöln, hatte ja meinen Job. Zu der Zeit war
ich stabil, hab' nix angepackt, keinen Alkohol und keine
Drogen, noch nicht mal 'nen Joint hab ich geraucht. Silke blieb
über Weihnachten und Silvester in der Klinik. Am 2. Januar
sollte ich sie nach Feierabend abholen und zu ihrem
Wohnprojekt bringen.*

*Sie rief mich am Nachmittag an - ich war noch auf der Arbeit -
total betrunken: "Alles ist aus, ich bin bei einer Freundin. Ob
und wann wir uns wiedersehen? Ich weiß es nicht! Alles ist
aus." Ich konnte es nicht fassen. Bin sofort nach Gammersbach
gefahren - in Arbeitsklamotten. Wollte versuchen, sie und unsere Beziehung zu retten.*

Warum ich mir dafür eine Flasche Wodka gekauft und diese ziemlich schnell getrunken habe, weiß ich nicht. In diesem Zustand traf ich Silke, in ihrer Begleitung ein stadtbekannter russischer Dealer.

Und was hab' ich gemacht? In meiner Wut hab' ich Silke aufs Übelste beschimpft. Ziemlich laut bin ich geworden. Ich hab' sie gar nicht zu Wort kommen lassen, ich war nur enttäuscht und wütend und nicht fähig, klar zu denken. Ohne Silke bin ich wieder gefahren, obwohl sie wahrscheinlich mitgekommen wäre. Ich bin dann genauso abgestürzt, hab meine Arbeit hingeschmissen und war ganz schnell wieder voll drauf.

Nun war ich wieder auf der Straße: Methadon, Alkohol, Heroin, immer abwechselnd oder auch alles zusammen. Ich wohnte mal in einem Not-Hotel und dann in einer WG mit anderen Junkies - nichts, um clean zu werden, auch wenn ich von vielen Sozialarbeitern und Streetworkern unterstützt und begleitet wurde.

Über die Organisation "Tauwetter" bin ich hier gelandet und mache jetzt zum fünften Mal eine Therapie. Ich habe ganz fest vor, diese durchzuziehen und clean zu werden.

Ich möchte an mir arbeiten, möchte herausfinden, warum ich immer wieder scheitere, warum ich nicht an mich glauben kann und dann alle und nicht zuletzt mich selbst wieder enttäusche.

Das war im Februar 2010. Und im August desselben Jahres begann das Märchen, das ja kein Märchen ist und das niemand für möglich gehalten hätte.

Gisa Rausch   Tanja, das ist die wieder lacht

Tanja erlitt 2011 im Alter von fast 39 Jahren einen schweren Schlaganfall / Schädel-Hirntrauma mit totalem Organversagen. In ihrem ersten Buch beschreibt Gisa Rausch anhand ihrer Tagebuch-Aufzeichnungen was sie, ihre Tochter, die Familie und Freunde damals erlebt haben, das langsame "Wachwerden", das Zurückkommen ihrer Tochter ins Leben. Wie sie durch dieses tiefe Tal gegangen und langsam wieder Freude empfunden haben. - All das hat sie in diesem Buch aufgeschrieben. Tanja ist heute eine lebensbejahende, fröhliche junge Frau, die ihre Behinderungen akzeptiert und ihr Leben so angenommen hat wie es ist.